Bedrijfseconomie
Opgaven

Bedrijfseconomie

voor het besturen van organisaties

Opgaven

Drs. A.W.W. Heezen

Vijfde druk

Noordhoff Uitgevers Groningen | Houten

Ontwerp omslag: G2K Designers Groningen/Amsterdam
Omslagillustratie: iStockphoto

Eventuele op- en aanmerkingen over deze of andere uitgaven kunt u richten aan: Noordhoff Uitgevers bv, Afdeling Hoger Onderwijs, Antwoordnummer 13, 9700 VB Groningen, e-mail: info@noordhoff.nl

1 / 13

Deze uitgave is gedrukt op FSC-papier.

ISBN 978-90-01-80961-4
NUR 782

Woord vooraf bij de vijfde druk

Het maken van opdrachten is een belangrijk hulpmiddel bij de verwerking van de theorie uit *Bedrijfseconomie voor het besturen van organisaties*. Bij het uitwerken van de opdrachten blijkt in welke mate men in staat is de theorie in concrete situaties toe te passen. De opdrachten die in dit boek zijn opgenomen, klimmen op in moeilijkheidsgraad. In het begin van ieder hoofdstuk staan eenvoudige opdrachten. Naarmate het hoofdstuk vordert, neemt de moeilijkheidsgraad toe. Van alle opdrachten zijn, voor zover van toepassing, de numerieke antwoorden achterin het boek gegeven. De student kan zijn uitkomsten vergelijken met de standaarduitkomsten, voordat hij of zij verder gaat met de rest van de opdracht.

Bij dit opgavenboek hoort ook een website: www.bedrijfseconomie-heezen.noordhoff.nl. Op de website staan de uitwerkingen van een groot aantal eenvoudige opdrachten. Deze uitwerkingen zijn zodanig vormgegeven, dat de student 'de weg wordt gewezen' naar de juiste oplossing. De uitwerkingen bevatten een stramien, op basis waarvan de student zijn opdrachten kan uitvoeren. Bij een foutief antwoord wordt aangegeven welke fout is gemaakt en/of wordt een suggestie gegeven voor een verbetering. Deze interactieve benadering stelt de student in staat een groot gedeelte van de opdrachten zelfstandig te controleren. Door deze aanpak hoeft de student(e) minder vaak een beroep te doen op de docent en is hij of zij beter in staat zijn/haar eigen werktempo te bepalen.

Ondanks de aandacht die we hebben besteed aan de totstandkoming van dit opgavenboek, is de schrijver zich ervan bewust dat verbeteringen mogelijk zijn. Wij stellen uw kritische opmerkingen daarom zeer op prijs. U kunt ze zenden aan Noordhoff Uitgevers bv, Postbus 58, 9700 MB Groningen, onder vermelding van de auteur en de titel van het boek.

Drs. A.W.W. Heezen

Elst, november 2011

Inhoud

Studiewijzer

Dit boek bevat een groot aantal opgaven die gebruikt kunnen worden om de theorie uit *Bedrijfseconomie voor het besturen van organisaties* toe te passen. De volgorde van de opgaven sluit aan bij de theorie die in *Bedrijfseconomie voor het besturen van organisaties* wordt besproken. De opgaven klimmen op in moeilijkheidsgraad. De opgaven zijn in drie niveaus ingedeeld:

1 Geen toevoeging: eenvoudige opgave. Dit soort opgaven zijn een elementaire toepassing van de theorie.
2 Eén asterisk (*): opgave met een gemiddelde moeilijkheidsgraad. Dit soort opgaven vergen enig inzicht in (een gedeelte van) de behandelde leerstof.
3 Twee asterisken (**): opgave met een hoge moeilijkheidsgraad. Voor het maken van dit soort opgaven is grondige kennis van en inzicht in de (samenhang van de) behandelde onderwerpen vereist.

Achterin dit opgavenboek zijn de numerieke antwoorden van alle opgaven opgenomen. Dit stelt de student in staat de juistheid van zijn uitwerkingen te toetsen.
Van een aantal opgaven zijn tevens de volledige uitwerkingen opgenomen. Deze opgaven zijn gemarkeerd met een 'U' onder het opgavenummer. De uitwerkingen van de overige opgaven worden alleen aan docenten verstrekt.

Studieaanwijzingen

Voor een effectieve bestudering van de stof adviseren wij als volgt te werk te gaan:

1 Bestudeer de stof uit *Bedrijfseconomie voor het besturen van organisaties*.
2 Maak de opgaven die behoren bij de leerstof.
3 Vergelijk uw uitkomst met de numerieke antwoorden achterin het opgavenboek.
4 Als uw antwoord afwijkt van de gegeven numerieke antwoorden, probeer dan de fout te achterhalen. Raadpleeg zo nodig de relevante leerstof en de Excel-uitwerkingen op de website.
5 Maak in laatste instantie gebruik van de volledige uitwerkingen van de opgaven (voor zover die beschikbaar zijn).

Opgaven

1 Betekenis van de bedrijfseconomie

1.1 Kredietcrisis in vijf stappen

Kredietcrisis in vijf stappen

Begin vorig jaar had de hypotheekcrisis in de Verenigde Staten nog geen gevolgen voor Nederland. Nu wel. Maar dat hoeft nog geen ramp te zijn.
Door onze redacteur Egbert Kalse

Geld lenen voor een auto wordt duurder. De hypotheekrente stijgt. Onze pensioenpremies gaan volgend jaar misschien omhoog. De gevolgen van de internationale financiële crisis worden ook in Nederland steeds meer merkbaar. En dat terwijl het allemaal zo ver weg leek, met die te makkelijk verstrekte hypotheekjes in de Verenigde Staten. Hoe kon dit gebeuren en wat zijn de gevolgen? Een overzicht:

1 *Eind 2006, begin 2007: aflossingsproblemen in de VS*
Amerikaanse huizenbezitters komen in de problemen met de aflossing van hun hypotheken. Het gaat om mensen met weinig inkomen en weinig eigen kapitaal, die relatief dure hypotheken hebben afgesloten. Hypotheekaanbieders hebben hypotheken verstrekt met een addertje onder het gras: de eerste jaren betaalt men een lage rente, waardoor de maandelijkse lasten goed te dragen zijn. Daarna wordt de rente verhoogd en moeten er ineens honderden dollars meer per maand worden betaald. Het aantal gemiste aflossingen loopt hierdoor op, de eerste mensen worden uit hun huizen gezet, hun woningen worden gedwongen verkocht.

2 *Voorjaar 2007: de hypotheekcrisis begint echt*
Amerikaanse banken beginnen de gevolgen te merken van het toenemend aantal gemiste aflossingen. De verstrekte hypotheken waarin de banken handelen, worden minder waard. Huizen die gedwongen worden verkocht, leveren minder op dan de waarde waarvoor banken ze als onderpand op de balans hebben staan. De eerste kleine hypotheekbanken komen in de problemen.

3 *Zomer 2007 tot zomer 2008: het wordt een kredietcrisis*
De banken die de hypotheken hebben verstrekt, hebben die leningen samengebundeld, opgeknipt en weer doorgeleend aan andere banken en financiële instellingen. Daardoor weet niemand meer precies wie de schade zal dragen van een niet-afgeloste hypotheek. Gevolg is dat banken elkaar onderling gaan wantrouwen. Het risico stijgt dat een lening die een bank afsluit niet meer wordt afgelost. Steeds vaker blijkt dat degene aan wie de lening is verstrekt zwaar in de problemen is gekomen.
Omdat de markt voor interbancaire leningen opdroogt, wordt het steeds moeilijker de waarde vast te stellen van de pakketten aan hypotheekobligaties, de opgeknipte en weer doorgeleende hypotheken. Op basis van berekeningen beginnen banken de waarde van die pakketten op de balans te verminderen. De eerste miljardenafschrijvingen stapelen zich op, evenals de verliezen.
Zakenbank Bear Stearns komt in maart 2008 in de problemen omdat beleggers de bank niet meer vertrouwen. Om een faillissement te voorkomen helpt de Amerikaanse centrale bank JP-Morgan Chase met de overname van Bear Stearns.

4 *Zomer 2008: Fannie en Freddie in de problemen*
De aanhoudende problemen op de Amerikaanse huizenmarkt raken nu ook rechtstreeks de twee grootste hypotheekbedrijven in de Verenigde Staten, Fannie Mae en Freddie Mac. Samen garanderen zij bijna de helft van alle in de VS afgesloten hypotheken, met een waarde van 5.300 miljard dollar. De Amerikaanse overheid vreest dat met het omvallen van Fannie en Freddie de crisis oncontroleerbaar wordt, en besluit een reddingsplan op te zetten. Beide hypotheekgiganten worden onder overheidstoezicht geplaatst, de top van de bedrijven wordt vervangen en de staat stelt zich voor 200 miljard dollar garant.

5 *Zakenbanken vallen als blaadjes van de bomen*
Zakenbanken Merrill Lynch en Lehman Brothers komen in de problemen. Merrill 'redt' de situatie door zich te laten overnemen door een rijke bank die zoveel geld heeft dat deze garant kan staan voor Merrill: Bank of America. Voor Lehman Brothers zijn geen kopers te vinden. De bank vraagt uitstel van betaling aan.
Afgelopen maandag breekt wereldwijd paniek uit op de beurzen. De grootste verzekeraar ter wereld, American International Group (AIG), dreigt om te vallen en vraagt om 40 miljard dollar noodhulp van de autoriteiten. Die steken een dag later circa 75 miljard dollar in AIG.
De problemen van AIG leiden op de financiële markten tot een schokreactie. Verzekeringsmaatschappijen, die tot nu toe redelijk goed door de crisis heen leken te komen, blijken toch grotere problemen te hebben dan verwacht. Aandelen in verzekeraars kelderen met vele procenten per dag. De crisis dreigt nu ook over te slaan naar pensioenfondsen, die hun beleggingen in de verzekeraars in rap tempo zien verdampen. Daardoor kan de dekkingsgraad van de fondsen in gevaar komen. En als dat gebeurt is er nog maar één oplossing: de pensioenpremies omhoog. ■

Bron: *NRC Handelsblad*, 17 september 2008

a Met welke problemen krijgen banken te maken als de huizenbezitters waaraan ze een hypothecaire lening hebben verstrekt, hun rente- en aflossingsverplichtingen niet kunnen nakomen?

b Welke problemen kunnen er ontstaan als banken hun vorderingen op cliënten (in dit artikel gaat het om huizenbezitters die een hypothecaire lening bij de bank hebben opgenomen) aan andere banken doorverkopen?

c Waarom is vooral in de bancaire wereld vertrouwen belangrijk?

d Wat kan er gebeuren als de cliënten geen vertrouwen meer hebben in hun bank?

e1 Wat wordt bedoeld met de dekkingsgraad van pensioenfondsen?

2 Welke problemen kunnen er ontstaan als de dekkingsgraad onvoldoende is?

3 Wat is het verband tussen een onvoldoende dekkingsgraad en een verhoging van de pensioenpremie?

4 Wat zijn de gevolgen van een verhoging van de pensioenpremie voor de koopkracht van de consument en de winstverwachtingen van ondernemingen?

1.2 Kredietcrisis waait over van VS naar Europa

Financiële crisis VS zal Europa ook gaan raken

Door onze correspondent Freek Staps

De financiële crisis, die tot nu toe vooral in Amerika slachtoffers heeft gemaakt, zal Europa niet voorbijgaan. Dat zegt Sheila Bair, een van de machtigste vrouwen in de Amerikaanse financiële wereld.

Bair staat aan het hoofd van de Federal Deposit Insurance Corporation (FDIC) en is, samen met centrale bankier Ben Bernanke en minister van Financiën Hank Paulson, een van de financiële toplieden die namens de Amerikaanse overheid de kredietcrisis probeert in te dammen. De Republikeinse werd twee jaar geleden door president Bush benoemd bij de FDIC, die garant staat voor 4.400 miljard dollar (3.100 miljard euro) aan tegoeden van Amerikanen bij ruim 7000 banken. Donderdag werd bekend dat de Amerikaanse overheid werkt aan een plan om rust terug te brengen op de financiële markten. Er moet een staatsfonds komen, dat voor honderden miljarden aan riskante beleggingen op basis van hypotheken overneemt van banken. De beurzen reageerden wereldwijd euforisch op het nieuws, hoewel niemand nog weet hoe het plan precies vorm moet krijgen.

De Amerikaanse overheid richtte eind jaren tachtig al eens een dergelijk fonds op, waarbij de FDIC verantwoordelijk werd voor het beheer. Het is nog niet duidelijk of dat deze keer ook gebeurt. FDIC-topvrouw Bair reageert tegen deze krant vooralsnog terughoudend op het reddingsplan. 'Het is een interessant concept', aldus Bair. Ze benadrukt 'niemand te willen bekritiseren, want dit is nou eenmaal een buitengewone tijd en er is geen handboek voorhanden. Beslissingen worden nu ad hoc genomen.' Belangrijkste doelstelling is het voorkomen van paniek bij de burgers. 'Ik wil vermijden dat mensen massaal hun geld gaan opnemen.'

Volgens Bair is duidelijk dat de systeemcrisis zich niet zal beperken tot de VS. 'De wereldwijde financiële markten werken niet.' Ook in Europa moet men zich meer zorgen maken dan men tot nu toe doet, stelt Bair. 'We zitten allemaal in hetzelfde schuitje.'

In Nederland houdt minister Bos (Financiën, PvdA) staande dat de situatie in de VS sterk verschilt van die in Nederland, al zullen de gevolgen ook hier merkbaar zijn. 'De hele crisis betekent de definitieve teloorgang van een systeem dat is gebaseerd op hebzucht, onverantwoorde risico's en perverse beloningen', zei Bos gisteren. Hij constateerde dat beleggers positief reageren op het plan voor een Amerikaans staatsfonds. 'Kennelijk bestaat de gedachte dat dit de mogelijkheid biedt om de risico's uit het systeem te krijgen.' ■

Bron: *NRC Handelsblad*, 1 oktober 2008

a Welke problemen kunnen er voor de wereldeconomie ontstaan als burgers massaal hun tegoeden bij banken gaan opvragen?
b Wat zijn de verwachte voordelen (positieve effecten) als de overheid staatsfondsen instelt, die riskante beleggingen van banken gaan overnemen?
c Wat wordt bedoelt als wordt gezegd dat de financiële markten wereldmarkten zijn?

1.3 Schuldencrisis bij Europese overheden

Schuldencrisis bij Europese overheden

Eurocrisis door begrotingstekort en staatsschuld eurolanden
In de loop van 2010 nam het vertrouwen in de euro af omdat verschillende eurolanden kampen met grote tekorten op hun begroting en flinke staatsschulden. Vooral landen in Zuid-Europa en Ierland hebben grote financiële problemen. Door drastisch te bezuinigen, en in sommige gevallen met financiële steun van buitenaf, proberen deze landen hun huishoudboekje weer op orde te brengen en het vertrouwen in de euro te herstellen.
De problemen met de begrotingen zorgen voor veel onrust op de financiële markten. Landen die het niet goed doen moeten veel meer rente betalen op hun leningen, wat ze alleen maar verder in de problemen brengt. Ook brengt die onrust onzekerheid met zich mee, en dat is niet goed voor het herstel van het vertrouwen in de economie.
Alle maatregelen en bezuinigingen hebben geleid tot protesten in sommige Europese landen. Burgers gaan er soms flink op achteruit. En dat terwijl de meesten al getroffen waren door de gevolgen van de economische crisis. Om verdere onrust te beperken liet de voorzitter van de Europese Commissie, Barosso, tijdens zijn jaarlijkse toespraak over 'de staat van de unie' op 28 september 2011 weten dat de oplossing van de eurocrisis 'geen sprint is, maar een marathon' en dat Europa uiteindelijk sterker en slagvaardiger zal worden.

Het probleem
Door de economische recessie hebben veel EU-landen hun overheidstekorten de laatste jaren sterk zien groeien, tot ver boven de grenzen die in de Europese begrotingsregels zijn afgesproken. Vooral landen in Zuid-Europa, zoals Griekenland, Spanje, Portugal en Italië, maar ook Ierland, hebben een enorm begrotingstekort en een flinke staatsschuld. Sinds het bekend worden van grote financiële problemen in Griekenland, in oktober 2009, daalde de waarde van de euro, en steeg de rente die landen moesten betalen op hun leningen.
De lagere waardering van de euro werd veroorzaakt door een afnemend vertrouwen in de euromunt op de financiële markten. Beleggen in staatsobligaties van de landen in financiële problemen werd minder aantrekkelijk, omdat de kans toenam dat deze landen hun leningen niet meer kunnen terugbetalen.
De Duitse Bondskanselier Angela Merkel zei op 19 mei 2010 zelfs dat de euro in gevaar was door de financiële problemen van eurolanden. De crisis vormde volgens haar 'de grootste test voor Europa sinds decennia.'
De problemen hielden in 2010 en 2011 aan, en verergerden in sommige gevallen. Het vertrouwen in landen als Griekenland, en in mindere mate Ierland, Portugal, Spanje en Italië daalde nog verder. De andere eurolanden moesten te hulp schieten. ■

Bron: www.euobserver.com en www.europa-nu.nl

a Wat bedoelen we met een economische recessie?
b Wat bedoelen we met consumentenvertrouwen?
c Welke gevolgen heeft de schuldencrisis voor het consumentenvertrouwen? Licht je antwoord toe.
d Welke gevolgen heeft een daling in het consumentenvertrouwen voor de financiële resultaten van bedrijven? Licht uw antwoord toe.
e Wie betalen uiteindelijk de 'rekening' van de schuldencrisis (die ook wel eurocrisis wordt genoemd)? Licht uw antwoord toe.

1.4

Banken zijn sterker dan in 2008, maar de crisis kan deze keer wel erg groot uitvallen

Bankiers zijn bang voor een herhaling van de crisis van het najaar van 2008. Dit keer zijn hun balansen sterker, maar tegelijk zijn de potentiële problemen groter.

Cor de Horde, Amsterdam

Het voorgevoel dat er een nieuwe crisis aan zit te komen heeft hij al een tijdje, financieel directeur Bert Bruggink van Rabobank. Hij begon erover op 24 augustus, bij de presentatie van de halfjaarcijfers. De situatie op de geld- en kapitaalmarkten is 'vergelijkbaar met de periode na de val van Lehman', was toen zijn boodschap. Nu, drie weken later, is het alleen maar erger geworden, zegt hij.

Betekent dat weer een nieuwe ronde aan miljarden voor staatssteun en staatsgaranties? Op het eerste gezicht valt dat mee. Want banken staan er sterker voor dan in 2008, vlak voor het faillissement van de Amerikaanse zakenbank Lehman Brothers, op de kop af drie jaar geleden. Ze hebben nauwelijks dividend uitgekeerd maar alle winst gebruikt om hun buffers te versterken.

Bovendien komt de huidige eurocrisis niet zo onverwacht als die rond Lehman. Destijds was het een volkomen verrassing dat een overheid een systeembank zou laten vallen. Terwijl de problemen met de staatsschulden van sommige eurolanden al jaren sluimeren. Er kunnen dus scenario's worden gemaakt.

Daar komt nog bij dat het inmiddels wel duidelijk is dat overheden zich geen herhaling van Lehman zullen veroorloven. Als een bank dreigt te vallen, zal de overheid altijd klaarstaan om haar op te vangen, daar gaat de markt van uit. Of alle schuldeisers in zo'n scenario hun geld terug zullen krijgen, is overigens minder duidelijk. Ook de ECB staat klaar, zo liet Trichet gisteren nog eens weten.

Het lijkt er dus op dat een nieuwe crisis de banken minder voor problemen zal plaatsen, maar dat hoeft niet zo te zijn. Want de aard van de problemen die op banken af kunnen komen als de eurocrisis niet op tijd wordt opgelost, is veel ernstiger. Destijds ging het om een bank in Amerika die failliet ging plus problemen met rommelhypotheken die maar een klein deel van de beleggingen van banken uitmaakten.

Ditmaal gaat het om de kern van het financiële stelsel: de toekomst van de euro. 'Het gaat niet meer alleen om Griekenland. Ondertussen is ook Italië erbij gekomen. En er is rumoer in het Franse domein. Dat zijn plotseling wel twee heel belangrijke landen in het verhaal, dat brengt veel onzekerheden met zich mee', zegt financieel directeur Ference Lamp van SNS Reaal.

In 2008 was de crisis de schuld van bankiers zelf: met iets te veel dollartekens in de ogen hadden ze zich laten oplichten met rommelhypotheken. Maar deze keer gaat het om een enorme portefeuille aan staatsobligaties, die ze min of meer verplicht zijn aan te houden als liquiditeitsreserve.

Wat erger is: ze kunnen ditmaal niets bijdragen aan de oplossing. Griekenland of andere probleemlanden te hulp schieten, dat is een taak voor politici. Maar tot grote frustratie van bankiers, die gewend zijn problemen op te lossen, praten de politici maar door. In hun ogen spuien politici wilde ideeën zonder door te hebben hoe woest de markten daarop reageren.

Niet voor niets waarschuwen bankiers en analisten voor een herhaling van '2008', misschien wel in een ernstiger variant. Deze keer zijn alle scenario's ruim op tijd klaar, maar in sommige scenario's is er simpelweg te weinig ruimte om te handelen. In Nederland kan de overheid bijspringen – iets waar Financiën al voorzichtig naar kijkt – maar in andere eurolanden is zelfs dat niet zeker. ■

Bron: *Het Financieele Dagblad, 14 september 2011*

a Wat zijn volgens het bovenstaande artikel de verschillen tussen de crisis in 2008 (zie vraagstuk 1.2) en de schuldencrisis in het eurogebied in 2010 (zie ook vraagstuk 1.3)?

b Wat zijn de overeenkomsten tussen de crisis in 2008 (zie vraagstuk 1.2) en de schuldencrisis in 2010 (zie ook vraagstuk 1.3)?

c Wat zijn de gevolgen voor de banken als zij hun vorderingen op Europese overheden (zoals Griekenland) lager moeten waarderen?

- **d** Wat verstaan we onder een 'systeembank' en waarom zullen overheden (en/of de ECB) deze banken ondersteunen als zij in financiële problemen komen?
- **e** Wat bedoelen we in het geval van de eurocrisis met het 'besmettingsgevaar'?
- **f** Welke gevolgen heeft de schuldencrisis voor de kredierverlening van banken aan de consumenten (bijvoorbeeld voor het verstrekken van hypothecaire leningen aan particulieren)?
- **g** Welke gevolgen heeft de schuldencrisis voor de kredietverlening van banken aan het bedrijfsleven?

1.5 Leven in nederland niet veel duurder

In Nederland zijn de prijzen in maart met 2 procent gestegen. Dat is 0,6 procent lager dan het gemiddelde in de eurolanden.

Van onze verslaggever
Gerard reijn

Inflatie

Prijsstijging ten opzichte van 12 maanden eerder, januari 2008 tot en met maart 2011, in %

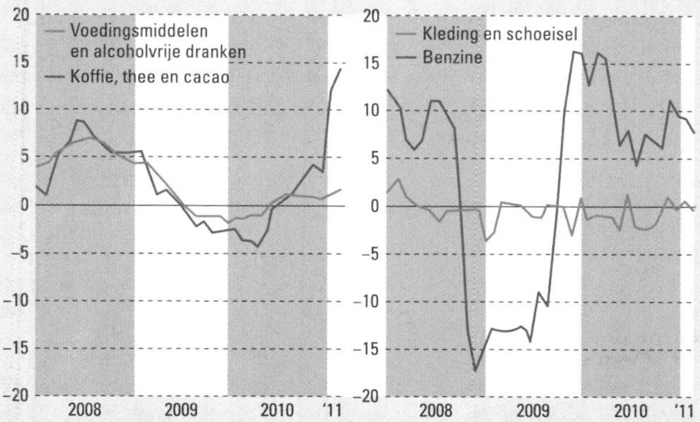

Bron: 080411 © de Volkskrant –wm. Bron: Centraal Bureau voor de statistiek, Den Haag/Heerlen 7-4-2011

AMSTERDAM – De inflatie is in maart een fractie gestegen, van 1,9 naar 2,0 procent. Dat is hetzelfde peil als in januari. De stijging komt geheel voor rekening van de overheid. Zonder verhoging van de assurantiebelasting was de inflatie in maart onveranderd gebleven.

Dit blijkt uit nieuwe cijfers van het Centraal Bureau voor de Statistiek. Sommige producten werden flink duurder. De prijs van koffie, thee en cacao steeg 14,6 procent ten opzichte van een jaar geleden. Fruit werd 8,2 procent duurder, autobrandstof 10,2 procent en gas 5,4 procent.

Een jaar geleden was de inflatie nog maar 1 procent, maar ook de huidige 2 procent is historisch gezien laag. De gemiddelde inflatie sinds 1987 bedraagt 2,17 procent. Alleen in de recessieperiode eind jaren tachtig en in de jaren sinds 2004 lag de inflatie onder de 2 procent.

De Europese Centrale Bank (ECB) beschouwt een inflatietempo van 2 procent als het maximaal toelaatbare. Ook in de berekening van de ECB komt de Nederlandse inflatie uit op 2 procent, maar in alle eurolanden bij elkaar is het 2,6 procent. Dat was voor de bank de reden om donderdag zijn belangrijkste rentetarief met een kwart procentpunt te verhogen.

De stilstand van de inflatie staat in schril contrast met de enorme prijsstijgingen voor grondstoffen op de wereldmarkten. Daar zijn graan, soja, metalen, gas en olie veel duurder geworden. De stijging van de olieprijzen heeft haar weg naar de benzinepomp wel gevonden, maar de

agrarische grondstoffen hebben nog maar zeer mondjesmaat geleid tot prijsstijgingen in de winkel.
De meeste grondstofprijzen worden slechts sterk 'verdund' vertaald in de winkelprijzen, verklaart CBS-econoom Michiel Vergeer. 'In de meeste producten zit veel meer arbeid dan grondstof.' Minstens even belangrijk is dat de gevreesde loon-prijsspiraal zich niet voordoet. 'De lonen blijven laag', constateert Vergeer.
Ook de concurrentie tussen producenten en winkeliers laat nauwelijks prijsstijgingen toe. Zelfs accijnsverhogingen worden niet meer doorberekend. In maart ging de tabaksaccijns omhoog, maar die werd vrijwel niet doorberekend.
Sigarettenfabrikant Philip Morris maakte eerder al bekend waarom: als de prijs wordt verhoogd, gaat de concurrentie met het marktaandeel aan de haal.
Economen van ABN Amro verwachten wel dat de grondstoffeninflatie uiteindelijk doordringt tot in de winkel. Nick Kounis, hoofdeconoom bij de bank: 'Producten moeten worden gemaakt en verkocht. Het duurt even voor ze op de winkelvloer te zien zijn. Maar ze komen wel.' Maar ook hij zegt dat fabrikanten en winkeliers een deel van de prijsstijging voor eigen rekening moeten nemen, 'zeker nu de economie nog slapjes is'. [...] ■

Bron: *de Volkskrant*, 8 april 2011

a Waarom gaat de Europese Centrale Bank (ECB) de rente verhogen als de inflatie te sterk dreigt te stijgen (boven de maximaal toelaatbaar geachte 2%)?
b Welke oorzaken kunnen ten grondslag liggen aan de prijsstijging van (eind)producten?
c Waarom is de inflatie veel geringer dan de stijging van de prijzen van graan, soja, metalen, gas en olie?
d Wat bedoelen we met de loonprijsspiraal?
e Welke invloed heeft de mate van concurrentie in een bepaalde branche op de mogelijkheden om gestegen inkoopprijzen door te berekenen in de verkoopprijzen?

1.6 EU leent miljarden extra aan mkb

EU leent miljarden extra aan mkb

NICE – **De Europese geldpot voor leningen aan middelgrote en kleine bedrijven wordt flink vergroot. De Europese Investeringsbank (EIB) wil het budget verhogen van ongeveer 5 naar 7,5 miljard euro per jaar.**

Dat blijkt uit een akkoord tussen de EIB en huidig EU-voorzitter Frankrijk, dat vrijdag bij EU-beraad in Nice bekend is geworden.

Om het extra geld was gevraagd door de Franse president Nicolas Sarkozy en de Britse premier Gordon Brown, als reactie op de verslappende economische en financiële situatie. Veel banken zitten daardoor krap bij kas.

Flexibeler
De EIB leent het geld aan banken, die het onder naam van 'Europese mkb-lening' kunnen doorlenen aan middelgrote en kleine bedrijven (mkb). Doel is dat de leningen flexibeler of goedkoper zijn dan commerciële leningen.

Van de speciale Europese mkb-leningen wordt nu al veel gebruikgemaakt in de Europese Unie. In Nederland is nog geen bank die ze aanbiedt, omdat veel banken hier zelf solide genoeg zijn. ■

Bron: ANP, 12 september 2008

Waarom is het belangrijk dat (ook) mkb-bedrijven tegen flexibele en gunstige voorwaarden vreemd vermogen kunnen aantrekken?

1.7 Inkoopmanager ziet krimp

Inkoopmanager ziet krimp

Index van Nevi, vereniging van inkoopdirecteuren, duikt na 26 maanden onder de 50.

Marcel de Boer
AMSTERDAM
Het economisch klimaat in Nederland is vorige maand guur geworden. Voor het eerst sinds juli 2009 is de bedrijvigheid in de productiesector verslechterd. Dat blijkt uit onderzoek door de Nederlandse Vereniging van Inkoopmanagers (Nevi).
De index van de Nevi is in september met 1,8 punten gedaald tot 48,9. Daarmee is de graadmeter na 26 maanden weer onder de 50 gezakt, wat duidt op economische krimp. Eerder werd al bekend dat de inkoopmanagersindex voor de Europese industrie en dienstensector vorige maand niet meer boven de 50 wist uit te komen.
De daling van de Nevi-index is vooral het gevolg van een fors ingezakte orderontvangst, zowel uit binnen- als buitenland. De opdrachten nemen onder meer af, omdat het vertrouwen van de klant een deuk heeft opgelopen, zo schrijft de vereniging op basis van een enquête onder 8000 Nederlandse managers die de inkoopbeslissingen in de bedrijven nemen.
Vooral de daling van het aantal nieuwe orders uit het buitenland – de grootste in bijna tweeënhalf jaar – is een teken aan de wand.

Krimpsignalen
Minder orders
- De inkoopmanagersindices worden beschouwd als een van de betrouwbaarste voorspellers van economische ontwikkeling
- Nevi ondervraagt 8000 inkoopdirecteuren
- Nevi-index daalt door fors ingezakte orderontvangst
- Nevi-index september met 1,8 punten gedaald tot 48,9. Lager dan 50 duidt op krimp.

Het herstel van de Nederlandse economie, sinds midden 2009, kwam immers vooral voor rekening van de uitvoer. Een sterk groeiende wereldhandel gaf een stevige impuls aan de export. De binnenlandse bedrijfsinvesteringen en particuliere consumptie gaven niet of nauwelijks blijk van herstel. Om die reden schreef econoom Maarten Leen van ING afgelopen vrijdag nog dat het herstel in Nederland op één been staat, 'waarbij dat ene been duidelijk vermoeidheidsverschijnselen begint te vertonen'.
De productieomvang bleef in september overigens nog beperkt groeien. Dit gold ook voor de werkgelegenheid. Bedrijven gebruikten de zwakte in de vraag om achterstanden weg te werken. De hoeveelheid onvoltooid of nog niet uitgevoerd werk daalde in september voor de zesde achtereenvolgende maand.
Nevi meldt verder dat de prijsdruk in september verder is afgenomen. De inkoopprijzen bleven grotendeels hetzelfde als in augustus, wat erop wijst dat hoge grondstofkosten geen groot probleem meer zijn voor de productiebedrijven. Aan de andere kant namen de verkoopprijzen maar in heel beperkte mate toe. ■

Bron: *Het Financieele Dagblad*, 3 oktober 2011

a Waarom worden juist inkoopmanagers geënquêteerd als je de verwachte groei in de economie (bedrijvigheid) wilt vaststellen?
b Waarvan hangt de economische groei in Nederland in belangrijke mate af?

1.8 Midden- en kleinbedrijf somber over 2009

Midden- en kleinbedrijf somber over 2009

DELFT – **Het midden- en kleinbedrijf in Nederland is somber over de economische ontwikkelingen volgend jaar. Ruim 80 procent van de bedrijven verwacht in 2009 voor het eerst in jaren geen toename van het aantal banen, terwijl de groei van de omzet en winst terugloopt.**
Dit blijkt uit de donderdag gepubliceerde economische barometer, die ondernemersorganisatie MKB-Nederland jaarlijks laat uitvoeren door het onderzoeksinstituut EIM.
Vorig jaar ging het midden- en kleinbedrijf nog positief het nieuwe jaar in. Nu is dat omgeslagen in pessimisme. Twee derde van de ondernemers is negatief over de economische situatie. Minder dan 20 procent gelooft nog in een positieve ontwikkeling van de economie.

Omzet
'Onzekerheid is troef', concludeert MKB-Nederland. Gemiddeld zal de omzet in het midden- en kleinbedrijf nog maar met 1,5 procent groeien tegen 2,75 procent dit jaar.

Bedrijven huren in toenemende mate uitzendpersoneel en zelfstandigen in om zich tegen een terugval te wapenen. Uit de economische barometer blijkt dat er volgend jaar niet meer dan 2 000 banen bijkomen. Dit jaar groeit de werkgelegenheid in het midden- en kleinbedrijf nog met 65 000 voltijdsbanen, in 2011 waren dat er 107 000. In de industrie, detailhandel en de horeca neemt het aantal arbeidsplaatsen naar verwachting af.

Personeel
De sector maakt zich zorgen over de oplopende kosten voor het personeel. Bijna 70 procent van de ondernemers noemt die zelfs een bedreiging voor hun bedrijf.

MKB-Nederland pleit voor een verantwoorde stijging van de lonen. 'De vakbonden zullen moeten kiezen, veel banen of hogere lonen.' Daarnaast maakt de organisatie zich sterk voor meer flexibiliteit in de werktijden om de arbeidsproductiviteit te verhogen. ■

Bron: ANP, 11 september 2008

Welke factoren leiden ertoe dat ondernemingen in het MKB somber zijn gestemd over de economische ontwikkelingen in 2009?

Zware deining op scheepvaartmarkt

Huurtarieven van grote schepen kelderen door krimpende staalproductie in China

Van onze redacteur

Er is grote deining ontstaan op de wereldwijde scheepvaartmarkt. Door de afnemende vraag naar staal in China wordt het steeds goedkoper om grote schepen te huren.

De stemming op de scheepvaartmarkt wordt weerspiegeld door de Baltic Dry Index, die de prijzen voor bulkvervoer over zee bijhoudt. Deze graadmeter is donderdag met 7,3% gedaald en in de laatste drie dagen met 16%, de grootste terugval sinds 1985.

De Chinese staalproducenten staan aan de basis van die neergang. Fabrieken, die zijn gesloten om ten tijde van de Olympische Spelen de vervuiling tegen te gaan, zijn nog niet heropend. Daarom staat de voorraad ijzererts bijna op recordhoogte en daarom vertraagt de Chinese vraag naar erts.

Investeerders in de scheepvaart, analisten en handelaren van New York tot aan Oslo, hebben daarom in de voorbije week hun verwachtingen voor het vierde kwartaal naar beneden bijgesteld.

IJzererts is een grondstof die erg vaak wordt verscheept met zogenaamde 'capesize vessels'. Dat zijn vrachtschepen die hun naam danken aan het feit dat ze te groot zijn om gebruik te maken van het Panamakanaal of het Suezkanaal, en daarom moeten omvaren via Kaap de Goede Hoop of Kaap Hoorn. Tot de capesize-schepen behoren onder meer mammoettankers en bulkcarriers.

Door hun enorme afmetingen en grote diepgang kunnen deze schepen alleen in de grootste diepwaterterminals aanleggen. De economische groeispurt in China en de toenemende drukte in het Suez- en het Panamakanaal hadden geleid tot een toename in het aantal bestelde capesize-schepen.

Maar de huur van de kolossale vaartuigen is nu gedaald tot het laagste niveau in negen jaar. De daghuur van een capesize-schip, dat doorgaans wordt gebruikt voor de verscheping van kolen en ijzererts, zal in het vierde kwartaal naar schatting gemiddeld uitkomen op $70.000. Aan het begin van deze week, voordat de beleggers en handelaren hun taxaties hadden aangepast, werd gerekend op een daghuur van $84.000.

De huurprijs zal mogelijk nog verder dalen, omdat staalproducenten hun productie inkrimpen. Daarnaast zien Rusland en China, twee van 's werelds snelst groeiende economieën, zich geconfronteerd met economische vertraging, zo blijkt uit IMF-ramingen.

'Van nu af aan zal het alleen nog maar erger worden', voorspelt Andreas Vergottis van het in de scheepvaart gespecialiseerde hedgefonds Tufton Oceanic. De prijzen 'zullen geen steun vinden' totdat ze zijn gehalveerd, voorspelde Vergottis al op 23 september. Dat was daags voordat de daling werd ingezet.

Scheepvaartbedrijven voelen de pijn. De koers van Mitsui Lines, Japans grootste aanbieder van schepen die ijzererts vervoeren, schommelt rond het laagste niveau in twee jaar. Op de beurs van Hongkong ging China Cosco de afgelopen dagen hard onderuit. Dat bedrijf is 's werelds grootste aanbieder van schepen die droge bulk vervoeren, zoals graan, kolen en ijzer.

De huurtarieven voor capesize-schepen bereikten een piek op 5 juni, van $233.988 per dag. Sindsdien zijn de prijzen op de Londen Baltic Exchange met meer dan driekwart gekelderd. 'In China zie je de staalprijzen dalen en de import van ijzererts neemt ook af', aldus Rikard Vabo, een analist bij Fearnley Fonds tegen persbureau Bloomberg. Fearnley is een tussenhandelaar in Oslo, die zich richt op de scheepvaart.

Bovendien heeft China momenteel een conflict met Cia Vale do Rio Doce, de grootste producent van ijzererts ter wereld. Het Braziliaanse bedrijf heeft het aantal verschepingen richting China vertraagd, omdat staalproducenten een prijsverhoging van Cia Vale hadden verworpen.

Het verschepen van Braziliaans ijzererts naar China maakt het één na grootste deel uit van de mondiale vraag naar capesize-schepen. Mocht de huidige patstelling worden doorbroken, zal de vraag naar capesize weer aantrekken, zo wordt algemeen verwacht.

Maar of dat voldoende is, blijft de vraag. Volgens een analist van Bank of America hebben de Chinese staalproducenten 'geen enkele interesse' getoond in het heropenen van bepaalde fabrieken, vanwege de 'ongeïnspireerde' vraag bij klanten als automakers en bouwbedrijven.

Staalproducenten in China zijn goed voor de helft van de wereldwijde import van ijzererts. 'De staalindustrie is aan het einde beland van een periode van hoge groei in productie en vraag, aldus de topman van het Chinese Boasteel eerder deze maand. 'De vraag vanuit de markt is niet goed en we zien steeds minder orders.' ▪

Bron: *Het Financieele Dagblad*, 27 september 2008

a Welke krachten uit het vijfkrachtenmodel van Porter zijn van toepassing op de scheepvaartmarkt? Geef bij iedere kracht weer wat de gevolgen zijn voor de mate van concurrentie in de scheepvaartmarkt.

b Wat is het verband tussen een teruggang in de economie en de huurprijs van 'capesize vessels'?

c Geef je mening over de marktmacht van de producent van ijzererts 'Cia Vale do Rio Doce'.

d Welke gevolgen zal de sterke daling in de daghuur van capesize-schepen hebben op de orderportefeuille van scheepsbouwers?

1.10 Druk op marge InBev

Druk op marge InBev

Van onze redacteur Amsterdam

De Belgische brouwer InBev, die werkt aan de overname van het Amerikaanse Anheuser-Busch, kampt met stijgende grondstofkosten en een tragere afzet in Rusland. Dit heeft InBev vrijdag laten weten in een tussentijds bericht. In reactie daarop sloot de koers gisteren met 4%.

Het bedrijf houdt rekening met een lichte daling van de bruto winstmarge in het derde kwartaal. Ook in de eerste helft van het jaar was al sprake van een licht slinkende marge. De bierafzet in Oost-Europa groeit minder sterk dan verwacht, terwijl de volumes in West-Europa een daling vertonen.

Tegelijk heeft InBev te maken met duurdere grondstoffen. Dit geldt vooral voor mout, waarvan de prijs in Rusland dit jaar al met 60% is gestegen. De totale kosten zullen dit jaar iets sterker groeien dan de geraamde 5 à 6%. Het gaat daarbij om granen, verpakkingsmateriaal en transportkosten. ■

Bron: *Het Financieele Dagblad*, 4 oktober 2008

Welke mogelijkheden heeft InBev om te brutowinstmarge te vergroten? Besteed in uw antwoord ook aandacht aan het vijfkrachtenmodel van Porter.

1.11 Om het honderdjarig bestaan van GM te vieren, laat de jarige de productieversie van de hybride Volt zien

Om het honderdjarig bestaan van GM te vieren, laat de jarige de productieversie van de hybride Volt zien

Na het conceptmodel en een groot aantal spyfoto's, geeft Chevrolet nu eindelijk de officiële beelden vrij. De auto waarmee het merk de markt voor hybrides vanaf eind 2010 wil gaan veroveren.

De wielen van de Volt worden permanent aangedreven door de 150 pk en 370 Nm sterke elektromotor. De Volt weet een topsnelheid te bereiken van 161 km/h, maar hoe snel hij die precies bereikt, is nog onbekend.

Als de batterijen met een capaciteit van 16 kW na ongeveer 60 kilometer leeg zijn, wordt de hulp ingeroepen van het brandstofaggregaat. Deze generator draait op gewone benzine, E85, of een combinatie van de twee en voorziet de elektromotor en batterijen van elektriciteit. De Volt gebruikt ook nog eens vier regeneratieve remmen om energie voor de elektromotor te winnen. En energie wordt onder andere bespaard door banden te gebruiken met een lage rolweerstand.

Eenmaal aangekomen op de bestemming kan de auto simpelweg worden aangesloten op het elektriciteitsnetwerk. Een voltage van zowel 110 als 240 wordt geaccepteerd en in respectievelijk 8 en 4 uur zijn de batterijen weer volgeladen.

Met een lengte van 4 404 mm is de Volt niet van het formaat 'dikke Amerikaan', toch moet de auto volgens GM genoeg ruimte bieden aan de vier inzittenden en hun bagage (301 liter). Een grote keus interieurkleuren, verlichting en materialen geeft de klant straks de kans om de auto te verpersoonlijken.

Standaard is de auto al voorzien van een grotendeels digitale cockpit. De wijzers van het instrumentarium zijn vervangen door een lcd-scherm en deze kan door de bestuurder naar eigen wens worden ingesteld. Ook een 7-inch scherm is geplaatst om alle informatie van de boordcomputer weer te geven. Een Bluetooth handsfree systeem en klimaatregeling met touchscreenbediening maken het dashboard af. ■

Bron: *Autovisie,* 16 september 2008

a De huidige modellen van GM worden aangedreven door motoren die benzine als brandstof hebben. Door welke ontwikkelingen worden autofabrikanten zoals GM 'gedwongen' hun strategie aan te passen?
b Welke gevaren loopt GM als het bedrijf niet tijdig overschakelt op de productie en verkoop van elektrisch aangedreven auto's?
c Ga na wat het verloop in de beurskoers van GM in de laatste jaren is geweest. Is er een verband te leggen met (een gebrek aan) strategische keuzes van GM?

1.12 Groen transportbedrijf zucht onder regeltjes

Groen transportbedrijf zucht onder regeltjes

door **HARRY VAN GELDER**

DOESBURG – Als eerste in de branche biedt logistiek bedrijf Koninklijke Botra zijn klanten aan om net als in de luchtvaart te kiezen voor klimaatneutraal wegtransport.

'Omdat het onmogelijk is de emissie tot nul te reduceren, kunnen klanten de CO_2-uitstoot compenseren door iets meer te betalen voor het wegtransport. Het extra geld wordt dan in samenwerking met Climate Neutral Group geïnvesteerd in windmolenparken, waterkracht, zonnepanelen en biogas- en compostprojecten', zegt directeur Machiel Roelofsen van het Doesburgse familiebedrijf.

Koninklijke Rotra is al jaren bezig zich te profileren als groen duurzaam bedrijf. Roelofsen doet het voor het milieu, zeker. En om zich te onderscheiden.

Maar het valt niet altijd mee. Zijn bedrijf zucht onder de Haagse regelgeving. Onbedoeld werkt de overheid regelmatig tegen. Zo sneuvelde vorig jaar het experiment met de vrachtwagen die op milieuvriendelijke ethanol reed. De truck haalde veel publiciteit en werd ingewijd door toenmalig minister Cramer van Milieu. Maar door toedoen van diezelfde overheid bleek het te duur om op ethanol te rijden.

'Behalve een toeslag op diesel moesten we ook een toeslag op alcohol betalen. Daardoor liep de kilometerprijs te zeer op en moesten we noodgedwongen stoppen, terwijl we met de truck de emissie met 90% reduceerden.'

Er zijn eveneens problemen met de zogeheten ecocombi, de supergrote vrachtwagen van 25,25 meter lengte. Volgens Roelofsen is die milieuvriendelijk, omdat tegen dezelfde milieukosten en dezelfde bedrijfskosten anderhalf keer meer kan worden vervoerd. Rotra is al sinds de jaren 90 betrokken bij de ontwikkeling van de supertruck. Sinds kort mag hij rijden in Nederland. Maar Europa toont zich weer eens verdeeld. 'De ecocombi is alleen rendabel op lange afstanden', zegt Roelofsen. 'Maar veel Duitse deelstaten houden onder druk van spoorwegbedrijf Deutsche Bahn de vrachtwagen tegen, waardoor we er nauwelijks gebruik van kunnen maken.'

Een ander voorbeeld is het eindeloos aanvragen van vergunningen voor de bouw van een loshaven in Doesburg, de residentie van Rotra. 'We willen via de milieuvriendelijkere binnenvaart goederen vervoeren, maar je krijgt te maken met het aanvragen van duizenden vergunningen.'

Na jaren van geploeter is er nu wél toestemming verleend, maar nu is het weer wachten op Rijkswaterstaat die de haven moet uitbaggeren.

Je zou er bijkans gek van worden, maar Rotra blijft voortgaan op het duurzame pad. Dus plaatst het concern zonnecellen op het bedrijfsterrein, worden chauffeurs getraind om zuiniger te rijden en presenteert het binnenkort de eerste vrachtwagen op LNG. 'We stoten vaak ons hoofd, maar we blijven doorzetten.' ■

Bron: *De Telegraaf, 17* augustus 2011

a Hoe kan de overheid groen duurzaam ondernemen bevorderen?
b Welke afwegingen maken de Nederlandse overheid en andere Europese overheden bij het bevorderen van de – in het artikel genoemde – supertruck?
c Koninklijke Rotra is voorstander van milieuvriendelijk transport. Met welke randvoorwaarden houdt ze daarbij echter rekening?
d Tegen welke problemen loopt Rotra op bij haar streven naar milieuvriendelijker transport?

1.13 Unilever en Procter & Gamble beboet voor prijsafspraken

Unilever en Procter & Gamble beboet voor prijsafspraken

Van onze verslaggever
GERARD REIJN

AMSTERDAM – Afspraken bij de introductie van compacte wasmiddelen tussen Unilever, Procter & Gamble en Henkel zijn door de Europese Commissie afgestraft met boetes van in totaal 315 miljoen euro.

P&G moet 211 miljoen betalen, Unilever 104 miljoen. Het Duitse concern Henkel niets. Henkel had de kwestie namelijk bij de Europese Commissie aangegeven. Toenmalig EU-commissaris Neelie Kroes begon in 2008 het onderzoek naar de verboden prijsafspraken. Haar opvolger Joaquín Almunia liet woensdag weten dat 'bedrijven niet de illusie moeten hebben dat de Commissie zal stoppen met haar gevecht tegen kartels'.

Volgens het onderzoek hebben de drie bedrijven zich schuldig gemaakt aan prijsafspraken in acht Europese landen: Nederland, België, Frankrijk, Duitsland, Griekenland, Italië, Portugal en Spanje. Alle grote merken waren erbij betrokken: Omo en Radiant van Unilever, Ariel en Tide van P&G en Persil van Henkel (al wordt Persil in sommige landen door Unilever verkocht).

Het vergrijp begon in januari 2002 toen de drie zeepconcerns met elkaar spraken over de introductie van compacte wasmiddelen. Volgens een woordvoerder van Unilever ging het erom de consumenten ervan te overtuigen dat ze beter met deze wasmiddelen konden wassen, bij lagere temperatuur. 'Niemand van ons kon hierin een concurrentievoordeel halen. We zagen wel dat als we met zijn drieën zouden opereren, we de consument tien keer zo snel tot de milieuvriendelijker wasmethode zouden kunnen overhalen.'

Die samenwerking was toegestaan, maar volgens Europees commissaris Almunia gingen ze veel verder. 'Ze gebruikten dat milieu-initiatief om de marktaandelen onderling te regelen, en ze kwamen overeen de prijzen niet te verlagen ook al werden de verpakkingen kleiner.' Unilever betitelt het milder: 'We maakten afspraken over de fasering van de beprijzing en de prijspromoties.' ■

Bron: *de Volkskrant*, 14 april 2011

a Van welke marktvorm is voor de markt van compacte wasmiddelen sprake? Motiveer uw antwoord.
b Welke afwegingen maakt de Europese Commissie bij het bewaken van de concurrentie binnen een bepaalde branche?
c Welke machtsmiddelen heeft de Europese Commissie in haar strijd tegen ongeoorloofde (prijs)afspraken?

1.14 Onderneming De Papierwals is op 15 januari 2010 gestart met de productie van papier voor tijdschriften. Begin januari 2010 is voor €20 mln eigen vermogen aangetrokken door het uitgeven van aandelen. Bovendien is €15 mln vreemd vermogen aangetrokken.

In januari 2010 zijn de volgende bedragen betaald:
- voor de aanschaf van gebouwen en machines €28 mln;
- voor de aanschaf van grondstoffen €3 mln.

Over de maand januari 2010 is verder gegeven:
- €2,2 mln aan grondstoffen is tot eindproduct verwerkt. Voor deze productie is bovendien €1 mln aan arbeidskosten uitbetaald.
- Eindproducten met een kostprijs van €2,8 mln zijn contant verkocht voor €3,2 mln.
- Aan belastingen over de winst is €60.000 betaald.
- Aan interest is €150.000 betaald, terwijl €100.000 vreemd vermogen is afgelost.
- Ontvangen subsidies €20.000.

Geef een gespecificeerde berekening van de:

a uitgaande primaire geldstromen;
b ingaande primaire geldstromen;
c uitgaande secundaire geldstromen;
d ingaande secundaire geldstromen.

1.15 Handelsonderneming Internettrading nv verkoopt kantoorartikelen via internet. Met betrekking tot het jaar 2010 zijn de volgende gegevens bekend:
- Het aandelenvermogen is uitgebreid met €10 mln.
- Er is €180.000 dividend uitbetaald.
- Er is voor €10 mln geïnvesteerd in gebouwen en inventaris, dit bedrag is ook betaald.
- De afschrijvingen op gebouwen en inventaris bedraagt €50.000.
- Er is voor €40 mln kantoorartikelen verkocht, waarvan €38 mln door afnemers is betaald. De inkoopwaarde van de kantoorartikelen bedraagt €30 mln.
- Er is voor €33 mln kantoorartikelen ingekocht, waarvan €32 mln is betaald.
- Het rekening-courantkrediet is afgenomen met €6 mln.
- Aan belastingen over de winst is €240.000 betaald.
- Aan interest is €90.000 betaald, terwijl €200.000 lang vreemd vermogen is afgelost.
- De ontvangen subsidies bedragen €400.000.

Geef een gespecificeerde berekening van de:

a uitgaande primaire geldstromen;
b ingaande primaire geldstromen;
c uitgaande secundaire geldstromen;
d ingaande secundaire geldstromen.

2 Ondernemingsvormen

2.1 In september 1993 heeft 'Heijmans N.V.' nieuwe (certificaten van) aandelen uitgegeven. Om de beleggers te informeren verstrekt de emitterende onderneming informatie in de vorm van een prospectus (introductiebericht) en jaarrekeningen. Uit het introductiebericht van 'Heijmans N.V.' is de volgende passage overgenomen.

> Algemene informatie
>
> Oprichting
>
> De activiteiten van Heijmans N.V. zijn in 1923 gestart door J. Heijmans. De in 1928 gevormde vennootschap onder firma werd op april 1932 omgezet in de N.V. Aannemers- en Wegenbouwmaatchappij v/h Firma J. Heijmans. In 1972 is de juridische structuur van de onderneming aangepast; Verenigde Heijmans Bedrijven B.V. fungeert sedertdien als houdstermaatschappij van werkmaatschappijen, ondergebracht in zes divisies.
>
> Haar statuten werden laatstelijk gewijzigd bij akte van 9 mei 1990 verleden voor notaris prof.mr. P.J. Dortmond te Rotterdam (beschikking van 4 mei 1990, nummer B.V. 47.428).
>
> Met het oog op de onderhavige beursintroductie zijn de statuten op 1 september 1993 gewijzigd, waarbij onder meer de besloten vennootschap is omgezet in een naamloze vennootschap en de naam werd gewijzigd in Heijmans N.V., bij akte verleden ten overstaan van notaris prof.mr. P.J. Dortmond te Rotterdam. Op het ontwerp van deze akte werd de ministeriële verklaring van geen bezwaar verkregen op 27 augustus 1993, onder nummer N.V. 47.428. De statuten van de vennootschap zijn afgedrukt op pagina's 42 tot en met 54 van dit Introductiebericht.
>
> Daarnaast zijn de statuten en administratievoorwaarden van Stichting Administratiekantoor Heijmans, statutair gevestigd te Rosmalen, gewijzigd. Aan deze Stichting zijn de aandelen van de vennootschap ten titel van beheer overgedragen. De Stichting oefent het stemrecht uit op de in beheer genomen aandelen op naam, waartegenover certificaten aan toonder zijn uitgegeven.
>
> De statuten en administratievoorwaarden van deze Stichting zijn afgedrukt op de pagina's 55 tot en met 62 van dit Introductiebericht. De betreffende akten zijn gelijktijdig met de akte van statutenwijziging van de vennootschap voor genoemde notaris verleden.
>
> Bron: *Emissiebericht Heijmans NV*, september 1993

a Welke ondernemingsvorm is waarschijnlijk voor 1928 op 'Heijmans' van toepassing geweest? Motiveer het antwoord.

b Wat kan in 1928 de reden geweest zijn om een 'vennootschap onder firma' op te richten?

c Op 6 april 1932 is de vennootschap onder firma omgezet in een naamloze vennootschap. Wat kunnen hiervoor de redenen geweest zijn?

d In 1972 is de naamloze vennootschap omgezet in een besloten vennootschap. Noem een reden die tot dit besluit geleid kan hebben.

e In 1993 is de besloten vennootschap weer omgezet in een naamloze vennootschap. Wat is hiervoor de reden geweest?

f Wat is de rol van de 'Stichting Administratiekantoor Heijmans'?

g Welke rechten hebben de houders van de certificaten van aandelen Heijmans?

2.2 Opkomst zzp'ers ondermijnt sociale stelsel

Opkomst zzp'ers ondermijnt sociale stelsel

DELFT – **De trend van steeds meer zelfstandigen zonder personeel (zzp'ers) is niet meer te stuiten op de arbeidsmarkt. Voorzitter Loek Hermans van MKB-Nederland is er blij mee.**
'Het verlost werkgevers van een boel administratieve rompslomp en werknemers van de betutteling van verplichte sociale verzekeringen.' Maar hij vreest wel ondermijning van ons sociale stelsel van onder meer de WW, WAO/WIA en AOW.

Daarom is het volgens de voorman van het midden- en kleinbedrijf hoog tijd dat het kabinet, werkgevers en vakbonden er serieus naar kijken. Hermans wil het onderwerp op tafel leggen tijdens het najaarsoverleg tussen het kabinet en de sociale partners begin oktober.

Verdubbeling
Momenteel zijn er ongeveer 1 miljoen zzp'ers en dat aantal verdubbelt volgens MKB-Nederland binnen twee jaar. Het zijn veelal mensen die de plaats innemen van werknemers in loondienst. Met als groot verschil dat de zelfstandigen niet verplicht verzekerd zijn voor werkloosheid, ziekte of arbeidsongeschiktheid en vaak niet sparen voor een aanvullend pensioen.

Werkgevers vinden het aantrekkelijk, omdat zij mensen kunnen inhuren voor concrete klussen. Ze hebben dan minder vast personeel nodig. Ook worden ze niet opgezadeld met de hele afwikkeling van lonen, premies en belastingen.

Volgens Hermans kiezen mensen ervoor om als zelfstandige aan de slag te gaan, omdat ze hun eigen tijd willen indelen en af willen van allerlei verplichte regelingen. Een werknemer in loondienst houdt bijvoorbeeld van de 45 euro per uur die hij verdient, 24 euro netto over, terwijl de zzp'er die 45 euro bijna helemaal vrij kan besteden.

Pensioen
De MKB-voorzitter juicht het opkomende ondernemerschap onder de vaak oud-werknemers toe. Aan de andere kant ziet hij wel dat een grote groep zzp'ers geen aanvullend pensioen naast de AOW opbouwt en in de problemen kan komen bij ziekte, omdat ze geen geld uittrekken voor noodgevallen en hun oude dag. Hermans is er huiverig voor om dit de ondernemers op te leggen.

Maar de werkgeversvoorman heeft geen pasklaar antwoord op de vraag wat er dan wel moet gebeuren om het sociale stelsel overeind te houden. Dat kan haast niet zonder verplichtingen. Een optie zou volgens hem kunnen zijn een basisstelsel sociale verzekeringen voor iedereen, net zoals de verplichte ziektekostenverzekering. Mensen kunnen dan zelf kiezen voor een aanvullend pakket.

'Wat we ook besluiten, de trend van meer zzp'ers loopt door. Het gebeurt gewoon, dus we moeten nu kijken hoe we de nadelen kunnen corrigeren zonder de wortel uit de plant te trekken.' Daarom is het volgens hem wel de hoogste tijd dat het kabinet met werkgevers, vakbonden en deskundigen in de Sociaal-Economische Raad een oplossing zoekt. ■

Bron: ANP, 28 september 2008

a Wat is een zzp'er?
b Waarom verlost een zzp'er werkgevers van een boel administratieve rompslomp?
c Welke voordelen heeft het 'inhuren' van zzp'ers voor ondernemingen?
d Welke problemen kunnen er mogelijk ontstaan als het aantal zzp'ers sterk toeneemt?

Te weinig werk voor Zzp'ers

Door een onzer redacteuren

ROTTERDAM, 23 April. Kleine zelfstandige ondernemers hebben te weinig werk. De helft van de zelfstandigen zonder personeel (zzp'ers) had vorig jaar minder opdrachten dan gewenst. Zzp'ers hebben in 2010 gemiddeld iets meer dan de helft van hun tijd declarabel besteed. Dat blijkt uit onderzoek van de Kamer van Koophandel (KvK).

Op 1 januari van dit jaar telt het register van de Kvk 714.000 zzp'ers. Vorig jaar registreerde de Kamer van Koophandel 123.500 starters, waarvan het merendeel eenmansbedrijven. Dat is een stijging van 17 procent ten opzichte van een jaar eerder.

Zzp'ers ondervinden steeds meer concurrentie van elkaar. Uit eerder onderzoek van de KvK bleek dat ruim een derde van de zzp'ers in toenemende mate concurrentie ervaart van andere zelfstandigen.

De KvK vindt het niet nodig om toekomstige zzp'ers te waarschuwen voor de stevige concurrentie. 'Ondernemerschap is goed voor Nederland. Een deel van de zzp'ers groeit door en neemt personeel aan', zegt een woordvoerder van de KvK. 'Zoals altijd adviseren wij starters een bedrijfsplan te schrijven, inclusief een analyse van de concurrentie.' ■

Bron: *NRC Handelsblad*, 23 april 2011

Zzp'er vreest economische dip

ZEIST – Ruim de helft van de zelfstandige ondernemers in de zakelijke dienstverlening en de ict verwacht dat de Nederlandse economie volgend jaar in een recessie belandt. Dat blijkt uit de zzp-monitor van zzp-platform Myler onder 1963 zelfstandigen.

Zzp'ers krijgen als eerste te maken met de effecten van een afzwakkende economie. Zo merkt 58% dat het aanbod van opdrachten een stuk minder is dan een halfjaar eerder. Verder geeft 69% van de zelfstandigen aan dat de hoogte van het uurtarief onder druk staat. Ook is in het laatste halfjaar het aantal gedeclareerde uren per week gedaald bij 36% van de hoogopgeleide zzp'ers.

Toch is 76% van de ondervraagden neutraal of positief over hun financiële toekomst. Bij een eventuele economische dip zal de impact op de financiële situatie van de zzp'ers naar verwachting veel minder zijn dan tijdens de vorige financiële crisis. ■

Bron: *De Telegraaf*, 24 september 2011

- **a** Wat is het voordeel voor bedrijven en overheidsinstanties die gebruik maken van zzp'ers boven eigen personeel?
- **b** Welke rechtsvorm zullen de zzp'ers in het algemeen kiezen?
- **c** Waaraan moet ook een zzp'er aandacht schenken bij het opstellen van een bedrijfsplan?
- **d** Waarom krijgen zzp'ers als eerste te maken met een afzwakkende economie?
- **e** Wat zijn de gevolgen van een afzwakkende economie voor de zzp'ers?

Europese SPE kan erg populair worden bij het bedrijfsleven

Steef Bartman

De Societas Privata Europaea (SPE) zal in alle EU-landen snel een populaire rechtsvorm zijn. Al eerder klonk de roep om een Europese bv ten behoeve van het mkb (FD 11 januari 2007). Inmiddels publiceerde de Europese Commissie een ontwerp-Verordening voor een SPE. Het aantrekkelijke is dat deze rechtstreeks werkt in alle EU-landen. Nationale implementatiewetten zijn niet nodig. De wettelijke regeling van een SPE zal daarom binnen alle EU-landen hetzelfde zijn, waarbij ondernemers grote vrijheid hebben om haar naar eigen inzicht vorm te geven. Anders dan bij de Europese naamloze vennootschap (SE) geldt niet de eis dat de onderneming in verschillende Europese lidstaten opereert. De SPE is ook geschikt voor zuiver nationaal gebruik.

Dit maakt de SPE niet alleen voor het mkb een aantrekkelijke rechtsvorm. Zij kan zelfs onze toekomstige, vereenvoudigde bv voorbij streven. Ondernemers kunnen nationale rechtsvormen (bv, GmbH, Sárl of Ltd) blijven gebruiken. De SPE is echter goedkoop, flexibel en geeft de onderneming bovendien een Europese uitstraling. Dit zal vele exporterende ondernemers aanspreken.

Invoering van de SPE is voorzien medio 2010. De hoofdlijnen van het voorstel zijn de volgende:

Voor oprichting is geen notariële akte nodig, een contract of document met de minimaal voorgeschreven statuten volstaat. De SPE wordt rechtspersoon door inschrijving in het handelsregister. Er is geen verplicht minimumkapitaal. Statutaire en feitelijke zetel hoeven niet dezelfde te zijn, als ze maar binnen de EU vallen. Het tegenstrijdig belang van een bestuurder tast zijn rechtshandelingen niet aan, maar leidt eventueel tot aansprakelijkheid tegenover de SPE. Beperkingen op de overdraagbaarheid van aandelen vergen de instemming van alle aandeelhouders. Minderheidsaandeelhouders kunnen zich laten uitkopen door medeaandeelhouders of de SPE; zij kunnen ook worden uitgestoten. Dividenduitkering is beperkt tot de overwaarde van de activa; de statuten kunnen een solvency-test voorschrijven.

De SPE valt onder de organieke medezeggenschap van werknemers in het land van oprichting. Bij cross border-zeteloverdracht geldt de regeling van het gastland, maar als de werknemers van de SPE ten minste een derde van het concern vormen, moet daarover onderhandeld worden. ■

Nieuwe rechtsvorm in alle EU-landen

- De verordening voor de Societas Privata Europaea werkt direct in alle lidstaten
- Voor oprichting van een SPE is geen notariële akte nodig en een minimumkapitaal is niet vereist
- Verordening regelt de overdracht van aandelen
- Medezeggenschap volgens regels in land van oprichting

Steef M. Bartman is hoogleraar ondernemingsrecht Universiteit Leiden, advocaat bij BarentsKrans te Den Haag en hoofdredacteur van European Company Law.

Bron: *Het Financieele Dagblad*, 18 september 2008

a Wat is het verschil tussen een ondernemingsvorm met rechtspersoonlijkheid en een ondernemingsvorm zonder rechtspersoonlijkheid?
b Wat is het voordeel van een SPE boven een SE?
c Wat is het voordeel van de SPE ten opzichte van de bv, GmbH, Sárl of Ltd?

2.5 VEB op oorlogspad tegen het 'Administratiekantoor'

VEB op oorlogspad tegen het 'Administratiekantoor'

Van een onzer verslaggevers
AMSTERDAM, vrijdag

Door de invoering van de code-Tabaksblat (een pakket richtlijnen om goed ondernemingsbestuur te bevorderen) is ook de rol van het Administratiekantoor veranderd. Dit typisch Nederlandse vehikel, dat aandelen met stemrecht beheert en certificaten zonder stemrecht uitgeeft, moet het vertrouwen van de certificaathouders genieten en onafhankelijk van de vennootschap opereren. Het bestuur van de 'Stichting Administratiekantoor' (Stak) van uitgeverijconcern De Telegraaf voegde zich gisteren in het rijtje dat tijdens een speciale - door Tabaksblat 'voorgeschreven' - vergadering dit vertrouwen expliciet vraagt. Tevergeefs.

Een meerderheid van de aanwezige certificaathouders bleek geen vertrouwen te hebben in het Stak-bestuur van het uitgeversbedrijf. Die uitkomst had alles te maken met de komst van de Vereniging van Effectenbezitters (VEB), die 12% van de certificaathouders vertegenwoordigde en daarmee het meeste gewicht in de schaal legde. De Amerikaanse vermogensbeheerder Tweedy Brown (6% van de certificaathouders) sprak zijn vertrouwen wél uit. Niet dat de Amerikanen veel ophebben met certificaten, maar, zoals een woordvoerder het uitdrukte: „De realiteit is de realiteit, en daar moeten we ons langzaam en op een redelijke manier uitwerken." VEB-directeur Peter Paul de Vries hield vast aan de harde en principiële lijn, die op 12 januari jl. ook al leidde tot het opzeggen van het vertrouwen in het Stak-bestuur van Wessanen. De weerzin van de VEB tegen certificaten en administratiekantoren dateert al van vóór de periode-Tabaksblat.

Volgens Willem Lammerts van Bueren, voorzitter van de Stak van De Telegraaf, is dit vehikel geen beschermingsconstructie, maar een middel om te voorkomen dat de besluitvorming op de aandeelhoudersvergadering door „absenteïsme" wordt beïnvloed. „Mede dankzij de inspanning van de VEB zit hier 18% van de certificaathouders, maar dat is geen percentage waarvan je zegt: we praten nu met dé aandeelhouder. Wij hebben het gevoel dat wij een goede functie vervullen door te voorkomen dat een toevallige meerderheid op de algemene aandeelhoudersvergadering (ava) de dienst uitmaakt. Het is een noodzakelijk kwaad." ■

Bron: *De Telegraaf*, 4 februari 2005

- **a** Wat is het verband tussen de invoering van de 'Code Tabaksblat' en de strijd tegen 'Administratiekantoren'?
- **b** Wat zijn de taken van de Vereniging van Effectenbezitters (VEB)? Voor het antwoord kunt u de website www.veb.net raadplegen.
- **c** Wat is het verschil in zeggenschap tussen 'houders van certificaten van aandelen' en 'aandeelhouders'?

2.6 De firmanten Jan en Toon (twee broers, beiden hebben geen partner) hebben samen een onderneming met de rechtsvorm van vennootschap onder firma (vof). De zaken gaan al een tijdje slecht en de schuldeisers hebben het faillissement aangevraagd. Bij het faillissement van de onderneming bleek dat de schulden van de vof €100.000 hoger zijn dan de bezittingen van de vof. Het privévermogen van Jan bedraagt €80.000 en het privévermogen van Toon bedraagt €30.000.

- **a** Bereken het bedrag dat de schuldeisers kunnen eisen van Jan.
- **b** Bereken het bedrag dat de schuldeisers kunnen eisen van Toon.

2.7 De firmanten Piet en Klaas Jansen hebben een gezamenlijke bakkerij onder de naam Bakkerij Jansen vof. De resultaten van de vof zijn al jaren negatief. Dit heeft geleid tot een uitholling van het eigen vermogen en een toename van het vreemd vermogen. Omdat de verschaffers van het vreemd vermogen de toekomst voor Bakkerij Jansen vof somber inzien, hebben ze het faillissement van de onderneming aangevraagd. De curator die belast is met de afwikkeling van het faillissement, schat de liquidatiewaarde van de activa van Bakkerij Jansen vof op €100.000. De totale schulden van de vof bedragen €300.000. Op grond van deze gegevens is de volgende liquidatiebalans opgesteld:

Liquidatiebalans Bakkerij Jansen vof

Bezittingen	€ 100.000	Vreemd vermogen	€ 300.000
		Eigen vermogen (negatief)	– € 200.000
	€ 100.000		€ 100.000

De curator heeft ook de privésituatie van de firmanten onderzocht. Dat heeft de volgende resultaten opgeleverd:

Privé Piet Jansen

Waarde woonhuis	€ 300.000	Hypothecaire lening woonhuis	€ 200.000
Spaartegoeden	- 50.000	Privévermogen	- 170.000
Waarde roerende zaken	- 20.000		
	€ 370.000		€ 370.000

Privé Klaas Jansen

Spaartegoeden	€ 10.000	Schuld rekening-courant	€ 15.000
Waarde roerende zaken	- 40.000	Privévermogen	- 35.000
	€ 50.000		€ 50.000

a Wat houdt hoofdelijk aansprakelijk voor de firmanten van een vof in?
b Bereken welk bedrag van de schuld van de vof door Piet en welk bedrag door Klaas Jansen moet worden betaald.

2.8 Groothandel Jumbo is gespecialiseerd in kantoorartikelen. De heer Jacobs is eigenaar en tevens enige directeur van Jumbo. De omzet van de onderneming bedraagt €2,4 mln per jaar. Alle kosten (met uitzondering van de beloning voor de directeur-eigenaar) bedragen €1,7 mln per jaar. Op dit moment heeft de groothandel de juridische vorm van een eenmanszaak. De heer Jacobs overweegt echter de eenmanszaak in een bv om te zetten. Bij omzetting van de eenmanszaak in een bv wordt aan Jacobs als directeur-grootaandeelhouder (DGA) een salaris toegekend van €50.000. Over dit salaris moet 32% aan sociale lasten worden betaald. Jacobs keert de winst na aftrek van vennootschapsbelasting volledig als dividend aan zichzelf uit. De dividenden die de directeur-grootaandeelhouder (dga) ontvangt, zijn inkomsten uit een aanmerkelijk belang en vallen in box 2. Een dga heeft een aanmerkelijk belang als de dga (samen met zijn of haar fiscale partner) minimaal 5% van de aandelen van de bv bezit. De vennootschapsbelasting bedraagt 20% over een winst tot en met €200.000 en over het gedeelte van de winst boven €200.000 is 25% vennootschapsbelasting verschuldigd.

De inkomstenbelasting is opgesplitst in drie boxen.

Box 1
De minimale zelfstandigenaftrek bedraagt €4.602.
De belastingtarieven gespecificeerd per schijf worden in de volgende tabel weergegeven.

Tarieven voor de inkomstenbelasting

Schijf		**Tarief**
€0	t/m €18.628	33%
€18.629	t/m €33.436	41,95%
€33.437	t/m €55.694	42%
€55.695	en meer	52%

Box 2
In box 2 wordt 25% inkomstenbelasting geheven over dividendinkomsten uit een aanmerkelijk belang en over de vervreemdingswinst bij verkoop van de aandelen.

Box 3
In box 3 wordt het inkomen uit sparen en beleggen belast. Het tarief in box 3 is 30%. In plaats van het werkelijke rendement, wordt door de fiscus verondersteld dat een rendement van 4% wordt behaald over de gemiddelde waarde van het spaartegoed en de beleggingen.

NB We houden alleen rekening met de gegevens die in deze opgave staan vermeld. De belastingtarieven gelden voor 2011.

a Maak een berekening van de te betalen belasting ingeval:
1 de eenmanszaak wordt gehandhaafd;
2 de eenmanszaak in een bv wordt omgezet.
b Bij een nv of bv kan er sprake zijn van dubbele belastingheffing. Leg uit wat wordt bedoeld met dubbele belastingheffing.

3 Ondernemingsplan

3.1 Handelsonderneming Euromix bv wil een nieuwe vestiging in Nederland openen. Van een projectontwikkelaar is een stuk industrieterrein gekocht voor €400.000. Op dit terrein wordt een pand gerealiseerd, dat €600.000 kost. De kosten voor technische installaties worden geschat op €140.000, terwijl aan inventaris €100.000 zal worden besteed. In voorraden zal €300.000 worden geïnvesteerd.
Alle hiervoor genoemde bedragen zijn exclusief 19% btw.
Euromix bv denkt voor haar vestiging in Nederland €40.000 aan liquide middelen nodig te hebben.

a Stel de investeringsbegroting (het in totaal te investeren bedrag) voor de Nederlandse vestiging van Euromix bv op.

b Maak een voorstel voor de financiering van de Nederlandse vestiging van Euromix bv. Verdeel het vermogen in eigen en vreemd vermogen en splits het vreemd vermogen op in lang en kort vreemd vermogen. Geef een motivatie bij de gemaakte keuzes.

Ga bij de financiering van de onderneming uit van de volgende randvoorwaarden/gegevens:

- Het eigen vermogen moet minimaal 25% van het totale vermogen bedragen. We veronderstellen dat het eigen vermogen beschikbaar is in de vorm van aandelenvermogen.
- Er wordt een hypothecaire lening afgesloten, waarvan de omvang 70% bedraagt van de aanschafwaarde (exclusief btw) van het pand, inclusief de grond.
- Naast de hypothecaire lening is de bank bereid een lening te verstrekken van maximaal €100.000.
- Van de voorraden wordt 60% op rekening gekocht.
- Met de bank is afgesproken dat het kredietplafond van de rekening-courant €500.000 bedraagt.

c Stel de beginbalans op voor de Nederlandse vestiging van Euromix bv. Ga daarbij uit van de antwoorden op de vragen **a** en **b** en de genoemde randvoorwaarden.

3.2 Jansen en Tilanus starten een handel in merkkleding met de rechtsvorm van besloten vennootschap (Jansen & Tilanus bv). Het bedrijfspand dat ze op het oog hebben, kunnen ze kopen voor €1,2 mln. Voor de aanschaf van kantoormeubilair en magazijninrichting (inventaris) hebben ze €400.000 nodig. Jansen & Tilanus bv koopt bij de start van de onderneming €330.000 aan merkkleding in. De leveranciers van de merkkleding eisen dat 70% van hun leveringen direct wordt betaald en zijn bereid voor de rest leverancierskrediet te verstrekken. De bank is bereid voor de financiering van het bedrijfspand een hypothecaire lening met een looptijd van 20 jaar te verstrekken. De omvang van de hypothecaire lening bedraagt 75% van de aankoopwaarde van het bedrijfspand. De rente op de hypothecaire lening bedraagt 6%. Voor de financiering van de inventaris sluit de bv een banklening af met een looptijd van tien jaar tegen een rente van 8%. De omvang van de banklening is gelijk aan 80% van de aanschafwaarde van de inventaris. Daarnaast krijgt de onderneming de beschikking over een rekening-courantkrediet tot maximaal €120.000. De rente op de rekening-courant bedraagt 10%. Jansen en Tilanus stellen ieder €250.000 in de vorm van eigen vermogen (aandelenvermogen) aan de bv beschikbaar. Voor de betaling van kleine leveringen heeft de bv steeds €3.000 in Kas. Met btw houden we geen rekening.

Stel de openingsbalans van Jansen & Tilanus bv op, waarbij de bv een zo laag mogelijk saldo op de rekening-courant heeft.

3.3 Vier studenten van de hts Autotechniek (die net zijn afgestudeerd) hebben een nieuw brandstofinjectiesysteem bedacht en ontwikkeld om kleine benzinemotoren 25% zuiniger te laten lopen. Ze hebben besloten dit systeem in productie te gaan nemen en daarvoor per 1 januari 2012 een nieuwe onderneming op te gaan richten: Fuel Savers. Ze gaan daarvoor per 1 januari 2012 een productiehal op een industrieterrein *huren*. De onderhandelingen daarover zijn onlangs afgerond en daarbij is het volgende overeengekomen: de huur bedraagt €20.000 per maand en moet aan het einde van iedere maand worden betaald. De looptijd van het huurcontract bedraagt vijf jaar. Daarnaast moet Fuel Savers bij het tekenen van het huurcontract (bij de start van de onderneming) een waarborgsom van €40.000 betalen. Dit bedrag wordt aan het einde van het huurcontract terugontvangen.

Voor de opzet van het productieapparaat worden door Fuel Savers de volgende activa gekocht (bedragen exclusief btw):

Machines	€ 300.000
Inventaris	€ 200.000
Transportmiddelen	€ 60.000
Voorraad onderdelen	€ 120.000

Van de voorraad onderdelen hoeft slechts 40% contant te worden betaald. De resterende 60% moet een maand na de aankoop (de aankoop van de onderdelen is op 1 januari 2012) worden betaald.

Over de hiervoor genoemde (vier) activa moet bij aanschaf (op 1 januari 2012) 19% btw worden betaald. Deze btw wordt drie maanden na de start van de onderneming weer van de belastingdienst terugontvangen.
Bij de start van de onderneming wil Fuel Savers een bedrag van €10.000 in kas hebben.

De vier hts'ers hebben een marktonderzoek laten verrichten om de behoefte aan hun nieuwe brandstofsysteem te peilen. Verschillende producenten van kleine benzinemotoren hebben interesse getoond, maar er zijn nog geen contracten getekend. De jonge ondernemers zijn ervan overtuigd dan hun uitvinding een succes gaat worden, maar zekerheid daarover hebben ze niet. De tijd zal het uitwijzen. Een van de ouders van de vier hts'ers zit aardig in de slappe was en is bereid €150.000 aan de onderneming beschikbaar te stellen in de vorm van eigen vermogen.

a Stel de investeringbegroting op voor Fuel Savers per 1 januari 2012. Geef de activa met bijbehorende bedragen afzonderlijk weer en bereken de totale vermogensbehoefte.

b Een van de mogelijkheden om in (een gedeelte van) de vermogensbehoefte te voorzien, is het aantrekken van een rekening-courantkrediet. Stel dat u de financieel manager van Fuel Savers bent. Welk bedrag aan rekening-courantkrediet zou u voor Fuel Savers aantrekken? Geef een korte toelichting bij uw keuze van het bedrag.

c De jonge ondernemers zitten nog te dubben over de rechtsvorm die ze voor hun onderneming zullen kiezen. Ze vragen u om een advies. Daarbij moet u alleen letten op de aspecten risico en aansprakelijkheid. Geef gemotiveerd aan welke rechtsvorm u zou adviseren voor Fuel Savers.

3.4 De debiteurenadministratie van onderneming Prospect bv maakt regelmatig een overzicht van de bedragen die de onderneming van haar debiteuren ontvangt. Alle verkopen vinden op rekening plaats, waarbij de afnemers een krediet van twee maanden ontvangen. Alle debiteuren maken daarvan volledig gebruik.

Overzicht van de verkopen per maand

Maand	Verkopen op rekening (in euro's)	Maand	Verkopen op rekening (in euro's)
Oktober 2011	100.000	Juli 2012	140.000
November 2011	106.000	Augustus 2012	150.000
December 2011	131.000	September 2012	110.000
Januari 2012	118.000	Oktober 2012	116.000
Februari 2012	114.000	November 2012	102.000
Maart 2012	90.000	December 2012	136.000
April 2012	80.000	Januari 2013	122.000
Mei 2012	85.000	Februari 2013	119.000
Juni 2012	120.000	Maart 2013	124.000

Bereken voor het 1^e, 2^e, 3^e en 4^e kwartaal van 2012 afzonderlijk de geldontvangsten van debiteuren. Met btw houden we geen rekening.

3.5 De debiteurenadministratie van onderneming Weghorst bv maakt regelmatig een overzicht van de bedragen die de onderneming van haar debiteuren ontvangt. Van alle verkopen vindt 60% op rekening plaats, waarbij de afnemers een krediet van één maand ontvangen. Alle debiteuren maken daarvan volledig gebruik.
40% van de verkopen wordt contant betaald.

Overzicht van de verkopen per kwartaal

Kwartaal	**Verkopen** (in euro's)
4e kwartaal 2012	300.000
1e kwartaal 2013	270.000
2e kwartaal 2013	360.000
3e kwartaal 2013	330.000
4e kwartaal 2013	420.000
1e kwartaal 2014	390.000

Binnen ieder kwartaal vinden de verkopen gelijkmatig plaats.
Met btw houden we geen rekening.

Bereken voor het 1e, 2e, 3e en 4e kwartaal van 2013 afzonderlijk de geldontvangsten in verband met de verkopen (som van de contante verkopen en geldontvangsten van debiteuren).

3.6
U Transportonderneming Eurotrans bv maakt voor ieder jaar een liquiditeitsbegroting die per kwartaal is gespecificeerd. Alle transporten worden achteraf in rekening gebracht en betaald. De financieel directeur van Eurotrans bv heeft de volgende gegevens verzameld, die deels op schattingen zijn gebaseerd.

Verwachte ontvangsten van debiteuren:
1e kwartaal €251.000
2e kwartaal €285.000
3e kwartaal €222.000
4e kwartaal €227.000

Verwachte betalingen aan crediteuren:
1e kwartaal €174.000
2e kwartaal €215.000
3e kwartaal €202.000
4e kwartaal €162.000

- Iedere maand wordt €6.000 aan brutolonen uitbetaald. Daarnaast wordt maandelijks 40% sociale lasten over de brutolonen betaald.
- Het vakantiegeld bedraagt 7,5% van het brutoloon en wordt in de maand mei uitbetaald.
- In mei wordt €52.000 vennootschapsbelasting betaald, terwijl in juli €40.000 winst wordt uitbetaald.
- In maart wordt een vrachtauto aangeschaft voor €50.000, waarvan 70% in maart wordt betaald en de rest in juli. Iedere maand wordt op de vrachtauto €500 afgeschreven.
- Iedere maand wordt €1.000 afgelost op het vreemd vermogen, terwijl maandelijks €400 interest wordt betaald.
- De overige bedrijfskosten bedragen €2.000 per maand en worden maandelijks betaald.
- Aan het begin van het jaar bedraagt het saldo liquide middelen €90.000.
- Met btw houden we geen rekening.

a Stel de liquiditeitsbegroting op over een jaar, die per kwartaal gespecificeerd is.
b In welk kwartaal zouden er liquiditeitsproblemen kunnen optreden? Geef daarvoor een verklaring.
c Wat verstaan we onder secundaire geldstromen?
d Geef met betrekking tot een volledig jaar een berekening van de:
1 uitgaande primaire geldstromen;
2 ingaande primaire geldstromen;
3 uitgaande secundaire geldstromen;
4 ingaande secundaire geldstromen.

3.7 Elektriciteitsmaatschappij Elektrex bv maakt voor ieder jaar een liquiditeitsbegroting die per kwartaal is gespecificeerd. Het verbruik van elektriciteit wordt achteraf in rekening gebracht en betaald. De financieel directeur van

Elektrex bv heeft de volgende gegevens verzameld, die deels op schattingen berusten.

Verwachte ontvangsten van debiteuren:
1e kwartaal €431.000
2e kwartaal €384.000
3e kwartaal €320.000
4e kwartaal €460.000

Verwachte betalingen aan crediteuren:
1e kwartaal €160.000
2e kwartaal €115.000
3e kwartaal €102.000
4e kwartaal €179.000

- Iedere maand wordt €20.000 aan brutolonen uitbetaald. Daarnaast wordt maandelijks 35% sociale lasten over de brutolonen én het vakantiegeld betaald. Met ingang van 1 juli wordt een algemene loonstijging van 3% toegepast.
- Het vakantiegeld bedraagt 8% van het brutoloon (op basis van het loonniveau op 1 januari van ieder jaar) en wordt in de maand juni uitbetaald.
- In maart wordt €100.000 vennootschapsbelasting betaald, terwijl in augustus €160.000 winst wordt uitbetaald.
- In maart wordt een transformator aangeschaft voor €500.000, waarvan 70% in maart wordt betaald en de rest in september, nadat de transformator is geïnstalleerd. Iedere maand wordt op de transformator en overige vaste activa €50.000 afgeschreven.
- Ieder kwartaal wordt €30.000 afgelost op het vreemd vermogen, terwijl maandelijks €1.250 interest wordt betaald.
- De overige bedrijfskosten bedragen €10.000 per maand en worden maandelijks betaald.
- Aan het begin van het jaar bedraagt het saldo kas €120.000, terwijl het rekening-courantkrediet op dat moment nihil is. Met de bank is een kredietplafond voor het rekening-courantkrediet afgesproken van €350.000.
- Het saldo kas moet aan het begin van het 2e, 3e en 4e kwartaal exact €60.000 bedragen. Eventuele liquiditeitstekorten of -overschotten worden verrekend via het rekening-courantkrediet.
- Onder liquide middelen verstaan we kas én rekening-courant.
- Met btw houden we geen rekening.

a Stel de liquiditeitsbegroting op over een jaar, die per kwartaal gespecificeerd is.
b In welk kwartaal zouden er liquiditeitsproblemen kunnen optreden? Hoe denkt u dit liquiditeitsprobleem op te lossen?
c Wat verstaan we onder primaire geldstromen?
d Geef met betrekking tot een volledig jaar een berekening van de:
1 uitgaande primaire geldstromen;
2 ingaande primaire geldstromen;
3 uitgaande secundaire geldstromen;
4 ingaande secundaire geldstromen.

3.8 Van onderneming Bobbistar bv zijn in de volgende tabel de in- en verkopen (inclusief 19% btw) gegeven:

In- en verkopen Bobbistar bv (bedragen in euro's)

	Inkopen	Verkopen
3e kwartaal 2012	130.900	202.300
4e kwartaal 2012	136.850	208.250
1e kwartaal 2013	142.800	214.200
2e kwartaal 2013	154.700	249.900
3e kwartaal 2013	107.100	238.000
4e kwartaal 2013	178.500	226.100
1e kwartaal 2014	166.600	190.400
2e kwartaal 2014	95.200	243.950

De gelduitgaven en geldontvangsten in verband met de inkopen en verkopen, vinden plaats in het kwartaal dat volgt op de inkoop of de verkoop. De btw wordt met de belastingdienst verrekend in het kwartaal dat volgt op het kwartaal waarin de gelduitgave in verband met de inkoop of geldontvangst in verband met de verkoop heeft plaatsgevonden.

a Bereken voor het jaar 2013 (per kwartaal gespecificeerd) de gelduitgaven in verband met:

1 de betaling van de inkopen;

2 de aan de belastingdienst afgedragen btw over de verkopen.

b Bereken voor het jaar 2013 (per kwartaal gespecificeerd) de geldontvangsten in verband met:

1 de verkopen;

2 de van de belastingdienst terugontvangen btw over de inkopen.

3.9 Handelsonderneming Detail bv maakt voor ieder jaar een resultatenbegroting die per kwartaal is gespecificeerd. De manager van Detail bv heeft de volgende gegevens verzameld, die deels op schattingen zijn gebaseerd.

Geschatte verkopen exclusief btw (omzet):

1e kwartaal	€320.000
2e kwartaal	€260.000
3e kwartaal	€230.000
4e kwartaal	€270.000

De brutowinst bedraagt 25% van de omzet. Iedere maand wordt €4.000 aan brutolonen uitbetaald. Daarnaast wordt maandelijks 30% sociale lasten over de brutolonen én het vakantiegeld betaald.
Het vakantiegeld bedraagt 8% van het brutoloon en wordt in de maand juni uitbetaald.
Iedere maand wordt op de inventaris €300 afgeschreven.
Iedere maand wordt €200 interest betaald.
De overige bedrijfskosten bedragen €1.000 per maand en worden maandelijks betaald.

Stel de begrote winst- en verliesrekening op over een jaar, die per kwartaal is gespecificeerd.

3.10
U

Een verkoper van snacks wil tijdens Sail Amsterdam in een kraam hamburgers gaan verkopen. Twee weken voor het begin van Sail Amsterdam maakt de hamburgerverkoper de volgende schattingen:

- Aantal bezoekers aan Sail Amsterdam: gemiddeld 25 000 per dag (Sail Amsterdam duurt zes dagen).
- 2% van het aantal bezoekers wil dagelijks bij hem hamburgers kopen.
- De verkoopprijs van een hamburger tijdens Sail Amsterdam bedraagt €2,50.
- De huur van de kraam inclusief standplaats tijdens Sail Amsterdam is €300 per dag (contant vooruit te betalen).
- De inkoopprijs van de hamburgers is €0,50 per hamburger (per kas te betalen).

Met btw houden we geen rekening.

a Bereken het resultaat dat de hamburgerverkoper tijdens Sail Amsterdam verwacht te behalen. Deze berekening vindt twee weken voor Sail Amsterdam plaats.

In het weekend voorafgaand aan Sail Amsterdam blijkt dat de weersverwachtingen zeer gunstig zijn, waardoor een groot aantal toeschouwers wordt verwacht. De hamburgerverkoper besluit om in de week die voorafgaat aan Sail Amsterdam 4 000 hamburgers in te kopen. In diezelfde week leent hij bij de bank €4.000.

b Bereken de verandering in de kas in de week die voorafgaat aan Sail Amsterdam.

Tijdens Sail Amsterdam worden 3 400 hamburgers verkocht.

c Bereken de verandering in de liquide middelen tijdens Sail Amsterdam (die zes dagen duurt).

d Bereken het resultaat over de zes dagen dat Sail Amsterdam duurt.

e Stel de balans op aan het einde van Sail Amsterdam (aan het einde van de laatste dag).

In de week na Sail Amsterdam worden de overgebleven hamburgers (600 stuks) verkocht aan dierentuin Artis. De verkoopprijs van deze hamburgers bedraagt €0,10 per stuk. In de week na Sail Amsterdam wordt ook de lening afgelost. Bovendien wordt €20 aan rente- en bankkosten betaald en worden de kosten in verband met het bereiden van de hamburgers (€800) betaald. De kosten die in de vorige zin staan vermeld, rekenen we toe aan de week na Sail Amsterdam.

f Bereken de verandering in de kas in de week na Sail Amsterdam.

g Bereken het resultaat dat wordt behaald in de week na Sail Amsterdam.

h Stel de balans op aan het einde van de week na Sail Amsterdam (nadat alle hiervoor genoemde transacties zijn afgewikkeld).

Spectaculaire groei is voorbij voor ASML

ASML beweegt mee met vraag naar elektronica

Koers ASML in euro's

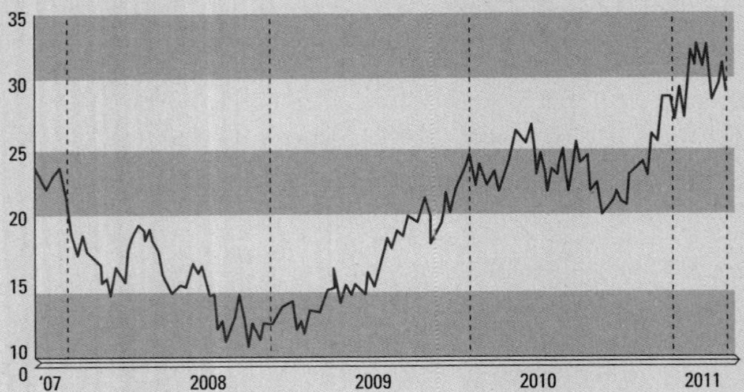

Bron: NRC 13-04-11/BG/Bron: Bloomberg

Chipmachinefabrikant ASML rekent weer op een recordjaar. Maar zo spectaculair als in 2010 zal de chipindustrie niet kunnen blijven groeien.

Door onze redacteur
MARC HIJINK
ROTTERDAM, 13 april, 'We halen een jaaromzet van meer dan 5 miljoen euro en krijgen weer een recordjaar', beloofde topman Eric Meurice van ASML vanmorgen. De Nederlandse fabrikant van lithografiemachines presenteerde de cijfers over het eerste kwartaal van 2011. Die waren goed: de omzet van 1,45 miljard euro is ruim twee keer zo hoog ten opzichte van het eerste kwartaal van 2010, en de winst verviervoudigde.

ASML staat aan het begin van het productieproces van elektronica: lithografiemachines, die tientallen miljoenen euro's kosten, vormen een essentieel onderdeel in de productie van geheugenchips en processors. Nu de vraag naar elektronica na de financiële crisis aantrekt, investeren chipfabrikanten als Intel en Samsung in nieuwe productiefaciliteiten. Tot begin 2010 hielden ze juist de hand op de knip, ASML beweegt al jaren mee met deze cyclische bewegingen in de halfgeleiderindustrie.

De resultaten voor het eerste kwartaal van 2011 zijn wel minder spectaculair als ze worden vergeleken met het laatste kwartaal van 2010. Toen boekte ASML een omzet van 1,52 miljard euro. Het hoge groeitempo is voorbij, de omzet blijft stabiel. Voor het tweede kwartaal wordt opnieuw 1,5 miljard euro omzet verwacht.

ASML draait nu al op volle kracht. De grootste uitdaging is de bestelde machines zo snel mogelijk te assembleren en te testen. Dat is een nauwkeurig en tijdrovend proces waarvoor veel mankracht nodig is: het aantal personeelsleden (vast en tijdelijk) bedraagt nu 9.500, vorig jaar waren dat er minder dan 8.000.

Wel verschuift de vraag tussen verschillende typen halfgeleiders. De pc-markt krimpt, consumenten kiezen voor de iPad of andere tablet pc's. Ook al liggen veel nieuwe concurrenten voor de iPad nog niet in de winkel, in Azië worden de chips voor deze gadgets al gemaakt. Dat heeft effect op de vraag naar lithografiemachines van ASML. Een tablet pc of smartphone zit immers anders in elkaar dan een pc: de mobiele apparaten gebruiken minder werkgeheugen, maar meer flashopslag.

Fabrikanten moeten investeren in dezelfde hoeveelheid lithografiemachines, legt financieel directeur Peter Wennink van ASML uit: 'Tablet-pc's bevatten meer verschillende chips dan computers, dus het kannibaliserende effect is niet erg groot. Zelfs als 30 tot 40 procent van de computers uiteindelijk vervangen wordt door tablet-pc's, zijn de gevolgen voor de lithografiemarkt nihil.' ■

Bron: *NRC Handelsblad*, 13 april 2011

a Leg uit waarom het ook voor bestaande bedrijven van belang is een goed ondernemingsplan op te stellen.
b Wat wordt bedoeld met cyclische bewegingen?
c Welke factoren bepalen de vraag naar lithografiemachines (dit is het product dat ASML maakt)?
d Welke balansposten zullen met name toenemen als de omzet van ASML sterk stijgt?
e Noem enkele mogelijkheden waarop ASML de groei van de onderneming zou kunnen financieren.
f Leidt een hogere omzet automatisch tot een hogere winst? Motiveer uw antwoord.

3.12 Van uitzendorganisatie Intermediair bv is de volgende balans per 31 december 2012 gegeven:

Balans per 31 december 2012 van Intermediair bv (bedragen in euro's)

Activa			*Eigen en vreemd vermogen*	
Debiteuren		142.800	Eigen vermogen:	
Kantoorinventaris	20.000		Aandelenkapitaal	40.000
	4.000–		Winstsaldo	154.164
		16.000		
Computer	7.500		Vreemd vermogen	
	2.500–		Lening o/g	36.000
		5.000	Te betalen premies soc.verz.	21.168
Kas		1.000	Crediteuren	6.500
Rekening-courant		115.832	Te betalen btw	22.800
		280.632		280.632

Intermediair bv maakt ieder maand een nieuwe liquiditeitsbegroting voor de daaropvolgende drie maanden, die per maand is gespecificeerd.

Voor het opstellen van de liquiditeitsbegroting voor het eerste kwartaal van 2013 gaan we uit van de volgende basisgegevens:

- De verwachte omzet (exclusief btw) over het eerste kwartaal 2013 bedraagt €400.000, die als volgt over de maanden januari, februari en maart verdeeld is: 23%, 35% en 42%. Voor de eenvoud veronderstellen we dat de omvang en het patroon van de omzet van Intermediair bv ieder kwartaal gelijk zijn. De bedrijven betalen de detacheringsvergoeding met één maand vertraging. In maand december 2012 bedroeg de omzet €120.000.
- De gelduitgaven in verband met brutolonen bedragen 60% van de omzet en worden betaald in dezelfde maand waarin de omzet wordt gerealiseerd.
- Het salaris (brutoloon) van de directeur is €48.000 per jaar en wordt maandelijks uitbetaald. In 2012 verdiende de directeur €3.600 per maand.
- De betaling van de sociale lasten, die in 2013 30% van het brutoloon bedragen, vindt plaats een maand nadat het brutoloon is uitbetaald. In 2012 bedragen de sociale lasten 28% van het brutoloon.
- Over de omzet wordt 19% btw in rekening gebracht. Intermediair bv moet deze btw afdragen in dezelfde maand waarin de factuur door de afnemer wordt betaald.

- Met terug te vorderen btw in verband met inkopen houden we geen rekening.
- Aan kilometervergoedingen wordt €9.000 per jaar uitbetaald, deze gelduitgaven zijn gelijkmatig over het jaar verdeeld.
- De huur van het bedrijfsgebouw wordt maandelijks betaald en bedraagt €850 per maand.
- Voor kantoorbenodigdheden, porti en telefoon wordt maandelijks €1.700 betaald.
- De kosten voor de accountant en ander externe adviseurs bedragen €600 per maand en worden aan het einde van ieder kwartaal betaald.
- De gelduitgaven in verband met verzekeringen bedragen €440 per maand.
- De advertentiekosten, die €30.000 per jaar bedragen, worden gelijkmatig in de tijd uitgegeven.
- Aan het einde van iedere maand moet het saldo Kasgeld exact €1.000 bedragen. Een overschot aan kasmiddelen wordt ten gunste van het rekening-courantkrediet geboekt. Een eventueel tekort wordt aangevuld ten laste van het rekening-courantkrediet.
- In januari 2013 moet €50.000 vennootschapsbelasting worden betaald en nieuwe kantoorinventaris aangeschaft en betaald voor €30.000
- Op de inventaris wordt per jaar €6.000 afgeschreven en op de computer €2.500.
- In januari 2013 wordt €40.000 winst uitgekeerd.
- Met interest over rekening-courant houden we geen rekening.
- Op 1 januari 2013 bedraagt het tegoed in rekening-courant €115.832 (zie balans 31 december 2012).
- De rentevergoeding over de lening o.g. (opgenomen geld) bedraagt €250 per kwartaal, te voldoen aan het einde van ieder kwartaal. Op de lening o.g. wordt aan het einde van ieder kwartaal €1.000 afgelost.
- Voor de eenvoud veronderstellen we dat in 2013 geen betalingen aan Crediteuren plaatsvinden en dat er ook geen toename in de Crediteuren optreedt.

a Stel de liquiditeitsbegroting over het eerste kwartaal 2013 op, per maand gespecificeerd. Stel daarbij ook het verloop van het rekening-courantkrediet op.
b Stel de begrote winst- en verliesrekening over 2013 op.
c Uit welke drie onderdelen bestaat het financieel plan van een ondernemingsplan?
d In welke situatie kan een ondernemingsplan worden opgesteld?
e Welke rol speelt het ondernemingsplan bij de beoordeling van de aanvraag van een bankfinanciering door een startende onderneming?
f Welke gevolgen hebben de betaalde btw en de ontvangen btw op de winst- en verliesrekening van een onderneming?

***3.13** Bram Bouma heeft van 2001 tot en met 2007 architectuur gestudeerd aan de Technische Universiteit in Delft. Na zijn afstuderen is hij gaan werken bij een architectenbureau in de Randstad. Tijdens de laatste reünie met zijn studievrienden uit Delft heeft Bram het plan opgevat om samen met studievriend Jan Bartels een eigen architectenbureau op te richten. Na een lange periode van overleg en voorbereiding is per 1 januari 2013 architectenbureau Bouma en Bartels opgericht.
Het bureau zal gevestigd worden in een eigen pand, dat per 1 januari 2013 aangeschaft zal worden voor €500.000.

Voor de aanschaf van tekentafels, kantoormeubelen en overige inventaris zal waarschijnlijk €200.000 nodig zijn. De inventaris wordt op 1 januari 2013 afgeleverd. 60% van het aankoopbedrag moet contant betaald worden, de rest twee maanden na levering. Er zal altijd een voorraad liquide middelen aangehouden worden van €5.000.
Een plaatselijke bank is bereid een lening van €100.000 te verstrekken. Bovendien heeft de bank een rekening-courantkrediet met een kredietplafond van €150.000 toegestaan. De jonge ondernemers geven er de voorkeur aan dat ieder zo veel mogelijk aansprakelijk is voor zijn eigen daden.
De architecten hebben in hun nog korte werkzame leven €160.000 gespaard. Ze zijn bereid dit bedrag in de nieuwe onderneming te investeren. Verzekeringsmaatschappij Nationale Nederlanden wil op het pand een hypotheek van 70% van de aanschafwaarde verlenen.

a Stel de investeringsbegroting op voor architectenbureau Bouma en Bartels.
b Stel het financieringsplan op voor deze onderneming.
c Stel de voorgecalculeerde balans op per 1 januari 2013.
d Wat bedoelen we met 'Voorfinanciering btw'?
e Welke gevolgen heeft 'Voorfinanciering btw' voor de winst- en verliesrekening van een onderneming?

***3.14** Handelsonderneming Arnhemia bv, die uitsluitend kleding verkoopt, heeft op 31 maart 2013 de volgende interne balans samengesteld:

Balans per 31 maart 2013 (bedragen × €1.000)

Gebouwen:			Aandelenvermogen	400
Aanschafprijs	800		Reserve	400
Afschrijving	300		10% hypotheek	400
		500	Crediteuren	250
Inventaris:			Te betalen interest	10
Aanschafprijs	200			
Afschrijving	80			
		120		
Voorraden		80		
Debiteuren		700		
Liquide middelen		60		
		1.460		1.460

Begrote gegevens tweede kwartaal 2013:

Maand	**Omzet** (in euro's)	**Inkopen** (in euro's)
April	600.000	450.000
Mei	525.000	450.000
Juni	675.000	500.000

- De in- en verkopen zijn regelmatig binnen de maanden verdeeld.
- De termijn van het verleende leverancierskrediet is één maand en van het genoten leverancierskrediet een halve maand. Alle debiteuren houden zich aan de toegestane kredietermijn.
- Alle aan- en verkopen vinden op rekening plaats.
- De verkoopprijs wordt berekend door de inkoopprijs met 25% te verhogen (brutowinst = 25%).
- Op de hypotheek wordt op 30 juni en op 31 december €10.000 afgelost, terwijl op die data ook steeds de interest over het voorafgaande halfjaar betaald moet worden.
- Overige gegevens:
  - Lonen €30.000 per maand.
  - Overige kosten die per maand betaald worden €50.000.
  - De jaarlijkse afschrijvingen bedragen voor gebouwen 10% van de aanschafprijs en voor inventaris 18% van de aanschafprijs.

Gemakshalve veronderstellen we dat in het eerste kwartaal van 2013 noch winst werd behaald noch verlies werd geleden.
Met omzetbelasting (btw) hoeft geen rekening te worden gehouden.

a1 Wat wordt verstaan onder een liquiditeitsbegroting?
2 Waarom wordt een liquiditeitsbegroting opgesteld?
3 Waarom wordt een liquiditeitsbegroting bij voorkeur over korte perioden samengesteld?
b Stel voor het tweede kwartaal 2013 de liquiditeitsbegroting samen (niet per maand specificeren).
c Stel de begrote winst- en verliesrekening over het tweede kwartaal 2013 op.
d Stel de begrote balans per 30 juni 2013 samen.
e Welke mogelijkheden heeft Arnhemia bv om het gemiddeld geïnvesteerde vermogen te verminderen?

***3.15**
U

Onderneming de Toekomst maakt aan het einde van ieder kwartaal een liquiditeitsbegroting voor het eerstvolgende kwartaal. In juni 2013 worden de ingaande en uitgaande geldstromen over de maanden juli, augustus en september 2013 geschat.
De plaatselijke bank staat toe dat de Toekomst op haar rekening-courant tot een maximum van €150.000 rood staat. De onderneming heeft als beleid dat het kassaldo aan het einde van iedere maand €5.000 moet bedragen. Als het kassaldo meer of minder bedraagt dan €5.000, wordt het verschil verrekend met de rekening-courant bij de bank. We nemen aan dat de onderneming per 1 juli 2013 een schuld in rekening-courant heeft van €40.000. De liquiditeitsbegroting wordt gebaseerd op de volgende informatie, die ten dele op schattingen berust:

- Verkopen:
  juni 2013 €100.000,
  juli t.e.m. september 2013 €160.000 per maand,
  oktober t.e.m. december 2013 €180.000 per maand.
  60% van de verkopen vindt op rekening plaats, de rest wordt contant betaald.

- De debiteuren betalen één maand na de verkoopdatum.
- De inkopen vinden plaats drie maanden vóór de verkopen. De inkoopprijs bedraagt 70% van de verkoopwaarde van de goederen. Alle inkopen vinden op rekening plaats en worden één maand na de inkoopdatum per bank betaald.
- Op 28 juli 2013 moet een nieuwe machine met een aanschafwaarde van €120.000 betaald worden. Deze betaling komt ten laste van de rekening-courant bij de bank. Op deze machine, die per 1 augustus 2013 in gebruik wordt genomen, zal €2.000 per maand afgeschreven worden.
- Iedere maand moet een voorschotnota voor het elektriciteitsverbruik betaald worden. Het maandelijkse voorschot bedraagt €1.000.
- Met omzetbelasting (btw) hoeft geen rekening te worden gehouden.

Stel voor onderneming de Toekomst de liquiditeitsbegroting over het derde kwartaal 2013 op. Deze begroting dient per maand gespecificeerd te worden. Splits het saldo liquide middelen op in een kassaldo en een saldo op de rekening-courant.

3.16 Van onderneming Tampi bv zijn over 2012 de volgende gegevens beschikbaar:

• omzet (inclusief 19% btw)	€2.142.000
• inkoopwaarde van de omzet:	60% van de omzet
• personeelskosten productiemedewerkers	€280.000
• verkoopkosten	€60.000
• interestkosten	€40.000
• kosten van energie	€25.000
• afschrijvingskosten	€30.000
• administratiekosten	€10.000

Over het resultaat voor belastingen is 25% vennootschapsbelasting verschuldigd. Met andere dan in deze opgave vermelde gegevens hoeft geen rekening te worden gehouden.

a Bereken de brutomarge (in euro's).
b Bereken het resultaat voor aftrek van interest, belastingen, afschrijvingen en amortisatie goodwill (EBITDA).
c Bereken het bedrijfsresultaat (EBIT).
d Bereken het resultaat na aftrek van vennootschapsbelasting.
e Bereken de cashflow.
f Wat is het voordeel van het gebruik van EBITDA ten opzichte van EBIT (bedrijfsresultaat) om de financiële prestaties van een onderneming te beoordelen?
g Geef twee voorbeelden van kosten die afhankelijk zijn van de omzet.
h Geef twee voorbeelden van kosten die niet afhankelijk zijn van de omzet.

*3.17 Van onderneming Robinson is de volgende winst- en verliesrekening gegeven:

Omzet	€ 600.000		
Inkoopwaarde van de omzet	- 240.000 –		
Brutomarge			€360.000
Overige omzetafhankelijke kosten:			
• Verkoopkosten	€ 18.000		
• Transportkosten	- 12.000 +		
		€ 30.000	
Semi-omzetafhankelijke kosten:			
• Loonkosten	€ 100.000		
• Sociale lasten	- 28.000		
• Energiekosten	- 40.000 +		
		- 168.000	
Niet-omzetafhankelijke kosten:			
• Onderhoud	€ 15.000		
• Accountantskosten	- 5.000 +		
		- 20.000 +	
Kosten met uitzondering van afschrijvingen en interest			- 218.000 –
Resultaat voor aftrek van afschrijvingen, interest en belastingen = EBITDA			€142.000
Afschrijvingskosten			- 22.000 –
Resultaat voor aftrek interest en belasting = bedrijfsresultaat = EBIT			€120.000
Interestkosten			- 10.000 –
Resultaat voor belastingen			€110.000

Specificatie van de semi-omzetafhankelijke kosten (in euro's)

Kosten	Vast	Omzetafhankelijk	Totaal
Loonkosten	40.000	60.000	100.000
Sociale lasten	10.000	18.000	28.000
Energiekosten	16.000	24.000	40.000

a Splits de kosten op in kosten die afhankelijk zijn van de omzet en kosten die niet afhankelijk zijn van de omzet. Druk daarbij de kosten die (gedeeltelijk) afhankelijk zijn van de omzet uit in een percentage van de omzet. Vul de volgende tabel in.

Kosten	Vast gedeelte	% van de omzet
Inkoopwaarde		
Verkoopkosten		
Transportkosten		
Loonkosten		
Sociale lasten		
Energiekosten		
Onderhoudskosten		
Accountantskosten		
Afschrijvingskosten		
Interestkosten		
Totaal		

b Bereken bij welke omzet het break-evenpunt wordt bereikt.
c Bereken bij welke omzet een winst van €240.000 wordt behaald.
d Stel dat de directie van Robinson haar resultaten wil verbeteren door kostenbeheersing.
Aan welke kostenposten zal de directie met name aandacht schenken? Motiveer uw antwoord.

***3.18** Van onderneming Megastore is de volgende winst- en verliesrekening gegeven:

Omzet	€ 1.000.000		
Inkoopwaarde van de omzet	- 400.000 –		
Brutomarge			€ 600.000
Overige omzetafhankelijke kosten:			
• Verkoopkosten	€ 32.000		
• Transportkosten	- 24.000 +		
		€ 56.000	
Semi-omzetafhankelijke kosten:			
• Loonkosten	€ 160.000		
• Sociale lasten	- 48.000		
• Energiekosten	- 38.000 +		
		- 246.000	
Niet-omzetafhankelijke kosten:			
• Onderhoud	€ 20.000		
• Accountantskosten	- 10.000 +		
		- 30.000 +	
Kosten met uitzondering van afschrijvingen en interest			- 332.000 –
Resultaat voor aftrek van afschrijvingen, interest en belastingen = EBITDA			€ 268.000
Afschrijvingskosten			- 40.000 –
Resultaat voor aftrek interest en belasting = bedrijfsresultaat = EBIT			€ 228.000
Interestkosten			- 28.000 –
Resultaat voor belastingen			€ 200.000

Specificatie van de semi-omzetafhankelijke kosten (in euro's)			
Kosten	**Vast**	**Omzetafhankelijk**	**Totaal**
Loonkosten	100.000	60.000	160.000
Sociale lasten	30.000	18.000	48.000
Energiekosten	26.000	12.000	38.000

a Splits de kosten op in kosten die afhankelijk zijn van de omzet en kosten die niet afhankelijk zijn van de omzet. Druk daarbij de kosten die (gedeeltelijk) afhankelijk zijn van de omzet uit in een percentage van de omzet en vul de volgende tabel in.

Kosten	Vast gedeelte	% van de omzet
Inkoopwaarde		
Verkoopkosten		
Transportkosten		
Loonkosten		
Sociale lasten		
Energiekosten		
Onderhoudskosten		
Accountantskosten		
Afschrijvingskosten		
Interestkosten		
Totaal		

b Bereken bij welke omzet het break-evenpunt wordt bereikt.
c Bereken bij welke omzet een winst van €240.000 wordt behaald.
d Bereken de gevolgen voor de omvang van het break-evenpunt, als:
1 het vast gedeelte van de loonkosten stijgt met €30.000 (totale loonkosten worden €190.000);
2 de inkoopwaarde stijgt van 40% naar 50% van de omzet.

4 Kosten en kostensoorten

4.1 Economische krimp en oplopende inflatie

Een heel vervelende combinatie.

Economische krimp en oplopende inflatie vormen een heel vervelende combinatie. De centrale banken zitten in een spagaat. Dat zegt RTL-Z beurscommentator Hans de Geus.

Energieprijzen zijn te hoog
De centrale banken zouden eigenlijk de rente willen verlagen om de groei te stimuleren, maar dat kan niet, omdat de inflatie zo hoog is. Nóg vervelender is dat beide fenomenen worden veroorzaakt doordat de energieprijzen zo hoog zijn. Bij het sterk gedaalde sentiment in de afgelopen maanden is de olieprijs op peil gebleven. De energieprijzen zijn te hoog, deze vormt een snelheidsbegrenzer op de groei en zorgt bovendien voor een hele nare inflatie die niet te bestrijden is.

Inflatie
We kunnen niet harder groeien dan in een bepaald tempo, daarboven ontstaat inflatie. Olie is meer dan alleen benzine, veel industrie draait erop, het is van groot belang voor transport en het bepaalt in hoge mate de prijs van kunstmest. Als olie duurder wordt, wordt ook kunstmest duurder, dat zie je in China.

Oliecrisis
In China heb je al een soort stagflatie, dat kennen wij van de jaren zeventig met de oliecrisis van toen. We zitten nu in een oliecrisis die niet meer weggaat. Er is maar één echte structurele oplossing en dat is de structuur van de economie te veranderen, om minder afhankelijk te zijn van olie. Die keuze maken politici echter niet, die willen gewoon herkozen worden. ■

Bron: www.rtl.nl, 14 oktober 2011

- a Leg uit waarom de groei wordt gestimuleerd als de rente lager wordt.
- b Leg uit waarom de rente niet kan worden verlaagd als de inflatie hoog is.
- c Waarom is de inflatie die het gevolg is van een hogere olieprijs niet of moeilijk te bestrijden?
- d Waarom neemt de inflatie toe als de economie harder groeit dan in een bepaald tempo?
- e Tot welke kostensoort behoren de kosten van ruwe olie of olieproducten?
- f Op de prijs van welke eindproducten heeft de hoogte van de olieprijs invloed?
- g Wat bedoelden we met stagflatie?
- h Welk gevolgen heeft een hogere rente voor de resultaten van ondernemingen die voor een deel met vreemd vermogen zijn gefinancierd?

4.2 Luchtvaart gaat kapot aan veiligheidskosten

'Luchtvaart gaat kapot aan veiligheidskosten'

SCHIPHOL – De luchtvaart en de reisbranche zien de torenhoge kosten van vliegveiligheid niet meer zitten. Die drukken zwaar op de bedrijfsexploitatie, ook al wordt het grootste deel noodgedwongen doorberekend aan de passagier in de ticketprijs. Dat loopt in de tientallen euro's. Tien jaar na 9/11 maakt de sector de balans op. 'Het ziet er weinig hoopvol uit. Maar de rek is er wel zo'n beetje uit', laten reisondernemers weten.

Alleen al op Schiphol kost security een slordige €350 miljoen per jaar. President-directeur Jos Nijhuis denkt niet dat de overheid snel voor verlichting zal zorgen. 'Er zijn geen signalen dat Den Haag voornemens is een deel van die kosten over te nemen. Alleen de marechaussee komt voor rekening van de staat.'

De wereldorganisatie van luchtvaartmaatschappijen IATA heeft becijferd dat met veiligheid jaarlijks een kostenpost van zo'n $7,5 miljard is gemoeid. 'Het kan toch niet zo zijn dat regeringen hun verantwoordelijkheid niet nemen? Wij en onze passagiers worden er onterecht mee opgescheept. Dat moet echt veranderen', zegt de nieuwe directeur-generaal Tony Tyler van IATA.

Nederlandse prijsvechters als Transavia vinden dat er meer druk nodig is op de politiek. 'Er moet nog eens indringend gekeken worden wat er nou precies nodig is om veilig vliegen te waarborgen. Want dat staat uiteraard voorop', vindt topman Bram Gräber. Hij noemt het huidige overheidsbeleid zelfs 'symboolpolitiek'. Het ongemak voor reizigers moet volgens hem dringend aan banden worden gelegd.

De wettelijk opgelegde reizigerscontroles in de luchtvaart lopen volgens het toeristisch en zakelijk bedrijfsleven de spuigaten uit. 'Die zijn over de datum. Er moet veel meer vooraf gescreend worden op mogelijk verdachte personen', is de overheersende mening. ■

Bron: *De Telegraaf*, 9 september 2011

a Tot welke kostensoort behoort het inhuren van beveiligingsmedewerkers van specialiseerde beveiligingsbedrijven?

b Wie betaalt/betalen uiteindelijk de kosten van de beveiliging in de luchtvaart?

c Welke alternatieven zijn er om de beveiligingskosten voor de luchtvaart te beperken?

Loonstijging kan tempo van inflatie niet bijbenen

Van onze redacteur
AMSTERDAM

De stijging van de lonen heeft in het derde kwartaal voor de vijfde keer op rij de inflatie niet kunnen bijbenen. De cao-lonen stegen afgelopen kwartaal met 1,3% vergeleken met dezelfde periode van 2010. Een kwartaal eerder was de loonstijging 1,1%.

Maar de inflatie kwam het afgelopen kwartaal uit op 2,6% en stijgt nog sneller, van 2,2% een kwartaal eerder. Het verlies aan koopkracht loopt op van 1,1% in het tweede kwartaal naar 1,3% in het derde.

'Zo komt de koopkracht dus nog verder onder druk', zegt econoom Peter-Hein van Mulligen van het CBS. 'Je moet vrezen dat dit geen goed signaal is voor wat we van de consumptieve bestedingen kunnen verwachten. Minder koopkracht, dalende huizenprijzen, een heel matig consumentenvertrouwen, een beursklimaat dat ook niet je van het is en weinig impulsen van de arbeidsmarkt. Kortom, geen opwekkend beeld.'

Van Mulligen noemt het opvallend dat de verschillen per bedrijfstak soms groot zijn. Het onderwijs was volgens het CBS de enige bedrijfstak waar in het derde kwartaal van 2011 sprake was van een loondaling. De cao-lonen waren 0,2% lager dan een jaar eerder. Dit komt vooral doordat er vorig jaar in de cao van de universiteiten een eenmalige beloning is afgesproken en dit jaar niet. Daarnaast zijn er bij de cao's die de afgelopen periode in deze bedrijfstak zijn afgesloten nagenoeg geen loonsverhogingen gegeven.

De hoogste loonstijging was er bij de bedrijfstak vervoer en communicatie met 2%. Dit is een verdubbeling ten opzichte van 2010. In deze bedrijfstak stijgen bij een aantal cao's de lonen in 2011 met meer dan 2,5%.

In het derde kwartaal waren de contractuele loonkosten voor de bedrijven 1,8% hoger dan een jaar eerder. De stijging is 0,2 procentpunt groter dan die in het tweede kwartaal en geheel toe te schrijven aan de hogere lonen. 'Dit lijkt een redelijk gematigd beeld van de kostenontwikkeling. Dat is voor de bedrijven dan op zich weer gunstig. Ze kunnen wat beter concurreren op de exportmarkten', aldus de CBS-econoom. ■

Bron: *Het Financieele Dagblad*, 11 oktober 2011

a Wat is inflatie?
b Leg uit waarom de koopkracht daalt als de inflatie harder stijgt dan de lonen.
c Welke factoren zijn van invloed op de consumptieve bestedingen?
d Welke factoren bepalen de loonkosten per eenheid product?
e Wat wordt bedoeld met de loon-prijsspiraal?
f Wat zijn de gevolgen van een daling in de consumptieve bestedingen voor de resultaten van ondernemingen?

4.4 Door onderneming Boter Bij De Vis zijn de volgende betalingen verricht:
U
- 1 november 2011: betaling van de brandverzekering van het bedrijfspand voor de komende 12 maanden. De premie per jaar bedraagt €14.400.
- 1 november 2012: betaling van de brandverzekering van het bedrijfspand voor de komende 12 maanden. De premie per jaar bedraagt €15.600.
- 1 februari 2012 €400 (telefoonnota over 4e kwartaal 2011).
- 1 mei 2012 €380 (telefoonnota over 1e kwartaal 2012).
- 1 augustus 2012 €430 (telefoonnota over 2e kwartaal 2012).
- 1 november 2012 €450 (telefoonnota over 3e kwartaal 2012).
- 1 februari 2013 €360 (telefoonnota over 4e kwartaal 2012).

a Bereken de totale kosten die ten laste van het jaar 2012 moeten worden gebracht.

b Bereken het totale bedrag aan betalingen gedurende 2012 en vergelijk dit totaal met de totale kosten over 2012.

4.5 Door onderneming Contant bv zijn de volgende betalingen verricht:

- 1 oktober 2011: betaling van de brandverzekering van het bedrijfspand voor de komende 12 maanden. De premie per jaar bedraagt €15.600.
- 1 oktober 2012: betaling van de brandverzekering van het bedrijfspand voor de komende 12 maanden. De premie per jaar bedraagt €16.800.
- 1 januari 2012 €280 (telefoonnota over 4e kwartaal 2011).
- 1 april 2012 €180 (telefoonnota over 1e kwartaal 2012).
- 1 juli 2012 €220 (telefoonnota over 2e kwartaal 2012).
- 1 oktober 2012 €190 (telefoonnota over 3e kwartaal 2012).
- 1 januari 2013 €210 (telefoonnota over 4e kwartaal 2012).
- 1 maart 2013 €6.000 in verband met verricht schilderwerk.

Boeking onderhoudskosten:
In 2012 wordt €1.200 geboekt ten gunste van de voorziening groot onderhoud.

a Bereken de totale kosten die op grond van voorgaande gegevens ten laste van het jaar 2012 moeten worden gebracht.

b Bereken het totale bedrag aan betalingen gedurende 2012 en vergelijk dit totaal met de totale kosten over 2012. Geef een verklaring voor het verschil.

4.6
U In de zomer van 2012 heeft een onderneming groot onderhoud (schilderwerkzaamheden) aan haar bedrijfsgebouwen laten verrichten. Deze werkzaamheden vinden eens per vijf jaar plaats. Op 1 september 2012 is de rekening in verband met deze schilderwerkzaamheden (€30.000) per giro betaald. Ieder jaar wordt een gelijk bedrag als kosten voor schilderwerk ten laste van de winst- en verliesrekening gebracht. We veronderstellen dat de uitgaven voor de schilder vooraf met zekerheid bekend zijn en steeds €30.000 zijn. Omzetbelasting (btw) blijft buiten beschouwing.

a Welk bedrag wordt jaarlijks als kosten ten laste van de winst- en verliesrekening gebracht in verband met groot onderhoud?

b Welke journaalpost wordt jaarlijks gemaakt van de onder vraag **a** bedoelde kosten?

c Welke journaalpost wordt gemaakt van de betaling op 1 september 2012?

4.7 In 2012 heeft modezaak Fashion bv zijn winkel laten moderniseren. De ervaring leert dat ongeveer eens per zes jaar het interieur van de winkel aangepast moet worden. Op 1 september 2012 is de rekening in verband met de renovatie (€120.000) per bank betaald.
Ieder jaar wordt een gelijk bedrag als kosten voor renovatiewerkzaamheden ten laste van de winst- en verliesrekening gebracht. We veronderstellen dat de uitgaven voor de renovatiewerkzaamheden vooraf met zekerheid bekend zijn en steeds €120.000 zijn.
Omzetbelasting (btw) blijft buiten beschouwing.

a Welk bedrag wordt jaarlijks als kosten ten laste van de winst- en verliesrekening gebracht in verband met renovatie?

b Welke journaalpost wordt jaarlijks gemaakt van de onder vraag **a** bedoelde kosten?
c Welke journaalpost wordt gemaakt van de betaling op 1 september 2012?

4.8 De schepen van scheepvaartmaatschappij Kaap De Goede Hoop gaan iedere drie jaar in dok voor groot onderhoud. Op 1 juli 2012 is de rekening in verband met het groot onderhoud (€900.000) per bank betaald. De schepen hebben vanaf 1 januari 2012 tot en met 1 maart 2012 in dok gelegen.
Ieder jaar wordt een gelijk bedrag als kosten voor groot onderhoud ten laste van de winst-en-verliesrekening gebracht. We veronderstellen dat de uitgaven voor groot onderhoud vooraf met zekerheid bekend zijn en steeds €900.000 zijn.
Omzetbelasting (btw) blijft buiten beschouwing.
a Welk bedrag wordt jaarlijks als kosten ten laste van de winst- en verliesrekering gebracht in verband met groot onderhoud?
b Welke journaalpost wordt jaarlijks gemaakt van de onder vraag a bedoelde kosten?
c Welke journaalpost wordt gemaakt van de betaling op 1 juli 2012?

4.9
U Een winkel in kantoormeubelen heeft op 20 december 2012 aan de gemeente Uithoorn 20 kantoorstoelen op rekening verkocht voor €300 per stuk. De verkochte kantoorstoelen zijn destijds ingekocht voor €190 per stoel. De gemeente betaalt de factuur op 30 januari 2013 per bank.
Omzetbelasting (btw) blijft buiten beschouwing.
a Welke journaalpost wordt gemaakt van:
1 de verkoop op rekening;
2 de aflevering van de kantoorstoelen;
3 de betaling van de factuur door de gemeente Uithoorn?
b Bereken de winst die op de verkoop van deze stoelen wordt gemaakt.
c 1 In welk jaar wordt de winst gerealiseerd?
2 In welk jaar vindt de ontvangst in verband met de verkoop plaats?

4.10 Een machinefabrikant heeft op 5 december 2012 aan onderneming OGEM drie machines op rekening verkocht voor €80.000 per stuk. De kostprijs van de machines is €66.000 per stuk. OGEM betaalt de factuur op 9 februari 2013 per bank.
Omzetbelasting (btw) blijft buiten beschouwing.
a Welke journaalpost wordt gemaakt van:
1 de verkoop op rekening;
2 de aflevering van de machines;
3 de betaling van de factuur door OGEM?
b Bereken de winst die op de verkoop van deze machines wordt gemaakt.

4.11
U Een fabrikant van auto-onderdelen maakt onder andere uitlaten voor verschillende autotypes. De kostprijs van een uitlaat bestaat uit grondstofkosten, arbeidskosten en machinekosten. Voor een uitlaat is 15 kg plaatstaal nodig. Het plaatstaal is in het verleden ingekocht voor €1,50 per kilogram. Op dit moment bedraagt de inkoopprijs echter €2 per kilogram. Aan iedere uitlaat wordt 20 minuten arbeid verricht. De arbeidskosten bedragen €36 per uur. De machinekosten worden aan de verschillende uitlaten doorberekend op basis van een tarief per machine-uur. Het tarief bedraagt €30 per machine-uur. Voor één uitlaat is een half machine-uur vereist. De arbeids- en machinekosten zijn niet veranderd.

a Wat wordt verstaan onder:
1 de historische uitgaafprijs;
2 de vervangingswaarde?
b Bereken de kostprijs van een uitlaat:
1 op basis van historische kosten;
2 op basis van de vervangingswaarde.

4.12 Meubelfabrikant Relax bv maakt bankstellen in diverse modellen. De kostprijs van bankstel Bianca bestaat uit grondstofkosten, arbeidskosten en machinekosten. Voor één bankstel Bianca is 0,3 m^3 hout nodig. Het hout is in het verleden ingekocht voor €95 per m^3. Op dit moment bedraagt de inkoopprijs echter €110 per m^3. Aan ieder bankstel wordt 120 minuten arbeid verricht. De arbeidskosten bedragen €37 per uur. De machinekosten worden aan de verschillende bankstellen doorberekend op basis van een tarief per machine-uur. Dit tarief is op basis van historische kosten €60 per machine-uur. Voor één bankstel zijn vijf machine-uren nodig. De machinekosten op basis van de vervangingswaarde zijn 10% hoger dan op basis van historische kosten. De arbeidskosten zijn niet veranderd.
a Wat wordt verstaan onder:
1 de historische uitgaafprijs;
2 de vervangingswaarde?
b Bereken de kostprijs van een bankstel Bianca:
1 op basis van historische kosten;
2 op basis van de vervangingswaarde.

4.13 Van onderneming Admiraal zijn de volgende omzetgegevens bekend:

September 2012	€ 80.000
Oktober 2012	€ 110.000
November 2012	€ 140.000
December 2012	€ 150.000
Januari 2013	€ 180.000

Verder is gegeven:
- De verkopen zijn voor 60% contant en 40% op rekening.
- De inkopen worden volledig contant betaald.
- De inkopen en verkopen zijn binnen een maand gelijkmatig verdeeld.
- De debiteurentermijn bedraagt één maand waarvan volledig gebruik wordt gemaakt.
- De brutowinst bedraagt 70% van de omzet.
- De inkopen vinden één maand voor de maand van verkoop plaats.
- Met btw houden we geen rekening.

a Bereken de geldontvangsten voor Admiraal in het vierde kwartaal van 2012.
b Bereken het saldo debiteuren op 31 december 2012.
c Bereken de totale gelduitgaven in het vierde kwartaal van 2012 als gevolg van de inkopen.

***4.14**
U

Onderneming Kort & Krachtig is op 1 januari 2010 gestart met de productie van slechts 1 model handtassen. Op 31 december 2012 is de onderneming gestaakt.

De openingsbalans van Kort & Krachtig is gegeven.

Balans Kort & Krachtig 1 januari 2010 (bedragen × €1.000)

Bedrijfspand	600	Eigen vermogen	740
Inventaris	100	Hypotheek	420
Machines	400	Crediteuren	20
Voorraad leer	20		
Kas	60		
	1.180		1.180

De op de beginbalans vermelde activa zijn gekocht op 31 december 2009. De post Crediteuren houdt verband met de inkoop van leer.

Begin 2013 worden de laatste financiële zaken afgewikkeld. In januari 2013 worden de vaste activa tegen de boekwaarde verkocht. De opbrengsten in verband met de verkochte vaste activa zijn in het eerste kwartaal 2013 per kas ontvangen. In het eerste kwartaal 2013 zijn alle schulden afgelost.

We veronderstellen dat de onderstaande gegevens van toepassing zijn op de jaren 2010 t.e.m. 2012:

- Op de vaste activa wordt afgeschreven met een vast percentage van de aanschafwaarde:
  Gebouwen 2% per jaar
  Inventaris 10% per jaar
  Machines 20% per jaar
- In de tweede week van iedere maand wordt voor €20.000 leer ingekocht (12 inkopen per jaar). Dit leer wordt in de maand erop verwerkt tot handtassen. De laatste inkoop vindt plaats in november 2012 (in 2012 vinden 11 inkopen plaats). Van de leveranciers wordt twee maanden leverancierskrediet ontvangen. De laatste inkoop (in november 2012) wordt betaald in januari 2013.
- Iedere maand worden 1 000 handtassen gefabriceerd en verkocht voor €60 per handtas. De afnemers betalen contant (per kas).
- De arbeidskosten per tas zijn €15. De arbeidskosten worden betaald in de maand waarin ze ontstaan.
- Op de hypothecaire lening wordt €30.000 per jaar afgelost.
- Alle gelduitgaven en geldontvangsten zijn per kas.
- Met (omzet-)belasting en hypotheekrente hoeft geen rekening te worden gehouden.
- Er treden geen andere kosten op dan de hiervoor genoemde kosten. De kosten per product worden berekend door de totale kosten per jaar te delen door de jaarlijkse productie.

a Bereken de kostprijs van een handtas.
b Bereken de jaarlijkse winst op de verkoop van handtassen.
c1 Bereken de ingaande en uitgaande geldstromen voor de jaren 2010 t.e.m. 2013 (per jaar gespecificeerd).
2 Bereken het saldo crediteuren aan het einde van de jaren 2010 t.e.m. 2012.
3 Vergelijk de jaarlijkse mutatie in de kas met de jaarlijkse winst. Geef door middel van een berekening (per jaar gespecificeerd) aan hoe de mutatie in het kassaldo berekend kan worden door uit te gaan van de gerealiseerde winst.
d1 Stel de balans per 31 maart 2013 op.
2 Laat door een berekening zien dat het eigen vermogen per 31 maart 2013 overeenkomt met de som van het eigen vermogen per 1 januari 2010 en de winsten over de jaren 2010 t.e.m. 2012.
3 Welke conclusie kunt u trekken uit de bij vraag **d2** bedoelde berekening?

***4.15** Onderneming Kunstpels bv is op 1 januari 2010 gestart met de productie van namaak bontmantels in slechts één model. Op 31 december 2012 is de onderneming gestaakt.

De openingsbalans van Kunstpels bv is gegeven.

Balans Kunstpels BV 1 januari 2010 (bedragen × €1.000)

Bedrijfspand	700	Eigen vermogen	680
Inventaris	120	Hypothecaire lening	500
Machines	500	Crediteuren	270
Voorraad kunstbont	90		
Kas	40		
	1.450		1.450

De op de beginbalans vermelde activa zijn gekocht op 31 december 2009. De post Crediteuren houdt verband met de inkoop van kunstbont.

Begin 2013 worden de laatste financiële zaken afgewikkeld. In januari worden de vaste activa tegen de boekwaarde verkocht. De opbrengsten in verband met de verkochte vaste activa zijn in het eerste kwartaal 2013 ontvangen per kas. In het eerste kwartaal 2013 zijn alle schulden afgelost.
We veronderstellen dat de volgende gegevens van toepassing zijn op de jaren 2010 t.e.m. 2012:

- Op de vaste activa wordt afgeschreven met een vast percentage van de aanschafwaarde:
  Gebouwen 3% per jaar
  Inventaris 10% per jaar
  Machines 15% per jaar
- In de eerste week van iedere maand wordt €90.000 kunstbont ingekocht (12 inkopen per jaar, de eerste inkoop in december 2009). Dit kunstbont wordt in de maand erop verwerkt tot bontmantels. De laatste inkoop vindt plaats in november 2012 (in 2012 wordt 11 keer ingekocht). Van de leveranciers wordt 3 maanden leverancierskrediet ontvangen. De laatste inkoop (in november 2012) wordt betaald in januari 2013.

- Iedere maand worden 300 bontmantels gefabriceerd en verkocht voor €700 per bontmantel. De eerste verkoop vindt plaats in januari 2010. De afnemers betalen contant (per kas).
- De arbeidskosten per bontmantel zijn €200. De arbeidskosten worden betaald in de maand waarin ze ontstaan.
- Op de hypothecaire lening wordt €40.000 per jaar afgelost.
- Alle gelduitgaven en geldontvangsten zijn per kas.
- Met (omzet-)belasting en hypotheekrente hoeft geen rekening te worden gehouden.
- Er treden geen andere kosten op dan de hiervoor genoemde kosten. De kosten per product worden berekend door de totale kosten per jaar te delen door de jaarlijkse productie.

a Bereken de kostprijs van een bontmantel.
b Bereken de jaarlijkse winst op de verkoop van bontmantels.
c1 Bereken de ingaande en uitgaande geldstromen voor de jaren 2010 t.e.m. 2013.
2 Bereken het saldo crediteuren aan het einde van de jaren 2010 t.e.m. 2012.
3 Vergelijk de jaarlijkse mutatie in de kas met de jaarlijkse winst. Geef door middel van een berekening (per jaar gespecificeerd) aan hoe de mutatie in het kassaldo berekend kan worden door uit te gaan van de gerealiseerde winst.
d1 Stel de balans per 31 maart 2013 op.
2 Laat door een berekening zien dat het eigen vermogen per 31 maart 2013 overeenkomt met de som van het eigen vermogen per 1 januari 2010 en de winst over de jaren 2010 t.e.m. 2012.
3 Welke conclusie kunt u trekken uit de bij vraag **d2** bedoelde berekening?

4.16 Handelsonderneming Crystal Palace bv verkoopt serviesgoed van Iers kristal. Van deze onderneming is de balans per 31 december 2012 gegeven.

Balans 31 december 2012 (bedragen × €1.000)

Vaste activa	800	Eigen vermogen	569
Voorraad kristalservies	120	Vreemd vermogen:	
Debiteuren	220	10% Hypothecaire lening	540
Kas	30	Crediteuren	61
	1.170		1.170

De financieel manager van Crystal Palace bv heeft de volgende gegevens verzameld, die deels op schattingen zijn gebaseerd.

Geschatte verkopen exclusief btw (omzet):

1e kwartaal 2013	€480.000
2e kwartaal 2013	€720.000
3e kwartaal 2013	€600.000
4e kwartaal 2013	€360.000
1e kwartaal 2014	€528.000

- In ieder kwartaal zijn de omzetten gelijkmatig over de maanden van het kwartaal verdeeld (één maand is dertig dagen). Alle in- en verkopen vinden op rekening plaats. De brutowinst bedraagt 25% van de verkoopprijs exclusief btw.

- Er wordt steeds een voorraad aangehouden die gelijk is aan de afzet in de volgende maand.
- De voorraad wordt gewaardeerd tegen de inkoopprijs.
- De afnemers betalen hun rekening twee maanden na het tijdstip waarop de goederen zijn geleverd.
- Crystal Palace bv betaalt haar leveranciers 15 dagen na de ontvangst van de ingekochte goederen.
- In 2013 wordt €60.000 afgeschreven op de vaste activa. De overige exploitatiekosten bestaan uit een variabel en een vast gedeelte. De variabele exploitatiekosten bedragen 5% van de omzet, terwijl de overige vaste exploitatiekosten €17.500 per maand bedragen.
- Aan het einde van ieder jaar wordt €30.000 op de hypothecaire lening afgelost. Op dat moment wordt ook de interest betaald die over dat jaar is verschuldigd. Met andere rentekosten dan de rente over de hypothecaire lening houden we geen rekening.

a Bereken per 31 december 2013:
1 het saldo debiteuren;
2 de voorraad kristal;
3 het saldo crediteuren.
b Bereken over het jaar 2013
2 de begrote geldontvangsten van debiteuren.
c Stel de voorgecalculeerde winst- en verliesrekening over 2013 op.

4.17 Handelsonderneming Novina bv verkoopt materialen voor keukens en badkamers. Van deze onderneming is de balans per 31 december 2012 gegeven.

Balans 31 december 2012 (bedragen × €1.000)

Vaste activa	2.700	Eigen vermogen	2.600
Voorraden	500	Banklening	500
Debiteuren	300	Voorziening groot onderhoud	200
Kas	200	Crediteuren	50
		Nog te betalen bedragen	150
		Winstsaldo 2012	200
	3.700		3.700

De directeur van Novina bv heeft met betrekking tot 2013 de volgende gegevens verzameld, die deels op schattingen zijn gebaseerd:

- Investeringen in vaste activa in 2013 ter grootte van €600.000 worden in 2013 betaald.
- Afschrijvingen op vaste activa €100.000.
- Inkoop van materialen €800.000.
- Omzet exclusief btw €1,6 mln. De brutowinst bedraagt 25% van de inkoopprijs exclusief btw.
- Alle in- en verkopen vinden op rekening plaats.
- De vorderingen op Debiteuren zullen naar verwachting met €100.000 afnemen ten opzichte van het debiteurensaldo op 31 december 2012.
- De schuld aan Crediteuren zal naar verwachting met €80.000 toenemen ten opzichte van het crediteurensaldo op 31 december 2012.

- In 2013 wordt €20.000 als onderhoudskosten ten gunste van de Voorziening groot onderhoud geboekt.
- In 2013 worden voor verrichte onderhoudswerkzaamheden rekeningen met een totaal bedrag van €50.000 betaald.
- Betalingen van lonen en overige kosten €110.000.
- In 2013 wordt €360.000 nieuw eigen vermogen van de vermogensmarkt aangetrokken.
- In 2013 wordt op de banklening €100.000 afgelost.
- Betaling van €60.000 interest.
- In het saldo Nog te betalen bedragen zal naar verwachting geen verandering optreden.
- Van het winstsaldo over 2013 zal in 2014 €140.000 worden uitbetaald.

a Stel een liquiditeitsbegroting over het gehele jaar 2013 op (geen specificatie per kwartaal of maand).
b Stel een begrote winst- en verliesrekening over 2013 op.
c Stel de voorgecalculeerde balans per 31 december 2013 op.
d Geef met betrekking tot 2013 een berekening van de:
1 uitgaande primaire geldstromen;
2 ingaande primaire geldstromen;
3 uitgaande secundaire geldstromen;
4 ingaande secundaire geldstromen.
e Wat is het nadeel van een liquiditeitsbegroting per jaar in plaats van per kwartaal of per maand?

4.18 **U** Mandenmakerij Het Vlechthuis maakt manden waarin 2 kg riet is verwerkt (netto). Het riet kost €2 per kilogram. Bij het vlechten gaat 5% van het bruto rietverbruik verloren. Het afval is waardeloos.

Bereken de kosten van het rietverbruik per mand.

4.19 **U** Modeontwerper Hans Tovenaar heeft berekend dat een maatkostuum 1,9 m^2 stof bevat. Bij het maken van een kostuum treedt snijverlies op. Het snijverlies is 10% van het brutomateriaalverbruik. De stof kost €40 per m^2.

Bereken de materiaalkosten per maatkostuum.

4.20 **U** Tegelzetterij Straatman bv heeft een project aangenomen, waarin 1 000 m^2 aan tegelwerkzaamheden (netto-oppervlakte) is opgenomen. De tegels kosten €20 per m^2. Het snijverlies bedraagt 6% van de brutotegelverbruik. De afvoer van het tegelafval kost €500.
Bereken de kosten van de tegels voor dit karwei.

4.21 **U** Pottenbakkerij Merapi houdt bij het vaststellen van de kostprijs van haar potten rekening met 3% breuk. Tien procent van de ongebroken potten zijn door het bakken zodanig kromgetrokken dat ze als tweede keus verkocht worden voor €2 per pot. Deze opbrengst wordt in mindering gebracht op de grondstofkosten van de potten van de eerste keus.
Voor een bepaald soort pot wordt tijdens een productierun 1 200 kg klei verwerkt. De grondstofkosten zijn €2 per kilogram klei. Iedere productierun levert 1 000 potten op, inclusief de gebroken en kromgetrokken potten.

Bereken de grondstofkosten per pot van de eerste keus.

4.22 Uitgeverij Bouquet bv heeft van een roman 100 000 exemplaren gedrukt. Voor een roman is 800 gram papier nodig (netto papierverbruik). Een kilogram papier kost €2. Voor de productie van 100 000 exemplaren zijn 80 arbeidsuren en 30 machine-uren nodig. Tijdens het productieproces ontstaat op het papierverbruik 5% afval. Het afval heeft geen waarde en wordt kosteloos door een plaatselijke oudpapierhandelaar opgehaald. Aan het einde van het productieproces blijkt dat 2% van de boeken wordt afgekeurd. De afgekeurde boeken kunnen voor €3,00 per exemplaar verkocht worden. De kosten van arbeid en machines zijn respectievelijk €35 en €40 per uur.

Bereken de kostprijs van een goedgekeurd boek.

4.23 Onderneming Tuindecor bv fabriceert tuinornamenten. Voor een bepaald soort tuinversiering is een standaardkostprijs per 100 goedgekeurde eenheden opgesteld:

Grondstoffen:	netto (hoeveelheid grondstof in het product) 50 kg per 100 eenheden. Tijdens het productieproces gaat 1/6 deel van het bruto grondstoffenverbruik verloren. De vaste (verreken)prijs voor grondstoffen is €7,50 per kilogram. Het afval brengt €0,50 per kilogram op.
Loonkosten:	een medewerker maakt in een gemiddelde werkweek van 36 uur 240 ongekeurde eenheden. Het standaarduurloon bedraagt €24 per uur.
Overige fabricagekosten:	deze bedragen €480 per 100 ongekeurde eenheden

Bij keuring van de tuinversiering wordt normaal 25% afgekeurd. De afgekeurde artikelen kunnen worden verkocht voor €0,25 per stuk.

a Wat is het verschil tussen afval en uitval?
b Bereken de *grondstof*kosten per 100 ongekeurde eenheden.
c Bereken de fabricagekostprijs van 100 *ongekeurde* eenheden.
d Bereken de fabricagekostprijs van 100 *gekeurde* eenheden.

4.24 Onderneming Cleopatra maakt slechts één product. Aan het einde van het productieproces vindt er een kwaliteitscontrole plaats. Voor de berekening van de fabricagekostprijs per 100 goedgekeurde producten beschikt onderneming Cleopatra over de volgende gegevens:

- Grondstofverbruik: netto 45 kg per 100 ongekeurde producten. Tijdens het fabricageproces gaat 10% van het bruto grondstoffenverbruik verloren. De grondstoffen worden ingekocht voor €5 per kilogram. Het afval kan verkocht worden en brengt €1 per kilogram op.
- Voor de berekening van de standaardkostprijs gaan we ervan uit dat een medewerker per uur 25 ongekeurde producten kan vervaardigen. Het standaarduurloon is gemiddeld €37,50 per uur.
- Alle overige fabricagekosten (naast de grondstofkosten) bedragen €57,50 per 100 ongekeurde producten.
- Bij de keuring aan het einde van het productieproces wordt normaal 5% afgekeurd. De afgekeurde producten kunnen worden verkocht voor €5 per eenheid.

a Bereken de fabricagekostprijs van één goedgekeurd product. (Hint: Maak in het begin de berekening op basis van 100 eenheden ongekeurd product.)

b Bereken het resultaat op uitval indien er deze periode 600 producten zijn voortgebracht waarvan er 575 producten zijn goedgekeurd. Geef daarbij aan of dit resultaat positief of negatief is.

4.25 Industriële onderneming Acosta bv vervaardigt onder andere tuinmeubelen. De productie vindt plaats in twee afdelingen. De afdeling Constructie vervaardigt halffabricaten. Het eindproduct wordt in de afdeling Montage gemaakt.

In de afdeling Constructie worden per halffabricaat de volgende kosten gemaakt:

Staal (netto):	4 kg à €2,00 per kilogram;
Plastic (netto):	1,5 kg à €1,00 per kilogram;
Arbeid:	1 uur à €20,00 per uur.

Het afval op de grondstoffen staal en plastic is 5% van het brutoverbruik. Afval treedt alleen in de constructieafdeling op en heeft geen waarde. Voordat de halffabricaten de afdeling Constructie verlaten, worden ze gekeurd. Normaal wordt 4% van de halffabricaten afgekeurd en verkocht voor €10 per halffabricaat.
In de afdeling Montage wordt een halffabricaat tot eindproduct verwerkt. De montagekosten bedragen €10 per halffabricaat. Bij de keuring in de afdeling Montage wordt 2% van de tuinstoelen afgekeurd. De afgekeurde tuinstoelen worden verkocht voor 50% van de kostprijs van een goedgekeurde tuinstoel.

a Bereken de kosten per goedgekeurd halffabricaat.
b Bereken de kostprijs van een goedgekeurde tuinstoel.

4.26
U Een onderneming vervaardigt een product waarvoor per ongekeurd product de volgende kosten worden gemaakt:

Grondstofkosten
Per eenheid product is het nettoverbruik 1,7 kg.
Een afval van 15% is normaal.
De materiaalprijs is €5,50 per kilogram.
De netto-opbrengst van het afval is €2,50 per kilogram.

Arbeidskosten
Deze bedragen per eenheid €4,20.

Overige kosten
Deze bedragen per eenheid €0,80.

Uitval- en herbewerkingskosten
De eindproducten worden tweemaal gekeurd. Bij de eerste keuring bedraagt de uitval 20% van het aantal in bewerking genomen producten. Nadat de aanvankelijk afgekeurde eindproducten een herbewerking hebben ondergaan, vindt een tweede keuring plaats.
Er resteert een uitval van 10% van de oorspronkelijke, in bewerking genomen producten. De uitval heeft geen waarde. De herbewerkingskosten bedragen €4,75 per afgekeurd product dat in herbewerking is genomen.

a Noem ten minste drie soorten kosten die kunnen behoren tot de overige kosten.

b Bereken de kosten per ongekeurd eindproduct.
c Bereken de kostprijs van een goedgekeurd eindproduct.

*4.27 Dakpannenfabrikant Van Elst bv maakt onder andere dakpannen van het type Chalet. In 100 dakpannen zit 60 kg cement, 220 kg klei en 2 kg kleurstof verwerkt (netto grondstofverbruik). Cement kost €25 per zak van 50 kg, 1 000 kg klei kost €200. Kleurstoffen worden ingekocht voor €20 per 5 kg. Tijdens de productie gaat 5% grondstof verloren. Dit afval heeft geen waarde.
De uitval op dakpannen is 10%. Daarvan is 40% veroorzaakt door breuk. De overige 60% betreft pannen die tijdens het bakken krom zijn getrokken. De kromgetrokken pannen worden verkocht voor 50% van de kostprijs van een goedgekeurde pan. De gebroken dakpannen worden vermalen en als gravel verkocht aan houders van tennisbanen. Het gravel brengt €1 per kilogram op. Het vermalen van dakpannen kost €0,25 per kilogram.

Bereken de grondstofkosten van 100 goedgekeurde dakpannen van het type Chalet. Berekeningen in twee decimalen.

4.28 Banketbakkerij De Patisserie maakt luxe Belgische bonbons. Een doos Bruxelles bevat 0,9 kg bonbons. De inkoopprijs van grondstoffen is €10 per kilogram. Bij het maken van de bonbons ontstaat 20% afval van het brutoverbruik aan grondstoffen. De afval kan verkocht worden voor 50% van de inkoopprijs van de grondstofkosten.
a Bereken de grondstofkosten per doos bonbons Bruxelles.

Bakkerij De Patisserie overweegt het werktempo van de banketbakkers te verlagen. Hierdoor wordt het afval slechts 5% van het brutoverbruik. De arbeidskosten nemen daardoor echter toe met €2 per doos bonbons Bruxelles.
b Bereken of verlaging van het werktempo tot lagere kosten per doos bonbons leidt.

4.29 Bouwmaterialenhandel De Griend bv heeft op 1 april 2013 op zijn terrein
U 100 000 stenen staan. De afdeling Administratie heeft de volgende aanvullende gegevens beschikbaar gesteld.
In april 2013 zijn 70 000 stenen geleverd aan aannemers en 90 000 stenen ontvangen van steenfabrieken.
Op 30 april zijn aan aannemers 30 000 stenen verkocht, maar nog niet afgeleverd. Op die datum zijn bij steenfabrieken 40 000 stenen besteld, maar nog niet ontvangen.
a Bereken de technische voorraad op 30 april 2013.
b Bereken de economische voorraad op 30 april 2013.

4.30 Bandenhandel Profiel bv heeft op 1 januari 2013 300 banden in het magazijn liggen. Op dat moment zijn 80 banden besteld maar nog niet ontvan-
U gen en 28 banden verkocht maar nog niet geleverd. In januari 2013 zijn 200 banden afgeleverd en 220 banden ontvangen. Op 31 januari 2013 zijn 60 banden besteld maar nog niet ontvangen en 36 banden verkocht maar nog niet afgeleverd.
a Bereken de economische voorraad op 1 januari 2013.
b Bereken de technische voorraad op 31 januari 2013.
c Bereken de economische voorraad op 31 januari 2013.

4.31 Een groothandel in kantoorstoelen verkoopt slechts één soort stoel. De afzet van deze stoel bedraagt 24 000 per jaar en is gelijkmatig over het jaar verdeeld. De bestelkosten bestaan uit vaste kosten (€1.500 per bestelling, inclusief vrachtkosten) en variabele bestelkosten (€0,20 per bestelde stoel). De vaste opslagkosten bestaan uit de kosten van de huur van het magazijn en van de magazijnchef. Deze kosten bedragen €5.000 per maand. De variabele opslagkosten (exclusief de vermogenskosten) bedragen €10 per stoel per jaar. De inkoopwaarde van een stoel bedraagt €400. De vermogenskosten bedragen 10% per jaar. Er wordt een veiligheidsvoorraad aangehouden van 500 stuks. Deze veiligheidsvoorraad is al aanwezig.
Op dit moment bestelt de groothandel 2 000 stoelen per bestelling.

a Welke motieven kan een onderneming hebben om voorraden aan te houden? Ook een speculatiemotief noemen.
b Bereken de totale kosten van het bestellen en van het aanhouden van voorraden bij de huidige bestelpolitiek.
c Bereken de optimale bestelgrootte.
d Bereken de kosten van het bestellen en het aanhouden van voorraden bij de optimale bestelgrootte.
e Welke invloed hebben de volgende gebeurtenissen op de optimale bestelgrootte?

Gebeurtenis	Geen invloed op de optimale bestelgrootte	Toename optimale bestelgrootte	Afname optimale bestelgrootte
1 Stijging in de inkoopprijs			
2 Stijging van de vermogenskosten			
3 Stijging van de huur van magazijnruimte			
4 Stijging van de transportkosten (kosten van een vracht nemen toe)			
5 Stijging van de kosten van het plaatsen van een bestelling			
6 Afname van de levertijd			
7 Toename van de afzet			

4.32 Drankenhandel Koelewijn bv is een regelmatige afnemer van het wijnmerk Château Pompidou, waarvan hij altijd een minimumvoorraad van 20 flessen in voorraad heeft. Op het moment dat dit niveau is bereikt, wordt een nieuwe bestelling wijn ontvangen. Koelewijn bv kan de wijn in twee hoeveelheden bestellen:

- 100 flessen per bestelling: bestelkosten inclusief transportkosten €10;
- 400 flessen per bestelling: bestelkosten inclusief transportkosten €30.

De inkoopprijs van een fles wijn is €3. De vermogenskosten zijn 10% over het gemiddeld geïnvesteerde vermogen. De jaarlijkse afzet van 1 200 flessen wijn is gelijkmatig over het jaar gespreid. De opslagkosten exclusief vermogenskosten zijn €0,20 per fles per maand. Voor verzekering wordt €600 per jaar betaald, ongeacht de hoeveelheid wijn die in voorraad ligt.

a1 Teken het verloop van het in voorraden geïnvesteerde vermogen als per bestelling 100 flessen besteld worden.

2 Bereken de bestel- en opslagkosten per jaar als per keer 100 flessen besteld worden.

b1 Teken het verloop van het in voorraden geïnvesteerde vermogen als per bestelling 400 flessen besteld worden.

2 Bereken de bestel- en opslagkosten per jaar als per keer 400 flessen besteld worden.

c Welke factoren spelen naast de kosten een rol bij de beslissing over de bestelgrootte?

4.33 Citroëngarage De Snoek bv heeft vijf monteurs in dienst, die een gemiddeld loon ontvangen van €2.000 bruto per periode van vier weken. Bij het vaststellen van het werkplaatstarief per arbeidsuur wordt rekening gehouden met de volgende gegevens:

- Een werkweek is 5 dagen, per week wordt 38 uur gewerkt.
- Per jaar worden 40 werkdagen toegekend voor vakantie, vrije dagen en ATV-dagen.
- De afwezigheid in verband met ziekte is 3%. De kosten hiervan komen voor 90% ten laste van de onderneming.
- De onderneming betaalt naast het brutoloon 30% aan sociale lasten en 8,25% vakantiegeld. Beide percentages te berekenen van het brutoloon.

Bereken het bedrag aan loonkosten per uur dat in het werkplaatstarief van de monteurs moet worden opgenomen.

4.34
U Onderneming High Performance maakt hoogwaardige onderdelen voor mo torfietsen, waaronder een bepaald soort carburateur. Uit arbeidsstudies blijkt dat normaal per carburateur 2 uur arbeid nodig is (economisch onvermijdbaar). Het normale uurtarief voor een werknemer bedraagt €15 per gewerkt uur. Werknemer Johnson heeft gemiddeld echter slechts 90 minuten nodig om één carburateur te maken. Bij toepassing van stukloon wordt €30 per carburateur betaald.

Bereken het werkelijk uurloon voor de heer Johnson, als:

a stukloon wordt toegepast;

b tijdloon wordt toegepast.

4.35 Onderneming Vesuvius bv maakt keramische kookplaten voor keukenapparatuur. Onderzoek heeft uitgewezen dat normaal per keramische kookplaat 30 minuten arbeid nodig is (economisch onvermijdbaar). Het normale uurtarief voor een werknemer bedraagt €18 per gewerkt uur. Werknemer Hendriks heeft gemiddeld 20 minuten nodig om één keramische kookplaat te maken. Bij toepassing van stukloon wordt €9 per kookplaat betaald. Bij toepassing van het premieloonstelsel ontvangt de werknemer een premie van 65% van de bespaarde tijd.

Bereken het werkelijk uurloon voor de heer Hendriks, als:

a stukloon wordt toegepast;
b tijdloon wordt toegepast;
c het premieloonstelsel wordt toegepast.
d Noem de voordelen van respectievelijk stukloon, tijdloon en premieloonstelsels voor:
  1 de werknemer;
  2 de werkgever.
e Noem de nadelen van respectievelijk stukloon, tijdloon en premieloonstelsels voor:
  1 de werknemer;
  2 de werkgever.

***4.36** Sigarenfabrikant Willem III heeft op de afdeling waar de sigaren Señoritas gemaakt worden drie inpaksters op contractbasis in dienst. Sigaren Señoritas worden verpakt in blikjes van 25 stuks. Voor de beloning van de inpaksters zijn verschillende methoden denkbaar. Sociale lasten, ziekteverzuim en andere factoren worden buiten beschouwing gelaten. Een werkweek is 5 dagen. Per week wordt 38 uur gewerkt. De inpaksters kunnen de snelheid van de band die de sigaren aanvoert, zelf regelen.

Tijdloon: brutoloon per periode van 4 weken is €1.200.
Stukloon: vergoeding €0,04 per blikje.

Mevrouw Jansen heeft in de afgelopen vier weken 40 128 blikjes ingepakt.

a Bereken voor mevrouw Jansen het loon per periode van vier weken bij toepassing van stukloon.
b Onder welke voorwaarden is het premieloonstelsel toepasbaar?
c Welke nadelen zijn verbonden aan toepassing van stukloon?

Onderneming Willem III overweegt een inpakmachine aan te schaffen ter vervanging van de inpaksters. We veronderstellen dat alle inpaksters een tijdloon ontvangen en dat 28 000 blikjes per week ingepakt moeten worden. De inpakmachine kan 900 blikjes Señoritas per uur verwerken. De machine wordt bediend door één persoon, die €1.400 per vier weken verdient. De vaste machinekosten zijn €2.000 per vier weken. Daarnaast moet bij machinaal inpakken rekening worden gehouden met €0,01 inpakkosten per blikje.

d1 Vergelijk voor een periode van vier weken de kosten van de inpaksters met de kosten van de productiemethode waarbij een inpakmachine wordt gebruikt.
  2 Welke factoren spelen naast de berekende kosten een rol bij de keuze tussen het gebruik van inpaksters en de aanschaf van een inpakmachine?

***4.37** Medewerker Lucassen is accountant bij Janssen & Teunissen accountants. Voor zijn accountantswerkzaamheden wordt aan klanten een uurtarief doorberekend. Dit uurtarief is gebaseerd op de kostprijs, verhoogd met 40% voor overheadkosten en winst.
Medewerker Lucassen heeft een fulltime dienstverband en heeft een salaris van €3.040 per periode van 4 weken (periodesalaris van €3.040, gebaseerd op €20 per uur). Voor de berekening van het uurtarief is verder nog gegeven:

- Naast het vaste salaris wordt jaarlijks in de maand mei een vakantietoeslag uitbetaald van $8\frac{1}{2}$% van het afgesproken normale brutoloon op jaarbasis. Er is tevens sprake van een eindejaarsuitkering ter grootte van 80% van een periodesalaris.
- Het accountantskantoor kent een dienstverband van 38 uren per week (verdeeld over 5 werkdagen per week). We nemen aan dat een kalenderjaar bestaat uit exact 52 weken.
- Koffie- en theepauzes (tweemaal vijftien minuten per dag) komen voor rekening van de werkgever, de lunchpauze is voor eigen rekening.
- Per jaar heeft de werknemer recht op 26 vakantiedagen.
- Iedere medewerker heeft recht op buitengewoon verlof (zes werkdagen per jaar). Daarnaast wordt rekening gehouden met acht dagen waarop niet kan worden gewerkt als gevolg van nationaal erkende feestdagen.
- In drukke perioden werken de accountants over. Op basis van gegevens uit het verleden heeft men berekend dat het overwerk gemiddeld 100 klokuren per adviseur per jaar bedraagt. Voor overuren geldt een toeslag op het bruto-uurloon van gemiddeld 25%. Deze uren worden alleen uitbetaald als er daadwerkelijk is overgewerkt.
- Het accountantskantoor streeft naar een ziekteverzuim van 4%. De werknemers worden tijdens ziekte voor 100% doorbetaald. Binnen het bedrijf wordt 30% van het ziekteverzuim opgevangen door ervaren uitzendkrachten. Daarvoor rekent het uitzendbureau een uurtarief van €53,55 (inclusief 19% btw).
- Binnen het bedrijf houdt men rekening met een leegloop van 25% van de aanwezige uren.
- Het accountantskantoor betaalt 30% aan premies sociale verzekeringen. Dit percentage wordt berekend over alle brutolooncomponenten. Daarnaast wordt gemiddeld €6.000 per medewerker per jaar betaald aan overige personeelskosten (kinderopvang, catering, reiskosten enzovoort).

a Bereken het aantal direct productieve uren per jaar.
b Bereken de jaarlijkse arbeidskosten, die zijn verbonden aan het in dienst hebben van medewerker Lucassen.
c Bereken het uurtarief (inclusief 19% btw) dat voor de diensten van medewerker Lucassen aan de klanten van het accountantskantoor in rekening wordt gebracht.
d Bereken het uurtarief als de premies sociale verzekeringen stijgen van 30% naar 35%.
e Bereken het uurtarief als het aantal werkuren per week wordt verhoogd van 38 naar 40 uur.
f Bereken het uurtarief als het aantal vakantiedagen wordt verlaagd van 26 naar 24.

4.38 Shell besteedt ruim een derde van zijn ICT uit

Shell besteedt ruim een derde van zijn ICT uit

ROTTERDAM, **1 april – Energieconcern Shell gaat een fors deel van zijn ICT-activiteiten uitbesteden aan twee Amerikaanse bedrijven en een Duits bedrijf.**

Door een onzer redacteuren

Shell heeft met deze bedrijven contracten gesloten voor de komende vijf jaar, ter waarde van 4 miljard dollar (2,5 miljard euro). Wereldwijd gaan zo'n 2 900 werknemers van Shell over naar de drie bedrijven die de activiteiten overnemen. Dat is ruim een derde van de ICT'ers die Shell vast of tijdelijk in dienst heeft. Van die 2 900 werken er 595 in Nederland, zo laat een woordvoerder van het energieconcern desgevraagd weten. Shell verwacht dat de outsourcing wereldwijd circa 30 banen kost. 'In Nederland gaat het om minder dan 10 banen', zegt de woordvoerder.

De ICT-activiteiten die Shell uitbesteedt, betreffen vooral databeheer, netwerkbeheer en werkplekondersteuning. Er blijven bij Shell nog 5 000 ICT'ers werkzaam, van wie 3 000 in vaste dienst.

Shell beoogt met deze operatie kosten te besparen. Hoeveel wil het bedrijf niet zeggen. De operatie maakt onderdeel uit van een groter programma om kosten te besparen. Veel energieconcerns zijn hiermee bezig, aangezien de kosten voor personeel en apparatuur door schaarste sterk aan het stijgen zijn.

Volgens de woordvoerder wil Shell zijn ICT in de toekomst toespitsen op onderdelen die 'bijdragen aan het concurrentievermogen'. Het gaat bijvoorbeeld om technologie voor het opsporen en goed aanboren van nieuwe olie- en gasvelden.

De bedrijven waaraan Shell zijn ICT uitbesteedt, zijn het Amerikaanse AT&T en Electronic Data Systems, en het Duitse T-Systems, onderdeel van Deutsche Telekom. ■

Bron: *NRC Handelsblad*, 1 april 2008

a Welke ICT-activiteiten gaat Shell niet outsourcen en waarom niet?
b Leg uit hoe Shell denkt door outsourcing kosten te besparen.
c Wat zijn de voordelen van outsourcing?
d Wat zijn de nadelen van outsourcing?

***4.39** Transportonderneming Globemaster bv is van plan een nieuwe vrachtauto type 'Favoriet' aan te schaffen. De volgende gegevens van dit type vrachtauto zijn bekend:

- De aanschafprijs van de vrachtauto bedraagt €120.000.
- De technische gebruiksduur van de vrachtauto is vijf jaar.
- De complementaire kosten bedragen in het eerste gebruiksjaar €92.000 en vervolgens elk volgend jaar (in verband met een jaarlijks dalend aantal kilometers) €4.000 minder dan in het voorgaande jaar.
- De verwachte restwaarde van de vrachtauto aan het einde van elk gebruiksjaar bedraagt:
  na 1 jaar €80.000
  na 2 jaar €62.200
  na 3 jaar €48.000
  na 4 jaar €37.400
  na 5 jaar €20.000.

- De verwachting is dat in het eerste gebruiksjaar met de vrachtauto 150 000 kilometer kan worden gereden, elk volgend jaar 10 000 kilometer minder.
- We houden geen rekening met vermogenskosten.
- De economische levensduur van de vrachtauto bedraagt een geheel aantal jaren (alleen aan het eind van het jaar kan de vrachtwagen worden afgestoten).
- Globemaster bv streeft naar zo laag mogelijke gemiddelde kosten per kilometer.

a Bereken de economische levensduur van de vrachtauto type Favoriet.

b Bepaal het afschrijvingsschema van de vrachtauto type Favoriet voor de eerste twee jaar met behulp van de geldswaarde van het aantal kilometers.
Aan het einde van het tweede gebruiksjaar komt er een nieuwe vrachtauto met de typeaanduiding 'Super' op de markt. Van deze vrachtwagen zijn de volgende gegevens bekend:
- De kosten per kilometer bedragen €0,75 per kilometer.
- Door de komst van de vrachtauto type Super zal de restwaarde van de vrachtauto type Favoriet aan het einde van ieder jaar €10.000 minder zijn dan aanvankelijk werd aangenomen.

c Aan het einde van welk gebruiksjaar wordt de vrachtauto type Favoriet (die nu in gebruik is) vervangen? Motiveer het antwoord met een berekening.

d Bereken het verlies dat aan het einde van het tweede gebruiksjaar ontstaat door het op de markt komen van de vrachtauto type Super.

4.40 Onderneming Optimaal heeft een nieuwe machine aangeschaft en moet nu om de standaardkostprijs vast te kunnen stellen de machinekosten per product berekenen.
Over de nieuwe machine zijn de volgende gegevens bekend:
- De productiecapaciteit van de machine bedraagt 60.000 stuks per jaar.
- De aanschafwaarde van de nieuwe machine is €120.000.
- De restwaarde aan het einde van het eerste jaar bedraagt €70.000, aan het einde van het tweede jaar €40.000 en aan het einde van het derde jaar €10.000.
- Aan het einde van het derde jaar is de machine zowel economisch als technisch versleten.
- De jaarlijkse complementaire kosten zijn in het eerste jaar €35.000, in jaar 2 €50.000 en in jaar 3 €80.000.
- De vermogenskosten bedragen 10% over het gemiddeld in de machine geïnvesteerde vermogen. Het gemiddeld geïnvesteerd vermogen per jaar berekenen we op basis van de boekwaarde van de machine aan het begin en aan het einde van elk gebruiksjaar. We veronderstellen dat de boekwaarde binnen ieder jaar gelijkmatig daalt.
- De machinekosten bestaan uit uitsluitend uit vermogenskosten, waardedaling van de machine en complementaire kosten.

a Bereken voor jaar 1, jaar 2 en jaar 3 afzonderlijk het gemiddeld geïnvesteerde vermogen.

b Bereken de vermogenskosten afzonderlijk voor jaar 1, jaar 2 en jaar 3.

c Bereken de machinekosten per eenheid product als de machine:
1 een jaar zou worden gebruikt;
2 twee jaar zou worden gebruik;
3 drie jaar zou worden gebruikt.

d Stel de economische levensduur van de machine vast. Motiveer uw antwoord.
e Bereken welk bedrag in het tweede jaar voor afschrijvingen beschikbaar zal komen.

*4.41 U Treintaxi bv is van plan een nieuwe Mercedes voor het stadsvervoer aan te schaffen.
De technische levensduur van deze auto is zes jaar. De aanschafprijs is €40.000.
De proportioneel variabele kosten voor brandstof bedragen €0,14 per kilometer.

Verder zijn de volgende gegevens over deze auto bekend:

Jaar	Restwaarde aan het einde van het jaar (in euro's)	Complementaire kosten per jaar (in euro's)	Aantal te rijden kilometers per jaar
1	27.500	16.000	80 000
2	20.000	17.500	72 000
3	15.000	19.200	70 000
4	12.500	23.000	60 000
5	10.000	27.000	50 000
6	8.500	32.000	40 000

a Bereken de economische levensduur van deze auto.
b Bereken de bedragen die jaarlijks vrijkomen voor afschrijvingen.
c Welk afschrijvingssysteem verdient de voorkeur? Motiveer uw antwoord met berekeningen.
d Waarom is bij de berekening van de economische levensduur de kostprijs per werkeenheid altijd een schatting?

Aan het einde van het eerste jaar is een vergelijkbare taxi op de markt gekomen, waarvan de kosten per kilometer (exclusief brandstofkosten) €0,30 zijn. De restwaarde van de taxi daalt hierdoor ineens naar €8.500 en verandert daarna niet meer.
e Bereken de afschrijvingen die in jaar 1 t/m 4 beschikbaar komen voor de Mercedes-taxi.
f Bereken de gevolgen van de lagere kostprijs per kilometer voor de economische levensduur van de Mercedes-taxi.
g Bereken het verlies dat ontstaat door het op de markt komen van de nieuwe taxi.

*4.42 Schoenfabrikant Gevea nv maakt sportschoenen voor een keten van sportwinkels. Wegens de gunstige afzetverwachtingen overweegt Gevea nv de productiecapaciteit uit te breiden. Hiervoor is een nieuwe machine nodig met een aanschafprijs van €800.000 en een technische levensduur van vijf jaar. De restwaarde van de machine is, ongeacht het moment van buitengebruikstelling, €100.000. De proportioneel variabele kosten bedragen €20 per paar.

Jaar	Productie per jaar (in paren)	Complementaire kosten per jaar (in euro's)
1	20 000	200.000
2	18 000	249.800
3	16 000	300.100
4	13 000	401.460
5	10 000	502.500

a Wat wordt verstaan onder de absolute technische levensduur?
b Wat wordt verstaan onder de economische levensduur van een machine?
c Bereken voor deze machine de economische levensduur.
d1 Bereken de bedragen die jaarlijks vrijkomen voor afschrijving.
2 Welk afschrijvingssysteem verdient de voorkeur? Motiveer uw antwoord met berekeningen.

Aan het einde van het tweede jaar komt een nieuwe, efficiëntere machine op de markt die eenzelfde product voortbrengt als de machine die reeds in gebruik is. Er is slechts één verschil met de oude machine: de complementaire kosten van de nieuwe machine bedragen 50% van de oude (ten gevolge van kleinere hoeveelheden).
e1 Bereken de economische levensduur van de nieuwe machine.
2 Wat wordt de economische levensduur van de oude machine?
3 Bereken het verlies ten gevolge van het beschikbaar komen van de nieuwe machine.

***4.43 U** Toscana nv maakt voor de productie van Italiaanse wijn gebruik van een machine met een aanschafwaarde van €200.000. De technische levensduur van de machine is vijf jaar.
De proportioneel variabele kosten zijn €2 per liter.

Jaar	Restwaarde aan het einde van het jaar (in euro's)	Complementaire kosten (in euro's)	Productie in liters
1	100.000	60.000	20 000
2	90.000	64.100	20 000
3	80.000	70.100	20 000
4	70.000	80.100	20 000
5	50.000	98.100	20 000

De vermogenskosten zijn 10% van het gemiddeld in een jaar geïnvesteerde vermogen. Het gemiddeld geïnvesteerde vermogen is gelijk aan de som van de restwaarden aan het begin en aan het einde van ieder jaar, gedeeld door 2.
a Wat wordt verstaan onder de economische levensduur?
b Bereken de economische levensduur van deze machine.
c Bereken de afschrijvingsbedragen die jaarlijks beschikbaar komen door de verkoop van wijn.

d Welk afschrijvingssysteem verdient in deze situatie de voorkeur? Motiveer uw antwoord met berekeningen.

e Teken in een figuur het verloop van de geldswaarde van de productie, de complementaire kosten, de vermogenskosten en de afschrijvingen.

***4.44** Landsmeer bv maakt plastic bloempotten. Voor de productie van deze bloempotten maakt zij gebruik van een machine die onlangs gekocht is voor €180.000. De technische levensduur is zes jaar. De proportioneel variabele kosten zijn €2 per bloempot.

Jaar	**Restwaarde aan het einde van het jaar** (in euro's)	**Uitgaven voor complementaire kosten** (in euro's)	**Productie in eenheden**
1	140.000	20.000	100 000
2	110.000	25.200	100 000
3	95.000	30.200	90 000
4	75.000	35.400	80 000
5	60.000	40.400	70 000
6	50.000	45.800	60 000

De vermogenskosten zijn 8% van het gemiddeld in een jaar geïnvesteerde vermogen. Het gemiddeld geïnvesteerde vermogen is de som van de restwaarden aan het begin en aan het einde van ieder jaar, gedeeld door 2.

a Bereken de economische levensduur van de machine.

Aan het einde van het eerste gebruiksjaar komt er een nieuwe machine op de markt, waarmee het product gemaakt kan worden tegen een kostprijs van €0,45 per product. Door de komst van de nieuwe machine daalt de restwaarde van de oude machine aan het einde van het eerste jaar naar €50.000 en verandert daarna niet meer.
De overige gegevens veranderen niet.

b Bereken opnieuw de economische levensduur van de in gebruik zijnde machine.

c Bereken de bedragen die na het eerste jaar beschikbaar komen voor afschrijvingen (per jaar specificeren).

d Bereken het verlies dat ontstaat door het op de markt komen van de nieuwe machine.

****4.45** Multitoys bv maakt onder andere driewielers voor kleuters. Multitoys wil de kostprijs per goedgekeurd product berekenen om de verkoopprijs vast te kunnen stellen. Per ongekeurd product zijn de volgende gegevens bekend.

Materiaalkosten
De netto-hoeveelheid per product is 4 kg.
De prijs per kilogram is €9.
De normale afval is 20% van de bruto-hoeveelheid.
De netto-opbrengst van de afval is €2 per kilogram.

Machinekosten
Per ongekeurd product is 0,5 uur machinetijd nodig. Voor de machine die kort geleden is aangeschaft, gelden de volgende gegevens:

- Aanschaffingswaarde: €140.000.
- Restwaarde op elk moment gedurende de levensduur is €20.000. We veronderstellen dat de waardedaling gelijkmatig in de tijd ontstaat.
- De productie is 2000 machine-uren per jaar.
- Complementaire machinekosten:
  jaar 1: €40.000 jaar 4: €110.000
  jaar 2: €60.000 jaar 5: €150.000
  jaar 3: €80.000

De vermogenskosten zijn 10% van het gemiddeld geïnvesteerde vermogen per jaar.

a Bereken de materiaalkosten per ongekeurd product.
b Geef twee voorbeelden van complementaire machinekosten.
c Bereken de economische levensduur van de machine en het bijbehorende machine-uurtarief.
d Bereken de machinekosten per ongekeurd product.

De overige kosten inclusief arbeidskosten zijn €22 per ongekeurd product.
e Bereken de kostprijs per ongekeurd product.

Uitval
Aan het einde van de productielijn worden de kinderfietsjes aan een strenge controle onderworpen. De uitval is normaal 10% van de ongekeurde productie. 60% van de uitval kan hersteld worden, waardoor ze alsnog aan de eisen voldoet. De herstelkosten bedragen €20 per herstelde kinderfiets. De overige 40% van de uitval kan niet hersteld worden en wordt als schroot verkocht voor €2 per kilogram.
f Bereken de kostprijs per goedgekeurde driewieler.

****4.46** Polyplastics bv is van plan een verbeterde soort kinderzitje op de markt te brengen. Op de vakbeurs in Utrecht heeft de directeur van de onderneming allerlei informatie verzameld over een machine, waarvan de aanschaffingsprijs €280.000 is. De technische levensduur van de machine is zeven jaar. In het eerste jaar zal de machine 2000 uur in bedrijf zijn. Daarna neemt door reparaties en onderhoud het aantal machine-uren jaarlijks met 150 uur af. Per machine-uur worden steeds 15 kinderzitjes gemaakt. De exploitatiekosten van de machine nemen jaarlijks toe. Uit de volgende tabel blijkt dat de directe opbrengstwaarde van de machine afneemt naarmate de machine ouder wordt.

Jaar	**Restwaarde aan het einde van het jaar** (in euro's)	**Complementaire kosten per jaar** (in euro's)
1	190.000	60.000
2	150.000	70.000
3	120.000	85.000
4	100.000	90.000
5	50.000	115.000
6	20.000	125.000
7	0	150.000

Bij de berekening van de economische levensduur houdt Polyplastics bv rekening met vermogenskosten. De gemiddelde jaarlijkse vermogenskosten zijn 10% over het gemiddeld in een jaar geïnvesteerd vermogen. Het gemiddeld geïnvesteerde vermogen is de som van de restwaarden aan het begin en aan het einde van ieder jaar, gedeeld door 2.

a Geef de definitie van de economische levensduur.

b Bereken de economische levensduur van de machine.

c Bereken het bedrag aan machinekosten dat in de kostprijs van de kinderzitjes wordt opgenomen. Uitkomst in centen nauwkeurig.

d1 Bereken de bedragen die jaarlijks voor afschrijving van de machine ter beschikking komen.

2 Welke afschrijvingsmethode verdient in deze situatie de voorkeur? Motiveer uw antwoord.

3 Bereken de verwachte boekwaarde van de machine aan het einde van de economische levensduur en vergelijk deze met de verwachte restwaarde aan het einde van de economische levensduur. Bij de beantwoording van deze vraag veronderstellen we dat de jaarlijkse afschrijvingen gelijk zijn aan de bedragen die jaarlijks vrijkomen door de verkoop van kinderzitjes (vrijgekomen afschrijvingen).

4 Geef een verklaring voor het verschil tussen de verwachte boekwaarde en de verwachte restwaarde aan het einde van de economische levensduur.

e Waarom is bij de bepaling van de economische levensduur de berekende kostprijs per kinderzitje een schatting?

Aan het einde van het tweede jaar komt er een verbeterde machine op de markt. In de kostprijs van een kinderzitje dat met de nieuwe machine wordt gemaakt, wordt €4,35 per kinderzitje opgenomen ter dekking van de kosten van het duurzaam productiemiddel. Als gevolg van het verschijnen van de verbeterde machine daalt de restwaarde van de oude machine aan het einde van jaar 2 ineens tot €20.000 en verandert daarna niet meer.

f Zal de directie van Polypastics bv de oude machine direct vervangen door de verbeterde machine? Motiveer uw antwoord met een berekening.

g Bereken het verlies dat ontstaat door het op de markt komen van de nieuwe machine (het verlies door economische veroudering).

***4.47 U** Een machine met een aanschafwaarde van €100.000 heeft een economische levensduur van vier jaar. De leiding van de onderneming verwacht dat de machine aan het einde van het vierde jaar €20.000 zal opbrengen. De onderneming berekent 8% vermogenskosten over de boekwaarde aan het begin van ieder jaar.
Bereken de jaarlijkse afschrijvings- en vermogenskosten als men afschrijft met:

a Een vast percentage van de aanschafwaarde.

b Een vast percentage van de boekwaarde.

c Bedragen die jaarlijks met €4.000 afnemen. (Hint: stel de afschrijvingen in het eerste jaar op X.)

d1 Gelijke annuïteiten per jaar.

2 Laat door een berekening zien dat bij toepassing van de annuïteitenmethode de boekwaarde aan het einde van het vierde jaar €20.000 bedraagt.

***4.48** Een machine met een aanschafwaarde van €200.000 heeft een economische levensduur van vijf jaar. De leiding van de onderneming verwacht dat de machine aan het einde van het vijfde jaar €20.000 zal opbrengen. De onderneming berekent 10% vermogenskosten over de boekwaarde aan het begin van ieder jaar.

Bereken de jaarlijkse afschrijvings- en vermogenskosten als men afschrijft met:

a Een vast percentage van de aanschafwaarde.
b Een vast percentage van de boekwaarde.
c Bedragen die jaarlijks met €5.000 afnemen. (Hint: stel de afschrijvingen in het eerste jaar op X.)
d Gelijke annuïteiten per jaar.
e Wanneer heeft afschrijven met een vast percentage van de boekwaarde de voorkeur?

4.49
U Metaalbewerking Van Maanen bv heeft een machine in gebruik met een aanschafwaarde van €280.000 en een restwaarde van nihil. Deze machine wordt in drie jaar afgeschreven door middel van gelijke jaarlijkse annuïteiten. Van Maanen bv berekent 8% vermogenskosten over de boekwaarde aan het begin van ieder jaar.

a Bereken de jaarlijkse annuïteit.
b Splits de jaarlijkse annuïteit in een interest- en een afschrijvingsbestanddeel.

***4.50** Onderneming Maxim bv heeft een machine met een aanschafwaarde van €300.000 en een restwaarde van €40.000. Deze machine wordt in vier jaar afgeschreven door middel van gelijke jaarlijkse annuïteiten. Onderneming Maxim berekent 10% vermogenskosten over de boekwaarde aan het begin van ieder jaar.

a Bereken de jaarlijkse annuïteit.
b Splits de jaarlijkse annuïteit in een interest- en een afschrijvingsbestanddeel.
c Wanneer heeft afschrijven door gelijke jaarlijkse annuïteiten de voorkeur?

4.51 Van onderneming Depreciation bv zijn over de maand februari 2012 de volgende gegevens bekend:

- Op 1 februari 2012 is er een bedrijfsauto aangeschaft en per bank betaald (de aanschafwaarde is €40.000).
- Over de bedrijfsauto wordt het eerste jaar 30% van de aanschafprijs afgeschreven. De jaarlijkse afschrijving wordt gelijkmatig over het betreffende jaar verdeeld.
- Voor de financiering van de bedrijfsauto is per 1 februari 2012 een lening van €40.000 bij de bank afgesloten. De leningsvoorwaarden luiden als volgt: de rente moet achteraf per halfjaar worden betaald (voor het eerst op 31 juli 2012) en bedraagt 9% op jaarbasis. De aflossing vindt eenmaal per jaar plaats (voor het eerst op 1 februari 2013). Op deze lening wordt jaarlijks €8.000 afgelost. Dit is de enige vorm van vreemd vermogen waar de onderneming gebruik van maakt.
- De verzekeringspremie voor de auto bedroeg €600 per jaar en is op 1 februari 2012 voor het gehele jaar vooruitbetaald.
- Het benzineverbruik in februari 2012 bedroeg €700 en is direct per bank betaald.
- Er is voor februari 2012 €1.200 per bank aan overige bedrijfskosten betaald.
- De omzet is uitsluitend a contant en bedroeg in de maand februari 2012 €96.000.
- De brutowinst is 60% van de inkoopwaarde van de omzet.

- De inkopen op rekening bedroegen in februari 2012 €50.000 en in maart 2012 €55.000. Met de leveranciers is een krediettermijn van één maand overeengekomen, waarvan volledig gebruik wordt gemaakt.
- De inkopen en verkopen vinden gelijkmatig over de maand plaats.
- De vennootschapsbelasting bedraagt 20%.
- Met omzetbelasting (btw) houden we geen rekening.
- Met andere dan de hiervoor genoemde gegevens houden we geen rekening.

a Leg uit wat wordt bedoeld met:
1 primaire geldstromen;
2 secundaire geldstromen.
b Stel de winst- en verliesrekening op over de maand *februari* 2012.
Deel de winst- en verliesrekening zodanig in dat de volgende begrippen duidelijk zichtbaar zijn: EBITDA (earnings before interest, taxes, depreciation and amortization), EBIT (earnings before interest and taxes), EBT (earnings before taxes) en EAT (earnings after taxes).

5.1 Vakbonden gekant tegen plan voor verruiming tijdelijk werk

Vakbonden gekant tegen plan voor verruiming tijdelijk werk

Van onze verslaggeefster
Loes Reijmer

AMSTERDAM - De vakbonden zijn fel tegen het plan van het kabinet werkgevers in staat te stellen langjarige tijdelijke contracten te bieden. De maatregel is de doodsteek voor vaste dienstverbanden, aldus de FNV en het CNV

Het plan is onderdeel van de 'bedrijvenbrief' die minister Verhagen van Economische Zaken, Landbouw & Innovatie (EL&I) dinsdag naar de Kamer stuurde. Daarin staat dat werkgevers de mogelijkheid moeten krijgen om werknemers na afloop van een kort tijdelijk contract te behouden met een tijdelijk meerjarig dienstverband.

Volgens de minister sluit de huidige regelgeving niet aan bij de arbeidspraktijk 'waarin mensen geen baan voor het leven hebben'. De brief is ook ondertekend door minister van Sociale Zaken en Werkgelegenheid Henk Kamp. Zijn ministerie moet het plan de komende tijd omvormen tot een wetsvoorstel.

De FNV noemt de maatregel onnodig en ongewenst, maar is ook boos dat 'een gevoelige discussie op deze manier wordt aangewakkerd'. 'Het wordt gepresenteerd als een onschuldig voorstel – in een kleine paragraaf in een brief van een niet-verantwoordelijk minister, maar dat is het allerminst', stelt FNV-arbeidsvoorwaardencoördinator Catelene Passchier.

Aanpassing flexwet zou doodsteek zijn voor vaste baan

Volgens de FNV betekent de maatregel het einde van vaste dienstverbanden. 'Nu merken we al dat steeds meer werknemers van tijdelijk contract naar tijdelijk contract worden rondgepompt, omdat werkgevers risico's willen afdekken', vertelt de vakbondsvrouw. 'De huidige flexwet remt dat af, maar met deze verruiming hoeven ze werknemers helemaal niet meer vast aan te nemen.'

De maatregel is een uitbreiding van de flexwet. Nu is wettelijk vastgelegd dat werkgevers de werknemer na drie tijdelijke contracten of na drie jaar vast moeten aannemen. Volgens het ministerie van EL&I leidt dit ertoe dat veel werknemers uiteindelijk hun baan verliezen, omdat werkgevers het vaste contract niet aandurven. Daarom moeten bedrijven werknemers ook dienstverbanden kunnen bieden van bijvoorbeeld zeven of tien jaar.

Het plan ontstond na gesprekken die het ministerie voerde met werkgevers. Die zijn dan ook in hun nopjes met het voorstel, laat de VNO-NCW weten. De afgelopen tien jaar nam het aantal werknemers met een tijdelijk contract toe met 70 procent, naar ruim 500 duizend.

'Met deze maatregel draait het kabinet om de hete brij heen', vindt Ton Wilthagen, hoogleraar arbeidsmarkt aan de Universiteit van Tilburg. 'Het aantal flexwerkers groeit omdat werkgevers een vast dienstverband te riskant vinden. Het kabinet weet dat daar iets aan moet gebeuren.' ■

Bron, *de Volkskrant*, 15 september 2011

a Wat is het voordeel van tijdelijke arbeidscontracten voor ondernemingen?
b Welke gevolgen zou het toepassen van meer tijdelijke arbeidscontracten (in plaats van vaste arbeidscontracten) hebben voor het niveau van de vaste kosten van ondernemingen?
c Wat wordt bedoeld met de zinsnede (aan het einde van het artikel): 'omdat werkgevers een vast dienstverband te riskant vinden'.
d Wat is het nadeel van een tijdelijk arbeidscontract voor de werknemer?
e Wat zou het voordeel van tijdelijke arbeidscontracten kunnen zijn voor de werknemers?

CSM staat niet alleen met problemen

Hoge inkoopprijs zit sector dwars

Ranka Rolvink
Amsterdam

De problemen die voedingsconcern CSM gisteren noopten tot een winstwaarschuwing staan niet op zichzelf. Andere voedingsbedrijven, speciaalzaken en supermarkten kampen met hetzelfde soort problemen, zo is de mening van marktkenners. 'Het risico zit duidelijk in de hele sector', zegt Richard Withagen, sectoranalist bij SNS Securities.

Het Britse Premier Foods kwam vrijdag ook met een winstwaarschuwing. Hoge grondstofprijzen en consumenten die minder kopen, zitten de sector dwars, vat Torn Muller van Theodoor Gilissen samen. Alle bedrijven die hiermee te maken hebben, zullen volgens hem bij de komende cijferronde laten 'horen dat de druk groter is dan verwacht'.

CSM, dat bakkerijproducten en melkzuur (voor het langer houdbaar houden van vlees bijvoorbeeld) levert, maakte gisterochtend bekend dat het verwachte herstel in het tweede halfjaar niet wordt gehaald. De verwachte €50 mln ebita voor het derde kwartaal wordt €30 mln. En ook het vierde kwartaal is beïnvloed door het negatieve sentiment. Over de winst maakt het bedrijf niets bekend. Meer informatie volgt op 27 oktober, de dag waarop de derde kwartaalresultaten naar buiten komen.

Om de resultaten te verbeteren, kondigt het bedrijf een reorganisatie aan die in 2012 €30 mln en daarna €50 mln moet opleveren. Inzicht in deze reorganisatie geeft CSM ook niet. Withagen, die benadrukt dat CSM net een reorganisatie achter de rug heeft, denkt dat er mensen moeten afvloeien. 'Daar zit de grootste kostenpost.'

Verschil met andere voedingsbedrijven is dat CSM zijn omzet uit Europa en de Verenigde Staten haalt. Unilever en Heineken bijvoorbeeld halen meer dan de helft van hun omzet uit opkomende markten, waar de consumentjuist meer uitgeeft aan voedsel. Daardoor zullen zij minder hard worden geraakt door het afnemende consumentenvertrouwen.

Begin juli kwam CSM ook met een winstwaarschuwing. Toen zei het bedrijf de hogere kosten van de stijgende grondstofprijzen te gaan verrekenen in de verkoopprijs. Maar door de lange contracten die het met afnemers sluit, gaat dat minder snel dan nodig.

In 2007, het begin van de kredietcrisis, maakte het voedingsconcern moeilijke tijden door. 'Ook toen was er sprake van een volumedaling van 2 tot 3%, net als nu', zegt Withagen van SNS. ■

Bron: *Het Financieele Dagblad*, 11 oktober 2011

- **a** Wat bedoelen we met de standaard integrale kostprijs?
- **b** Waarom willen ondernemingen inzicht hebben in de omvang van de standaard integrale kostprijs?
- **c** Wat wordt bedoeld met 'het negatieve sentiment' waar in het artikel over wordt gesproken?
- **d** Wat zijn volgens het artikel de belangrijkste kosten bij CSM?
- **e** Waarom kan CSM de stijging van de grondstofkosten niet onbeperkt doorberekenen in de verkoopprijs van haar producten?
- **f** Welke maatregelen gaat CSM treffen om de winstgevendheid te verbeteren?
- **g** Waarom zijn Unilever en Heineken beter dan CSM in staat de stijging van de grondstofkosten in hun verkoopprijzen door te berekenen?

5.3 Van een onderneming die één homogeen product maakt, is het volgende gegeven:

- De constante kosten voor het jaar 2012 worden begroot op €28.000.
- Bij een verwachte productieomvang van 9 000 eenheden zijn de proportioneel variabele kosten €76.500.
  De normale productieomvang is 8 000 eenheden.

a Bereken de kostprijs voor het jaar 2012.
b Wat verstaan we onder de normale productie?
c Wat is het belang van het berekenen van een nauwkeurige kostprijs?
d Welke andere vormen van variabele kosten kunnen (naast proportioneel variabel) voorkomen?

5.4 Industriële onderneming Gerzon bv maakt slechts één (homogeen) product. Voor het komende jaar heeft Gerzon bv de volgende cijfers begroot. Met btw houden we in deze opgave geen rekening.

Productiegegevens:	
Begrote productieomvang	18 200 stuks
Normale productieomvang	18 000 stuks
Variabele productiekosten per stuk	€3,60
Totale constante productiekosten	€49.500
Verkoopgegevens:	
Begrote verkoopomvang	18 500 stuks
Normale verkoopomvang	18 000 stuks
Variabele verkoopkosten per stuk	€0,40
Totale constante verkoopkosten	€4.500

Winstmarge
De winstopslag is 30% van de verkoopprijs.

a Bereken de fabricagekostprijs.
b Bereken de commerciële kostprijs.
c Bereken de verkoopprijs.
d Van welke marktvorm is (als we letten op de wijze waarop de verkoopprijs wordt vastgesteld) blijkbaar sprake? Licht uw antwoord toe.

5.5 Onderneming Expansie bv, die slechts één (homogeen) product maakt, verwacht dat de vraag naar haar producten in de komende jaren zal toenemen. Om aan deze stijgende vraag te kunnen voldoen, gaat Expansie bv volgend jaar haar productiecapaciteit uitbreiden.
In dit verband heeft de administrateur van Expansie bv de volgende cijfers verzameld:

- Het afgelopen jaar (2012) bedroegen de totale kosten €160.000 bij een productieomvang van 12 000 eenheden.
- In het komende jaar (2013) gaat Expansie bv haar productiecapaciteit uitbreiden tot 16 000 eenheden. Zij verwacht dat de totale constante kosten door deze uitbreiding met €12.000 zullen toenemen.
- De variabele kosten zijn proportioneel variabel.
- Volgens de begroting voor 2013 zullen de totale kosten na uitbreiding stijgen naar €200.000.

a Bereken de proportioneel variabele kosten per product.
b Bereken de totale constante kosten na de uitbreiding.
c Bereken de kostprijs voor komend jaar als de normale productieomvang 14 000 eenheden is.

5.6 Een medewerker van advocatenkantoor Recht door Zee heeft een juridisch medewerker in dienst met een brutomaandsalaris van €2.600. De vakantietoeslag bedraagt 9%, terwijl een eindejaarsuitkering van 6% wordt toegekend. De sociale lasten bedragen 30%. De reis- en verblijfkosten (8%) en de overige kosten (5,5%) worden berekend over het brutosalaris.
De gemiddelde werkdag van een medewerker bedraagt 7,2 uur per dag. Een jaar heeft 30 niet-werkbare dagen (feestdagen en verlofdagen) en het ziekteverzuim bedraagt 5%.
Van de gewerkte uren is een gedeelte indirect (stel 150 uur).
We gaan ervan uit dat de opslag voor winst en de overige kosten (zoals huisvestingskosten, kantoorkosten en afschrijvingen) 40% bedraagt van de kostprijs van een direct uur (declarabel uur).
a Bereken het aantal gewerkte uren per jaar.
b Bereken de loonkosten per declarabel uur.
c Bereken het uurtarief dat voor deze medewerker aan de cliënten van advocatenkantoor Recht door Zee in rekening wordt gebracht.
d Wat zijn de gevolgen als een medewerker te weinig uren rechtstreeks ten laste van een cliënt brengt? Wat wordt in dit verband met 'te weinig' bedoeld?

5.7 Een medewerker van notariskantoor Waarvan Akte heeft een kandidaat-notaris in dienst met een brutomaandsalaris van €3.000 per 1 januari. Bij het beoordelingsgesprek dat ieder jaar in december wordt gehouden, is overeengekomen dat deze medewerker per 1 juli een salarisverhoging krijgt van 5%. De vakantietoeslag bedraagt 7,5%, terwijl een eindejaarsuitkering van 7% wordt toegekend. De sociale lasten bedragen 30%. De reis- en verblijfkosten (6%) en de overige kosten (6,5%) worden berekend over het brutosalaris.
De gemiddelde werkdag van een medewerker bedraagt 7,4 uur per dag. Een jaar heeft 30 niet-werkbare dagen (feestdagen en verlofdagen) en het ziekteverzuim bedraagt 4%.
Van de gewerkte uren is een gedeelte indirect (stel 134 uur).
We gaan ervan uit dat de opslag voor winst en de overige kosten (zoals huisvestingskosten, kantoorkosten en afschrijvingen) 35% bedraagt van de kostprijs van een direct uur.
a Bereken het aantal gewerkte uren per jaar.
b Bereken de loonkosten per declarabel uur.
c Bereken het uurtarief dat voor deze medewerker aan de cliënten van notariskantoor Waarvan Akte in rekening wordt gebracht.
d Wat zijn de gevolgen als een medewerker zijn inefficiënt gewerkte uren toch rechtstreeks ten laste van een cliënt brengt?

5.8 Uniform nv maakt al een aantal jaren fietstassen van het model Duo. Dit
U model fietstassen en de productiewijze zijn in die jaren niet veranderd. De productiekosten bestaan uit variabele en vaste kosten. Deze kosten variëren met de productieomvang.

Productiecapaciteit in eenheden	Variabele kosten per eenheid product (in euro's)	Vaste kosten (in euro's)
1 000 tot 2 000	6,00	20.000
2 000 tot 3 000	5,90	30.000
3 000 tot 4 000	5,80	39.000
4 000 tot 5 000	5,85	47.000
5 000 tot 6 000	5,95	54.000
7 000 tot 8 000	6,05	60.000

Voor komend jaar wordt een productie verwacht van 4 800 fietstassen model Duo. De normale productie is 5 400 fietstassen.

a Wat wordt verstaan onder de integrale kostprijs?

b Bereken de integrale kostprijs van een fietstas model Duo.

5.9 U MSD Helmets bv heeft sinds vier jaar de integraalhelm Safety in het productieprogramma opgenomen. Het model en de productiewijze van deze helmen zijn sinds de introductie ervan niet veranderd. De productiekosten bestaan uit variabele en vaste kosten. Deze kosten variëren met de productieomvang.

Productiecapaciteit in eenheden	Variabele kosten per helm (in euro's)	Vaste kosten (in euro's)
0 tot 200	50,00	22.000
200 tot 400	49,40	40.000
400 tot 600	48,90	56.000
600 tot 800	48,50	70.000
800 tot 1 000	48,20	82.000
1 000 tot 1 200	48,00	92.000
1 200 tot 1 400	47,90	100.000

Voor komend jaar wordt een productie verwacht van 900 helmen van het type Safety. De normale productie is 1 100 helmen.

a Van welke soort variabele kosten is hier blijkbaar sprake?

b Bereken de integrale kostprijs van een helm type Safety.

***5.10** Onderneming Logica bv maakt een homogeen product. De standaardkostprijs van dit product bestaat uit directe en indirecte fabricagekosten en directe en indirecte verkoopkosten. De indirecte *fabricagekosten* worden aan de producten toegerekend door de directe fabricagekosten te verhogen met 5%. De indirecte *verkoopkosten* worden aan de producten toegerekend door de directe verkoopkosten te verhogen met 3%.
De standaardkostprijs (de toegestane kosten per product) voor het jaar 2012 is als volgt opgebouwd (op basis van een normale productie van 10 000 stuks):

Grondstofkosten	4 kg × €3,00/kg	=	€ 12,00
Arbeid	2 uur × €40/uur	=	- 80,00 +
Totale directe fabricagekosten			€ 92,00
Opslag indirecte fabricagekosten (5%)			- 4,60 +
Integrale fabricagekostprijs			€ 96,60
Directe verkoopkosten	€10,00 per product		- 10,00
Opslag indirecte verkoopkosten (3%)			- 3,00 +
Integrale commerciële kostprijs			€ 109,60

De begrote verkoopprijs voor 2012 bedraagt €145,00 per stuk, bij een begro- verkoopomvang van 10 000 stuks. Met btw houden we geen rekening.

Op 12 januari 2013 zijn over 2012 de volgende (werkelijke) gegevens bekend geworden:

- Er zijn 10 000 producten geproduceerd en verkocht.
- De gerealiseerde verkoopprijs per product bedraagt €150,00.
- De werkelijke kosten zijn als volgt opgebouwd:

Grondstofkosten	€ 135.000
Arbeid	- 780.000
Indirecte fabricagekosten	- 50.000
Directe verkoopkosten	- 106.000
Indirecte verkoopkosten	- 34.000 +
Totale werkelijke kosten	€ 1.105.000

a Wat verstaan we onder het enge en het ruime kostenbegrip?

b Is bij de berekening van de integrale commerciële kostprijs het enge of het ruime kostenbegrip toegepast? Licht uw antwoord toe.

c Bereken wat het resultaat zou zijn geweest als de werkelijke verkoopprijs gelijk geweest zou zijn aan de begrote verkoopprijs en de kosten gelijk aan de werkelijke verkoopomvang vermenigvuldigd met de standaard commerciële kostprijs.

d Bereken het werkelijke resultaat over 2012.

e Bereken het verschil tussen het werkelijke resultaat (antwoord op vraag **d**) en het resultaat op basis van de voorgecalculeerde (standaard) opbrengsten en de standaardkosten (antwoord op vraag **c**).

f Splits het verschil dat bij vraag **e** is berekend op in negatieve afwijkingen van hetgeen is begroot (verspillingen) en in positieve afwijkingen van de begrote cijfers.

5.11
U Industriële onderneming Bonjol bv maakt een massaproduct. De normale jaarproductie is 60 000 eenheden. Deze normale jaarproductie is verdeeld over de vier kwartalen in de verhouding 2 : 3 : 4 : 1. Voorraadvorming en uitbesteding van de productie zijn niet mogelijk.

De onderneming wenst steeds te beschikken over een reservecapaciteit van 15% van de normale productie per kwartaal.

De machines die de onderneming nodig heeft, zijn verkrijgbaar in de volgende jaarlijkse capaciteit (de jaarlijkse vaste kosten van de machines staan tussen haakjes vermeld):

- 90 000 eenheden per jaar (€170.000);
- 125 000 eenheden per jaar (€210.000);
- 170 000 eenheden per jaar (€260.000).

a Bereken de productie per kwartaal.
b Bereken de rationele capaciteit.

Op grond van een foutieve afzetschatting is er een machine met een jaarcapaciteit van 170 000 eenheden aangeschaft.
Er zijn geen andere vaste kosten dan de machinekosten. De variabele kosten zijn proportioneel variabel en zijn voor het komende jaar €2,50 per eenheid.
c Bereken de totale overcapaciteit op jaarbasis.
d1 Splits de totale overcapaciteit in de rationele en de irrationele overcapaciteit.
2 Deel de rationele overcapaciteit in naar de verschillende oorzaken.
e Bereken de standaardkostprijs per eenheid product.
f Bereken het jaarlijkse verlies als gevolg van de irrationele overcapaciteit.

5.12 De productie van Vlonos nv is geconcentreerd in het derde en vierde kwartaal van het jaar. In het derde kwartaal wordt 30% en in het vierde kwartaal 70% van de jaarlijkse productie gemaakt. Binnen deze kwartalen verloopt de productie gelijkmatig. De normale productie bedraagt 300 000 eenheden per jaar. In verband met stilstand van de machines wegens noodzakelijk onderhoud en eventuele technische storingen is een reservecapaciteit van 20% van de normale productie per kwartaal vereist. Op dit moment heeft Vlonos nv de beschikking over een machine met een capaciteit per kwartaal van 1 mln eenheden. Bij de start van dit productieproces had de onderneming de keuze uit de volgende machines:

Type machine	Capaciteit in eenheden per kwartaal	Vaste kosten per jaar (in euro's)
A	200 000	300.000
B	350 000	450.000
C	600 000	600.000
D	1 000 000	750.000
E	5 000 000	1.250.000

De proportioneel variabele kosten zijn €3,50 per product.
a Bereken de rationele capaciteit in eenheden per kwartaal.
b Welk type machine had de onderneming moeten kiezen?
c Bereken de jaarlijkse rationele overcapaciteit (in eenheden) en splits deze naar oorzaken.
d Bereken de kostprijs per product.

5.13 Een onderneming vervaardigt een massaproduct. De normale afzet is als
U volgt over de kwartalen verdeeld:

- eerste kwartaal: 16 000 producten;
- tweede kwartaal: 16 000 producten;
- derde kwartaal: 20 000 producten;
- vierde kwartaal: 12 000 producten.

Als gevolg van de aard van het productieproces kan er niet op voorraad worden geproduceerd. In verband met stilstand van de machines wegens noodzakelijk onderhoud en eventuele technische storingen is een reservecapaciteit van 10% van de normale afzet per kwartaal vereist. De volgende machines zijn verkrijgbaar:

Type machine	Capaciteit in eenheden product per jaar	Vaste kosten per jaar (in euro's)
A	20 000	100.000
B	40 000	150.000

De onderneming beschikt over drie machines type B met een jaarcapaciteit van 40 000 eenheden elk.

a1 Bereken welke machine of combinatie van machines de onderneming had moeten kiezen.
2 Bereken de grootte van de rationele capaciteit in eenheden per jaar.
b Bereken de jaarlijkse rationele overcapaciteit (in eenheden) en splits deze naar oorzaken.
c Bereken het verlies als gevolg van de irrationele overcapaciteit.
d Bereken de kostprijs per product als verder gegeven is dat de proportionele variabele kosten €3,75 per product zijn.

5.14 IJsproducent Gelati bv heeft een afzet die voornamelijk geconcentreerd is in de zomer, zoals blijkt uit de volgende gegevens.
Afzet voor het komende jaar:

Eerste kwartaal	8 000 liter
Tweede kwartaal	11 500 liter
Derde kwartaal	21 000 liter
Vierde kwartaal	6 000 liter
Totaal	46 500 liter

De afzet is gelijkmatig verdeeld binnen de kwartalen en kan als normaal worden beschouwd. Wegens producttechnische redenen is het niet mogelijk op voorraad te produceren. Er moet rekening worden gehouden met een reservecapaciteit van 10% van de normale productie per kwartaal. Op dit moment beschikt men over één machine A met een capaciteit van 7 500 liter per kwartaal en twee machines B met een capaciteit van 10 000 eenheden per kwartaal.

Het is verder bekend dat de directie de keuze had uit de volgende machines:

Type machine	Capaciteit in liters per kwartaal	Vaste kosten per kwartaal (in euro's)
A	7 500	4.300
B	10 000	5.500
C	15 000	8.000
D	20 000	10.500

a Bereken de capaciteit die Gelati bv op jaarbasis nodig heeft.
b Bereken welke machine of combinatie van machines men uit economische overwegingen had moeten aanschaffen.
c Bereken de rationele overcapaciteit op jaarbasis en splits deze naar oorzaken.
d Wat wordt verstaan onder het begrip irrationele overcapaciteit?
e Bereken of er sprake is van irrationele overcapaciteit. Zo ja, geef aan tot welk jaarlijks verlies deze irrationele overcapaciteit leidt.
f Bereken de integrale kostprijs indien de proportioneel variabele kosten €1,30 per liter zijn.

***5.15** Klokhuis bv produceert relatiegeschenken. Voor de productie van een staand digitaalklokje zijn twee machines nodig: een voor het beletteren (machine 1) van de wijzerplaat en een voor de assemblage (machine 2) van de ingekochte halffabricaten.
De normale afzet van de klokjes bedraagt 24 000 stuks per jaar. Klokhuis bv heeft een seizoensgebonden afzet. De onderneming houdt geen voorraden aan.
De normale afzet (in eenheden) is als volgt over de kwartalen verdeeld:

Eerste kwartaal	6 000
Tweede kwartaal	4 200
Derde kwartaal	6 600
Vierde kwartaal	7 200
Totaal	24 000

Voor het beletteren (machine 1) is per product 5 minuten machinetijd nodig. Voor de assemblage (machine 2) is per product 6 minuten machinetijd nodig. Klokhuis bv wil ten behoeve van stilstand in verband met reparatie en onderhoud en voor mogelijke extra orders altijd beschikken over een reservecapaciteit van 10%. Op de inkoopmarkt van de machines zijn de volgende capaciteiten (in uren per jaar) beschikbaar:

Jaarcapaciteit in uren	Vaste kosten per jaar (in euro's)	
	Machine 1	Machine 2
2 400	31.200	21.500
2 600	34.400	24.600
2 800	38.000	27.868
3 000	44.000	31.660
3 200	52.000	36.432

Andere dan de vermelde jaarcapaciteiten zijn niet verkrijgbaar.

Variabele kosten
De variabele machinekosten van machine 1 zijn in de volgende tabel weergegeven.

Bezettingsgraad in machine-uren	Variabele kosten per machine-uur (in euro's)
0 tot 1 800 uur	11,00
1 800 tot 2 300 uur	12,50
2 300 tot 2 800 uur	14,50
2 800 tot 3 300 uur	17,00

Machine 2 heeft €17 proportioneel variabele machinekosten per machine-uur.

NB Indien nodig de uitkomsten op centen afronden.

a Noem twee oorzaken van een progressief verloop van variabele kosten.
b Bereken de rationele jaarcapaciteit (gemeten in machine-uren) van:
1 machine 1;
2 machine 2.
c Splits de jaarlijkse rationele overcapaciteit (in machine-uren) op naar oorzaken voor:
1 machine 1;
2 machine 2.
d Bereken het standaard-uurtarief voor machine 1 en voor machine 2.
e Bereken de machinekosten die in de kostprijs van het klokje moeten worden opgenomen.

5.16
U
Cementbouw nv maakt terrastegels in diverse afmetingen: type 1 (20 × 20 cm), type 2 (30 ×40 cm) en type 3 (50 × 50 cm). Alle tegels hebben een dikte van 6 cm. De grondstofkosten zijn €10 per m^2 tegeloppervlakte. Voor de productie van de verschillende tegels worden dezelfde machines gebruikt. Bij een normale productie zijn de kosten van deze machines €4.500 per maand. De normale maandelijkse productie is:

- 4 000 stuks type 1;
- 3 000 stuks type 2;
- 2 000 stuks type 3.

De machinekosten per tegel verhouden zich als volgt:
type 1 : type 2 : type 3 = 1 : 2 : 4
Cementbouw nv past de equivalentiecijfermethode toe.

a Bereken voor ieder type tegel de grondstofkosten per eenheid.
b Bereken voor ieder type tegel de machinekosten per eenheid.

5.17 Rondhout bv maakt houten palen voor afrasteringen in weilanden en tuinen. Deze palen worden in verschillende dikten en lengtes gemaakt. De normale jaarproductie is als volgt verdeeld:

Soort paal	Doorsnee	Lengte	Normale productie in eenheden per jaar
Type A	6 cm	160 cm	40 000
Type B	6 cm	190 cm	25 000
Type C	9 cm	170 cm	15 000
Type D	9 cm	200 cm	5 000

De palen worden geïmpregneerd en geschaafd. Voor het impregneren en schaven zijn machines in gebruik. De kosten van deze machines bij de normale productieomvang zijn €51.500 per jaar. Tussen de machinekosten van de verschillende palen is de volgende verhouding vastgesteld:
type A : type B : type C : type D = 5 : 6 : 8 : 9.
Rondhout bv past de equivalentiecijfermethode toe.

a Bereken de machinekosten per type paal.
b Bereken per type paal de totale doorberekende machinekosten. Controleer of het totaal van deze bedragen gelijk is aan €51.500.

5.18 Chemische wasserij Clean bv maakt voor het reinigen van kledingstukken gebruik van machines. Deze machines, waarvan de kosten bij de normale productieomvang €13.650 per jaar zijn, worden gebruikt voor het reinigen van pantalons, kostuums, blouses en jurken. De verhouding tussen de machinekosten per kledingstuk is als volgt:
pantalons : kostuums : blouses : jurken = 2 : 5 : 3 : 4. De normale productie per jaar is 3 000 pantalons, 900 kostuums, 3 600 blouses en 1 500 jurken.
Clean bv past de equivalentiecijfermethode toe.

a Bereken de machinekosten per kledingstuk.
b Bereken per soort kledingstuk de totale doorberekende machinekosten. Controleer of het totaal van deze bedragen gelijk is aan €13.650.

5.19 Uitgeverij Boekmarkt bv geeft studie- en leesboeken uit.
U Voor de normale productie van 30 000 studieboeken en 50 000 leesboeken zijn voor komend jaar de volgende kosten begroot:

- materiaalkosten: 80 000 kg × €2 = €160.000;
- arbeidskosten: 20 000 uur × €35 = €700.000;
- indirecte kosten €252.000.

Boekmarkt bv past de enkelvoudige opslagmethode toe. Als opslagbasis gebruikt de onderneming de directe arbeidskosten.

a Bereken het opslagpercentage voor de indirecte kosten.

b Bereken de kostprijs van een boek waarvoor 1 100 gram materiaal en 12 minuten directe arbeid nodig zijn.

We veronderstellen nu dat Boekmarkt bv de indirecte kosten verdeelt op basis van *het aantal* geproduceerde boeken.

c Bereken de kostprijs van een boek waarvoor 1 100 gram materiaal en 12 minuten directe arbeid nodig zijn.

d1 Is een nauwkeurige verbijzondering van de indirecte kosten voor deze onderneming belangrijk? Motiveer uw antwoord.

2 Hoe bepaalt een onderneming welke opslagbasis gekozen moet worden?

e Waarom wil een onderneming aan het begin van een periode op basis van begrote cijfers de kostprijs van een product berekenen?

5.20 Minimoke bv maakt modellen van auto's, vliegtuigen en schepen op schaal. Deze modellen worden in verschillende uitvoeringen geleverd.
De onderneming past voor de verbijzondering van de indirecte kosten de enkelvoudige opslagmethode toe.
De kosten bij een normale productieomvang zijn voor volgend jaar als volgt begroot:

- direct grondstofverbruik: 20 000 kg × €6/kg = €120.000;
- directe arbeidskosten: 10 000 uur × €30/uur = €300.000;
- totale indirecte kosten € 30.000.

Als opslagbasis gebruikt de onderneming de directe grondstofkosten.

a Bereken het opslagpercentage voor de indirecte kosten.

b Bereken de kostprijs van een model waarvoor 800 gram grondstof en 10 minuten directe arbeid nodig zijn.

Nader onderzoek van de indirecte kosten toont aan dat €16.800 samenhangt met de totale directe grondstofkosten, €9.000 samenhangt met de totale directe arbeidskosten en €4.200 samenhangt met de totale directe kosten.
Op basis van de resultaten van het onderzoek besluit de onderneming de meervoudige opslagmethode toe te gaan passen.

c Bereken de opslagpercentages voor de indirecte kosten.

d Bereken opnieuw de kostprijs van een model waarvoor 800 gram grondstof en 10 minuten directe arbeid nodig zijn.

e Is toepassing van de meervoudige opslagmethode in dit geval aan te bevelen? Motiveer uw antwoord.

***5.21** Onderneming Green Power bv maakt professionele motormaaiers met de typeaanduiding Golf en Lawn. Voor Type Golf zijn 200 kg materiaal en acht arbeidsuren nodig. Voor het type Lawn 160 kg materiaal en zes arbeidsuren. De normale jaarproductie is 200 type Golf en 600 type Lawn. De verwachte prijzen van de productiemiddelen zijn voor het komende jaar: €5 per kilogram voor materialen en €27,50 per arbeidsuur.
Bij de gegeven normale productie zijn de indirecte kosten €272.000 per jaar. De indirecte kosten worden aan de grasmaaiers toegerekend door een opslag op de directe materiaalkosten.

a1 Bereken het opslagpercentage voor indirecte kosten.
2 Hoe wordt deze opslagmethode genoemd?
b Bereken de fabricagekostprijs van een grasmaaier van het type Golf.

Green Power bv houdt rekening met verkoopkosten van 5% van de verkoopprijs exclusief btw. Bovendien wenst zij een winstopslag van 35% van de verkoopprijs exclusief btw. De btw is 19%.
c Bereken de verkoopprijs van een grasmaaier van het type Golf inclusief btw.

Uit gegevens die de afdeling Administratie beschikbaar heeft gesteld, blijkt dat de indirecte kosten bestaan uit €68.000 indirecte materialen en €204.000 indirecte arbeidskosten. De indirecte materialen hangen samen met de directe materiaalkosten, de indirecte arbeid met de directe arbeidskosten. Op grond van deze gegevens besluit de leiding van Green Power bv de meervoudige opslagmethode toe te gaan passen.
d Bereken de opslagpercentages voor indirecte kosten. Percentages in 2 decimalen nauwkeurig.
e Bereken de fabricagekostprijs van een grasmaaier van het type Golf.

5.22
U
Houtbewerkingsbedrijf Corian maakt deuren, ramen en kozijnen voor de sociale woningbouw.
De normale productie is 6 000 deuren, 14 000 ramen en 20 000 kozijnen. Voor komend jaar zijn de begrote kosten voor deze productie:
- directe materialen €600.000;
- directe loonkosten €960.000;
- indirecte kosten €400.000.

De opbouw van de indirecte kosten is als volgt: 30% materiaalkosten, 20% loonkosten en 50% overige kosten.
De indirecte materialen hangen samen met de directe materialen, de indirecte loonkosten met de directe loonkosten en de overige indirecte kosten met de totale directe kosten.
a Welke opslagmethode komt in deze situatie in aanmerking?
b Bereken de opslagpercentages (in twee decimalen nauwkeurig) voor de indirecte kosten.

Voor een deur van het type Louvre zijn €20 directe materialen en €30 directe arbeid nodig.
c Bereken de fabricagekostprijs van een Louvre-deur.

Corian houdt rekening met verkoopkosten van 8% van de verkoopprijs exclusief btw. Bovendien wenst zij een winstopslag van 37% van de verkoopprijs exclusief btw. De btw is 19%.
d Bereken de verkoopprijs van een Louvre-deur inclusief btw.

***5.23** Schoenfabriek De Batavier maakt herenschoenen in diverse modellen en maten. De onderneming past voor de verbijzondering van de indirecte kosten de primitieve opslagmethode toe.
De kosten bij een normale productieomvang zijn voor het komend jaar als volgt begroot:
- directe materiaalkosten: € 800.000 (80 000 kg à €10/kg);
- directe arbeidskosten: €1.200.000 (30 000 uur à €40/uur);
- totale indirecte kosten € 400.000.

Als opslagbasis gebruikt de onderneming de directe materiaalkosten.

a Bereken het opslagpercentage voor de indirecte kosten.

b Bereken de kostprijs van een paar schoenen waarvoor 1,5 kg grondstof en 30 minuten directe arbeid nodig zijn.

c Waarom wordt bij de kostprijsberekening uitgegaan van de normale productieomvang?

Nader onderzoek van de indirecte kosten toont aan dat €120.000 indirecte materiaalkosten samenhangen met de totale directe materiaalkosten, €240.000 samenhangt met de totale directe arbeidskosten en €40.000 indirecte arbeidskosten samenhangen met de totale directe kosten.
Op basis van de resultaten van het onderzoek besluit de onderneming de verfijnde opslagmethode toe te gaan passen.

d Bereken de opslagpercentages voor de indirecte kosten.

e Bereken opnieuw de kostprijs van een paar schoenen waarvoor 1,5 kg grondstof en 30 minuten directe arbeid nodig zijn.

f Welke opslagmethode heeft de voorkeur, de primitieve of de verfijnde? Motiveer uw antwoord.

g Noem twee soorten productieprocessen waarbij het probleem van de verbijzondering van indirecte kosten zich voordoet.

h1 Geef één voorbeeld van indirecte materiaalkosten.

2 Geef één voorbeeld van indirecte arbeidskosten.

**5.24 Rijwielfabrikant Favoriet maakt racefietsen in twee modellen: Mont Ventoux en Alpe d'Huez. Frame, stuur, wielen en zadel worden door Favoriet gemaakt. De racefietsen worden afgemonteerd met Shimano-onderdelen en Vredestein-banden.
Voor het komende jaar wordt een productie verwacht van 150 racefietsen model Mont Ventoux en 300 racefietsen model Alpe d'Huez. Dit is 75% van de normale productie.
De directe kosten zijn proportioneel variabel en bestaan uit materiaalkosten, arbeid en kosten van toeleveranciers zoals Shimano en Vredestein.

Directe kosten	Mont Ventoux	Alpe d'Huez
Materialen	9 kg × €20 per kg	8 kg × €20 per kg
Arbeid	2 uur × €37,50 per uur	2,4 uur × €37,50 per uur
Toeleveranciers	€150 per fiets	€200 per fiets

Voor het komende jaar zijn de totale indirecte kosten geschat op €150.000. Hiervan zijn 60% vaste kosten, de overige 40% zijn proportioneel variabele kosten.
Onderzoek heeft aangetoond dat de vaste indirecte kosten samenhangen met de totale directe kosten en de variabele indirecte kosten met de directe arbeidskosten.

a Bereken de indirecte vaste en de indirecte variabele kosten bij de normale productieomvang.

b Bereken de directe kosten bij de normale productieomvang.

c Bereken de opslagpercentages (in 2 decimalen nauwkeurig) voor de indirecte kosten.

d Bereken de kostprijs van racefiets model:
1 Mont Ventoux;
2 Alpe d'Huez.

Favoriet houdt rekening met verkoopkosten van 7% van de verkoopprijs exclusief btw. Bovendien wenst zij een winstopslag van 23% van de verkoopprijs exclusief btw. De btw is 19%. De verkoopprijs is hier de prijs waarvoor Favoriet de racefietsen verkoopt aan de rijwielhandel.

e Bereken de verkoopprijs van een racefiets type Mont Ventoux inclusief btw.

****5.25** Motorenfabrikant David Harleyson maakt onder andere de modellen Road Queen, Dragster, Sunny Glide en High Rider. We veronderstellen dat de verhoudingen tussen de aantallen die van ieder type gemaakt worden, niet veranderen. Door de grote vraag naar motoren is de productie voor het komende jaar 125% van de normale productie. De begrote kosten voor het komende jaar zijn:

- directe materialen €27 mln;
- directe arbeid € 5 mln;
- indirecte kosten €18 mln.

De materiaalkosten zijn proportioneel variabel.
De directe arbeidskosten bestaan voor 60% uit vaste kosten, de overige directe arbeidskosten zijn proportioneel variabel.
De begrote indirecte kosten zijn als volgt opgebouwd:

- 20% indirecte materialen. Hiervan is €2,5 mln vast, de rest is proportioneel variabel.
- 50% indirecte arbeid. Hiervan is €5 mln vast, de rest is proportioneel variabel.
- 30% overige indirecte kosten. Hiervan is €3 mln vast, de rest is proportioneel variabel.

Het indirecte materiaalverbruik hangt samen met de directe materiaalkosten, de indirecte arbeid met de directe arbeid en de overige indirecte kosten met de totale directe kosten.

Voor het model Road Queen is vereist:

- materialen 300 kg × €17,50/kg = €5.250;
- directe arbeid 30 uur × €40/uur = €1.200.

a Bereken de indirecte vaste en de indirecte variabele kosten bij de normale productieomvang.
b Bereken de directe kosten bij de normale productieomvang.
c Bereken de opslagpercentages (in 2 decimalen nauwkeurig) voor de indirecte kosten.
d Bereken de kostprijs van een Road Queen.

David Harleyson houdt rekening met directe verkoopkosten van 10% van de verkoopprijs exclusief btw. Bovendien wenst hij een winstopslag van 25% van de verkoopprijs exclusief btw. De btw is 19%. Met de verkoopprijs wordt hier de prijs bedoeld waarvoor de motorfietsen verkocht worden aan de dealers.

e Bereken de verkoopprijs van een Road Queen.
f Noem twee soorten productieprocessen waarbij het probleem van de verbijzondering van indirecte kosten zich voordoet.

g1 Geef één voorbeeld van indirecte materiaalkosten.
2 Geef één voorbeeld van indirecte arbeidskosten.

***5.26 U** Schaatsfabrikant De Elf Steden maakt noren en ijshockeyschaatsen. Voor de verbijzondering van de indirecte kosten maakt de onderneming gebruik van de kostenplaatsenmethode. Voor komend jaar is per kostenplaats een budget opgesteld voor de indirecte kosten bij een normaal productieniveau. De indirecte kosten die in eerste instantie aan de kostenplaatsen worden toegerekend, (eerstverdeelde kosten) zijn:

Hulpkostenplaatsen:		
Energie	€120.000	
Huisvesting	- 200.000	
Magazijn	- 140.000	
Transporteren		€460.000
Transport		€460.000
Hoofdkostenplaatsen:		
Productie	€ 80.000	
Verkoop	- 100.000	
		- 180.000
		€640.000

De Elf Steden houdt bij de verbijzondering van de indirecte fabricagekosten rekening met onderlinge doorbelastingen tussen de hulpkostenplaatsen. Er wordt geen rekening gehouden met het doorbelasten aan de eigen kostenplaats of het doorbelasten aan een voorafgaande kostenplaats.
Voor het vaststellen van de tarieven per kostenplaats heeft de administratie de volgende informatie verzameld:

Kostenplaats	Energieverbruik	Totale oppervlakte
Energie		
Huisvesting		
Magazijn	10 000 kWh	3 000 m²
Productie	70 000 kWh	6 000 m²
Verkoop	40 000 kWh	1 000 m²
Totaal	120 000 kWh	10 000 m²

De Elf Steden houdt de in voorgaande tabel gegeven volgorde van kostenplaatsen aan.
De verdeelsleutels voor de kostenplaatsen zijn:

Energie:	aantal kilowattuur (kWh)
Huisvesting:	aantal m^2 in gebruik
Magazijn:	de magazijnkosten komen volledig ten laste van de kostenplaats productie
Productie:	45% ten laste van de noren 55% ten laste van de ijshockeyschaatsen

Verkoop: 35% ten laste van de noren
65% ten laste van de ijshockeyschaatsen

De normale productie voor komend jaar is 5 000 paar noren en 7 500 paar ijshockeyschaatsen. De verwachte productie voor komend jaar ligt 10% beneden de normale productie.

De proportioneel variabele kosten per paar schaatsen zijn voor:

Noren	IJshockeyschaatsen
1 kg staal × €10 per kg	1,5 kg staal × € 9 per kg
0,6 kg leer × €15 per kg	0,8 kg leer × €10 per kg
1,25 uur arbeid × €30 per uur	1 uur arbeid × €30 per uur

a1 Stel de voorcalculatorische kostenverdeelstaat en kostendekkingsstaat op. Geef daarbij ook de berekening van de doorbelastingstarieven per kostenplaats.
2 Controleer of het totaal van de indirecte kosten overeenkomt met het totaal van de indirecte kosten ten laste van de hoofdkostenplaatsen.
b Bereken de integrale commerciële kostprijs van een paar noren. (De integrale commerciële kostprijs is de kostprijs van een product inclusief de verkoopkosten.)
c Bereken de integrale commerciële kostprijs van een paar ijshockeyschaatsen.

5.27 Industriële onderneming De Jong bv past voor het doorberekenen van de indirecte kosten de kostenplaatsenmethode toe. Voor volgend jaar is per kostenplaats een budget opgesteld voor de indirecte kosten bij een normaal productieniveau. De indirecte kosten die in eerste instantie aan de kostenplaatsen worden toegerekend (eerstverdeelde kosten), zijn:

Hulpkostenplaatsen:		
I : Gebouwen en grond	€100.000	
II : Lonen en sociale lasten	- 49.920	
III : Kantine	- 20.005	
IV : Administratie	- 120.240	
V : Magazijn	- 60.140 +	
		€350.305
Hoofdkostenplaatsen:		
Machine-afdeling	€ 34.000	
Verkoopafdeling	- 49.000 +	
		- 83.000 +
		€433.305

De Jong bv houdt bij de verbijzondering van de indirecte fabricagekosten rekening met onderlinge doorbelastingen tussen de hulpkostenplaatsen.

Er wordt geen rekening gehouden met het doorbelasten aan de eigen kostenplaats of doorbelasten aan een voorafgaande kostenplaats.
Voor het vaststellen van de tarieven per kostenplaats heeft de administratie de volgende informatie verzameld:

Kostenplaats	Aantal m² in gebruik	Totaal aantal arbeidsuren	Aantal werknemers	Aantal boekingsstukken	Aantal magazijnafgiften
Gebouwen en grond (I)					
Sociale lasten (II)				300	
Kantine (III)	700	1 000	3	200	
Administratie (IV)	400	4 000	35	2 000	
Magazijn (V)	700	2 000	12	90 000	
Machineafdeling	3 000	8 000	50	30 230	20 000
Verkoopafdeling	5 200	17 000	100	15 325	10 000
Totaal	10 000	32 000	200	138 055	30 000

De Jong bv houdt de in voorgaande tabel gegeven volgorde van kostenplaatsen aan.
De verdeelsleutels voor de kostenplaatsen zijn:

Gebouwen en grond:	aantal m² in gebruik
Lonen en sociale lasten:	aantal arbeidsuren
Kantine:	aantal werknemers
Administratie:	aantal boekingsstukken
Magazijn:	aantal magazijnafgiften

a Maak de volgende tabel af door het verwerken van de doorbelastingen. Geef daarbij ook de berekening van de doorbelastingstarieven (bedragen in euro's).

Kostensoorten	Hulpkostenplaatsen					Hoofdkostenplaatsen	
	I	II	III	IV	V	Machineafdeling	Verkoopafdeling
Diverse indirecte kosten	100.000	49.920	20.005	120.240	60.140	34.000	49.000
Eindtotaal							

b Controleer of het totaal van de indirecte kosten overeenkomt met de totale indirecte kosten ten laste van de hoofdkostenplaatsen.

c1 Wat is een zelfstandige kostenplaats?
2 Geef daarvan twee voorbeelden.
d1 Wat is een onzelfstandige kostenplaats?
2 Geef daarvan twee voorbeelden.
e1 Wat is een hulpkostenplaats?
2 Geef daarvan twee voorbeelden.
f Noem de voor- en nadelen van de kostenplaatsenmethode.

****5.28** Sportwagenfabrikant Speed bv maakt slechts twee modellen. Het model Corniche is een cabriolet, het model Alaska heeft een vaste kap. Speed bv past voor het doorberekenen van de indirecte kosten de kostenplaatsenmethode toe. Voor het komende jaar is per kostenplaats een budget opgesteld voor de indirecte kosten op basis van een normaal productieniveau. De indirecte kosten die in eerste instantie aan de kostenplaatsen worden toegerekend (eerstverdeelde kosten), zijn:

Hulpkostenplaatsen:		
I : Gebouwen	€ 192.000	
II : Lonen en sociale lasten	- 87.000	
III : Energie	- 297.900	
IV: Administratie	- 120.500	
V : Magazijn	- 100.000 +	
		€ 797.400
Hoofdkostenplaatsen:		
Plaatwerkerij	€ 80.000	
Assemblageafdeling	- 100.000	
Verkoopafdeling	- 40.000 +	
		- 220.000 +
		€1.017.400

Speed bv houdt bij de verbijzondering van de indirecte fabricagekosten rekening met onderlinge doorbelastingen tussen de hulpkostenplaatsen. Er wordt geen rekening gehouden met het doorbelasten aan de eigen kostenplaats of het doorbelasten aan een voorafgaande kostenplaats.
Voor het vaststellen van de tarieven per kostenplaats heeft de administratie de volgende informatie verzameld:

Kostenplaats	Aantal m^2 in gebruik	Aantal werknemers	Aantal boekingsstukken
Gebouwen en grond			
Lonen en sociale lasten			400
Energie	300	5	500
Administratie	1 000	25	100
Magazijn	2 000	20	30 000
Plaatwerkerij	3 000	100	20 000
Assemblageafdeling	5 000	120	25 000
Verkoopafdeling	700	20	10 000
Totaal	12 000	290	86 000

Speed bv houdt de in voorgaande tabel gegeven volgorde van kostenplaatsen aan.
De verdeelsleutels voor de kostenplaatsen zijn:

Gebouwen en grond:	aantal m² in gebruik
Lonen en sociale lasten:	aantal werknemers
Energie:	aantal m² in gebruik
Administratie:	aantal boekingsstukken
Magazijn:	de kosten van de kostenplaats Magazijn worden verdeeld over Plaatwerkerij, Assemblage en Verkoop in de verhouding 2 : 2 : 1
Plaatwerkerij:	30% ten laste van Corniche 70% ten laste van Alaska
Assemblage:	35% ten laste van Corniche 65% ten laste van Alaska
Verkoop:	40% ten laste van Corniche 60% ten laste van Alaska

De normale productie is 20 stuks van het model Corniche en 60 stuks van het model Alaska. De verwachte productie voor komend jaar is 18 stuks Corniche en 64 stuks Alaska.

De directe kosten per eenheid zijn:
- voor model Corniche €30.000;
- voor model Alaska €25.000.

Speed bv houdt rekening met *directe* verkoopkosten van 8% van de verkoopprijs exclusief btw. Bovendien wenst zij een winstopslag van 17% van de verkoopprijs exclusief btw. De btw is 19%. Met de verkoopprijs wordt de prijs bedoeld waarvoor de auto's verkocht worden aan de dealers.

a Maak de volgende tabel af door het verwerken van de doorbelastingen. Geef daarbij ook de berekening van de doorbelastingstarieven (bedragen in euro's).

Kostensoorten	**Hulpkostenplaatsen**					**Hoofdkostenplaatsen**		
	I	II	III	IV	V	Plaatwerkerij	Assemblage	Verkoopafdeling
Diverse indirecte kosten	192.000	87.000	297.900	120.500	100.000	80.000	100.000	40.000
Eindtotaal								

b Controleer of het totaal van de indirecte kosten overeenkomt met de totale indirecte kosten ten laste van de hoofdkostenplaatsen.
c Wat zijn in deze opgave de kostendragers?
d Bereken de indirecte kosten die ten laste komen van:
1 model Corniche;
2 model Alaska.
e Bereken de verkoopprijs inclusief btw van:
1 model Corniche;
2 model Alaska.
f1 Wat is een zelfstandige kostenplaats?
2 Geef daarvan twee voorbeelden.
g1 Wat is een hulpkostenplaats?
2 Geef daarvan twee voorbeelden.
h Noem de voor- en nadelen van de kostenplaatsenmethode.

****5.29** Joyrider bv is producent van skelters met een vermogen van 3,5 pk, 5 pk en 9 pk. De kostenplaatsenmethode wordt gebruikt om de indirecte kosten door te berekenen. Huisvesting, directie/administratie en werkplaats zijn hulpkostenplaatsen. De motorenafdeling, assemblageafdeling en verkoopafdeling zijn hoofdkostenplaatsen.

Voor 2013 zijn de volgende indirecte kosten begroot:

• afschrijving gebouwen	€ 5.000	
• afschrijving machines		
• waarvan ten laste van:		
directie/administratie	€ 1.000	
werkplaats	- 2.000	
motorenafdeling	- 9.000	
assemblageafdeling	- 8.000	
		- 20.000
• salaris en provisie vertegenwoordigers	- 8.000	
• reclame	- 1.000	
• overige indirecte kosten		
waarvan ten laste van:		
huisvesting	€ 20.000	
directie/administratie	- 23.000	
werkplaats	- 17.000	
motorenafdeling	- 101.000	
assemblageafdeling	- 62.000	
verkoopafdeling	- 43.000	
		- 266.000
Totale indirecte kosten:		€300.000

Joyrider bv houdt bij de verbijzondering van de indirecte fabricagekosten rekening met onderlinge doorbelastingen tussen de hulpkostenplaatsen. De volgorde van de kostenplaatsen is huisvesting, directie/administratie, werkplaats, motorenafdeling, assemblageafdeling en verkoopafdeling. Joyrider bv houdt geen rekening met het doorbelasten aan de eigen kostenplaats of aan een voorafgaande kostenplaats.
Voor het vaststellen van de tarieven per kostenplaats heeft de administratie de volgende informatie verzameld.

De kostenplaats Huisvesting berekent de indirecte kosten door op basis van de vloeroppervlakte.
De totale nuttige vloeroppervlakte van 500 m² is als volgt over de kostenplaatsen verdeeld:

- directie/administratie 80 m²;
- werkplaats 70 m²;
- motorenafdeling 150 m²;
- assemblageafdeling 110 m²;
- verkoopafdeling 90 m².

De kostenplaats directie/administratie berekent haar indirecte kosten door aan de volgende kostenplaatsen in de verhouding 1 : 5 : 4 : 4.

De kostenplaats werkplaats berekent haar indirecte kosten door op basis van een tarief per monteursuur. De normale bezetting van de werkplaats is 1 225 monteursuren, waarvan

- voor de motorenafdeling 700 uur;
- voor de assemblageafdeling 500 uur;
- voor de verkoopafdeling 25 uur.

a1 Neem de volgende voorcalculatorische kostenverdeel- en kostendekkingsstaat over en vul deze in. Geef daarbij ook de berekening van de doorbelastingstarieven per kostenplaats.

Kostensoorten	Indirecte kosten	Hulpkostenplaatsen			Hoofdkostenplaatsen		
		Huisv.	Dir/adm.	Werkplaats	Motoren	Assemblage	Verkoop
Eerstverdeelde kosten							
Doorbelaste kosten							
Totaal							

2 Bereken of het totaal van de indirecte kosten overeenkomt met het totaal van de indirecte kosten ten laste van de hoofdkostenplaatsen.

De doorbelasting van de indirecte kosten van de hoofdkostenplaatsen aan de kostendragers vindt plaats op basis van de volgende verdeelsleutels:

- motorenafdeling: 10 000 manuren;
- assemblageafdeling: 5 000 machine-uren;
- verkoopafdeling: €1.000.000 omzet exclusief btw.

b Bereken de tarieven voor de doorbelasting aan de kostendragers.

De directe kosten voor een skelter van 3,5 pk zijn €500. Daarnaast worden in de motorenafdeling acht manuren en in de assemblageafdeling tien machine-uren aan de skelter besteed.
Joyrider bv houdt rekening met een winstopslag van 20% van de verkoopprijs exclusief btw. De btw is 19%.

c Bereken de fabricagekostprijs van een skelter van 3,5 pk.

d1 Bereken de verkoopprijs inclusief btw van een skelter van 3,5 pk.

2 Bereken de winst per skelter van 3,5 pk door de opbrengst per skelter te verminderen met de kosten per skelter.

**5.30 Chemische industrie Polymeer bv is producent van kunststoffen, die als grondstof voor de plasticindustrie worden gebruikt. Polymeer bv maakt polystyreen en polypropeen. De kostenplaatsenmethode wordt gebruikt om de indirecte kosten door te berekenen. Huisvesting en energievoorziening zijn hulpkostenplaatsen. Fabricage en verkoop zijn hoofdkostenplaatsen.

Voor het komende jaar wordt voor alle kostenplaatsen een bezetting verwacht van 80% van de normale bezetting. De normale bezetting is voor:

Huisvesting:	6 000 m^2
Energievoorziening:	10 000 m^3 gasverbruik
Fabricage:	4 mln kg
Verkoop:	€2 mln omzet exclusief btw

Voor het komende jaar zijn de volgende indirecte kosten begroot:

Kostenplaats	Totale indirecte kosten (in euro's)	Vaste kosten (in euro's)	Proportioneel variabele kosten[1] (in euro's)
Huisvesting	67.200	48.000	19.200
Energievoorziening	26.000	20.000	6.000
Fabricage	485.500	360.000	125.500
Verkoop	266.900	200.000	66.900
Totaal kostenplaatsen	845.600	628.000	217.600

1 De proportioneel variabele indirecte kosten zijn gebaseerd op de verwachte bezetting voor het komende jaar.

Polymeer bv houdt bij de verbijzondering van de indirecte fabricagekosten rekening met onderlinge doorbelastingen tussen de hulpkostenplaatsen. De volgorde van de kostenplaatsen is Huisvesting, Energievoorziening, Fabricage en Verkoop. Polymeer bv houdt geen rekening met het doorbelasten aan de eigen kostenplaats of aan een voorafgaande kostenplaats.

De kostenplaats Huisvesting berekent de indirecte kosten door op basis van de vloeroppervlakte.
Het begrote gebruik van de beschikbare vloeroppervlakte van 6 000 m^2 is als volgt over de kostenplaatsen verdeeld:

- Energievoorziening: 500 m^2
- Fabricage: 3 500 m^2
- Verkoop: 800 m^2

De kostenplaats Energievoorziening berekent haar indirecte kosten door op basis van het begrote gasverbruik:
Fabricage: 7 000 m^3 gasverbruik
Verkoop: 1 000 m^3 gasverbruik

De doorbelaste kosten zijn proportioneel variabele kosten voor de kostenplaats waaraan de kosten worden doorbelast.

a1 Neem de volgende voorcalculatorische kostenverdeel- en de kostendekkingsstaat over en vul deze in. Geef daarbij ook de berekening van de doorbelastingstarieven per kostenplaats.

Indirecte kosten	**Hulpkostenplaatsen**		**Hoofdkostenplaatsen**	
	Huisvesting	Energievoorziening	Fabricage	Verkoop
Eerst-verdeelde kosten				
Doorbe-laste kosten				
Totaal				

2 Bereken of het totaal van de indirecte kosten overeenkomt met het totaal van de indirecte kosten ten laste van de hoofdkostenplaatsen.

De doorbelasting van de indirecte kosten van de hoofdkostenplaatsen aan de kostendragers vindt plaats op basis van de volgende verdeelsleutels (begrote productie- en verkoopomvang):

- Fabricage:
  verdeelsleutel kg: polystyreen 2 400 000 kg
  polypropeen 800 000 kg
- Verkoopafdeling:
  verdeelsleutel omzet exclusief btw: polystyreen € 400.000
  polypropeen €1.200.000

b Bereken de tarieven voor de doorbelasting aan de kostendragers.

De directe kosten voor 100 kg polystyreen zijn €25.
Polymeer bv houdt rekening met een winstopslag van 20% van de verkoopprijs exclusief btw. Het btw-percentage is 19%.

c Controleer door een berekening of het totaal van de indirecte kosten van de hoofdkostenplaatsen overeenkomt met de totale indirecte kosten die ten laste van de kostendragers worden gebracht.

d Bereken de fabricagekostprijs van 100 kg polystyreen.

e1 Bereken de verkoopprijs inclusief btw van 100 kg polystyreen.

2 Bereken de winst per 100 kg polystyreen door de opbrengst van 100 kg polystyreen te verminderen met de kosten ervan.

f Geef voor iedere kostenplaats een verklaring voor de voorgecalculeerde verschillen tussen de doorbelaste kosten en de kosten die ten laste van de kostenplaats zijn gebracht. Licht de verklaring toe met een berekening.

***5.31** Euroflight bv brengt verschillende types sportvliegtuigen op de markt, die in serie gebouwd worden. Het ontwerpen en bouwen van vliegtuigen is in de volgende zes activiteiten verdeeld:

1 het ontwerpen van vliegtuigen;
2 het bouwen en testen van prototypes;
3 het opstarten van de (serie)productie;
4 het bouwen van de romp;
5 het monteren van onderdelen;
6 het maken van testvluchten.

Ten aanzien van deze activiteiten zijn voor een bepaalde periode de volgende gegevens verzameld:

Activiteit	Indirecte kosten per activiteit (indirecte costpool) (× €1.000)	Verdeelsleutel (cost driver)	Aantallen van de verdeelsleutel
1	5.000	Aantal vliegtuigen	500
2	10.000	Aantal vliegtuigen	500
3	1.000	Aantal productieseries	20
4	6.000	Aantal rompsegmenten	30 000
5	1.500	Aantal onderdelen	3 000 000
6	1.800	Aantal testvluchten	1 500

Euroflight bv heeft een order van 10 sportvliegtuigen van het type Starfighter ontvangen.
De Starfighters worden in series van 25 toestellen gebouwd.
De directe kosten voor deze order bedragen:

- directe materialen: €922.000;
- directe arbeid: €946.000.

Bovendien zijn voor deze order de volgende activiteiten verricht:

- aantal verwerkte rompsegmenten = 550;
- aantal verwerkte onderdelen = 58 000;
- aantal testvluchten = 25.

a Bereken de tarieven per cost driver.

b Bereken de productiekosten van deze order.

c Noem de voor- en nadelen van activity based costing ten opzichte van de kostenplaatsenmethode.

5.32 Onderdelenfabrikant Spare Parts maakt uitlaten voor verschillende automerken. Van ieder type uitlaat wordt een groot aantal tegelijk gemaakt (productie in series). Tussen iedere serie moeten de machines opnieuw worden ingesteld. De totale instelkosten (dit zijn indirecte kosten) bedragen €63.000 per jaar. In een jaar worden de machines 350 keer omgesteld (er worden 350 verschillende types uitlaten per jaar gemaakt). Naast de (indirecte) instelkosten zijn er ook nog indirecte machinekosten. Die bedragen €180.000 per jaar. Deze kosten worden aan de uitlaten doorberekend op basis van een tarief per machine-uur. Het totale aantal machine-uren per jaar (voor alle uitlaten samen) bedraagt 40 000 uur.
Aan een bepaalde serie uitlaten van het type Mustang, waarvan er 600 zijn gemaakt, zijn 60 machine-uren besteed (0,1 machine-uur per uitlaat).

Bereken de instelkosten en de indirecte machinekosten per uitlaat van het type Mustang op basis van activity based costing.

****5.33** Een industriële onderneming gaat een nieuw product maken en verkopen. Gedurende de eerste maanden van het productieproces worden er technische initiële kosten gemaakt, veroorzaakt door een meer dan normale uitval van het eindproduct en door een arbeidstempo dat lager ligt dan normaal. De normale uitval (vanaf de zesde productiemaand) is 10% van de ongekeurde productie. Gedurende de eerste vijf maanden van het productieproces zal de uitval als volgt zijn:
1e maand: 50%
2e maand: 40%
3e maand: 30%
4e maand: 20%
5e maand: 15%
Het arbeidstempo zal de eerste drie maanden van het productieproces lager zijn dan normaal. Het werkelijk arbeidstempo in:
1e maand = 40% van het normale arbeidstempo;
2e maand = 50% van het normale arbeidstempo;
3e maand = 80% van het normale arbeidstempo.

Verder is gegeven:
- Bij een normaal arbeidstempo is per eenheid product 30 minuten arbeid nodig. De proportioneel variabele arbeidskosten zijn €30 per uur.
- De kostprijs per eenheid product exclusief initiële kosten is €50.
- De verwachte afzet gedurende de eerste 24 maanden is:

1e maand:	1 000 stuks
2e maand:	1 200 stuks
3e maand:	1 400 stuks
4e maand:	1 600 stuks
5e maand:	1 700 stuks
6e t/m 24e maand:	1 800 stuks.

- Er worden geen voorraden aangehouden.

a Bereken de technische initiële kosten als gevolg van de extra uitval gedurende de eerste vijf maanden van het productieproces.
b Bereken de technische initiële kosten als gevolg van het lager dan normale arbeidstempo gedurende de eerste drie maanden van het productieproces.

Naast de technische initiële kosten heeft de onderneming ook te maken met €160.000 commerciële initiële kosten.

c Geef twee voorbeelden van commerciële initiële kosten.

De onderneming wenst alle technische en commerciële initiële kosten toe te rekenen aan de goedgekeurde producten gedurende de eerste 24 maanden.

d Bereken de kostprijs per eenheid product inclusief technische en commerciële initiële kosten.

5.34 In de jaren 2007 en 2008 zijn veel banken (in eerste instantie in de Verenigde Staten van Amerika en later ook in Europa) in de problemen gekomen omdat huizenbezitters die hun woningen met een hypothecaire lening hadden gefinancierd, hun aflossings- en renteverplichtingen niet konden nakomen. Hierdoor hebben banken vele miljarden op hun vorderingen op hun klanten, waaraan ze deze hypothecaire leningen hadden verstrekt, moeten afschrijven. Dit heeft geleid tot de zogenoemde kredietcrisis.

(Hint: zoek eventueel ook bij *Google* op *kredietcrisis* en/of *financiële crisis*.)

a Wat wordt verstaan onder de kredietcrisis?

b Wat zijn de belangrijkste gevolgen van de kredietcrisis?

c Voor welke kostensoort heeft de kredietcrisis met name gevolgen?

6 Integralekostprijsmethode en variabelekostencalculatie

6.1 Eurovisie bv maakt slechts één type tv-toestel. De vaste productiekosten zijn €8,4 mln per jaar. De proportioneel variabele productiekosten kosten zijn €350 per tv-toestel. De normale productie is 40 000 toestellen per jaar. Vorig jaar zijn 42 000 tv's geproduceerd, waarvan er 39 000 verkocht zijn voor €680 per stuk. Er zijn geen verkoopkosten.

a Bereken de integrale kostprijs van een tv (absorption costing).
b Bereken het resultaat over vorig jaar volgens de integralekostprijsmethode. Splits dit resultaat in een transactieresultaat en een bezettingsresultaat.
c Bereken het resultaat over vorig jaar volgens de variabelekostencalculatie (variable costing).
d Geef een verklaring voor een eventueel verschil in het resultaat volgens VC en AC met behulp van een berekening.

6.2 Onderneming Grego maakt een product dat onder de naam Ysbrand op de markt wordt gebracht. Voor dit product zijn de volgende gegevens bekend:

- De beginvoorraad van het product Ysbrand = 1 000.
- De normale productie in eenheden product Ysbrand = 9 000.
- De constante fabricagekosten op jaarbasis = €180.000.
- De begrote productie van product Ysbrand voor komend jaar = 8 000.
- De begrote afzet van product Ysbrand voor komend jaar = 8 600.
- De proportioneel variabele fabricagekosten op jaarbasis bij de begrote productie = €240.000.
- Er zijn geen verkoopkosten.
- Het product Ysbrand kan worden verkocht voor €80 per eenheid.
- Met btw houden we geen rekening.

a Bereken de kostprijs van het product Ysbrand.
b Bereken de winst volgens variable costing (VC).
c Bereken de winst volgens absorption costing AC).
d Geef een verklaring voor een eventueel verschil in het resultaat volgens VC en AC.

6.3 Van een onderneming die één homogeen product maakt, is het volgende bekend:

- De constante kosten voor het jaar 2013 worden begroot op €28.000.
- Bij een productieomvang van 9 000 eenheden zijn de proportioneel variabele kosten €76.500.
- De normale productieomvang is 8 000 eenheden.
- Voor het volgende jaar (2013) verwacht deze onderneming een productie én afzet van 8 200 eenheden.
- Er zijn geen verkoopkosten.

a Bereken de integrale kostprijs voor het jaar 2013.
b Bereken de verwachte totale kosten voor het jaar 2013.
c Bereken de verkoopprijs als de winstopslag 25% van de kostprijs is.
d Bereken de verwachte totale opbrengst voor het jaar 2013.
e Bereken de verwachte winst voor het jaar 2013.

f Splits de verwachte winst over 2013 in een transactieresultaat en een bezettingsresultaat.

g Van welke marktvorm is in deze opgave blijkbaar sprake? Motiveer uw antwoord.

6.4
U
Metaalbewerkingsbedrijf Gigant maakt handgrasmaaiers voor de doe-het-zelfmarkt. De vaste productiekosten zijn €240.000 per jaar. De proportioneel variabele productiekosten zijn €60 per grasmaaier. De normale productie is 12 000 stuks per jaar. Voor het komende jaar wordt een productie verwacht van 14 000 grasmaaiers, waarvan er 13 000 verkocht zullen worden voor €125 per stuk. We houden geen rekening met verkoopkosten.

a Bereken de integrale kostprijs van een handgrasmaaier.

b Bereken het resultaat dat over het komende jaar verwacht wordt volgens de integralekostprijsmethode. Splits dit resultaat uit in een transactieresultaat en een bezettingsresultaat.

c Bereken het resultaat dat over het komende jaar verwacht wordt volgens de variabelekostencalculatie.

d1 Geef een theoretische verklaring voor het verschil in resultaat tussen de integralekostprijsmethode en de variabelekostenberekening.

2 Verklaar door een berekening het verschil in resultaat.

***6.5** Onderneming Groeneveld bv maakt één product, namelijk tuinbanken. Deze tuinbanken worden zowel in eigen land als in het buitenland verkocht. 60% van de afzet wordt in eigen land gerealiseerd, de rest in het buitenland. Deze afzetverhouding bestaat al jaren en de directie verwacht dat de afzetverhouding ook in de toekomst hetzelfde zal blijven.
In 2013 verwacht Groeneveld bv 50 000 tuinbanken te maken. De verkoop in dat jaar zal naar verwachting 60 000 tuinbanken bedragen.
De huur bedraagt €500.000 per jaar, de afschrijving op machines €100.000 per jaar en de overige vaste productiekosten €96.000 per jaar.
De variabele kosten zijn €100 per tuinbank (binnenland en buitenland). De verkoopprijs bedraagt €140 in het binnenland en €160 in het buitenland.
De normale productie en afzet bedraagt 50 000 tuinbanken.

a Bereken de verwachte winst volgens absorption costing.

b Bereken de verwachte winst volgens variable costing.

c Verklaar het verschil in verwachte winst tussen beide methoden van winstberekening.

d Bereken de break-evenafzet. Splits deze afzet in afzet binnenland en afzet buitenland.

6.6 Eurovisie bv maakt slechts één type tv-toestel. De vaste productiekosten zijn €8,4 mln per jaar. De proportioneel variabele productiekosten zijn €350 per tv-toestel. De normale productie is 40 000 toestellen per jaar. Vorig jaar zijn 42 000 tv's geproduceerd, waarvan er 39 000 verkocht zijn voor €680 per stuk. Er zijn geen verkoopkosten.

a Bereken de integrale kostprijs van een tv.

b Bereken het resultaat over vorig jaar volgens de integralekostprijsmethode. Splits dit resultaat in een transactieresultaat en een bezettingsresultaat.

c Bereken het resultaat over vorig jaar volgens de variabelekostencalculatie.

d1 Geef een theoretische verklaring voor het verschil in resultaat tussen de integralekostprijsmethode en de variabelekostenberekening.

2 Verklaar door een berekening het verschil in resultaat.

6.7 Motorhuis bv is producent van slechts één type motorfiets. De standaard-
U fabricagekostprijs van een motorfiets bestaat uit variabele en vaste kosten.

Proportioneel variabele fabricagekosten:	
Grondstoffen	€ 4.000
Energie	- 300
Vaste fabricagekosten:	
Machinekosten	- 2.000
Arbeid	- 1.500
	€ 7.800

De variabele verkoopkosten zijn €200 per motorfiets. De vaste verkoopkosten (waaronder reclamekosten) zijn €1,6 mln.
De normale productie en verkopen zijn 4 000 stuks. De werkelijke productie is 4 500 motorfietsen. Aan het begin van het jaar zijn er geen motorfietsen in voorraad.

Winst- en verliesrekening 2012 (absorption costing)

Omzet: 4 200 × €9.800 =		€41.160.000
Standaardfabricagekosten: 4 200 × €7.800 =		- 32.760.000 −
Brutowinst		€ 8.400.000
Verkoopkosten:		
variabel: 4 200 × €200 =	€ 840.000	
vast: 4 200 × €400 =	- 1.680.000	
		- 2.520.000 −
		€ 5.880.000
Overbezettingswinst:		
Productie: 500 × €3.500 =	€1.750.000	
Verkoop: 200 × €400 =	- 80.000	
		- 1.830.000 +
Winst volgens absorption costing		€ 7.710.000

a1 Bereken de winst volgens de variable-costingmethode.
2 Verklaar met een berekening het verschil in resultaat volgens absorption costing en variable costing.
b Bereken de variable en vaste verkoopkosten die ten laste van 2012 komen bij toepassing van de absorption-costingmethode.
c Vergelijk de doorberekende verkoopkosten volgens de AC-methode met de doorberekende verkoopkosten volgens de VC-methode. Welke conclusie kunt u uit deze vergelijking trekken?
d Bespreek de voor- en nadelen van beide methoden van winstberekening.

***6.8** Een onderneming maakt verkoopkosten (bijvoorbeeld in verband met de showroom en vertegenwoordigers) om haar producten aan de man te brengen. De verkoopkosten houden verband met de verkochte hoeveelheid (afzet), terwijl de fabricagekosten samenhangen met de geproduceerde hoeveelheid (productie). Als de productie afwijkt van de afzet, treedt er voorraadmutatie op.

Als er ook verkoopkosten zijn, kunnen we naast de *fabricagekostprijs* ook de *commerciële kostprijs* berekenen.

Gegevens :	
Variabele fabricagekosten per eenheid (proportioneel variabel)	€12
Constante fabricagekosten per jaar	€100.000
Variabele verkoopkosten per eenheid (proportioneel variabel)	€2,50
Constante verkoopkosten per jaar	€10.000
Normale productie en afzet in eenheden per jaar	10 000
Begrote (verwachte) productie in eenheden voor komend jaar	7 500
Begrote afzet in eenheden voor komend jaar	8 000
Verkoopprijs per eenheid product	€30

Als de afzet groter is dan de productie, neemt de voorraad toe. De voorraden worden op de balans gewaardeerd tegen uitsluitend de fabricagekosten.

Bereken:

a de fabricagekostprijs;
b de commerciële kostprijs;
c het transactieresultaat (= verkoopresultaat) voor het komend jaar;
d de bezettingsresultaten voor de fabricage-afdeling én voor de verkoopafdeling;
e1 de winst op basis van absorption costing (AC);
2 de winst op basis van variable costing (VC).
f1 Welke methode (AC of VC) leidt in deze opgave tot een hoger resultaat en waarom?
2 Geef aan de hand van een berekening een verklaring voor een eventueel verschil in het resultaat volgens VC en AC.
g Bereken de break-evenafzet in eenheden.

***6.9** Pickwick bv produceert en verkoopt ceylonthee in doosjes met 20 theezakjes van 4 gram per zakje. De normale productie bedraagt 2 mln doosjes thee. Dit is tevens de normale verkoopomvang. De vaste bewerkingskosten zijn €700.000 en de vaste verkoopkosten €800.000. De proportioneel variabele productiekosten per doosje thee zijn €0,33 grondstof en €0,20 bewerkingskosten. De variabele verkoopkosten zijn €0,10 per doosje thee. De commerciële kostprijs is de fabricagekostprijs vermeerderd met de verkoopkosten. De concurrentiepositie van Pickwick bv is zodanig dat ze een winst van 20% van de commerciële kostprijs kan realiseren. De btw is 6% van de verkoopprijs exclusief btw, die wordt bepaald door de commerciële kostprijs te verhogen met een winstopslag van 20%.

Op 1 januari 2013 zijn 400 000 doosjes thee in voorraad. In 2013 zijn 1,9 mln doosjes thee geproduceerd en 2,2 mln doosjes verkocht.
NB Berekeningen afronden op hele eurocenten.

a Bereken de integrale fabricagekostprijs.
b Bereken de integrale commerciële kostprijs.
c Bereken de verkoopprijs inclusief btw van een doosje thee.
d Bereken het resultaat over 2013 volgens de integralekostprijsmethode. Splits dit resultaat in een transactieresultaat en een bezettingsresultaat.

e Bereken het resultaat over 2013 volgens de variabelekostencalculatie.

f Bereken de waarde van de voorraad thee op 1 januari 2013 en 31 december 2013 volgens:

1 de integralekostprijsmethode (absorption costing)

2 variabelekostencalculatie (variable costing)

g Verklaar, uitgaande van uw antwoorden op vraag **f** het verschil tussen de winst volgens de integralekostprijsmethode en de variabelekostencalculatie.

h Bereken de totale verkoopkosten die ten laste van 2013 komen bij toepassing van de integralekostprijsmethode.

i1 Bereken de totale verkoopkosten die ten laste van 2013 komen bij toepassing van de variabelekostencalculatie.

2 Vergelijk uw antwoord op vraag **i1** met het antwoord op vraag **h** en trek uw conclusie.

j Welke factoren zijn van invloed op de hoogte van de winstopslag? Besteed in uw antwoord ook aandacht aan het vijfkrachtenmodel van Porter (zie hoofdstuk 1).

***6.10** Onderneming Brasil bv produceert en verkoopt cafeïnevrije koffie in verpakkingen van 1 000 gram. Voor 2013 geldt de volgende integralekostprijsberekening per verpakking van 1 000 gram koffie.
De variabele kosten zijn proportioneel variabel.

Grondstoffen			€ 2,50
Bewerkingskosten:			
variabel	€1.140.000 : 1 200 000 =	€0,95	
vast	€1.562.500 : 1 250 000 =	€1,25	
			- 2,20 +
Fabricagekostprijs			€ 4,70
Verkoopkosten:			
variabel	€762.000 : 1 270 000 =	€0,60	
vast	€250.000 : 1 250 000 =	€0,20	
			- 0,80 +
Commerciële kostprijs			€ 5,50

Op 1 januari 2013 zijn 90 000 pakken koffie van 1 000 gram in voorraad.
Brasil bv berekent een winstopslag van 16% van de commerciële kostprijs.
Koffie valt onder het btw-tarief van 6%.
NB Berekeningen afronden op hele eurocenten.

a Bereken de verkoopprijs inclusief btw per pak koffie van 1 000 gram.

b Leid uit de voorgaande kostprijsberekeningen de normale en werkelijke productie- en verkoopomvang af.

c Bereken het resultaat over 2013 volgens de integralekostprijsmethode.
Splits dit resultaat in een transactieresultaat en een bezettingsresultaat.

d Bereken het resultaat over 2013 volgens de variabelekostencalculatie.

e Bereken de waarde van de voorraad koffie op 1 januari en 31 december 2013 volgens:

1 de integralekostprijsmethode;

2 de variabelekostencalcualtie.

f Verklaar, uitgaande van uw antwoorden op vraag **e** het verschil tussen de winst volgens de integralekostprijsmethode en de variabelekostencalculatie.

g Bereken de totale verkoopkosten die ten laste van 2013 komen bij toepassing van de integralekostprijsmethode.
h1 Bereken de totale verkoopkosten die ten laste van 2013 komen bij toepassing van de variabelekostencalculatie.
2 Vergelijk uw antwoord op vraag **h1** met het antwoord op vraag **g** en trek uw conclusie.

6.11 Onderneming Robindael bv maakt slechts één type elektrische speelgoedtrein, die onder naam Robin op de markt wordt gebracht. Over de productie en verkoop van deze speelgoedtrein is voor komend jaar het volgende gegeven:
- De begrote proportioneel variabele productiekosten bedragen €200.000.
- De verwachte productie bedraagt 10 000 stuks.
- De vaste productiekosten bedragen €480.000 per jaar.
- De normale productie en normale verkoopomvang bedraagt 12 000 stuks per jaar.
- De begrote proportioneel variabele verkoopkosten bedragen €50.000.
- De verwachte verkoopomvang bedraagt 10 000 stuks.
- De vaste verkoopkosten bedragen €360.000 per jaar.
- Verwachte verkoopprijs (inclusief 19% btw) = €154,70.

We veronderstellen dat er dit jaar geen mutaties in de voorraden optreden (productieomvang = verkoopomvang).

a Bereken de integrale standaard fabricagekostprijs.
b Bereken de integrale commerciële kostprijs.
c Bereken het break-evenpunt (BEP).

We veronderstellen dat Robindael bv voor komend jaar een winst wil maken van minimaal €105.000.
d Bereken de productieomvang (= verkoopomvang) waarbij een winst wordt gerealiseerd van €105.000.

6.12
U Koffiebranderij De Brandaris produceert en verkoopt slechts één soort koffie. De vaste kosten per jaar bedragen €40.000. De proportioneel variabele kosten bedragen €1,00 per pak koffie van 500 gram. De normale productie bedraagt 30 000 kg per jaar. De koffie kan verkocht worden voor €3 per pak van 500 gram. Het komende jaar wordt een verkoopomvang van 25 000 kg verwacht (= 50 000 pakken koffie).
a Bereken het break-evenpunt.
b Bereken de veiligheidsmarge in procenten.
c Geef een interpretatie van het bij vraag **b** berekende percentage.

***6.13** Onderneming Euro maakt speciale edities van munten voor verzamelaars. De vaste kosten van de onderneming zijn €800.000 per kwartaal. De variabele loonkosten zijn 40% van de omzet, de overige variabele kosten 20% van de omzet. Bij het nemen van haar beslissingen maakt de onderneming onder andere gebruik van de break-evenanalyse.
Voor het komende jaar wordt een omzet verwacht van €12 mln.
a Welke rol speelt het break-evenpunt bij het nemen van beleidsbeslissingen?
b Bereken de break-evenomzet op jaarbasis.
c Bereken de veiligheidsmarge.
d Bereken de break-evenomzet als de overige variabele kosten stijgen naar 28% van de omzet.

6.14 Textielfabriek Armanis bv produceert en verkoopt slechts één soort spijkerbroek. De vaste kosten per jaar bedragen €800.000. De proportioneel variabele kosten per spijkerbroek zijn:

grondstoffen: 1 m² × €14/m² =	€14
arbeid: 0,2 uur × €30/uur =	€ 6
	€20

Armanis bv past de integralekostprijsmethode toe. De normale productie bedraagt 160 000 spijkerbroeken per jaar. De broeken worden verkocht voor €35,70 inclusief 19% btw per broek. Het komende jaar worden 130 000 broeken geproduceerd, waarvan er naar verwachting 120 000 zullen worden verkocht. Er is geen beginvoorraad spijkerbroeken.

- **a** Bereken het break-evenpunt.
- **b** Bereken de veiligheidsmarge in procenten.
- **c** Geef een interpretatie van het bij vraag **b** berekende percentage.
- **d** Geef het break-evenpunt (BEP) weer in een tekening.
- **e** Welke veronderstellingen worden gemaakt bij de berekening van het break-evenpunt?
- **f** Bereken de productie- en verkoopomvang waarbij een winst van €400.000 wordt gerealiseerd.

6.15 Industriële onderneming Felix bv te Best produceert slechts één product. De integrale standaardkostprijs is hierna weergegeven. De variabele kosten zijn proportioneel variabel. De werkelijke productie is 120 000 stuks en de werkelijke verkopen 127 000 stuks.

Grondstofkosten		€ 4,00
Bewerkingskosten:		
variabel €114.000 : 120 000 =	€0,95	
vast €156.250 : 125 000 =	- 1,25	
		- 2,20 +
Integrale standaardfabricagekostprijs		€ 6,20
Verkoopkosten:		
variabel €76.200 : 127 000 =	€0,60	
vast €25.000 : 125 000 =	- 0,20	
		- 0,80 +
Integrale standaard commerciële kostprijs		€ 7,00

Op 1 januari 2012 is de voorraad 15 000 eenheden.
De verkoopprijs voor geheel 2012 is €12 per eenheid.

- **a** Bereken voor Felix bv het resultaat over 2012 op basis van de integralekostprijsmethode.
- **b** Bereken voor Felix bv het resultaat over 2012 op basis van de variabelekostencalculatie.
- **c** Bereken voor Felix bv de waarde van de voorraad op 1 januari en op 31 december 2012 op basis van:
  - **1** de integralekostprijsmethode;
  - **2** de variabelekostencalculatie.
- **d** Bereken de variabele en vaste verkoopkosten ten laste van 2012 bij de integralekostprijsmethode.
- **e** Bereken de variabele en vaste verkoopkosten ten laste van 2012 bij de variabelekostencalculatie.

f Vergelijk de uitkomst van vraag **e** met die van vraag **d** en trek uw conclusie.
g Geef met behulp van een berekening een verklaring voor het verschil in resultaat volgens de integralekostprijsmethode en de variabelekostencalculatie.

6.16 Onderneming Bobtail produceert slechts één type motorfiets.
U Bij de opstelling van de volgende voorgecalculeerde winst- en verliesrekening voor 2013 is onder andere uitgegaan van de volgende berekeningen per motorfiets:

Proportioneel variabele productiekosten:		
Grondstoffen		€ 4.000
Energie		- 300
Vaste productiekosten:		
Machinekosten		- 2.000
Arbeid		- 1.500 +
Standaardfabricagekostprijs		€ 7.800
Variabele verkoopkosten	€ 200	
Vaste verkoopkosten	- 400	
		- 600 +
Commerciële kostprijs		€ 8.400

De normale productie en verkoop is 4 000 stuks. Voor 2013 wordt uitgegaan van een productie van 4 500 eenheden. Begin 2013 zijn er geen motorfietsen in voorraad.

Voorgecalculeerde winst- en verliesrekening 2013

Omzet:	4 200 × €9.700 =	€ 40.740.000	
Standaardkosten:	4 200 × €8.400 =	- 35.280.000 −	
Ruilwinst			€5.460.000
Overbezettingswinst op vaste kosten:			
• productie	= (4 500 − 4 000) × €3.500 =	€1.750.000	
• verkoop	= (4 200 − 4 000) × € 400 =	- 80.000	
			-1.830.000 +
Winst volgens integralekostprijsmethode			€7.290.000

a Bereken de winst volgens de variabelekostencalculatie.
b Verklaar door een berekening het verschil in resultaat volgens de integralekostprijsmethode en de variabelekostencalculatie.
c1 Bereken het break-evenpunt.
2 Bereken de totale dekkingsbijdrage bij het break-evenpunt en vergelijk deze met de omvang van de totale vaste kosten.
d Bereken de productie- én verkoopomvang waarbij een winst van €5,2 mln wordt gerealiseerd.

6.17 Railrunner bv heeft het exclusieve recht het railtransport over de Lorelei Route te exploiteren. De treinen die van de Lorelei Route gebruikmaken, leggen allemaal hetzelfde traject af. Dit is de enige dienst (het enige product)

dat Railrunner aanbiedt. De productieomvang op de Lorelei Route wordt gemeten in aantal treinpaden. Aan iedere vervoerder die gebruikmaakt van de Lorelei Route brengt Railrunner bv E420 per treinpad (per vertrekkende trein) in rekening. De variabele kosten per treinpad bedragen E160 per treinpad. De vaste kosten van onderneming Railrunner bv bedragen E18 mln per jaar.
De maximale capaciteit van de Lorelei Route bedraagt 90 000 treinpaden per jaar.

a Bereken de break-evenbezettingsgraad van de Lorelei Route.
b Bereken de bezettingsgraad waarbij Railrunner bv een winst behaalt van €1 mln.

Stel dat Railrunner bv in staat is door een investering in de infrastructuur de variabele kosten per treinpad te verlagen van €160 naar €140. Door deze investering nemen de vaste kosten van Railrunner bv toe met €400.000 per jaar.

c Bereken de break-evenbezettingsgraad in deze nieuwe situatie.
d Waarom is het voor de leiding van een onderneming zoals Railrunner bv belangrijk de break-evenbezettingsgraad te berekenen?

6.18 Luchtvaartmaatschappij De Rode Ahrend vervoert zowel goederen als personen. De Rode Ahrend heeft jaarlijks €20 mln aan vaste kosten. Bij een maximale beladingsgraad van 100% bedraagt de omzet €40 mln. De variabele kosten, zoals afhandeling van de vracht, dagelijks onderhoud van de vliegtuigen, overvlieg- en landingsrechten en brandstofverbruik, bedragen 36% van de omzet.
Voor luchtvaartmaatschappij De Rode Ahrend is het belangrijk te weten bij welke beladingsgraad van de vliegtuigen de kosten volledig gedekt zijn (break-evenbeladingsgraad = kritische beladingsgraad). We veronderstellen dat de omzet rechtevenredig met de beladingsgraad verandert.

a Bereken de break-evenbeladingsgraad.
b De Rode Ahrend verwacht voor komend jaar een beladingsgraad van 75%. Omdat deze beladingsgraad onder de break-evenbeladingsgraad ligt, wordt voor komend jaar een verlies verwacht. Bereken dit verwachte verlies.
c Geef het verloop van de omzet en de kosten weer in een grafiek, waarin ook de break-evenbeladingsgraad moet worden weergegeven.

Om de omzet te stimuleren overweegt de luchtvaartmaatschappij haar tarieven te verlagen met 5%. De prijselasticiteit van de gevraagde hoeveelheid bedraagt min 2. We veronderstellen dat de variabele kosten 36% van de omzet blijven en dat de vaste kosten ook niet veranderen.

d Bereken opnieuw het verwachte resultaat, als besloten zou worden de tariefverlaging door te voeren.

6.19 Transportbedrijf Road Runner nv vervoert zowel goederen in vaste als in vloeibare vorm. Road Runner nv heeft jaarlijks €2.604.000 aan vaste kosten. Bij een maximale beladingsgraad van 100% bedraagt de omzet €6 mln. De variabele kosten, zoals afhandeling van de vracht, dagelijks onderhoud van de vrachtauto's en brandstofverbruik, bedragen 38% van de omzet.
De directie van transportbedrijf Road Runner wil weten bij welke beladingsgraad van de vrachtauto's de kosten volledig zijn gedekt (break-evenbeladingsgraad = kritische beladingsgraad). We veronderstellen dat de omzet rechtevenredig met de beladingsgraad verandert.

a Bereken de break-evenbeladingsgraad.

b De directie van Road Runner verwacht voor komend jaar een beladingsgraad van 65%. Omdat deze beladingsgraad onder de break-evenbeladingsgraad ligt, wordt voor komend jaar een verlies verwacht. Bereken dit verwachte verlies.

c Geef het verloop van de omzet en de kosten weer in een grafiek, waarin ook de break-evenbeladingsgraad moet worden weergegeven

De directie van Road Runner wil voor komend jaar een winst realiseren van €400.000.

d Bereken de beladingsgraad die nodig is om deze gewenste winst te realiseren.

***6.20** TNT Express schrapt banen

TNT Express schrapt 181 van de 800 banen op het hoofdkantoor

Van onze verslaggeefster
Loes spit

AMSTERDAM – Door tegenvallende cijfers en herstructurering schrapt koeriersbedrijf TNT Express ruim eenvijfde van de banen op haar hoofdkantoor. Hoeveel gedwongen ontslagen er zullen vallen, is nog niet bekend.

Het hoofdkantoor van TNT Express heeft in totaal 800 medewerkers in Nederland, Duitsland, Engeland en Frankrijk. Daarvan zullen er 181 verdwijnen. Waar precies is nog niet bekend, maar het zwaartepunt ligt in Hoofddorp, waar 575 mensen werken. Dit heeft te maken met dubbele functies die ontstonden door de opsplitsing van TNT Post op 26 mei. Het beursgenoteerde TNT Post bestond voor de opsplitsing uit twee divisies, Post NL en TNT Express. Medewerkers van het hoofdkantoor van TNT kwamen na het uiteengaan van de divisies op het hoofdkantoor van TNT Express in Hoofddorp terecht.

'De dubbele functies, op onder meer de financiële afdeling en op de communicatie- en marketingafdeling, zullen nu verdwijnen', zegt een woordvoerder. 'Vijftig medewerkers worden in een mobiliteitstraject geplaatst en zullen op die manier hopelijk een nieuwe baan vinden. Een aanzienlijk deel van de geschrapte functies was nog niet vervuld, het gaat hier om openstaande vacatures.'

Het schrappen van banen moet een jaarlijkse kostenbesparing van 50 miljoen euro opleveren. In het tweede kwartaal werd al 5 miljoen bezuinigd. Bij het koeriersbedrijf werken wereldwijd 75.000 mensen.

TNT Express liet het tweede kwartaal een lagere winst zien dan een jaar eerder. De operationele winst daalde met 8 procent tot 79 miljoen euro. De tegenvallende cijfers hebben te maken met extra kosten in Brazilië. TNT Express nam daar de expressbedrijven Mercurio (2007) en Expresso Aracatuba (2009) over en besloot deze samen te voegen. 'Hierbij werden fouten gemaakt, waardoor klanten wegliepen', zegt de woordvoerder. 'We zijn vol energie op de problemen gedoken en bezig met het treffen van maatregelen. In de tweede helft van 2012 moeten de rode cijfers verdwenen zijn.' ■

Bron: *de Volkskrant*, 15 september 2011

a Geef voorbeelden van de goederen-/dienstenstromen en de geldstromen van een koeriersbedrijf, dat de rechtsvorm van nv heeft, weer. Houd daarbij de volgende onderverdeling van de goederen- en dienstenstromen en de geldstromen aan:

- ingaande goederen- en dienstenstromen;
- uitgaande goederen- en dienstenstromen;
- ingaande primaire geldstromen;
- uitgaande primaire geldstromen;
- ingaande secundaire geldstromen;
- uitgaande secundaire geldstromen.

Geef ook duidelijk aan welke marktpartijen daarbij een rol spelen.

b Nemen de vaste en/of de variabele kosten af door een vermindering van het aantal personeelsleden op het hoofdkantoor van TNT Express? Motiveer uw antwoord.

c Door gebruik te maken van oursourcing treedt er een verschuiving op tussen de vaste en de variabele kosten. Nemen de vaste kosten en de variabele kosten toe of af? Licht uw antwoord toe.

d Neemt het break-evenpunt toe of juist af door een vermindering van de overheadkosten? Licht uw antwoord toe.

e Zal door de herstructurering van TNT Express de winstgevendheid van de onderneming toenemen? Licht uw antwoord toe met passages uit het artikel.

f Welke argumenten zullen de bonden (vertegenwoordigers van werknemersorganisaties) betrekken in de beoordeling van de herstructureringsplannen van TNT Express?

g Welke effecten kunnen wisselkoersen hebben op de omzet van TNT Express? Licht uw antwoord toe aan de hand van de overname van de expressbedrijven Mercurio en Expresso Aracatuba en geef daarbij duidelijk aan wat met wisselkoersen wordt bedoeld.

h Wat wordt bedoeld met de operationele winst? Bekijk eventueel ook het jaarverslag van TNT Express (http://jaarverslag.info/annualreports/tnt).

6.21 Ceveha bv produceert en verkoopt het bekende energieverhogende product Go-go. De afzet is sterk afhankelijk van de weersomstandigheden. Door de energiedrank te koelen is het mogelijk om voorraden aan te houden. De variabele productiekosten voor een liter Go-go zijn grondstofkosten (mineraalwater, fruitextract, kleur- en smaakstoffen), die €0,98 per liter bedragen, en directe loonkosten, die €0,12 per liter zijn. Bij de productie worden twee machines gebruikt: een mengmachine en een verpakkingsmachine. De vaste kosten van deze machines bedragen respectievelijk €100.000 en €140.000 per jaar. Tevens heeft de onderneming verkoopkosten, bestaande uit distributie- en reclamekosten. Deze kosten zijn jaarlijks €270.000. Dit bedrag is onafhankelijk van de geproduceerde of verkochte hoeveelheid.
De normale productie en verkopen zijn 250 000 literpakken Go-go per maand. De beginvoorraad op 1 mei 2013 is 75 000 literpakken Go-go. In mei 2013 zijn 260 000 literpakken geproduceerd, terwijl er 280 000 verkocht zijn. De verkoopprijs van een literpak Go-go is €2,00.

a Bereken de winst over mei 2013 volgens de integralekostprijsmethode.

b Bereken de winst over mei 2013 volgens de variabelekostencalculatie.

c Verklaar met behulp van een berekening het verschil in winst volgens de integralekostprijsmethode en de winst volgens de variabelekostencalculatie.

Ceveha bv verwacht voor juni 2013 een productie van 260 000 literpakken Go-go, die verkocht zullen worden voor €2 per literpak.

d Bereken de break-evenomzet voor juni 2013.

e Bereken de veiligheidsmarge voor juni 2013 in twee decimalen nauwkeurig.

Stel dat door een veranderende productiewijze de variabele kosten met 4% zouden kunnen afnemen, terwijl de constante kosten met 9% toenemen.

f Bereken de break-evenafzet voor deze nieuwe situatie.

g Noem drie oorzaken die kunnen leiden tot een toeneming van de break-evenomvang van de productie en verkoop.

***6.22** Han bv produceert en verkoopt werklaarzen. De verkoopprijs per paar laarzen is €36.

De variabele kosten per paar laarzen bestaan uit:

• grondstoffen	€ 5
• arbeid	- 8
• machinekosten	- 4
• verkoopkosten	- 7
Totale variabele kosten	€24

De vaste fabricagekosten zijn begroot op €720.000 per jaar en de jaarlijkse vaste verkoopkosten op €480.000 per jaar. De normale productie en afzet is 120 000 paar per jaar. De productie en verkoop zijn gelijkmatig over het jaar verdeeld. De verwachte productie voor 2013 is 130 000 paar, de verwachte afzet bedraagt 110 000 paar. Aan het begin van 2013 zijn er geen voorraden.

a Bereken de break-evenomzet per jaar.

b Bereken de integrale standaardfabricagekostprijs én de integrale standaard commerciële kostprijs. (De commerciële kostprijs is de fabricagekostprijs verhoogd met de verkoopkosten per eenheid.)

c Bereken het transactieresultaat bij het break-evenpunt.

d Bereken het bezettingsresultaat bij het break-evenpunt.

e Breng de antwoorden op de vragen **c** en **d** in verband met het antwoord op vraag **a**.

f Bereken de voorgecalculeerde winst volgens de integralekostprijsmethode voor 2013.

g Bereken de voorgecalculeerde winst volgens de variabelekostencalculatie voor 2013.

h Bereken de begrote waarde van de voorraad aan het einde van 2013 volgens de integralekostprijsmethode.

i Bereken de begrote waarde van de voorraad aan het einde van 2013 volgens de variabelekostencalculatie.

j Verklaar het verschil in voorgecalculeerde winst volgens de integralekostprijsmethode en de variabelekostencalculatie.

k Bereken de veiligheidsmarge voor 2013.

l Wat is de betekenis van de veiligheidsmarge?

***6.23** Hannes bv produceert en verkoopt een homogeen massaproduct. De voorgecalculeerde winst- en verliesrekening van deze onderneming over 2013, op basis van standaardkosten, ziet er als volgt uit:

Voorgecalculeerde winst- en verliesrekening 2013

Omzet: 100 000 producten × €200 =		€20.000.000	
Variabele fabricagekosten van de omzet:			
• materialen (inclusief onderdelen)	€ 3.500.000		
• arbeid	- 1.500.000		
• indirecte kosten	- 500.000		
		- 5.500.000	–
		€ 14.500.000	
Omzetprovisie 15% van de omzet		- 3.000.000	–
Contributiemarge (brutowinst)		€ 11.500.000	
Vaste fabricagekosten ten laste van de omzet		- 5.000.000	–
Verkoopresultaat		€ 6.500.000	
Bezettingsresultaat		- 1.250.000	+
Winst		€ 7.750.000	

- De variabele kosten zijn proportioneel variabel.
- De omzetprovisie bedraagt steeds 15% van de verkoopprijs van elk verkocht product.
- De verwachte productie in 2013 is 120 000 producten.
- De onderneming heeft op 1 januari 2013 geen voorraden.
- Er zijn geen verkoopkosten.

NB Berekeningen in twee decimalen nauwkeurig.

a1 Bereken de integrale standaardfabricagekostprijs van het massaproduct.

2 Bereken voor 2013 de normale productieomvang.

b1 Bereken de break-evenomzet over 2013 als de productie en verkoop even groot zijn.

2 Als over 2013 de break-evenafzet 100 000 producten zou bedragen, bereken dan voor 2013 de gemiddelde verkoopprijs van het massaproduct (productie en verkoop zijn aan elkaar gelijk).

We veronderstellen nu dat de onderneming in 2013 niet 100 000 maar 103 000 producten zal verkopen tegen een verkoopprijs van €200 en dat 150 000 in plaats van 120 000 producten worden geproduceerd.

c Bereken met welk bedrag de voorgecalculeerde nettowinst over 2013 zal toe- of afnemen, als de winst wordt berekend volgens de variabelekostencalculatie.

d Bereken met welk bedrag de voorgecalculeerde nettowinst over 2013 zal toe- of afnemen, als de winst wordt berekend volgens de integralekostprijsmethode.

***6.24** Een onderneming vervaardigt één soort product. De normale productie en verkoop zijn 20 000 eenheden per jaar. Voor het komende jaar wordt verwacht:

Beginvoorraad:	5 000 stuks
Productie:	18 000 stuks
Afzet:	22 000 stuks

Overige gegevens:
- vaste productiekosten per jaar: €110.000;
- proportioneel variabele productiekosten per eenheid: €2,25;
- vaste verkoopkosten per jaar: €77.000;
- proportioneel variabele verkoopkosten per eenheid: €1,35;
- de verkoopprijs is €16 per eenheid (exclusief btw).

NB Berekeningen in twee decimalen nauwkeurig.

a Bereken de integrale standaardfabricagekostprijs.
b Bereken de integrale standaard commerciële kostprijs.
c Bereken voor het komende jaar het verwachte perioderesultaat, uitgaande van de integralekostprijsmethode. Splits dit resultaat in een verkoop- en een bezettingsresultaat. Maak bij de beantwoording gebruik van de uitkomsten bij vraag **a** en **b**.
d Bereken het voor het komende jaar verwachte perioderesultaat volgens de variabelekostencalculatiemethode.
e Verklaar, onder andere met een berekening, het verschil tussen de uitkomsten van de vragen **c** en **d**.
f Bereken voor het komende jaar de break-evenafzet (antwoord naar boven afronden).
g Bereken de productieomvang (= verkoopomvang) waarbij een winst van €24.800 wordt gerealiseerd.
h Bereken voor het komende jaar de veiligheidsmarge.
i Wat is de betekenis van de veiligheidsmarge?

***6.25**
U Grootwinkelbedrijf Superstore verkoopt zeer verschillende artikelen. In plaats van een break-evenafzet (in eenheden) berekent deze onderneming een break-evenomzet (in geld). De inkoopprijs van de artikelen is *gemiddeld* 50% van de omzet. Daarnaast moet rekening gehouden worden met vaste bedrijfskosten van €200.000 per jaar en overige bedrijfskosten, die 10% van de omzet bedragen.

a Bereken de break-evenomzet.
b Bereken de omzet waarbij Superstore een winst van €300.000 per jaar behaalt.

***6.26** 'Health Care Nepal' (HCN) is een non-profitorganisatie die als doelstelling heeft de gezondheidszorg in Nepal op een hoger niveau te brengen. Een van de activiteiten van HCN is het opzetten van een vaccinatieprogramma. Het hoofdkantoor van HCN is gevestigd in Kathmandu. Voor de uitvoering van het vaccinatieprogramma heeft HCN een klein ziekenhuis opgericht (Ziekenhuis Anapurna). De jaarlijkse vaste kosten van het ziekenhuis bedragen €140.000. De variabele kosten van het ziekenhuis bedragen €10 per behandelde patiënt per jaar. De variabele kosten houden verband met de kosten van de vaccinaties en verbandmiddelen. In het afgelopen jaar heeft HCN een bedrag van €1 mln aan het ziekenhuis beschikbaar gesteld.

a Bereken het aantal patiënten dat Ziekenhuis Anapurna het afgelopen jaar heeft kunnen behandelen.

Voor het komende jaar is slechts een subsidie beschikbaar van €600.000. Als reactie hierop heeft HCN besloten de patiënten op te splitsen in twee groepen:
Groep 1: ernstig zieke patiënten, die dringend medische zorg nodig hebben (6 000 patiënten).

Groep 2: patiënten die voor preventieve (niet spoedeisende) hulp in aanmerking komen.
Het management van HCN heeft als doelstelling in 2012 in ieder geval 6 000 patiënten uit de eerste groep te behandelen met een volledige therapie van €10 per patiënt per jaar. Daarnaast wil het management uit de tweede groep 80 000 patiënten helpen.

b Bereken hoeveel Ziekenhuis Anapurna maximaal aan variabele kosten per patiënt mag besteden om zijn doelstellingen te realiseren.

Uit medisch onderzoek blijkt dat het aantal patiënten dat tot de tweede groep behoort, 160 000 bedraagt. HCN is daarom op zoek gegaan naar nieuwe sponsoren en naar methoden om de variabele kosten per patiënt verder terug te dringen. In de Verenigde Staten van Amerika is een medicatie gevonden die €4 per patiënt kost en aan de eisen voldoet die gelden voor de tweede groep.
Bovendien is HCN in contact gekomen met een zakenman die een gedeelte van zijn fortuin heeft ondergebracht in een in Zwitserland gevestigde liefdadigheidsinstelling met de naam 'Een betere wereld'. De liefdadigheidsinstelling moet 20% belasting betalen over de donaties die zij aan buitenlandse instellingen verricht.

c Bereken de omvang van de donatie (voor aftrek van belastingen) om alle patiënten uit de tweede groep in 2012 te kunnen behandelen.

6.27 Handelsonderneming Duet verkoopt slechts twee producten. Hiervan is gegeven:

	Product 1	**Product 2**
Inkoopprijs	60% van de omzet	75% van de omzet
Overige kosten	18% van de omzet	6% van de omzet
Verwachte omzet	€1,2 mln	€2,4 mln

We veronderstellen dat de verhouding tussen de omzet van product 1 en 2 altijd overeenkomt met de verhouding tussen de verwachte omzetten van product 1 en 2.
De vaste kosten van onderneming Duet zijn €1,2 mln per jaar.

a1 Bereken de gemiddelde inkoopprijs als % van de totale omzet.
2 Bereken de gemiddelde overige kosten als % van de totale omzet.
b1 Bereken de break-evenomzet en splits deze in omzet product 1 en omzet product 2.
2 Controleer door een berekening of de omzetsamenstelling die bij vraag **b1** berekend is, inderdaad geen winst en geen verlies oplevert.

7 Budgettering en verschillenanalyse

7.1 Tarieven ziekenhuiszorg nog niet kostendekkend

Tarieven ziekenhuiszorg nog niet kostendekkend

In 2005 zijn de diagnose/behandelcombinaties (dbc's) ingevoerd. In dit nieuwe bekostigingssysteem is de prijs per diagnose en bijbehorende behandeling – inclusief het honorarium van de specialist – vastgelegd.

Het systeem dat is ingevoerd om marktwerking in de zorg mogelijk te maken, is nog lang niet uitgekristalliseerd. Veel behandelingen zijn niet kostendekkend en het systeem blijkt in de prakrijk vaak te ingewikkeld. In de verbeterde variant zal in elk geval meer rekening worden gehouden met de zorgbehoefte van de patiënten. Tot nog toe ontvingen ziekenhuizen een vast budget, waarmee alle kosten werden gedekt. Met de dbc's kunnen ziekenhuizen en verzekeraars met elkaar onderhandelen over de prijs en kwaliteit van zorg. Marktwerking wordt geleidelijk ingevoerd. Nu wordt over 20 procent van de zorg vrij onderhandeld. In 2012 moet dat 70 procent van de zorg zijn. Onduidelijk is nog hoe dat wordt gefaseerd. Een plan om een soort tussenfase in te voeren met een prijsplafond, is onlangs door de Nederlandse Zorgautoriteit (NZa) van de hand gewezen. ■

Keuzes maken in plastische chirurgie
Mate van relevantie en kostendekkendheid per behandeling

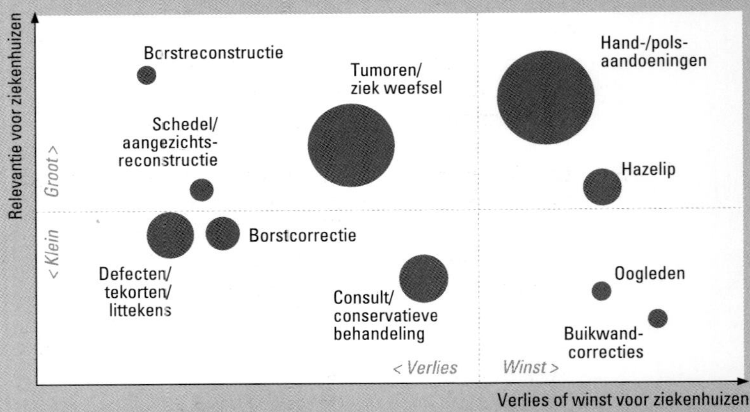

Bron: Asselman, Kostprijzen in ziekenhuizen

Bron: *de Volkekrant*, 9 april 2008

a Wat verstaan we onder marktwerking in de gezondheidszorg?
b Welk gevaar ontstaat er als private ziekenhuizen zich uitsluitend gaan toeleggen op de winstgevende dbc's?
c Welke gevaren ontstaan als bepaalde dbc's niet kostendekkend zijn?

7.2 Een fabrikant van kartonnen verhuisdozen maakt uitsluitend dozen in een
U bepaalde afmeting en kwaliteit (homogene massaproductie).De standaardkosten per 100 dozen zijn:

Grondstoffen:	3 kg × €20/kg =	€60
Loonkosten:	1 uur × €36/uur =	- 36+
Integrale fabricagekostprijs		€96

Voor de maand mei bedraagt de begrote productie 24 000 eenheden, terwijl er in werkelijkheid 25 000 dozen zijn gefabriceerd. De werkelijke productiekosten waren:

Grondstoffen:	780 kg, inkoopwaarde	€ 15.210
Loonkosten:	240 uur, loonkosten	- 8.880 +
Totale werkelijke fabricagekosten		€ 24.090

a Stel het ex-ante budget op.
b Stel het ex-post budget op.
c Bereken het totale resultaat op de productiekosten en splits dit per kostenfactor in een hoeveelheidsverschil en een prijsverschil. Geef daarbij aan of het om een positief of een negatief verschil gaat.
d Zou er een verband kunnen bestaan tussen de verschillen op de loonkosten en de verschillen in de grondstofkosten? Licht uw antwoord kort toe.
e Wat zijn de mogelijke oorzaken van een prijsverschil op grondstoffen? Wie is daarvoor verantwoordelijk?
f Leg uit waarom het vergelijken van de werkelijke productiekosten met het ex-ante productiebudget niet zinvol is.
g Leg uit wat het nut is van budgettering in het kader van het besturen van een organisatie.

7.3 Een fabrikant van houten kozijnen voor de sociale woningbouw maakt voor het begin van ieder kalenderjaar een begroting van de productiekosten, die bestaan uit loonkosten, machinekosten en materiaalkosten. Voor het komende jaar wordt een productie van 20 000 kozijnen verwacht. De opbouw van de standaardkostprijs van een kozijn ziet er als volgt uit:

Arbeid:	1 uur × €30/uur	=	€ 30
Machinekosten:	$\frac{1}{2}$ uur × €40/uur	=	- 20
Materiaal:	0,236 dm^3 × €50/dm^3	=	- 11,80
Standaardkostprijs			€ 61,80

De kosten van materiaal zijn gebaseerd op de prijzen die op de wereldmarkt voor hout (naar verwachting) tot stand komen. Bij de berekening van de standaardmateriaalkosten is uitgegaan van de volgende wisselkoers: €1= USD 1,50.

Ter illustratie geven we de noteringen van enkele grondstoffen, die op de verschillende beurzen tot stand komen (zie *Het Financieele Dagblad*, onderdeel Beleggen onder de kop Grondstoffen):

Grondstoffen

Agroproducten
SOJAMEEL

Chicago, USDcts/ton	19/10/2011	20/10/2011
december	319,30	320,30
januari	320,90	321,70
maart	323,20	324,00

Tropische producten
HOUT

Chicago, USD/1000bdft	19/10/2011	20/10/2011
november	222,00	216,20
januari	238,50	229,60

Opmerkingen:
- 1 000 bdft = 2,36 dm^3
- USD betekent US dollar ($)

Bron: *Het Financieele Dagblad*, 21 oktober 2011

Na afloop van het jaar blijkt dat er 18 000 kozijnen zijn gemaakt, waarvoor de volgende kosten zijn gemaakt:

Arbeid:	19 000 uur voor €589.000
Machinekosten:	9 400 uur voor €385.400
Materiaal:	4 500 dm^3 voor €234.000

a Stel het ex-ante budget op.
b Stel het ex-post budget op
c Bereken het totale resultaat op de productiekosten en splits dit per kostensoort in een hoeveelheidsverschil en een prijsverschil.
d Zou er een verband kunnen bestaan tussen de verschillen op de arbeidskosten en de verschillen in het materiaalverbruik? Licht uw antwoord kort toe.
e Wat zijn de mogelijke oorzaken van een prijsverschil op materialen (uitgedrukt in €)? Wie is daarvoor verantwoordelijk?
f Leg uit waarom het vergelijken van de werkelijke productiekosten met het ex-ante productiebudget niet zinvol is.
g Leg uit wat het nut is van budgettering in het kader van het besturen van een organisatie.

7.4 Technicom bv maakt thermostaten voor hoogrendementsketels (HR-ketels).
U Voor de planning over het tweede halfjaar van 2013 zijn de volgende gegevens verzameld:

Maand	Verkopen in eenheden
Mei	6 400
Juni	7 000
Juli	7 200
Augustus	7 800
September	8 000
Oktober	7 600
November	7 400

Aan het begin van iedere maand moet de voorraad thermostaten voldoende zijn om 30% van de verkopen van de volgende maand te kunnen realiseren. De proportioneel variabele productiekosten van een thermostaat bestaan uit:

materialen: 20 onderdelen × €5 per onderdeel = €100;
arbeid: $\frac{1}{2}$ uur × €30 per uur = €15.

De vaste machinekosten zijn $\frac{3}{4}$ uur × €80[1] = €60.

1 De normale productie in machine-uren = normale productie van 90 000 thermostaten × $\frac{3}{4}$ machine-uur per thermostaat = 67 500 machine-uren.
Het tarief voor vaste machinekosten = €5.400.000 : 67 500 uur = €80 per machine-uur.

De machine-uren worden geleverd door de machineafdeling. Er zijn alleen vaste machinekosten. De machineafdeling berekent een tarief van €80/machine-uur door aan de fabricageafdeling.

a Welk soort budget (vast, variabel, gemengd of flexibel) heeft de voorkeur voor:
1 de machineafdeling;
2 de fabricageafdeling?

b Stel het budget over het derde kwartaal 2013 op voor:
1 de machineafdeling;
2 de fabricageafdeling.

Grondstofprijzen remmen economie

De koers van navigatieproducent TomTom daalde met ruim 25 procent na een winstwaarschuwing. Het broze economisch herstel in Nederland hapert.

Door onze redacteuren CEES BANNING EN PIET DEPUYDT

AMSTERDAM, Drie winstwaarschuwingen in korte tijd voeden de vrees dat het economisch herstel in Nederland, dat na de financiële crisis nog vrij broos was, nu afzwakt. Vorige week waarschuwde elektronicaconcern Philips dat de winstmarge van de lichttak ('Lighting') in het tweede kwartaal zal dalen van 11 naar 4 procent. Als oorzaak noemt Philips de tegenvallende bouwmarkt, waardoor de verkoopprijzen onder druk staan.

Gisteren verraste verf- en chemieconcern AkzoNobel met een waarschuwing. Het grootste verfconcern in de wereld had voor dit jaar een groei van omzet en winstgevendheid van 5 procent beloofd ten opzichte van vorig jaar. Nu stelt AkzoNobel dat de winstgevendheid dit jaar helemaal niet zal groeien, maar in overeenstemming zal zijn met die in 2010. Ook dit bedrijf heeft last van de tanende vraag op de bouwmarkt en de hoge grondstofprijzen.

AkzoNobel deed de mededeling gisteren voor de opening van de beurs. Diezelfde dag nog, aan het

TomTom onderuit

Koers TomTom in euro's

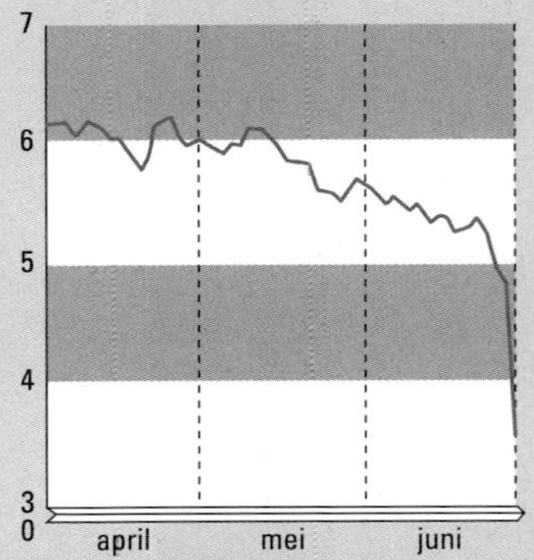

Bron: NRC 280611 / RL / Bron: Bloomberg

eind van de middag, verlaagde navigatieproducent TomTom de winst- en omzetverwachting voor dit jaar. Het is de tweede keer dit jaar dat TomTom de omzetverwachting naar beneden bijstelt. 'De markt voor consumentenelektronica is al weken zwak en deze trend zet zich voort', aldus TomTom. De koers van het aandeel daalde scherp met ruim 25 procent.

Voor het Centraal Planbureau zijn de winstwaarschuwingen geen reden om de prognoses bij te stellen. 'De trend van de winstwaarschuwingen is eigenlijk al verwerkt in onze voorspelling voor dit jaar', zegt CPB-onderzoeker Mark Roscam Abbing. Na een sterke groei van het eerste en tweede kwartaal wordt voor de rest van het jaar een afzwakking van de groei voorzien. Ook consumenten en producenten zijn negatiever over het economisch klimaat, zo blijkt uit recente gegevens van het Centraal Bureau voor de Statistiek.

De Nederlandse economie staat onder druk van de gestaag stijgende grondstofprijzen. Bedrijven hebben steeds meer moeite om de hoge grondstofkosten door te berekenen aan consumenten. Die worden afgeschrikt door economische onzekerheid en prijsverhogingen. Dat leidt tot meer druk op de winstmarge van bedrijven, wat de onzekerheid verder verhoogt en het economisch herstel kan ondermijnen.

Dit jaar groeit de economie volgens het CPB met 2 procent. Voor volgend jaar is een toename van 1,8 procent voorzien. De uitvoer blijft een belangrijke stuwende kracht.' ■

Bron: *NRC Handelsblad*, 28 juni 2011

a Welke factoren zijn van invloed op de hoogte van de grondstofprijzen op de wereldmarkt?
b Welke marktvorm is van toepassing op de wereldmarkt voor grondstoffen?
c Welke invloed hebben de kredietcrisis en de schuldencrisis in een aantal eurolanden op de mogelijkheden om de stijging van de grondstofprijzen in de verkoopprijs door te berekenen?
d Leg uit wat het verband is tussen de ontwikkelingen op de wereldmarkt voor grondstoffen en de hoogte van de aandelenkoersen van TomTom, Philips en AkzoNobel.
e Wat zijn de hoofdtaken van het Centraal Planbureau (zie ook www.cpb.nl)?

**7.6 U Alumina bv levert lichtmetalen velgen voor de auto-industrie. Voor de planning over het eerste halfjaar van 2013 zijn de volgende gegevens verzameld:

Maand	Verkopen in stuks
Januari	12 300
Februari	14 000
Maart	13 000
April	11 000
Mei	12 000
Juni	10 000
Juli	9 000
Augustus	12 500

De materialen worden twee maanden voor de productie ingekocht. Aan het begin van iedere maand moet de voorraad velgen voldoende zijn om 60% van de verkopen van die maand te kunnen realiseren.
De normale productie en verkoop zijn 140 000 velgen per jaar. De vaste productiekosten zijn €3 mln per jaar. De vaste verkoopkosten bedragen €720.000 per jaar.

De variabele kosten van een velg bestaan uit:
- materialen: 5 kg × €30 per kilogram = €150;
- arbeid: 1 uur × €60 per uur = € 60;
- variabele verkoopkosten: €15 per velg.

De velgen worden verkocht voor €300 per velg.
Alle inkopen van materialen zijn op rekening. Van de leveranciers wordt één maand krediet ontvangen. De arbeidskosten worden betaald in de maand waarin ze ontstaan. De variabele verkoopkosten worden op het moment van de verkoop betaald. De vaste kosten worden gelijkmatig over de kwartalen verdeeld en per maand betaald.
De verkopen zijn voor 20% contant. De rest wordt op rekening verkocht. Aan de afnemers wordt één maand krediet toegestaan.
Het kassaldo aan het begin van het tweede kwartaal is €400.000.

Met betrekking tot de maand april 2013 wordt gevraagd:
a1 Welk soort budget is voor de productieafdeling het meest geschikt?
2 Stel het productiebudget voor april 2013 op.
b Stel het inkoopbudget voor materialen voor april 2013 op.

c1 Stel de liquiditeitsbegroting over de maand april op.
2 Bereken het kassaldo aan het einde van april 2013.

****7.7** Megapower bv maakt geluidsboxen voor professionele popgroepen. Voor de planning over het eerste halfjaar van 2013 zijn de volgende gegevens verzameld:

Maand	Verkopen in eenheden
April	300
Mei	320
Juni	360
Juli	400
Augustus	420
September	370
Oktober	350
November	330

De materialen worden één maand voor de productie ingekocht.
Aan het begin van iedere maand moet de voorraad geluidsboxen voldoende zijn om 30% van de verkopen van die maand te kunnen realiseren.
De normale productie en verkoop zijn 4 500 geluidsboxen per jaar. De vaste productiekosten zijn €900.000 per jaar. De vaste verkoopkosten zijn €225.000 per jaar.
De variabele kosten van een geluidsbox bestaan uit:

- materialen: 8 kg × €25 per kilogram = €200;
- arbeid: 4 uur × €35 per uur = €140;
- variabele verkoopkosten: €30 per geluidsbox.

De geluidsboxen worden verkocht voor €1.400 per stuk.

Alle inkopen van materialen zijn op rekening. Van de leveranciers wordt twee maanden krediet ontvangen. De arbeidskosten worden betaald in de maand waarin ze ontstaan. De variabele verkoopkosten worden op het moment van de verkoop betaald. De vaste kosten worden gelijkmatig over de maanden verdeeld en per maand betaald.
De verkopen zijn voor 40% contant. De rest wordt op rekening verkocht. Aan de afnemers wordt één maand krediet toegestaan.
Het kassaldo aan het begin van het tweede kwartaal is €200.000.

Met betrekking tot juli 2013 wordt gevraagd:
a1 Welk soort budget is voor de productieafdeling het meest geschikt?
2 Stel het productiebudget over juli 2013 op.
b Stel het inkoopbudget voor materialen over juli 2013 op.
c1 Stel de liquiditeitsbegroting over juli 2013 op.
2 Bereken het kassaldo aan het einde van juli 2013.

7.8 De standaardfabricagekostprijs van een product is €500.
U Op basis daarvan heeft de onderneming voor komend jaar een verkoopprijs begroot van €800. De begrote verkopen voor komend jaar zijn 100 000

stuks. In werkelijkheid blijken in het betreffende jaar 110 000 producten verkocht te zijn tegen een verkoopprijs van €760 per product.

a Bereken het verschil tussen het begrote transactieresultaat en het werkelijke transactieresultaat.

b Splits het bij vraag **a** berekende verschil in een:

1 verkoopprijsverschil;

2 verkoopomvangverschil.

c Kan er een verband bestaan tussen de omvang van het verkoopprijsverschil en het verkoopomvangverschil? Licht uw antwoord toe.

d Leg uit wat het nut is van budgettering in het kader van het besturen van een verkooporganisatie.

***7.9** Relax bv maakt en verkoopt houten tuinstoelen. De standaardfabricagekostprijs van een houten tuinstoel is €200. Voor 2012 verwacht Relax bv een productieomvang die gelijk is aan de normale productieomvang. De tuinstoelen worden verkocht aan tuincentra voor €350 per stoel.

De voorgecalculeerde winst- en verliesrekening over 2012 (absorption costing ten aanzien van de fabricagekosten en variable costing met betrekking tot de verkoopkosten) luidt:

Verwachte omzet:	4 000 × €350 =	€1.400.000	
Standaardfabricagekosten van de omzet:	4 000 × €200 =	- 800.000	–
Voorgecalculeerde brutomarge		€ 600.000	
Verwachte verkoopkosten:			
variabel	4 000 × €5 = €20.000		
vast	- 50.000 +		
		- 70.000	–
Verwachte winst over 2012		€ 530.000	

Werkelijke gegevens Relax bv over 2012

In 2012 zijn door Relax bv 4 200 tuinstoelen geproduceerd, waarvan er 3 800 verkocht zijn voor €370 per stuk.

Werkelijke kosten

Uit de financiële administratie blijkt dat in verband met de verkopen de volgende kosten zijn gemaakt:

Variabel: 3 800 × €6 =	€ 22.800	
Vast	- 55.000	+
Werkelijke verkoopkosten	€ 77.800	

a Bereken het totale verschil dat in 2012 aan de verkoopkant is ontstaan en geef aan of het een voordelig of een nadelig verschil is.

b Splits het verschil aan de verkoopkant in een:

1 verkoopprijsverschil;

2 verkoopomvangverschil;

3 prijsverschil op variabele verkoopkosten;

4 hoeveelheidsverschil op variabele verkoopkosten;

5 budgetverschil op vaste verkoopkosten.

c Waarom treedt er geen bezettingsverschil op vaste verkoopkosten op?

d1 Welke maatregelen kan de verkoopleiding nemen om de omzet nog te stimuleren? Besteed in uw antwoord ook aandacht aan de prijselasticiteit van de gevraagde hoeveelheid.

2 Wat zijn de gevolgen van de bij **d1** voorgestelde maatregelen voor het verkoopprijsverschil en het verkoopomvangverschil?

7.10 Handelsonderneming Solair bv is gespecialiseerd in de verkoop van één soort zonnebank. De zonnebank wordt ingekocht voor €696 per stuk. Deze prijs is voor het gehele jaar 2012 met de leverancier overeengekomen. Over 2012 verwacht Solair bv 3 000 zonnebanken te kunnen verkopen voor €950 per stuk. De directeur van Solair bv houdt zich naast de algemene leiding bezig met de verkoop van zonnebanken. Voor de verkoop wordt bovendien gebruikgemaakt van een vertegenwoordiger. De directeur en de vertegenwoordiger beschikken over een eigen werkruimte en een auto van de zaak. Alle kosten van Solair bv worden als verkoopkosten aangemerkt. De vaste verkoopkosten voor 2012 worden op €300.000 geschat. De verwachte variabele verkoopkosten zijn €75 per verkochte zonnebank. Solair bv past de variabelekostencalculatie toe.

Werkelijke gegevens Solair bv over 2012
In 2012 zijn door Solair bv 3 400 zonnebanken verkocht voor €925 per stuk.

Werkelijke kosten
Uit de financiële administratie blijkt dat in verband met de verkopen de volgende kosten zijn gemaakt:

Variabel: 3 400 × €78 =	€265.200	
Vast	- 320.000	+
Werkelijke verkoopkosten	€585.200	

a Bereken het resultaat dat over 2012 werd verwacht.

b Bereken het verschil tussen het verwachte en werkelijke resultaat over 2012 en geef aan of het een voordelig of een nadelig verschil is.

c Splits het bij vraag **b** berekende verschil op in een:

1 verkoopprijsverschil;
2 verkoopomvangverschil;
3 prijsverschil op variabele verkoopkosten;
4 hoeveelheidsverschil op variabele verkoopkosten;
5 budgetverschil op vaste verkoopkosten.

d Waarom treedt er geen bezettingsverschil op vaste verkoopkosten op.

e1 Welke maatregelen kan de verkoopleiding nemen om de omzet nog te stimuleren? Besteed in uw antwoord ook aandacht aan de prijselasticiteit van de gevraagde hoeveelheid.

2 Wat zijn de gevolgen van de bij **e1** voorgestelde maatregelen voor het verkoopprijsverschil en het verkoopomvangverschil?

7.11
U De productiekosten van een massaproduct bestaan alleen uit proportioneel variabele grondstofkosten en vaste productiekosten. Het toegestane grondstofverbruik is 2 kg per product. De standaardprijs per kilogram grondstof is €3. De vaste productiekosten zijn €300.000 per jaar. De normale productie is 5 000 eenheden per maand.

In de maand januari zijn 5 200 eenheden van het massaproduct gemaakt. Daarvoor is 10 800 kg grondstof gebruikt, die ingekocht is voor €31.320. Van het massaproduct zijn 4 700 eenheden verkocht voor €17 per eenheid. De voorraden worden gewaardeerd tegen de integrale standaardfabricagekosten. De werkelijke vaste productiekosten komen overeen met de begroting.

a Bereken de integrale standaardfabricagekostprijs van het massaproduct.

b Bereken het werkelijke resultaat over de maand januari volgens de integrale-kostprijsmethode.

c Splits het bij vraag **b** berekende resultaat in een:

1 transactieresultaat;

2 hoeveelheidsverschil;

3 prijsverschil;

4 bezettingsresultaat.

***7.12** Onderneming WiKu bv heeft voor komend jaar de volgende standaardcalculatie opgesteld.
De gegevens zijn gebaseerd op een verwachte productie en afzet van 5 000 eenheden per jaar.

Opbrengst verkopen: 5 000 stuks × €11 =			€ 55.000
Variabele kosten:			
Grondstof:	2 000 kg × €3/kg =	€ 6.000	
Energiekosten:	3 000 kWh × €0,10/kWh =	- 300	
Vaste kosten:			
Afschrijvingskosten		- 18.000	
Overige kosten		- 11.250 +	
			- 35.550 −
Verwachte winst			€ 19.450

De normale productie en afzet is 4 500 eenheden per jaar. Het grondstof- en energieverbruik is proportioneel variabel met de productie. De afschrijvingen en overige kosten hebben een constant karakter. Na afloop van het betreffende jaar werden de volgende werkelijke cijfers vastgesteld:

- productie 4 750 eenheden;
- grondstofverbruik 1 900 kg, kosten €5.890;
- energieverbruik 3 400 kWh, kosten €323;
- afschrijvingen en overige kosten zijn overeenkomstig de begroting;
- verkocht 4 400 eenheden, opbrengst verkopen €48.400;
- de voorraad wordt gewaardeerd tegen de standaardkostprijs.

a Bereken de standaardkostprijs van één product.

b Bereken op basis van voorgaande gegevens het werkelijk behaalde jaarresultaat.

c Splits het hiervoor bedoelde resultaat in een transactieresultaat en een fabricageresultaat.

d Analyseer het fabricageresultaat in prijsverschil(len), efficiencyverschil(len) en bezettingsverschil(len).

e1 Welke functionaris is verantwoordelijk voor het prijsverschil op grondstoffen?

2 Welke functionaris is verantwoordelijk voor het efficiencyverschil op grondstoffen?

7.13 Industriële onderneming Valkenburg bv heeft zich gespecialiseerd in de productie en verkoop van slechts één product, dat onder de naam Quality op de markt wordt gebracht.
Voor 2013 is het volgende gegeven:

- De verwachte productie en afzet is 2800 eenheden (geen voorraadmutatie).
- De verwachte verkoopprijs is onafhankelijk van de grootte van de afzet en bedraagt €395 per eenheid.
- De normale productie en afzet zijn 3000 eenheden.
- Per eenheid wordt standaard 5 kg grondstof verbruikt met een standaardprijs van €15 per kg.
- Het aantal arbeidsuren per eenheid is 4 uur. Het standaard uurtarief van het personeel is €30 per uur. De grondstof- en arbeidskosten zijn proportioneel variabel.
- De constante productiekosten zijn begroot op €150.000 per jaar.
- De constante verkoopkosten zijn begroot op €90.000 per jaar.
- Er zijn geen variabele verkoopkosten.
- Met belastingen houden we geen rekening.

a Bereken de standaard variabele productiekosten per eenheid Quality voor 2013.
b Bereken de integrale standaard fabricagekostprijs per eenheid Quality voor 2013.
c Bereken de integrale standaard commerciële kostprijs per eenheid Quality voor 2013.
d Bereken de begrote break-evenomzet voor product Quality voor 2013.
e Bereken de omzet voor product Quality voor 2013 waarbij Valkenburg bv een winst zou kunnen realiseren van €300.000.
f Bereken het begrote resultaat over 2013 van Valkenburg bv bij toepassing van integrale kostencalculatie (Absorption Costing). Geef duidelijk aan of het om winst of verlies gaat.

Eind 2013 levert de administratie van Valkenburg bv de volgende gegevens over 2013 aan:

- De werkelijke productie bedroeg 2900 eenheden.
- De werkelijke afzet bedroeg 2700 eenheden.
- De werkelijke grondstofkosten (voor de geproduceerde eenheden) = €210.000 (15000 kg × €14 per kg).
- De werkelijke arbeidskosten bedroegen €354.000 (bij een gewerkt aantal uren van 12000).
- De werkelijke constante productiekosten bedroegen €180.000.
- De werkelijke constante verkoopkosten waren gelijk aan de begrote constante verkoopkosten.
- De werkelijke verkoopprijs per eenheid Quality bedroeg €400.

g Bereken het werkelijke resultaat over 2013 van Valkenburg bv bij toepassing van integrale kostencalculatie (Absorption Costing). Geef duidelijk aan of het om winst of verlies gaat.
h Bereken *uitgaande van het antwoord op vraag g* het werkelijke resultaat over 2013 van Valkenburg bv bij toepassing van variabele kostencalculatie (Variable Costing). Geef duidelijk aan of het om winst of verlies gaat.
i Bereken het verschil tussen het *begroot* resultaat volgens AC en het *werkelijk* resultaat volgens AC van Valkenburg bv over 2013.
j Bereken voor 2013 het:

1 prijsverschil op grondstoffen. Geef aan of het verschil voor- of nadelig is.
2 efficiencyverschil op grondstoffen. Geef aan of het verschil voor- of nadelig is.
3 prijsverschil op arbeidsuren. Geef aan of het verschil voor- of nadelig is.
4 efficiencyverschil op arbeidsuren. Geef aan of het verschil voor- of nadelig is.
5 verschil tussen voor- en nacalculatie met betrekking tot het bezettingsverschil op constante productiekosten. Geef aan of het verschil voor- of nadelig is.
6 bestedingsverschil op constante productiekosten. Geef aan of het verschil voor- of nadelig is.
7 bestedingsverschil op constante verkoopkosten. Geef aan of het verschil voor- of nadelig is.
8 verkoopomvangverschil. Geef aan of het verschil voor- of nadelig is.
9 verkoopprijsverschil. Geef aan of het verschil voor- of nadelig is.
10 Bereken het totaal van de antwoorden op de vragen j1 t.e.m. j9 en vergelijk dit totaal met het antwoord op vraag i (de uitkomsten moeten aan elkaar gelijk zijn).

***7.14** Een industriële onderneming maakt voor de fabricage van haar product gebruik van machines. Uit de kostprijscalculatie van het product blijkt dat per product vier machine-uren nodig zijn. Deze machine-uren worden geleverd door de machineafdeling. Deze afdeling brengt per machine-uur €50 in rekening aan de montageafdeling. Dit tarief bestaat uit €30 proportioneel variabele kosten en €20 vaste kosten. Bij de vaststelling van het tarief voor vaste machinekosten per uur is uitgegaan van een normale productie van 2 000 eenheden.
Na afloop van een bepaalde productieperiode zijn de volgende gegevens verzameld:
De productie is 1 800 eenheden, waarvoor 7 560 machine-uren gebruikt zijn. Voor proportioneel variabele machinekosten is €219.240 betaald. De vaste machinekosten bedroegen €165.000.

a Bereken het bedrag aan vaste kosten waarop het tarief per machine-uur gebaseerd is.
b1 Bereken de toegestane machinekosten voor de gerealiseerde productieomvang.
2 Bereken het verschil tussen het antwoord op vraag **b1** en de werkelijke machinekosten. Geef aan of dit verschil nadelig of voordelig is.
c Bereken het efficiencyverschil op machine-uren van de montageafdeling.
d Bereken voor de machineafdeling:
1 het budgetverschil op vaste kosten;
2 het bezettingsresultaat op vaste kosten;
3 het prijsverschil op proportioneel variabele kosten.
e Controleer door middel van een berekening of het totaal van de verschillen bij de vragen **c** én **d** overeenkomt met het bij vraag **b2** gegeven antwoord.

***7.15** Industriële onderneming Cappuccino bv maakt voor de fabricage van haar koffiezetapparaat gebruik van machines. In de standaardkostprijs van het koffiezetapparaat is 0,5 machine-uur opgenomen. De machine-uren worden geleverd door de machineafdeling. Deze afdeling brengt per machine-uur €60 in rekening aan de montageafdeling. Dit tarief bestaat uit €20 proportioneel variabele kosten en €40 vaste kosten. Bij de vaststelling van het tarief voor vaste machinekosten per uur is uitgegaan van een normale productie van 6 000 koffiezetapparaten.

Na afloop van een bepaalde productieperiode zijn de volgende gegevens verzameld:
De productie is 6 200 koffiezetapparaten, waarvoor 2 900 machine-uren gebruikt zijn. Voor proportioneel variabele machinekosten is €63.800 betaald. De vaste machinekosten bedroegen €115.000.

a Bereken het bedrag aan vaste kosten waarop het tarief per machine-uur gebaseerd is.

b1 Bereken de toegestane machinekosten voor de gerealiseerde productieomvang.

2 Bereken het verschil tussen het antwoord op vraag **b1** en de werkelijke machinekosten. Geef aan of dit verschil nadelig of voordelig is.

c Bereken het efficiencyverschil op machine-uren van de montageafdeling.

d Bereken voor de machineafdeling:

1 het budgetverschil op vaste kosten;

2 het bezettingsresultaat op vaste kosten;

3 het prijsverschil op proportioneel variabele kosten.

e Controleer door middel van een berekening of het totaal van de verschillen bij de vragen **c** én **d** overeenkomt met het bij vraag **b2** gegeven antwoord.

***7.16**
U

Een onderneming vervaardigt één soort product. De normale productie is 40 000 stuks per jaar. De productieafdeling is gesplitst in een assemblageafdeling en een machineafdeling. De machineafdeling levert de machine-uren aan de assemblageafdeling tegen een tarief van €35 per machine-uur. Ter bewaking van de kosten van de assemblageafdeling past de onderneming het systeem van variabelekostenbudgettering toe. Voor de machineafdeling wordt een gemengd budget toegepast.

De standaardkostprijs per eenheid product is als volgt samengesteld:

materiaal:	1 kg à €6/kg =	€ 6
arbeid:	0,2 uur à €40/uur =	- 8
variabele machinekosten:	0,2 uur à €10/uur =	- 2
vaste machinekosten:	0,2 uur à €25/uur =	- 5
		€21

Over een bepaald jaar levert de administratie de volgende gegevens:

- werkelijke productie: 38 000 stuks;
- werkelijk aantal machine-uren: 7 800;
- werkelijk materiaalverbruik: 37 500 kg à €5,65 per kilogram;
- werkelijke arbeidskosten: 7 560 uur à €41 per uur;
- werkelijke variabele machinekosten: €70.200;
- werkelijke vaste machinekosten: €210.000.

a Noem twee andere systemen van kostenbudgettering.

b Bereken het variabele (ex-post) kostenbudget voor de assemblageafdeling.

c Bereken het budgetresultaat voor de assemblageafdeling.

d Verdeel het budgetresultaat van de assemblageafdeling in:

1 efficiencyverschillen op:
- materialen
- arbeid
- machine-uren;

2 prijsverschillen op:
- materialen
- arbeid.

e Bereken het gemengd (ex-post) budget voor de machineafdeling.
f Bereken het budgetresultaat voor de machineafdeling en splits dit resultaat in een:
- prijsverschil op variabele machinekosten;
- budgetverschil op vaste machinekosten.

g Bereken het bezettingsresultaat voor de machineafdeling.
h1 Bereken de toegestane kosten voor de werkelijke productie.
2 Bereken de werkelijke kosten voor de werkelijke productie.
3 Bereken het verschil tussen de antwoorden op de vragen **h1** en **h2**.
4 Controleer door een berekening of het bij vraag **h3** berekende verschil overeenkomt met de verschillen die bij de vragen **d**, **f** en **g** berekend zijn.
i Welke functionaris is verantwoordelijk voor:
1 een efficiencyverschil op materialen;
2 een prijsverschil op materialen;
3 een efficiencyverschil op machine-uren;
4 een prijsverschil op variabele machinekosten?

****7.17** Babette Degraeve is in 2012 afgestudeerd aan de Hogeschool voor de Kunsten in Arnhem. Binnen haar afstudeerproject heeft zij een speciale stoel ontworpen. Het bijzondere van deze stoel is dat door het gebruik van speciale inkt en de warmte die ontstaat bij het zitten, bij het opstaan de bilafdruk van diegene die op de stoel gezeten heeft, geruime tijd zichtbaar blijft. Er blijkt nogal wat belangstelling te bestaan voor deze stoel. Zij besluit deze stoel in 2013 te gaan produceren en te verkopen via een galerie ('Het Brouwershuis'). Hiervoor heeft zij de eenmanszaak BaDegra opgericht.

Voor 2013 gaat Babette Degraeve uit van de volgende gegevens:

Begrote productie	120 stoelen
Begrote verkoop via galerie	100 stoelen à €600 per stoel
Normale productie en verkoop	160 stoelen
Variabele productiekosten (hout, thermo-inkt)	€60 per stoel
Constante productiekosten (huur atelier, leasetermijnen apparatuur)	€8.000 per jaar
Variabele verkoopkosten (bij galerieverkoop betaalde provisie aan de galeriehouder)	40% van de galerieverkoopprijs
Constante verkoopkosten (huur transportauto)	€2.400 per jaar

Overige gegevens:
- Er wordt van uitgegaan dat de verkoop van stoelen gelijkmatig over het jaar is gespreid.
- Met omzetbelasting (btw) houden we geen rekening.
- BaDegra past integralekostprijscalculatie (absorption costing) toe.

a Bereken de integrale commerciële kostprijs van een stoel die wordt verkocht via een galerie.
b Bereken de begrote break-evenafzet van BaDegra voor 2013.
c Bereken de begrote veiligheidsmarge van BaDegra voor 2013.
d Bereken het begrote resultaat van BaDegra over 2013. Geef duidelijk aan of het om winst (+) of verlies (–) gaat.

e Leid uit het antwoord van vraag **d** af wat het begrote resultaat van BaDegra over 2013 zou zijn geweest als de variabelekostencalculatie (variable costing) zou zijn toegepast. Geef duidelijk aan of het om winst (+) of verlies (–) gaat.

Op 1 april 2013 zijn de werkelijke cijfers over het *1e kwartaal* 2013 van BaDegra bekend:

• productieomvang	30 stoelen
• verkoopomvang via galerie	20 stoelen tegen een prijs van €575 per stuk
• variabele productiekosten	€65 per stoel
• constante productiekosten	€2.000 over 1e kwartaal
• variabele verkoopkosten	40% van de galerieverkoopprijs
• constante verkoopkosten	€500

f Bereken het werkelijke resultaat over het *eerste kwartaal* 2013 van BaDegra. Geef duidelijk aan of het om winst (+) of verlies (–) gaat.

g Bereken het verkoopprijsverschil over het *eerste kwartaal* van 2013 van BaDegra.
Geef duidelijk aan of het om een positief (+) of negatief verschil (–) gaat.

h Bereken het verkoopomvangverschil over het eerste kwartaal van 2013 van BaDegra.
Geef duidelijk aan of het om een positief (+) of negatief verschil (–) gaat.

i Geef een omschrijving in woorden (dus niet in formulevorm) voor het verkoopomvangverschil.

j Bereken het bestedingsverschil op constante verkoopkosten over het eerste kwartaal van 2013 van BaDegra.
Geef duidelijk aan of het om een positief (+) of negatief verschil (–) gaat.

Babette Degraeve vindt het bijzonder jammer dat zij bij de verkoop via de galerie 40% provisie aan de galeriehouder moet betalen. Zij overweegt stoelen rechtstreeks vanuit haar eigen atelier aan de consument te gaan verkopen voor €350 per stuk.
Zij vraagt zich af hoeveel stoelen zij zou moeten produceren en verkopen om in haar levensonderhoud te kunnen voorzien (als zij *uitsluitend* stoelen vanuit haar eigen atelier zou verkopen). Zij begroot haar kosten van levensonderhoud voor 2013 op €1.200 (netto) per maand. Zij gaat bij haar berekening uit van een gemiddeld tarief voor de inkomstenbelasting van 40%. Indien zij uitsluitend stoelen via verkoop vanuit haar eigen atelier zou gaan afzetten, zal zij haar naamsbekendheid moeten vergroten. Dit doet zij via een advertentiecontract bij 'De Gelderlander' voor €3.300 per jaar. De overige gegevens veranderen niet.

k Bereken hoeveel stoelen BaDegra via (uitsluitend) verkoop vanuit haar eigen atelier in 2013 zou moeten produceren en verkopen zodat Babette Degraeve in haar levensonderhoud kan voorzien.

****7.18** Onderneming Jobe bv maakt uitsluitend één soort sportschoen, die onder de naam Runner op de markt wordt gebracht. Om deze sportschoen te kunnen maken koopt Jobe bv halffabricaten in, die met behulp van een machinale bewerking door Jobe bv tot eindproduct worden verwerkt. Het eindproduct wordt tot nu toe uitsluitend in Nederland verkocht. Voor 2012 is door Jobe bv de volgende kostenbegroting opgesteld:

Directe variabele fabricagekosten per eenheid Runner:
- energieverbruik 10 kwh à €0,25 per kwh;
- kosten halffabricaat: €3,50 per stuk. Eén eenheid Runner vergt één halffabricaat.

Directe vaste fabricagekosten:

• salaris productiepersoneel	€740.000
• afschrijving en rentekosten machines	€260.000

De normale productie bedraagt 100 000 eenheden Runner per jaar, waarbij de productie en afzet gelijkmatig over het jaar zijn verdeeld.
Voor 2012 wordt verwacht dat de verkoopprijs €26 per eenheid zal zijn. De afzet voor 2012 wordt geschat op 96 000 eenheden. Omdat er nog een omvangrijke voorraad aanwezig is, wordt de productie voor 2012 begroot op 90 000 eenheden.
We veronderstellen dat bij Jobe bv geen sprake is van verkoopkosten en belastingen.

a Bereken de integrale fabricagekostprijs van één sportschoen van het type Runner.
b Bereken de break-evenafzet voor Jobe bv voor 2012.
c Bereken het verwachte resultaat over 2012 volgens de absorption-costingmethode (AC).
Geef duidelijk aan of het resultaat positief (+) of negatief (–) is.
d Bereken op *basis van uw antwoord op vraag* **c** hoe groot het verwachte resultaat over 2012 zou zijn volgens de variable-costingmethode (VC).
Geef duidelijk aan of het resultaat positief (+) of negatief (–) is.

Begin 2013 worden de werkelijke cijfers over 2012 bekend. Er werden in 2012 95 000 eenheden Runner verkocht voor in totaal €2,47 mln. Er werden 88 000 eenheden Runner geproduceerd, waaraan de volgende kosten zijn besteed:

Directe variabele fabricagekosten:	
• energieverbruik 920.000 kwh	€211.600
• 88 000 halffabricaten	€299.200
Directe vaste fabricagekosten:	
• salaris productiepersoneel	€750.000
• afschrijving en rentekosten machines	€260.000

e Bereken het gerealiseerd resultaat over 2012 volgens de variable-costingmethode (VC).
f Geef een cijfermatige verklaring voor het verschil tussen de antwoorden op de vragen **d** en **e** door achtereenvolgens te berekenen:
1 het verkoopomvangverschil;
2 het verkoopprijsverschil;
3 het efficiencyverschil op het elektriciteitsverbruik;
4 het prijsverschil op elektriciteit;
5 het prijsverschil op halffabricaten;
6 het bestedingsverschil op directe vaste fabricagekosten.
Geef bij deze verschillen duidelijk aan of deze voordelig (+) of nadelig (–) zijn.

****7.19** Maas & Waal bv vervaardigt uitsluitend het massaproduct Robo. Voorraadvorming van dit product is niet mogelijk. Maas & Waal bv wil daarom een zodanige productiecapaciteit dat op elk moment aan de vraag kan worden voldaan. De normale productie- en verkoopomvang van Maas & Waal bv bedraagt 900 000 eenheden Robo per jaar. De normale productie (en verkoopomvang) van Robo is als volgt over de kwartalen verdeeld:

1e kwartaal	145 000 eenheden
2e kwartaal	170 000 eenheden
3e kwartaal	360 000 eenheden
4e kwartaal	225 000 eenheden

Maas & Waal bv wil over een reservecapaciteit beschikken van 25% van de normale productie- en verkoopomvang, rekening houdend met het seizoenpatroon.
Maas & Waal bv beschikt over een machine met een capaciteit van 2,5 mln eenheden Robo per jaar. De machine is uitsluitend verkrijgbaar in de volgende capaciteiten:

Capaciteit per jaar	Constante kosten per jaar
1 250 000 eenheden	€1.600.000
1 500 000 eenheden	€1.800.000
1 750 000 eenheden	€2.000.000
2 000 000 eenheden	€2.250.000
2 250 000 eenheden	€2.500.000
2 500 000 eenheden	€2.700.000

Voor het jaar 2012 verwacht Maas & Waal bv een productie- en verkoopomvang van 1 mln eenheden Robo. Maas & Waal bv past de integralekostprijscalculatie (absorption costing) toe.
De proportioneel variabele kosten per eenheid Robo bedragen voor 2012:

Grondstofkosten	2 kg à €2,50 per kg
Loonkosten	10 minuten à €75 per uur

De verwachte verkoopprijs voor 2012 is €30 per eenheid Robo.

a Bereken de rationele capaciteit in eenheden Robo per jaar.
b Bereken de irrationele overcapaciteit in eenheden Robo per jaar.
c Splits de omvang van de rationele overcapaciteit uit naar oorzaken en vermeld per oorzaak het aantal eenheden Robo.
d Bereken de standaardkostprijs per eenheid Robo voor 2012.
e Bereken het verwachte resultaat over 2012 voor Maas & Waal bv volgens de integralekostprijscalculatie. Geef aan of het resultaat voor- of nadelig is.
f Bereken het verwachte resultaat over 2012 voor Maas & Waal bv als ze de variabelekostencalculatie (variable costing) zou hebben toegepast. Geef aan of het resultaat voor- of nadelig is.

Begin 2013 zijn de werkelijke cijfers van Maas & Waal bv over 2012 bekend:
- Geproduceerd en verkocht 950 000 eenheden Robo à €29,50 per stuk.
- Het grondstofverbruik bedroeg 2 mln kg à €2,40 per kg.
- De loonkosten bedroegen €11,5 mln voor 150 000 uur.
- De constante machinekosten bedroegen €2,7 mln.

g Bereken het prijsverschil op grondstoffen. Geef aan of het verschil voor- of nadelig is.
h Wie is er verantwoordelijk voor het prijsverschil op grondstoffen? Licht uw antwoord toe.
i Bereken het efficiencyverschil op grondstoffen. Geef aan of het verschil voor- of nadelig is.
j Bereken het verkoopprijsverschil. Geef aan of het verschil voor- of nadelig is.
k Bereken het verkoopomvangverschil. Geef aan of het verschil voor- of nadelig is.
l Wie is er verantwoordelijk voor het verkoopprijsverschil en het verkoopomvangverschil? Licht uw antwoord toe.

***7.20** Een industriële onderneming produceert één soort massa-artikel. Voorraadvorming van het product is niet mogelijk. De normale verkoop- en productieomvang is 10 000 producten per periode van twee maanden. De productie vindt plaats in een machine- en een assemblageafdeling. Het product wordt in de assemblageafdeling in elkaar gezet. De machine-uren worden tegen een vooraf vastgesteld tarief van €50 per machine-uur doorberekend aan de assemblageafdeling.

Voor de machineafdeling wordt een gemengd budget toegepast. Ter bewaking van de kosten van de assemblageafdeling wordt een systeem van variabelekostenbudgettering toegepast.

De standaardkostprijs per eenheid product is als volgt:

direct materiaalverbruik:	2 eenheden à €20 =	€40
directe arbeid:	$\frac{1}{2}$ uur à €30 =	- 15
machinekosten:		
variabel:	$\frac{1}{2}$ machine-uur à €10 =	- 5
vast:	$\frac{1}{2}$ machine-uur à €40 =	- 20 −
		€80

Over de afgelopen periode van twee maanden levert de administratie de volgende informatie:
productie: 9 000 stuks
aantal machine-uren: 4 700
werkelijke kosten:

• direct materiaalverbruik: 17 600 eenheden =	€ 367.000
• directe arbeid: 4 400 uur =	- 134.000
• variabele machinekosten =	- 41.400
• vaste machinekosten =	- 202.000 +
	€ 744.400

De variabele kosten zijn proportioneel variabel.
a Beschrijf in het kort wat we verstaan onder variabelekostenbudgettering.
b Bereken voor de hiervoor genoemde onderneming het variabele (ex-post) kostenbudget voor de assemblageafdeling.
c Bereken de omvang van het budgetresultaat voor de assemblageafdeling. Geef daarbij tevens aan of het een voordelig of nadelig resultaat betreft.
d Splits het bij vraag **c** berekende resultaat in:
1 efficiencyverschillen op directe materialen, directe arbeid en machine-uren;

2 prijsverschillen op directe materialen, directe arbeid en machine-uren.

e Bereken het gemengd (ex-post) budget voor de machineafdeling.

f Bereken het budgetresultaat voor de machineafdeling en splits dit resultaat in een prijsverschil op variabele machinekosten en op vaste machinekosten. (We veronderstellen dat een verschil op vaste machinekosten alleen uit een prijsverschil bestaat.)

g Bereken het bezettingsresultaat voor de machineafdeling.

h1 Bereken de toegestane kosten voor de werkelijke productie.

2 Bereken het verschil tussen de toegestane en werkelijke kosten van de productie.

3 Controleer door een berekening of het bij vraag **h2** berekende verschil overeenkomt met de verschillen die bij de vragen **d**, **f** en **g** berekend zijn.

i Waarom ontstaat er geen prijsverschil op machine-uren voor de assemblage-afdeling?

***7.21** Unicalc bv produceert en verkoopt uitsluitend één soort zakrekenmachine.

U In het volgende schema zijn voor Unicalc bv voor het jaar 2013 een drietal kostenbudgetten en de werkelijk gemaakte kosten gegeven. (Alle kostenbedragen × €1.000.)

Kosten-categorie	Kostenbudgetten voor een productieniveau van respectievelijk			Werkelijke kosten
	60 000 machine-uren	62 000 machine-uren	64 000 machine-uren	
Materiaal	660	682	704	706
Arbeid	1.014	1.047,8	1.081,6	1.074
Indirecte machinekosten:				
variabel	606	626,2	646,4	766
vast	500	500	500	500
	2. 780	2.856	2.932	3.046

Alle budgetbedragen zijn standaardkosten. Gegeven is bovendien dat het standaardtarief voor de vaste kosten is gebaseerd op de normale productieomvang van 12 000 zakrekenmachines per jaar. Voor deze normale productieomvang zijn volgens de standaarden 60 000 machine-uren nodig. In 2013 zijn 12 400 zakrekenmachines geproduceerd. Voor deze productie zijn 64 000 machine-uren gebruikt. Alle variabele kosten zijn proportioneel variabel.

NB Berekeningen in twee decimalen nauwkeurig.

a Bereken over 2013 per eenheid product:

1 de werkelijk gemaakte materiaalkosten;

2 de standaardmateriaalkosten.

Het werkelijke aantal arbeidsuren varieert rechtevenredig met het werkelijke aantal machine-uren.

b Bereken over 2013:

1 het efficiencyverschil op arbeid;

2 het prijsverschil op arbeid.

c Bereken over 2013 het standaardtarief per machine-uur voor:
 1 de variabele indirecte kosten;
 2 de vaste indirecte kosten.

d Bereken voor 2013 het ex-post kostenbudget voor een productieomvang van 12 400 zakrekenmachines.

e Bereken het bezettingsresultaat over 2013 op basis van machine-uren.

f Welk soort budget (vast, variabel, gemengd of flexibel) wordt in deze opgave toegepast?
Motiveer uw antwoord.

7.22 Halifax bv is producent van kunststof diplomatenkoffers. De montage van de koffers vindt in de fabricageafdeling plaats. De kosten van de machines komen in eerste instantie ten laste van de machineafdeling. De machineafdeling berekent de machinekosten door middel van een vooraf vastgesteld tarief door aan de fabricageafdeling. De standaardfabricagekostprijs van een diplomatenkoffer bestaat uit variabele en vaste kosten.

Proportioneel variabele kosten:		
materialen:	2 kg × €20/kg =	€ 40
arbeid:	0,2 uur × €30/uur =	- 6
machinekosten:	0,4 uur × €10/uur =	- 4
Vaste kosten:		
machinekosten:	0,4 uur × €80/uur[1] =	- 32 +
Integrale standaardfabricagekostprijs =		€ 82

Werkelijke productiegegevens

In het afgelopen jaar zijn 62 000 koffers gemaakt, waarvoor gebruikt zijn:

materialen:	130 000 kg × €19,50 =	€ 2.535.000
arbeid:	12 000 uur × €32/uur =	- 384.000
machinekosten:		
variabel:	26 000 uur × €9,80/uur =	- 254.800
vast		- 2.000.000
		€ 5.173.800

Door de fabricageafdeling zijn 26 000 machine-uren gebruikt. De machineafdeling heeft hiervoor 26 000 × €90 = €2.340.000 doorberekend aan de fabricageafdeling.

a Bereken het ex-post budget voor de fabricageafdeling.

b Bereken:
 1 de kosten die in werkelijkheid ten laste van de fabricageafdeling worden gebacht;
 2 het verschil tussen het ex-post budget en de bij vraag **b1** berekende werkelijke kosten van de fabricageafdeling.

c Splits het bij vraag **b2** berekende verschil op in:
 1 efficiencyverschillen op: materialen, arbeid en machine-uren;

1 de normale productie in machine-uren = normale productie van 60 000 koffers × 0,4 uur/koffer = 24 000 machine-uren. Het tarief voor vaste machinekosten = €1.920.000 : 24 000 uur = €80 per machine-uur.
Voor variabele én vaste machinekosten berekent de machineafdeling in totaal €90 per machine-uur door aan de fabricageafdeling.

2 prijsverschillen op: materialen en arbeid.

d1 Bereken het ex-post budget van de machineafdeling en vergelijk dit budget met de werkelijke kosten van de machineafdeling. Geef daarbij aan of het een voor- of nadelig budgetverschil betreft.

2 Splits het bij vraag **d1** berekende budgetverschil op in een budgetverschil op vaste machinekosten en een prijsverschil op variabele machinekosten.

e Bereken het bezettingsverschil op de machineafdeling.

f Waarom ontstaat er binnen de fabricageafdeling geen prijsverschil op machine-uren?

g1 Bereken het verschil tussen de werkelijke fabricagekosten en de standaardfabricagekosten van 62 000 diplomatenkoffers.

2 Controleer door een berekening of de som van de verschillen op de fabricageafdeling, het budgetverschil en het bezettingsresultaat op de machineafdeling overeenkomt met het bij vraag **g1** berekende verschil.

h1 Welke functionaris is verantwoordelijk voor het efficiencyverschil op machine-uren?

2 Welke functionaris is verantwoordelijk voor het prijsverschil op variabele machinekosten?

****7.23** Industriële onderneming Mecabo bv heeft zich toegelegd op de productie van machine-onderdelen. Per onderdeel is de standaardkostprijs per stuk vastgesteld op €80. Deze kostprijs kan als volgt worden gespecificeerd:

• directe materiaalkosten:			
verbruik materiaal: 20 kg à €2,30/kg =	€46,00		
opbrengst afval: 2 kg à €1,25/kg =	- 2,50	–	
	€43,50		
• directe loonkosten: $\frac{1}{4}$ uur à €26/uur =	- 6,50		
• indirecte fabricagekosten (machinekosten): $\frac{1}{2}$ uur à €44/uur =	- 22,00	+	
Kosten van een ongekeurd product	€72,00	= 0,9	goed product
Uitval 10%	- 8,00	+	
Standaardfabricagekostprijs	€80,00		

Bij de bepaling van het machine-uurtarief is uitgegaan van €87.000 vaste kosten en €43.500 proportioneel variabele kosten. De verwachte bezetting voor de komende productieperiode is 2 900 machine-uren.
Een productieperiode omvat steeds drie maanden.
10% van de productie wordt afgekeurd. De verkregen uitval is waardeloos.

a Toon door middel van een berekening aan hoe de standaardkostprijs is vastgesteld.

b Bereken de normale bezetting in machine-uren per productieperiode.

De onderneming wenst haar kosten zo goed mogelijk te bewaken. Na afloop van een bepaalde productieperiode worden aan de administratie de volgende gegevens ontleend:

- werkelijke kosten aan materiaal: €261.143,75 à €2,35 per kilogram;
- werkelijk afval: 11 200 kg, opbrengst: €1,25 per kilogram;
- werkelijke directe loonkosten (totaal: €39.508 voor in totaal 1 411 arbeids-uren;
- werkelijk aantal machine-uren: 2 800;

- productie:
  aantal goedgekeurde machine-onderdelen: 4 850 stuks
  aantal afgekeurde machine-onderdelen: 650 stuks;
- werkelijke proportioneel variabele machinekosten €39.200;
- werkelijke vaste machinekosten €85.000.

c Bereken het verschil tussen de toegestane productiekosten en de werkelijke productiekosten. De toegestane productiekosten zijn gebaseerd op een variabel budget.

d Bereken de efficiencyverschillen voor:
- materialen
- direct loon
- machinekosten.

(Hint: om de standaardhoeveelheden te berekenen moet uitgegaan worden van de totale werkelijke productie = goedgekeurde én afgekeurde producten.)

e Bereken de prijsverschillen voor:
- materialen
- direct loon
- variabele machinekosten.

f Bereken op basis van het aantal machine-uren het bezettingsresultaat binnen de machineafdeling.

g Bereken het budgetverschil op vaste machinekosten.

h Bereken het afvalresultaat.

i Bereken het uitvalresultaat.

j Controleer door een berekening of het totaal van de verschillen bij de vragen **d** t.e.m **g** overeenkomt met het verschil berekend bij vraag **c**.

k We veronderstellen nu dat in werkelijkheid 2 900 (in plaats van de gegeven 2 800) machine-uren zijn gebruikt. De werkelijke proportioneel variabele machinekosten blijven €14 per machine-uur. De overige gegevens zijn ongewijzigd. Geef met berekeningen aan welke wijzigingen optreden in de antwoorden op de vragen **b** t.e.m. **i**.

****7.24** La Ligna bv maakt designmeubelen, die door een Italiaanse ontwerper worden ontwikkeld. Voor de productie van een bepaald type stoel, model Padua, is een aparte productie-unit opgezet. De montage van de stoelen vindt in de fabricageafdeling plaats. De kosten van de machines komen in eerste instantie ten laste van de machineafdeling. De machineafdeling berekent de machinekosten door middel van een vooraf vastgesteld tarief door aan de fabricageafdeling. De standaardfabricagekostprijs van een stoel van het model Padua bestaat uit variabele en vaste kosten.

Proportioneel variabele kosten:		
materialen:	4 kg × €22/kg =	€ 88
arbeid:	1 uur × €40/uur =	- 40
machinekosten:	0,8 uur × €15/uur =	- 12
Vaste kosten:		
machinekosten:	0,8 uur × €60*/uur =	- 48 +
Integrale standaardfabricagekostprijs =		€188

*de normale productie in machine-uren = normale productie van 10 000 stoelen × 0,8 uur/stoel = 8 000 machine-uren. Het tarief voor vaste machinekosten = €480.000 : 8 000 uur = €60 per machine-uur.
Voor variabele én vaste machinekosten berekent de machineafdeling in totaal €75 per machine-uur door aan de fabricageafdeling.

Werkelijke productiegegevens

In het afgelopen jaar zijn 9 600 stoelen gemaakt, waarvoor gebruikt zijn:

materialen:	39 600 kg	€ 910.800
arbeid:	9 000 uur	- 342.000
machinekosten:	variabel: 8 600 uur	- 133.300
	vast	- 460.000
		€1.846.100

Door de fabricageafdeling zijn 8 600 machine-uren gebruikt. De machineafdeling heeft hiervoor 8 600 × €75 = €645.000 doorberekend aan de fabricageafdeling.

Voor de fabricageafdeling wordt een variabel budget toegepast en voor de machineafdeling een gemengd budget.

a Bereken het verschil tussen de werkelijke fabricagekosten en de standaardfabricagekosten van 9 600 stoelen van het model Padua.

b1 Bereken het ex-post budget van de machineafdeling en vergelijk dit budget met de werkelijke kosten van de machineafdeling. Geef daarbij aan of het een voor- of nadelig budgetverschil betreft.

2 Splits het bij vraag **b1** berekende budgetverschil op in:
- een budgetverschil op vaste machinekosten;
- een prijsverschil op variabele machinekosten.

c1 Bereken het ex-post budget voor de fabricageafdeling.

2 Bereken het bedrag dat in werkelijkheid aan de fabricageafdeling wordt doorberekend (= werkelijke fabricagekosten).

3 Bereken het verschil tussen het ex-post budget voor de fabricageafdeling en de werkelijke fabricagekosten.

d Splits het bij vraag **c3** berekende verschil op in:

1 efficiencyverschillen op:
- materialen
- arbeid
- machine-uren;

2 prijsverschillen op:
- materialen
- arbeid.

e Bereken het bezettingsverschil op de machineafdeling.

f Waarom ontstaat er binnen de fabricageafdeling geen prijsverschil op machine-uren?

g Controleer door een berekening of de som van de verschillen op de fabricageafdeling, het budgetverschil en het bezettingsresultaat op de machineafdeling overeenkomt met het bij vraag a berekende verschil.

****7.25** Papierfabriek Multicopy nv produceert in grote aantallen pakken kopieerpapier.
U De voorcalculatorische standaardkostprijs van één pak à 5 000 vel is voor komend jaar als volgt opgebouwd:

Grondstof:	verbruik 7,2 kg à €2,50/kg =	€18,00	
	opbrengst afval 0,36 kg à €1,25/kg =	- 0,45	–
		€17,55	
Arbeid:	0,1 uur à €22,00/uur	- 2,20	
Machine:	0,125 uur à €50,00/uur	- 6,25	+
Standaardkostprijs één ongekeurd pak à 5 000 vel		€26,00	

Normaal wordt 20% van de producten afgekeurd. Uitval leidt niet tot opbrengsten, maar er zijn ook geen kosten aan verbonden.
Het machine-uurtarief bestaat voor 60% uit constante en voor 40% uit variabele kosten. De totale constante kosten werden begroot op €180.000 per kwartaal. De normale bezetting is 6 000 machine-uren per kwartaal.

Over het eerste kwartaal van het volgende jaar zijn met betrekking tot de fabricage de volgende gegevens verzameld:
- productie: 45 000 goedgekeurde en 11 250 afgekeurde pakken;
- verkocht: 45 000 pakken, verkoopprijs van €38 per pak;
- afval 21 375 kg, opbrengst €27.787,50;
- grondstofverbruik: 410 000 kg, totale kosten €1.057.800;
- arbeid: 6 050 uur, loonkosten in totaal €121.000;
- vaste machinekosten: €182.000;
- variabele machinekosten €132.930;
- aantal machine-uren: 6 300 uur;
- de verschillen op constante kosten werden veroorzaakt door prijsverschillen.

a Bereken de standaardkostprijs van een goedgekeurd pak kopieerpapier.
b Bereken:
1 het verkoopresultaat over het 1e kwartaal en geef aan of het resultaat voor- of nadelig is;
2 het fabricageresultaat over het 1e kwartaal en geef aan of het resultaat voor- of nadelig is.
c Bereken de volgende verschillen en geef aan of er sprake is van een voor- of nadeel:
1 prijsverschillen op:
- grondstoffen
- arbeid
- variabele machinekosten;

2 efficiencyverschillen op:
- grondstoffen
- arbeid
- machine-uren;

3 budgetverschil (= prijsverschil) op vaste machinekosten;
4 bezettingsresultaat op vaste machinekosten;
5 afvalresultaat;
6 uitvalresultaat.
d Controleer door middel van een berekening of het fabricageresultaat bij vraag **b** overeenkomt met de som van de bij vraag **c** berekende verschillen.

**7.26 Onderneming R. Zwerver produceert reiskoffers, waarvan de kostprijs voor 2013 als volgt is opgebouwd:

Materiaalverbruik:	2,5 kg kunststof à €3 per kg =	€7,50
Opbrengst afval:	0,5 kg à €1,20 per kg =	- 0,60 –

	€ 6,90
Direct loon: 0,5 uur à €20 per uur =	- 10,00
Constante indirecte productiekosten	- 24,00
Variabele indirecte productiekosten	- 5,00
Uitval	- 5,10
Standaardfabricagekostprijs	€ 51,00
Constante indirecte verkoopkosten	- 12,00
Commerciële kostprijs	€ 63,00

De vaste verkoopprijs van de koffers bedraagt €75. De normale productie en afzet zijn gebaseerd op 4 500 (goedgekeurde) koffers per maand (= 5 000 ongekeurde koffers per maand). De variabele kosten zijn proportioneel variabel. De voorraad koffers wordt gewaardeerd tegen de standaardfabricagekostprijs. De afgekeurde koffers (uitval) hebben geen waarde.
Uit de administratie van Zwerver over januari 2013 zijn de volgende gegevens beschikbaar gekomen:

- Er zijn 4 750 reiskoffers geproduceerd, waarvan er 350 werden afgekeurd.
- 4 000 koffers zijn verkocht.
- Materiaalverbruik 12 200 kg: deze werden ingekocht voor €39.150.
- Opbrengst afval 2 500 kg à €1,50 per kilogram = €3.750.
- Direct loon 2 200 uur: hiervoor werd betaald €50.000.
- Constante indirecte productiekosten €115.000.
- Constante indirecte verkoopkosten €61.000.
- Variabele productiekosten €22.562,50.

a Bereken voor R. Zwerver de totale nettowinst over januari 2013.
b Analyseer de bij vraag **a** berekende nettowinst in:
1 een transactieresultaat;
2 bezettingsverschillen;
3 efficiencyverschillen;
4 prijsverschillen;
5 budgetverschillen;
6 een uitvalresultaat.

8 Beslissingsondersteunende calculaties

8.1 Onderneming De Baron bv overweegt een nieuw product op de markt te
U brengen. Hiervoor moet een investering verricht worden van €200.000. De resultaten die met dit product per jaar behaald kunnen worden, zijn hierna weergegeven.

Opbrengst verkopen:		€300.000
Kostprijs verkopen:		
• grondstofkosten	€ 90.000	
• loonkosten	- 100.000	
• energiekosten	- 20.000	
• afschrijving	- 30.000	
• overige kosten	- 10.000	
		- 250.000 –
Winst voor aftrek van belastingen		€ 50.000
Vennootschapsbelasting (35%)		- 17.500 –
Winst na aftrek van belastingen		€ 32.500

Alle verkopen en alle kosten (met uitzondering van de afschrijvingskosten) worden contant afgerekend. Ook de belastingen worden direct betaald.

Bereken de jaarlijkse netto-geldontvangst in verband met dit investeringsproject.

8.2 Onderneming Expansie wil haar productiecapaciteit uitbreiden door de
U aanschaf van een nieuwe machine. Deze aankoop leidt tot een investering van €200.000. De machine heeft een economische levensduur van vijf jaar. Aan het einde van de levensduur heeft de machine nog een restwaarde van €20.000. De jaarlijkse netto-ontvangsten (inclusief de ontvangst van de restwaarde) bedragen €60.000.
De leiding vereist een rentabiliteit van 12% op deze investering.

a Bereken de boekhoudkundige terugverdientijd, als we veronderstellen dat de netto-geldontvangsten gelijkmatig tijdens het jaar optreden.

b Bereken de gemiddelde boekhoudkundige rentabiliteit van het investeringsproject. Uitkomst in twee decimalen nauwkeurig.

Bij de vragen **c** en **d** veronderstellen we dat alle netto-geldontvangsten aan het einde van ieder jaar optreden. Plaats de uitgaven en alle netto-geldontvangsten op een tijdlijn.

c Bereken de economische terugverdientijd.

d1 Bereken de netto contante waarde.

2 Is dit investeringsproject aanvaardbaar? Motiveer uw antwoord.

8.3 Kapsalon Exclusive bv wil zijn kapsalon moderniseren. De verbouwing van de kapsalon vergt een investering van €240.000. De verbouwingskosten (€240.000) worden in acht jaar afgeschreven met gelijke bedragen per jaar. De verbouwing leidt niet tot een waardestijging van het pand (de verbouwing heeft geen restwaarde). De eigenaresse van de kapsalon verwacht

dat na de verbouwing de jaarlijkse winst na belasting zal toenemen met €20.000. Deze extra winsten worden alleen gedurende de eerste acht jaren na de verbouwing gerealiseerd. Daarna is het effect van de modernisering uitgewerkt. Alle transacties van de kapsalon worden à contant verricht.
De eigenaresse van de kapsalon eist een rentabiliteit van 14% op deze investering.

a1 Bereken de jaarlijkse netto-geldontvangst.
2 Geef het investeringsproject in de vorm van een tijdlijn weer.
b Bereken de boekhoudkundige terugverdientijd, als we veronderstellen dat de netto-geldontvangsten gelijkmatig tijdens het jaar optreden.
c Bereken de gemiddelde boekhoudkundige rentabiliteit van het investeringsproject. Uitkomst in twee decimalen nauwkeurig.

Bij de vragen **d** en **e** veronderstellen we dat alle netto-geldontvangsten aan het einde van ieder jaar optreden.
d Bereken de economische terugverdientijd
e1 Bereken de netto contante waarde.
2 Is dit investeringsproject aanvaardbaar? Motiveer uw antwoord.

8.4 Onderneming Select bv heeft in het komende jaar €2,5 mln beschikbaar voor nieuwe investeringen. De afdelingshoofden hebben bij de financieel manager drie investeringsvoorstellen ingediend. Deze voorstellen worden voorlopig met projectcodes aangeduid. De investeringsbedragen en de netto-geldontvangsten van de verschillende projecten zijn (bedragen × €1.000):

	Investering	**Netto-geldontvangsten** (einde periode)		
	t = 0	t = 1	t = 2	t = 3
Project XR-1000	2.000	1.100	1.600	
Project CB-300	2.100	810	900	900
Project FXRS	2.400	1.200	1.100	1.000

Project XR-1000 heeft aan het einde van het tweede jaar een restwaarde van €0,6 mln. De vermelde netto-geldontvangsten van €1,6 mln is inclusief deze restwaarde. De projecten CB-300 en FXRS hebben geen restwaarde.
Voor alle projecten geldt een vermogenskostenvoet van 12%. Er wordt met gelijke bedragen per jaar op de projecten afgeschreven.

a Bereken voor ieder project:
1 de boekhoudkundige terugverdientijd;
2 de gemiddelde boekhoudkundige rentabiliteit;
3 de economische terugverdientijd;
4 de netto contante waarde.
b Geef per selectiemethode de volgorde van aantrekkelijkheid aan.
c Welke projecten zijn acceptabel wanneer de netto contante waarde als selectiecriterium wordt gehanteerd?
d Bespreek de voor- en nadelen van alle bij vraag **a** genoemde methoden.

***8.5** Levensmiddelenfabrikant De Gevulde Schap heeft gegevens verzameld over drie mogelijke investeringsprojecten (A, B en C), waarvan er echter maar één uitgevoerd kan worden.

Van deze projecten is het volgende bekend:

- De projecten A, B en C vergen bij aanvang van het project (t = 0) elk een investering van €20.000.
- De projecten A en B hebben een levensduur van vijf jaar en geen restwaarde; Project C heeft een levensduur van vier jaar en een restwaarde van €2.000.
- De vermogenskostenvoet voor de onderhavige projecten bedraagt 10%.
- De netto-geldontvangsten van alle projecten worden gespreid over het jaar ontvangen (met uitzondering van de restwaarde):

Project	**Netto-geldontvangsten** (in euro's)				
	Jaar 1	Jaar 2	Jaar 3	Jaar 4	Jaar 5
A	4.000	9.000	9.000	9.000	4.000
B	6.600	6.600	6.600	6.600	6.600
C	7.000	7.000	7.000	7.000[1]	

1 Deze netto-geldontvangst van project C is inclusief de ontvangst van de restwaarde.

a Bereken de boekhoudkundige terugverdientijd voor alle projecten.
b Bereken de gemiddelde boekhoudkundige rentabiliteit voor alle projecten.
c Bereken de economische terugverdientijd van alle projecten.
d Bereken de netto contante waarde van elk van de projecten. Voor de berekening van de netto contante waarde veronderstellen we dat de netto-geldontvangsten aan het einde van het betreffende jaar worden ontvangen.
e Bepaal de volgorde van aantrekkelijkheid volgens:
1 de methode van de boekhoudkundige terugverdientijd;
2 de gemiddelde boekhoudkundige rentabiliteit;
3 de methode van de economische terugverdientijd;
4 de nettocontantewaardemethode.
f1 Zijn de drie projecten volledig vergelijkbaar? Motiveer uw antwoord.
2 Geef gemotiveerd aan welke selectiemethode de voorkeur verdient.

***8.6** Onderneming Multichip is producent van hoogwaardige computeronderdelen. Multichip overweegt voor de productie van chips een nieuwe machine aan te schaffen. De economische levensduur van deze machine, waarvan de aanschafwaarde €350.000 bedraagt, is vijf jaar. De restwaarde van de machine zal naar verwachting €50.000 zijn. Er wordt afgeschreven met gelijke bedragen per jaar.

Jaarlijks zullen er met deze machine 20 000 chips worden geproduceerd (de normale productie = 20 000). Naast de afschrijvingskosten is er sprake van proportioneel variabele kosten voor grondstof en arbeid, die €10 per eenheid bedragen. Deze kosten worden contant betaald. De verkoopprijs per chip bedraagt €20 (exclusief btw).

Over ondernemingswinsten is 40% belastingen verschuldigd. Voor de eenvoud van de berekeningen wordt verondersteld dat alle geldontvangsten in verband met verkopen en alle gelduitgaven in verband met variabele kosten aan het einde van ieder jaar plaatsvinden. Ook de betaling van de belastingen over de winst wordt aan het einde van ieder jaar verricht.

a Bereken de kostprijs van één chip.
b Bereken de jaarlijkse winst zowel voor als na aftrek van belastingen.
c Bereken de netto-geldontvangst per jaar.
d Geef de gelduitgave in verband met de investering en de daaruit voortvloeiende netto-geldontvangsten op een tijdlijn weer.
e Bereken de boekhoudkundige terugverdientijd.
f Bereken de gemiddelde boekhoudkundige rentabiliteit.
g Bereken de economische terugverdientijd.
h Bereken de netto contante waarde (NCW), als we veronderstellen dat de vermogenskostenvoet 18% bedraagt.

8.7 Tennet vindt kopers voor twee kabels naar Duitse windparken

Tennet vindt kopers voor twee kabels naar Duitse windparken

Van onze verslaggever

BLEISWIJK Hoogspanningsnetbeheerder Tennet heeft kandidaatkopers gevonden voor twee kabels naar Duitse windparken. Daarmee zou de kapitaalspositie iets verbeteren, en kan het bedrijf investeren in nieuwe verbindingen.

Directeur Mel Kroon van het stroomtransportbedrijf zei woensdag bij de presentatie van de halfjaarcijfers dat de deal waarschijnlijk binnen zes weken zijn beslag krijgt. Volgens hem zijn drie partijen geinteresseerd om een minderheidsaandeel van 49 procent te nemen in de kabels naar de windparken Borwind-1 en Borwind-2, voor de Duitse kust. In totaal gaat het om 250 miljoen euro.

Staatsbedrijf Tennet begon vorig jaar een groot buitenlands avontuur met de overname van het hoogspanningsnet van RWE. Dat is ongeveer twee keer zo groot als het Nederlandse net. Na de overname kwam Tennet voor grote investeringen te staan, terwijl de door de reguleerder toegestane tarieven daarvoor weinig ruimte gaven.

Tennet moest op zoek naar nieuw kapitaal, zowel in binnen- als buitenland. In Nederland injecteerde de overheid als enig aandeelhouder 600 miljoen euro in het bedrijf. In Duitsland moet Tennet zijn broek zelf ophouden, en zette het dus de lijnen naar de windparken in de verkoop.

De belangstelling komt volgens Kroon van 'betrouwbare partijen, die er voor de lange termijn in willen stappen'. De kabels leveren een gegarandeerd rendement, onafhankelijk van de hoeveelheid stroom die erdoorheen gaat.

Volgens Kroon zou een definitieve deal over de windkabels bewijzen dat de Duitse hoogspanningslijnen voldoende renderen. 'Dit is de *proof of the pudding*. Als marktpartijen er ook heil in en, dan blijkt ons *risk-return*-profiel goed genoeg.'

Wat daarbij heeft geholpen, is dat Tennet zijn Duitse geld niet meer met een vertraging van twee jaar krijgt.

Behalve met de verkoop van de Duitse kabels en de injectie van de overheid heeft Tennet het afgelopen half jaar een miljard euro opgehaald met de uitgifte van obligaties. Die waren volgens Kroon in 25 minuten vol. Ook dat bewijst volgens hem de aantrekkelijkheid van de stroomtransportsector. De rente op de obligaties (looptijden van zeven en twaalf jaar) bedraagt 3,9 en 4,6 procent. Kroon: 'Zeker in tijden dat je je geld niet graag in aandelen steekt, zijn wij een interessant alternatief.'

De operationele winst over het eerste half jaar steeg van 125 naar 171 miljoen euro. Het Duitse net droeg daar tweederde aan bij. ■

Bron: *de Volkskrant*, 8 september 2011

a Waaruit bestaan de investeringen van een hoogspanningsnetbeheerder?
b Waaruit bestaan de inkomsten van een hoogspanningsnetbeheerder?
c Met welke risico's heeft een beheerder van een hoogspanningsnet te maken?
d Wat wordt bedoeld met het risk-return-profiel waarover in het artikel wordt gesproken?
e Wat wordt bedoeld met de zinsnede: 'dat Tennet zijn Duitse geld niet meer met een vertraging van twee jaar krijgt'?
f Welk effect (positief of negatief) heeft het vertraagd ontvangen van gelden voor de netto-contante-waarde van een investeringsproject? Motiveer het antwoord.
g Geef mogelijke verklaringen voor het feit dat Tennet geen moeite had met het uit de markt halen van een miljard euro door de uitgifte van obligaties.

8.8
U
Een industriële onderneming maakt slechts één soort homogeen massaproduct, dat verkocht wordt voor €9 per eenheid (exclusief btw). De onderneming moet binnenkort haar machinepark vervangen. Hierbij heeft ze de keuze uit twee mogelijkheden:

Alternatief A:
Vaste kosten: €80.000 per jaar.
Proportioneel variabele kosten: €5 per eenheid.

Alternatief B:
Vaste kosten: €150.000 per jaar.
Proportioneel variabele kosten: €3 per eenheid.

a Bereken bij welke productieomvang de productiekosten van alternatief A en alternatief B aan elkaar gelijk zijn (indifferentiepunt).
b Bereken het break-evenpunt voor:
1 alternatief A;
2 alternatief B.
c Welk alternatief heeft het grootste bedrijfsrisico? Motiveer uw antwoord.

***8.9** Een industriële onderneming maakt slechts één soort homogeen massaproduct. De jaarproductie schommelt tussen de 30 000 en 60 000 eenheden. De normale productie is 50 000 eenheden per jaar. De onderneming moet binnenkort haar machinepark vervangen. Hierbij heeft ze de keuze uit twee mogelijkheden:

Alternatief A:
Vaste kosten: €350.000 per jaar.
Proportioneel variabele kosten: €2 per eenheid.

Alternatief B:
Vaste kosten: €150.000 per jaar.
Proportioneel variabele kosten: €7 per eenheid.

Het massaproduct wordt verkocht voor €15 per eenheid (exclusief btw).
a Bereken bij welke productieomvang de productiekosten van alternatief A en alternatief B aan elkaar gelijk zijn (indifferentiepunt).

b Bereken het break-evenpunt voor:
1 alternatief A;
2 alternatief B.
c Geef de opbrengst verkopen en de productiekosten van alternatief A en van alternatief B in één grafiek weer. (Op de horizontale as het aantal producten weergeven tot 60 000 eenheden, op de verticale as de opbrengsten en kosten tot €900.000.)
d Geef de break-evenpunten van beide alternatieven en het indifferentiepunt in de grafiek van vraag **c** weer.
e Bereken zowel voor alternatief A als voor alternatief B de winst of het verlies bij een productie én verkoopomvang van:
1 30 000 eenheden;
2 60 000 eenheden.
f Wat kan opgemerkt worden over het bedrijfsrisico bij toepassing van alternatief A in vergelijking met het bedrijfsrisico bij toepassing van alternatief B? Betrek in het antwoord ook de antwoorden op vraag **e**.
g Welk alternatief verdient de voorkeur? Motiveer het antwoord.

***8.10** Tot nu toe heeft een industriële onderneming de productie van een bepaald onderdeel uitbesteed aan een toeleveringsbedrijf. Zij betrekt van dit bedrijf per jaar 12 000 stuks van het onderdeel voor €5,40 per stuk.
Bij eigen fabricage van het onderdeel zou de onderneming voor de volgende kosten komen te staan:

- De voor een jaarproductie van 12 000 stuks benodigde apparatuur zou gekocht kunnen worden voor €120.000. De economische gebruiksduur ervan is vier jaar. De restwaarde tijdens deze gebruiksduur is na één jaar €45.000 en daarna elk jaar €15.000 lager.
- De complementaire kosten zijn tijdens de economische gebruiksduur per jaar achtereenvolgens €40.000, €41.000, €42.000 en €45.000.
- Met vermogenskosten houden we geen rekening.

a Toon met een berekening aan dat de onderneming tot nu toe de productie van het onderdeel terecht heeft uitbesteed, omdat de eigen fabricage ervan duurder zou zijn geweest.
b Bij welke aankoopprijs van de benodigde apparatuur zou de eigen fabricage van het onderdeel even duur zijn als de uitbesteding, indien alle overige gegevens ongewijzigd blijven? Geef de berekening.

Doordat in een bepaald jaar het toeleveringsbedrijf de prijs van het onderdeel met 25% heeft verhoogd, is de onderneming overgegaan tot de eigen fabricage ervan. De kosten van deze fabricage zijn als hiervoor is vermeld.
c Bereken de afschrijvingsbedragen die jaarlijks vrijkomen als vergoeding voor de aangeschafte apparatuur.

Precies drie jaar na de overgang op de eigen fabricage komt er een buitenlandse onderneming op de markt, die het onderdeel aanbiedt voor slechts €4,75 per stuk.
d Is het daardoor voor de onderneming rationeel direct de eigen fabricage te beëindigen? Geef de berekening. De overige gegevens blijven ongewijzigd.
e Bereken het verlies dat de onderneming lijdt door het op de markt komen van de nieuwe toeleverancier.

***8.11** Een onderneming heeft de afgelopen twee jaar €1 mln besteed aan onderzoek en ontwikkeling van een nieuw product.
De onderneming overweegt het product op de markt te gaan brengen. Over het te starten productieproces zijn de volgende gegevens bekend:
Op een braakliggend gedeelte van het fabrieksterrein zal een nieuw gebouw opgetrokken worden. Bovendien zullen nieuwe machines worden gekocht.
De totale investering in het gebouw en de machines bedraagt €4 mln.
De jaarlijkse productiecapaciteit van het nieuwe complex is 100 000 eindproducten X, die voor €6,40 per eenheid verkocht kunnen worden. De variabele productiekosten per eenheid bedragen €2.
Het gebouw én de nog te installeren machines zullen in tien jaar met gelijke bedragen per jaar worden afgeschreven.
Op het fabrieksterrein wordt niet afgeschreven.
Overige kosten die met het bezit van onroerend goed samenhangen, worden buiten beschouwing gelaten.
De productie van 100 000 eenheden per jaar mag als normale productie aangemerkt worden.
Voor het genoemde fabrieksterrein is geen alternatieve aanwending beschikbaar.

a Bereken of het voor deze onderneming zinvol is het machinepark te installeren en de productie van eindproduct X te starten.

We veronderstellen dat er zich een geïnteresseerde aanmeldt, die voor het fabrieksterrein €50.000 pacht per jaar wil betalen (gedurende tien jaar).

b Toon door een berekening aan welk alternatief de voorkeur verdient:
1 het braakliggend fabrieksterrein zelf gaan gebruiken voor de productie van eindproduct X;
2 het braakliggend fabrieksterrein verpachten.

***8.12** Zodiac bv maakt een homogeen massaproduct dat kan worden verkocht voor €250 per stuk. Voor haar productieproces kan Zodiac bv kiezen uit twee technieken: techniek A en techniek B. De kenmerken van deze productietechnieken zijn als volgt:

	Techniek A	Techniek B
Vaste productiekosten per jaar	€100.000	€500.000
Variabele productiekosten per eenheid	€300	€100
Maximale productiecapaciteit	200 000	200 000

In de hiervoor genoemde kosten zijn alle kosten opgenomen met uitzondering van de interestkosten. De normale productie- en verkoopomvang bedragen 160 000 per jaar. Met btw en verkoopkosten houden we geen rekening.

a Bereken de productie- (= verkoop)omvang, waarbij de Earnings Before Interest and Taxes (EBIT) nihil is, voor:
1 techniek A;
2 techniek B.

b Voor het jaar 2013 wordt een productie- en verkoopomvang verwacht van 120 000 eenheden. Bereken de *verwachte* EBIT voor 2013 als:
1 techniek A wordt toegepast;
2 techniek B wordt toegepast.

c In 2010 zijn in werkelijkheid 100 000 eenheden verkocht. Bereken de *werkelijke* EBIT in 2010 als:
1 techniek A wordt toegepast;
2 techniek B wordt toegepast.

d Bij welke productietechniek treedt de grootste procentuele verandering op tussen de verwachte EBIT en de werkelijke EBIT? Geef daarvoor een verklaring.

e Welke productiemethode heeft de voorkeur als de afzet van Zodiac bv erg conjunctuurgevoelig is? Motiveer uw antwoord.

f Welke productiemethode leidt tot het hoogste bedrijfsrisico? Leg uit wat wordt verstaan onder bedrijfsrisico.

g Noem drie branches die te maken hebben met relatief hoge vaste kosten (ten opzichte van de variabele kosten).

8.13 Ziekenhuis Waalzicht heeft tijdelijk een overcapaciteit voor het verrichten van knieoperaties. Voor Waalzicht zelf worden jaarlijks 400 knieoperaties verricht, terwijl de maximale capaciteit 600 knieoperaties bedraagt. Een naburig kleiner ziekenhuis, het St. Elisabeth's Gasthuis, gaat binnenkort een van zijn operatiekamers grondig verbouwen. Om de wachttijden niet te veel te laten oplopen, wil dit ziekenhuis een deel van zijn operaties laten uitvoeren door ziekenhuis Waalzicht. Het heeft daarom bij ziekenhuis Waalzicht het verzoek ingediend om voor het St. Elisabeth's Gasthuis komend halfjaar 100 knieoperaties te verrichten. Het wil daarvoor €1.300 per knieoperatie betalen.

De controller van Ziekenhuis Waalzicht heeft de volgende kostenoverzichten gemaakt:

Kosten 500 knieoperaties:		
Directe kosten	Personele kosten	€ 500.000
	Materiële kosten	- 60.000
Indirecte kosten	Schoonmaak apparatuur	- 22.000
	Afschrijvingen apparatuur	- 150.000
	Administratie	- 5.000
Totaal integrale kosten		€ 737.000
Kosten 400 knieoperaties:		
Directe kosten	Personele kosten	€ 400.000
	Materiële kosten	- 48.000
Indirecte kosten	Schoonmaak apparatuur	- 20.000
	Afschrijvingen apparatuur	- 150.000
	Administratie	- 5.000
Totaal integrale kosten		€ 623.000

a Bereken de kosten per operatie als Waalzicht 400 knieoperaties verricht.

b Bereken de kosten per operatie als Waalzicht 500 knieoperaties verricht.

c Zal Waalzicht op het verzoek van het St. Elisabeth's Gasthuis ingaan als het zijn besluit uitsluitend baseert op economische motieven? Licht uw antwoord toe met een berekening.

8.14 Motorenfabrikant Explosion bv levert dieselmotoren aan een Japanse fabrikant van auto's. Voor 2013 is een productieplan gemaakt om 100 000 motoren te maken. Bij een maximale capaciteitsbenutting kunnen 130 000 motoren per jaar worden gemaakt.

De integrale standaardkostprijs van een motor bedraagt €3.500 en is als volgt opgebouwd:

- proportioneel variabele kosten €2.000 per motor
- vaste kosten €1.500 per motor

In 2013 krijgt Explosion bv de mogelijkheid een eenmalige order voor een Duits autobedrijf uit te voeren. Als deze order wordt geaccepteerd, kunnen 20 000 motoren worden verkocht tegen een prijs van €2.600 per stuk. Het accepteren van de order leidt niet tot prijsbederf op de Japanse markt.

a Is het voor Explosion bv, die streeft naar winstmaximalisatie, zinvol deze order te accepteren? Motiveer uw antwoord.

b Bereken met welk bedrag het resultaat van Explosion bv toe- of afneemt als de incidentele order wordt geaccepteerd.

c Welke mogelijke gevaren (nadelen) zijn verbonden aan het toepassen van een differentiële calculatie?

9.1 Gasunie plaatst een miljard aan obligaties

Gasunie plaatst een miljard aan obligaties

Martine Wolzak – AMSTERDAM

Ondanks het slechte beursklimaat is nutsbedrijf Gasunie erin geslaagd een vijfjarige obligatielening van €1 mrd te plaatsen. Het gaat om de tweede obligatie-emissie door een Europees bedrijf sinds de ondergang van zakenbank Lehman Brothers half september. Het Franse energieconcern GDF Suez ging het Nederlandse Gasunie vorige week voor.

'De opslag die Gasunie betaalt is voor de huidige marktomstandigheden laag', zegt Cefas van den Tol, hoofd obligatie-emissies van ING, één van de begeleidende banken. 'Gasunie is dan wel in handen van de Staat, maar wordt niet door de overheid gegarandeerd. Het bedrijf heeft dus ook een andere rating dan de Nederlandse Staat.' Gasunie betaalt 195 basispunten meer dan de risicovrije swap-rente. 'Daarmee heeft Gasunie een lagere opslag dan het veel grotere GDF Suez', aldus Van den Tol.

Dat Gasunie vijf weken na de ondergang van Lehman toch een emissie heeft gedaan, is volgens de bankier gedurfd. 'Het is echter heel goed voor ze uitgepakt.'

Van den Tol noemde de belangstelling van investeerders 'niet waanzinnig groot, maar wel heel gezond'. Er was voor € 2 mrd ingetekend op de emissie. Bijna driekwart van de obligaties is geplaatst bij beleggers in de Benelux en Frankrijk, waarvan het merendeel bij pensioenfondsen, verzekeraars en beleggingsfondsen.

De Nederlandse Gasunie is eigenaar en beheerder van een van de grootste gasleidingnetwerken in Europa. Het bedrijf heeft de Staat als enige aandeelhouder. De opbrengst van de obligatielening is bedoeld voor herfinanciering en om een overname in Duitsland te betalen. Deze zomer kocht Gasunie het Duitse BEB Erdgas.

ING verwacht dat voor het einde van het jaar nog meer partijen, vooral semistaats- en utiliteitsbedrijven, de obligatiemarkt weer op gaan zoeken. 'Ook Nederlandse bedrijven bekijken de markt. Het is geen geheim dat wij een roadshow met Akzo en Heineken hebben gedaan', aldus Van den Tol. 'Maar de meeste bedrijven vinden de situatie nu nog te volatiel.' ■

Bron: *Het Financieele Dagblad*, 24 oktober 2008

Opmerking
Eind 2008 speelde de zogenoemde kredietcrisis. Een van de gevolgen van deze crisis was dat banken zeer terughoudend waren met het verstrekken van kredieten aan elkaar, aan particulieren, maar ook aan bedrijven.

- a Maakt het voor de geldverstrekker wat uit of een onderneming een staatsbedrijf is of dat de schulden van de onderneming door de Staat worden gegarandeerd? Motiveer uw antwoord.
- b Wat wordt bedoeld net de zinsnede: 'Gasunie betaalt 195 basispunten meer dan de risico-vrije swaprente?'
- c Wat kan de reden zijn dat de Gasunie een lagere opslag moet betalen dan het veel grotere GDF Suez?
- d Waarvoor gebruikt de Gasunie de opbrengst van de emissie van obligaties?
- e Wat wordt bedoeld met het begrip 'volatiel'?

9.2 Jan Levenslust uit Groendorp is van plan een eigen groenten- en fruitwinkel te beginnen. Hiervoor denkt hij over de volgende activa te moeten beschik-
U ken:

- Gebouwen met een aanschafwaarde van €480.000. Zijn vader is bereid €180.000 te lenen, de rest kan gefinancierd worden door middel van een hypothecaire lening.
- Voorraden ter waarde van €80.000. De leveranciers staan een krediettermijn van $1\frac{1}{2}$ maand toe.
- Inventaris met een waarde van €100.000.
- Liquide middelen ter grootte van €12.000. De financiering van inventaris en de voorraad liquide middelen komt ten laste van het spaartegoed, dat de heer Levenslust bij de plaatselijke bank had opgebouwd.

a Maak een gespecificeerde berekening van de verwachte totale vermogensbehoefte bij de start van deze onderneming.
b Stel de voorgecalculeerde beginbalans op.

9.3 Schoenfabriek De Alpen maakt bergschoenen voor wandelliefhebbers. De kostprijs van een paar bergschoenen is als volgt opgebouwd:
U

Leer	€40,00
Arbeidskosten	- 25,50
Afschrijvingskosten	- 5,50 +
Kostprijs per paar bergschoenen	€71,00

In het afgelopen jaar zijn 10 000 paar bergschoenen geproduceerd. Ze zijn contant verkocht voor €90 per paar. De kosten in verband met het gebruik van leer en arbeidskrachten leiden direct tot gelduitgaven. Met btw houden we geen rekening.

a Bereken de mutatie in de voorraad liquide middelen over het afgelopen jaar.
b De verandering in de voorraad liquide middelen is opgetreden door ingehouden winst en vrijgekomen afschrijvingen. Bereken het bedrag dat bij iedere oorzaak hoort.

9.4 Handelsonderneming Xerxes heeft zich gespecialiseerd in verkoop van
U lederwaren aan de detailhandel. Aan het begin van ieder kwartaal koopt Xerxes lederwaren in voor een totaalbedrag van €300.000, die in de loop van ieder kwartaal worden verkocht. De verkoop is gelijkmatig gespreid. Om mogelijke verstoringen in de aanvoer van lederwaren op te kunnen vangen, wordt door deze onderneming een veiligheidsvoorraad aangehouden van €100.000.

a Hoeveel bedraagt de maximale vermogensbehoefte die voortvloeit uit het aanhouden van voorraden?
b Hoeveel bedraagt de minimale vermogensbehoefte die voortvloeit uit het aanhouden van voorraden?
c Teken het verloop van de vermogensbehoefte gedurende het jaar.

9.5 Skifabrikant De Lange Lat produceert iedere maand 1 000 paar ski's. De productie, die gelijkmatig over de maand verdeeld is, is in februari 2012 gestart. De kostprijs bedraagt €300 per paar. De verkopen vinden plaats in de maanden oktober tot en met december 2012 en in januari 2013. We veronderstellen dat deze verkopen alleen aan het einde van de maand plaatsvinden. In die maanden worden 3 000 paar ski's per maand verkocht.

Schets het verloop van de vermogensbehoefte in verband met de voorraad ski's over de periode februari 2012 tot en met januari 2013.

9.6
U Handelsonderneming De Omloop is gespecialiseerd in de verkoop van verfartikelen aan doe-het-zelfwinkels. De directeur en de vertegenwoordigers van De Omloop hebben de beschikking over een auto van de zaak. De boekwaarde van deze auto's is in de volgende balans opgenomen:

Balans De Omloop per 31 december 2012 (bedragen × €1.000)

Gebouwen	500	Eigen vermogen	600
Auto's	250	Hypotheek	320
Inventaris	200	Crediteuren	280
Voorraden	300	Rekening-courant	190
Debiteuren	100		
Kas	40		
	1.390		1.390

Voor 2013 wordt een omzet verwacht van €4,2 mln.
De directeur van De Omloop is van mening dat de omvang van Crediteuren en Rekening-courant te hoog is en zoekt naar mogelijkheden deze vormen van vreemd vermogen te verminderen. Na overleg met een leasemaatschappij blijkt zij bereid per 1 januari 2013 de auto's en een gedeelte van de inventaris van De Omloop te kopen en gelijktijdig weer terug te leasen aan De Omloop (sale and lease back). Alle auto's worden voor de boekwaarde aan de leasemaatschappij verkocht, terwijl een deel van de inventaris voor €100.000 wordt verkocht. De totale geldontvangst uit deze verkopen wordt gebruikt om de posten Crediteuren en Rekening-courant te verminderen.

We veronderstellen dat (indien er niet tot leasing wordt overgegaan) het gemiddeld geïnvesteerde vermogen gedurende 2013 €1,4 mln zal bedragen.

a Bereken voor deze situatie de omloopsnelheid van het gemiddeld geïnvesteerde vermogen.

Indien wel tot leasing wordt overgegaan, zal het gemiddeld geïnvesteerde vermogen gedurende 2013 slechts €1,05 mln bedragen.

b Bereken voor deze situatie de omloopsnelheid van het gemiddeld geïnvesteerde vermogen.

c Zijn de omloopsnelheden, zoals bij vraag **a** en **b** zijn berekend, goed met elkaar te vergelijken? Motiveer uw antwoord.

***9.7** Handelsonderneming Pharma vof verkoopt farmaceutische producten aan artsen en apothekers. Van deze onderneming is de vermogensbehoefte per kwartaal weergegeven in de volgende tabel (bedragen × €1.000):

	Kwartaal 1	Kwartaal 2	Kwartaal 3	Kwartaal 4
Gebouwen	1.000	1.000	1.000	1.000
Inventaris	400	380	360	340
Auto's	500	470	440	400
Voorraden	800	700	600	900
Debiteuren	600	540	500	400
Liquide middelen	60	50	40	40
Totaal	3.360	3.140	2.940	3.080

De directieleden en de vertegenwoordigers van Pharma hebben allen de beschikking over een auto van de zaak.
Alle verkopen van Pharma vinden op rekening plaats. Aan de afnemers (artsen en apothekers) wordt een kredietermijn van één maand toegestaan.
De directie van Pharma wil de totale vermogensbehoefte verminderen door de volgende ingrepen:

a Alle auto's leasen (operational lease). De auto's die reeds in het bezit van de onderneming zijn, kunnen voor de boekwaarde verkocht worden.
b Alle debiteuren overdragen aan een factormaatschappij. Met de factormaatschappij wordt een factoringcontract gesloten (maturity factoring). De factormaatschappij betaalt op de gemiddelde vervaldag van de overgenomen vorderingen 98% van de vorderingen uit aan Pharma.

De geldontvangsten door leasing en factoring worden volledig gebruikt om vreemd vermogen af te lossen.

a Leg uit wat wordt verstaan onder diversiteit.
b Welke twee vormen van leasing worden onderscheiden? Geef het verschil tussen beide vormen aan.
c Wat wordt onder old-line factoring en maturity factoring verstaan? Geef het verschil tussen beide vormen aan.
d Stel een overzicht op van de vermogensbehoefte (zoals in het begin van deze opgave), waarin de gevolgen van operational leasing en maturity factoring zijn verwerkt. We veronderstellen dat alle auto's verkocht en teruggeleased kunnen worden én dat alle debiteuren door de factormaatschappij worden overgenomen.
e Wat wordt in dit verband bedoeld met balansverkorting?

***9.8** DSM legt fabrieken tijdelijk stil voor afbouw voorraden

DSM legt fabrieken tijdelijk stil voor afbouw voorraden

Chemieconcern verlaagt winstverwachting ondanks goed kwartaal.

HEERLEN - Chemieconcern DSM kampt door de financiële crisis met een teruglopende vraag. Het concern gaat tijdelijk fabrieken stilleggen om voorraden af te bouwen. Ook gaat het concern scherper op de kosten letten om de verslechterende marktomstandigheden het hoofd te bieden. Gedwongen ontslagen zijn niet uitgesloten.
Het aandeel ging gisteren 13 procent onderuit op de beurs in Amsterdam na een winstwaarschuwing van het concern.
Eerder dit jaar verhoogde DSM juist de winstverwachting nog twee keer. „In sommige sectoren neemt de vraag van klanten duidelijk af", aldus topman Feike Sijbesma. DSM, dat gisteren de kwartaalresultaten publiceerde, rekent nu op een bedrijfsresultaat van ongeveer 1 miljard euro in 2008. Vorige maand nog verhoogde het bedrijf de verwachting tot maximaal 1,08 miljard euro.
Vooral de onderdelen Materials Sciences en Base Chemicals, toeleveranciers aan de sterk getroffen auto-, bouw- en elektronicasector, worden geraakt door de verslechterde marktomstandigheden. Het onderdeel Nutrition draait wel goed, evenals de divisie die bestanddelen maakt voor kunstmest. De prijs voor kunstmest ligt momenteel hoog.
Het bedrijf wordt strenger voor schuldenaren om langere betalingstermijnen te voorkomen. Verder stelde DSM op korte termijn voldoende financieringsmogelijkheden te hebben en dat de huidige hogere rente op leningen het resultaat maar beperkt zullen beïnvloeden. Het merendeel van de langetermijnschulden van DSM vervalt bovendien pas na 2012.
In het derde kwartaal zag DSM de netto-omzet uit doorlopende activiteiten met 9 procent toenemen tot 2,36 miljard euro. Het bedrijfsresultaat uit doorlopende activiteiten kwam in het voorbije kwartaal uit op 267 miljoen euro, een stijging van 27 procent en meer dan de door analisten verwachtte 256 miljoen euro. ■

Bron: *De Gelderlander*, 28 oktober 2008

a Welke invloed (toe- of afname) heeft het stilleggen van fabrieken door DSM op:
  1 het aantal voorraaddagen;
  2 het gemiddeld geïnvesteerd totaal vermogen;
  3 de rentabiliteit van het totaal vermogen?

b Leg uit wat het verband is tussen de winstwaarschuwing door DSM en de beurkoers van het aandeel DSM.

c Wat zijn de positieve en de negatieve gevolgen van gedwongen ontslagen voor het bedrijfsresultaat (EBIT) van DSM?

d In de tekst staat: 'Het bedrijf (DSM) wordt strenger voor schuldenaren om langere betalingstermijnen te voorkomen.' Wat is de invloed van deze wijziging in het beleid op:
  1 het aantal voorraaddagen;
  2 het gemiddeld geïnvesteerd totaal vermogen;
  3 de rentabiliteit van het totaal vermogen?

e Wat is het voordeel voor DSM dat de langetermijnschulden van DSM pas na 2012 vervallen? Laat in uw antwoord ook duidelijk uitkomen wat onder 'vervallen' wordt verstaan.

***9.9**
U Onderneming Expansie heeft voor de financiering van haar duurzame productiemiddelen een permanent vermogen beschikbaar van €1 mln. Deze duurzame productiemiddelen zijn onderling identiek. De aanschafprijs ervan is €200.000 per stuk. De economische levensduur is vier jaar en de restwaarde is nihil. De duurzame productiemiddelen worden afgeschreven met gelijke bedragen per jaar. De onderneming past intensieve financiering toe en wel zo dat telkens aan het eind van het jaar de beschikbare liquide middelen worden aangewend voor de aankoop van nieuwe duurzame productiemiddelen. Versleten productiemiddelen worden dan buiten gebruik gesteld. We veronderstellen dat de aanschafprijs, de restwaarde en de gebruiksduur geen wijzigingen ondergaan.

a Bereken het aantal duurzame productiemiddelen dat onderneming Expansie op lange termijn maximaal kan financieren zonder extra vermogen aan te trekken.

b Wat is het voordeel van financiering van activa door middel van vrijgekomen afschrijvingen?

***9.10** Transportonderneming Veens bv heeft zich toegelegd op het vervoer van vee. Voor het transport van varkens worden speciale vrachtwagens (zogenoemde knortaxi's) gebruikt. Op 1 januari van dit jaar heeft Veens bv vijf knortaxi's gekocht en in gebruik genomen. De aanschafprijs bedraagt €120.000 per vrachtauto. Aan het einde van het vierde gebruiksjaar worden de vrachtwagens buiten gebruik gesteld. De vrachtwagens hebben dan geen restwaarde. Veens bv is van plan de vrijgekomen afschrijvingen direct weer te gebruiken om nieuwe knortaxi's te kopen. Er wordt verondersteld dat de aanschafprijs, de restwaarde en de gebruiksduur geen wijzigingen ondergaan. Op iedere vrachtauto wordt ieder jaar een gelijk bedrag afgeschreven.

a Bereken de jaarlijkse afschrijvingen per vrachtauto.

b Bereken het aantal knortaxi's dat Veens bv uiteindelijk zal kunnen financieren zonder extra vermogen aan te trekken, als het huidige beleid van intensieve financiering wordt voortgezet.

***9.11** De industriële onderneming Economatic bv heeft op 1 januari van dit jaar vier identieke machines aangeschaft voor de fabricage van een nieuw product. De aanschafwaarde van deze machines bedraagt €100.000 per stuk. De gebruiksduur van een machine is drie jaar. De restwaarde aan het einde van het derde gebruiksjaar bedraagt €10.000 per machine. Jaarlijks wordt €30.000 per machine afgeschreven. De vergoedingen voor afschrijven worden gelijkmatig over het jaar gespreid ontvangen. Economatic bv wil dit machinecomplex uitbreiden. Hiertoe worden steeds op 1 januari van een jaar één of meer identieke machines aangekocht onder gelijktijdige inruil van eventueel versleten oude machines. De leiding van Economatic bv wil hierbij uitsluitend gebruikmaken van intensieve financiering. Er zal geen extern vermogen worden aangetrokken om de nieuwe machines te financieren. We veronderstellen dat de gegevens van de machines in de toekomst niet zullen veranderen.

a Wat verstaat men onder intensieve financiering?

b Toon door middel van een gespecificeerde berekening aan hoeveel machines deze onderneming op den duur (na maximaal tien jaar) tegelijk kan exploiteren, zonder extra vermogen aan te trekken.

c Wat verstaat men onder diversiteit?

9.12 Handelsonderneming Planvorm verwacht voor het komende halve jaar de
U volgende omzetten:

Maand	Omzet (in euro's)	Maand	Omzet (in euro's)
Januari	200.000	April	280.000
Februari	240.000	Mei	250.000
Maart	260.000	Juni	220.000

Van deze omzet wordt 20% contant afgerekend en de rest op rekening verkocht. Aan de debiteuren wordt een krediettermijn van één maand toegestaan, waarvan ze allemaal volledig gebruikmaken.

a Bereken de geldontvangsten in verband met deze omzetten voor ieder van de maanden april t.e.m. juni.

b Bereken de omvang van de vordering op debiteuren aan het einde van de maand juni.

9.13 Onderneming Carpool is fabrikant van autoaccessoires. Van haar totale
U omzet van €2,5 mln per jaar wordt €1,8 mln op rekening verkocht. Aan zijn afnemers verleent deze fabrikant één maand krediet. Om zijn omzet en winst te verhogen heeft Carpool besloten de krediettermijn voor zijn afnemers te verlengen en op anderhalve maand vast te stellen. Hierdoor is de jaaromzet gestegen tot €3 mln, waarvan €2,4 mln op rekening.

a Bereken de vermogensbehoefte in verband met het verleende leverancierskrediet, uitgaande van een krediettermijn van:

1 één maand (oude situatie);

2 anderhalve maand (nieuwe situatie).

***9.14** Een producent van levensmiddelen verwacht voor de komende negen maanden de volgende omzetten:

Maand	Omzet (in euro's)	Maand	Omzet (in euro's)	Maand	Omzet (in euro's)
Januari	320.000	April	360.000	Juli	290.000
Februari	300.000	Mei	330.000	Augustus	260.000
Maart	340.000	Juni	280.000	September	310.000

De productie vindt twee maanden voor de verkoop plaats, terwijl de inkoop van grondstoffen een maand voor de productie plaatsvindt. De grondstofkosten bedragen 30% van de verkoopprijs van de levensmiddelen.
Alle inkopen vinden op rekening plaats. De leverancier van de grondstoffen staat een krediettermijn van twee maanden toe, waarvan volledig gebruik zal worden gemaakt.
De verkopen worden voor 40% contant betaald en de rest wordt op rekening verkocht. Alle afnemers die op rekening kopen, maken gebruik van de toegestane krediettermijn van één maand.

a Bereken voor ieder van de maanden april, mei en juni:
1 de geldontvangsten in verband met de verkoop van levensmiddelen;
2 de gelduitgaven in verband met de inkoop van grondstoffen.
b Bereken de omvang van de vordering op debiteuren aan het einde van de maand juni.
c Bereken de omvang van de schuld aan crediteuren aan het einde van de maand juni.

10 Vormen van eigen vermogen

10.1 **U** Handelsonderneming Batavia bv is onlangs omgezet in de naamloze vennootschap Batavia nv. Het maatschappelijk kapitaal van Batavia nv is bij de oprichting vastgesteld op €100 mln.

a1 Hoeveel bedraagt het nominale aandelenkapitaal dat bij oprichting van Batavia nv minimaal moet worden geplaatst?

2 Hoeveel procent van het maatschappelijk kapitaal moet bij oprichting minimaal worden geplaatst?

Bij oprichting wordt een nominaal aandelenkapitaal van €100 mln geplaatst, waarop 60% wordt gestort. De aandelen worden uitgegeven tegen een koers van 130%.

b1 Bereken het bedrag dat door de aandeelhouders bij oprichting van deze nv moet worden gestort.

2 Geef de journaalpost die naar aanleiding van deze emissie wordt gemaakt.

10.2 **U** Kledingmagazijn Niki & Natasja nv heeft een maatschappelijk kapitaal van €10 mln, waarvan 40% geplaatst is. Alle aandelen hebben een nominale waarde van €10. De aandeelhouders hebben 70% van het geplaatste kapitaal gestort. Er is slechts één emissie van aandelen geweest. Hierna is de balans van Niki & Natasja nv per 1 januari 2013 gegeven:

Balans van Niki & Natasja nv per 1 januari 2013 (bedragen × €1.000)

Gebouwen	3.000	Geplaatst aandelenkapitaal	4.000
Voorraden	4.580	Aandeelhouders nog te storten	1.200 –
Debiteuren	800		
Kas	600	Gestort aandelenkapitaal	2.800
		Agioreserve	1.200
		Winstreserve	1.680
		Hypothecaire lening	1.400
		Banklening op lange termijn	600
		Rekening-courant	300
		Crediteuren	1.000
	8.980		8.980

a Bereken de intrinsieke waarde per aandeel.

b Bereken de koers waartegen de aandelen geëmitteerd zijn.

Niki & Natasja nv verwacht eeuwigdurend een jaarlijkse winst te maken van €840.000. In verband met het risico in de kledingbranche wordt een vergoeding over het eigen vermogen vereist van 12%.

c1 Bereken de rentabiliteitswaarde van Niki & Natasja nv.

2 Bereken de goodwill van deze onderneming.

10.3 **U** Hemex nv heeft een geplaatst aandelenkapitaal van €20 mln, dat verdeeld is over 200 000 aandelen van nominaal €100. Door aandeelhouders is hierop nog €8 mln te storten. Over het afgelopen boekjaar heeft Hemex nv een winst na vennootschapsbelasting behaald van €1,1 mln. In de statuten van Hemex nv is de winstverdeling opgenomen. De aandeelhouders ontvangen 3% primair dividend. Van de winst die overblijft na toekenning van het primaire dividend, wordt 60% gereserveerd en 40% uitgekeerd aan de aandeelhouders.

a Stel een berekening van de winstverdeling op.

b Bereken het dividendpercentage (in één decimaal nauwkeurig) dat de aandeelhouders ontvangen. (Dit percentage wordt berekend door de uitgekeerde winst te delen door het geplaatste én gestorte nominale aandelenkapitaal.)

10.4 Het eigen vermogen van Combi nv bestaat uit gewone en winstpreferente aandelen. Het gewone aandelenkapitaal bedraagt €10 mln, waarvan 40% geplaatst is. De houders van gewone aandelen moeten nog een bedrag van €1 mln storten. Het geplaatste preferente aandelenkapitaal is volledig gestort en bedraagt €2 mln.
Over het afgelopen boekjaar heeft Combi nv een winst na vennootschapsbelasting behaald van €600.000.
In de statuten is het volgende over de winstverdeling opgenomen:

- Primair dividend op de preferente aandelen is 4%.
- Primair dividend op de gewone aandelen is 6%, voorzover de winst daarvoor toereikend is.
- Van de winst na uitkering van het primair dividend wordt 60% uitgekeerd aan de houders van gewone aandelen, 10% aan de houders van preferente aandelen en de rest wordt gereserveerd.

a Stel de winstverdeling over het afgelopen boekjaar op.

b Bereken het dividendpercentage (in procenten van het gestorte gewone aandelenkapitaal) dat wordt uitgekeerd over de gewone aandelen (in één decimaal nauwkeurig).

c Bereken het dividendpercentage dat wordt uitgekeerd over de preferente aandelen (in procenten van het gestorte preferente aandelenkapitaal).

Stel dat de winst na belasting over het afgelopen boekjaar slechts €100.000 had bedragen.

d1 Stel opnieuw de winstverdeling over het afgelopen boekjaar op.

2 Bereken het dividendpercentage dat toegekend wordt over de gewone aandelen (in procenten van het gestorte gewone aandelenkapitaal).

3 Bereken het dividendpercentage dat toegekend wordt over de preferente aandelen (in procenten van het gestorte preferente aandelenkapitaal).

e Uit de antwoorden op de voorafgaande vragen blijkt dat de dividendpercentages op de gewone en preferente aandelen verschillen. Geef een verklaring voor deze verschillen.

***10.5** Onderneming Preferent, die in 2009 is opgericht, heeft haar aandelenkapitaal verdeeld in gewone en winst-preferente aandelen. Het nominale geplaatste aandelenkapitaal van deze onderneming bestaat uit €40 mln gewone aandelen en €10 mln winst-preferente aandelen. In de statuten van Preferent is vastgelegd dat van de overwinst, die resteert nadat op de gewone en op de preferente aandelen het primaire dividend is uitgekeerd, 30% wordt uitgekeerd op de gewone aandelen, 20% op de preferente aandelen en 50% wordt gereserveerd.
De winsten na vennootschapsbelasting van Preferent bedroegen in:

2009	€ 200.000
2010	€ 300.000
2011	€4.300.000
2012	€6.000.000

Zowel over 2011 als over 2012 heeft de Algemene Vergadering van Aandeelhouders het primaire dividend op gewone aandelen vastgesteld op 9%.

a Bereken de winstverdeling voor de jaren 2009 t.e.m. 2012 als er sprake is van:

1 4% preferente winstdelende aandelen;

2 4% cumulatief preferente winstdelende aandelen.

b Waarop kunnen de voorrechten die verbonden zijn aan preferente aandelen betrekking hebben?

10.6 Betaalbaarstelling dividend DIM Vastgoed NV

DIM VASTGOED

DIM Vastgoed N.V.

Beleggingsmaatschappij met veranderlijk kapitaal

Betaalbaarstelling dividend

In de op 20 maart 2008 gehouden jaarlijkse algemene vergadering van aandeelhouders van DIM Vastgoed N.V. is het dividend over het boekjaar 2007 vastgesteld op $ 1,54 per gewoon aandeel van € 1,52 nominaal, naar keuze van de aandeelhouder te ontvangen in contanten of in nieuwe gewone aandelen (stock dividend).

20 maart	Gebaseerd op het gemiddelde van de slotkoersen van 20 maart 2008 en de vier daaraan voorafgaande beursdagen is voor het stock dividend vastgesteld dat 3 dividendrechten recht geven op 31 nieuwe gewone aandelen.
26 maart	De aandelen worden met ingang van 26 maart 2008 ex-dividend genoteerd.
28 maart	Record datum Euronext/Euroclear.
31 maart - 9 april	Aandeelhouders wordt verzocht hun keuze, voor contant- of stockdividend, via hun bank of commissionair waar de aandelen gedeponeerd zijn, kenbaar te maken in de periode van 31 maart t/m 9 april 2008. De notering van de separaat te verhandelen dividendrechten zal in stuks van één plaatsvinden. De handel in deze dividendrechten in verband met de afronding tot verwisselbare aantallen zal plaatsvinden van 31 maart t/m 2 april 2008. Levering van aandelen aan uw bank of commissionair zal uitsluitend geschieden op basis van het totaal aantal op 9 april 2008 na beurs door uw bank of commissionair geleverde dividendrechten.
17 april	Het dividend wordt betaalbaar gesteld op 17 april 2008 bij Fortis Bank, Rokin 55, 1012 KK Amsterdam, naar keuze van de aandeelhouder: in contanten onder aftrek van 15% dividendbelasting of in nieuwe gewone aandelen ten laste van de belastingvrije agioreserve. Deze nieuwe gewone aandelen zijn ten volle gerechtigd tot het dividend over het jaar 2008 en volgende jaren.

Aan de aangesloten instellingen van Euronext Amsterdam N.V. zal ter zake van de uitkering in aandelen de gebruikelijke provisie worden vergoed, zodat bedoelde omwisseling voor de aandeelhouders in beginsel vrij van provisie kan geschieden.

Rotterdam, 21 maart 2008
De directie

www.dimvastgoed.nl

DIM Vastgoed N.V. beschikt als beleggingsinstelling over de wettelijk vereiste vergunning van Autoriteit Financiële Markten.

Bron: *De Telegraaf*, 21 maart 2008

a Wie stelt de omvang van het dividend dat een nv uitkeert, definitief vast?

b1 Wat is het voordeel voor de belegger van een dividend ten laste van de belastingvrije agioreserve?

2 Wat is het voordeel voor DIM Vastgoed nv van een dividend in aandelen in plaats van een dividend in contanten?

c1 Hoe wordt dividend in de vorm van aandelen genoemd?

2 Welke invloed zal het toekennen van dividend in aandelen hebben op de beurskoers van het aandeel DIM Vastgoed nv?

d Welke factoren bepalen de waarde van de dividendbewijzen DIM Vastgoed nv, die op de effectenbeurs worden verhandeld?

e Bereken op basis van de gegevens uit de advertentie de (theoretische) gemiddelde slotkoers van 20 maart 2008 en de vier daaraan voorafgaande beursdagen.

10.7 Advertentie Koninklijke Boskalis Westminster N.V.

Betaalbaarstelling dividend Koninklijke Boskalis Westminster N.V.

De Raad van Commissarissen en Raad van Bestuur van Koninklijke Boskalis Westminster N.V. maken bekend dat in de op 12 mei 2011 gehouden Algemene Vergadering van Aandeelhouders het dividend over het boekjaar 2010 is vastgesteld op EUR 1,24 per aandeel van nominaal EUR 0,80.

Het dividend wordt uitgekeerd in de vorm van gewone aandelen Koninklijke Boskalis Westminster N.V. ten laste van de belastingvrije agioreserve of de overige reserves, tenzij een aandeelhouder het verkiest een uitkering in contanten te willen ontvangen.

De omwisselverhouding stockdividend zal op 1 juni 2011 na sluiting van de handel op NYSE Euronext Amsterdam worden vastgesteld op basis van de naar volume gewogen gemiddelde koers van alle verhandelde gewone aandelen Koninklijke Boskalis Westminster N.V. gedurende 30, 31 mei en 1 juni 2011. De waarde van het stockdividend zal nagenoeg gelijk zijn aan de waarde van het contante dividend. [...] De dividenduitkering in contanten en eventuele verrekening van fracties in contanten zal geschieden onder aftrek van de wettelijke dividendbelasting. [...]

Hierbij wordt het volgende tijdschema aangehouden:

16 mei 2011	Notering ex-dividend aan NYSE Euronext Amsterdam
16 mei t/m 27 mei 2011	Keuzeperiode
18 mei 2011	Record date
1 juni 2011	Vaststelling omwisselverhouding (na beurs)
8 juni 2011	Levering van nieuwe gewone aandelen en betaalbaarstelling dividend in contanten en fracties in contanten [...]

Levering van aandelen en/of uitbetaling van dividend in contanten aan aandeelhouders geschiedt via de bij Euroclear Nederland aangesloten instelling. Aandeelhouders die staan ingeschreven in het aandeelhoudersregister van Koninklijke Boskalis Westminster N.V. ontvangen rechtstreeks van de vennootschap bericht. ■

Papendrecht / Sliedrecht, 13 mei 2011
Raad van Commissarissen en Raad van Bestuur

Koninklijke
Boskalis Westminster nv

Bron: *Het Financieele Dagblad*, 13 mei 2011

a Hoe noemt men dividend dat in aandelen wordt uitgekeerd?
b Wie stellen de hoogte van het dividend bij Koninklijke Boskalis Westminster N.V. vast?
c Wat is het voordeel (voor de aandeelhouder) van dividend in aandelen boven dividend in contanten?
d Wat is het voordeel (voor de onderneming) van dividend in aandelen boven dividend in contanten?
e Wat is een CF-stuk?
f Wat is een K-stuk?
g Waarom staan sommige aandelen op naam? Wat is het nadeel daarvan?
h Wat betekent 'Notering ex-dividend'?
i Welke hoofdtaken vervult Euroclear (zie ook www.euroclear.com)?

10.8 Advertentie dividend KPN

KPN

Interim-dividend over boekjaar 2011 op gewone aandelen

De Raad van Bestuur maakt bekend dat, met goedkeuring van de Raad van Commissarissen, besloten is tot een uitkering van een interim-dividend over het boekjaar 2011 van een bedrag van EUR 0,28 per gewoon aandeel.

Het interim-dividend wordt vanaf 5 augustus 2011 betaalbaar gesteld aan de aandeelhouders. Het interim-dividend wordt betaald in contanten, onder aftrek van 15% dividendbelasting.

Raad van Bestuur
Den Haag, 27 juli 2011

Vanaf 28 juli 2011 zullen de aandelen ex-dividend worden genoteerd.

Het contante dividend is betaalbaar bij The Royal Bank of Scotland N.V.

Houders van gewone aandelen ontvangen het dividend in contanten door tussenkomst van de bij Euroclear Nederland aangesloten instelling waar hun aandelen zich op 1 augustus 2011 na kantoorsluiting in bewaring bevinden (record date).

Houders van gewone aandelen op naam, die in het register van gewone aandelen zijn ingeschreven, zullen va KPN bericht ontvangen over de hun toekomende uitkering. ■

Koninklijke KPN N.V. Statutair gevestigd te Den Haag

Bron: *Het Financieele Dagblad*, woensdag 27 juli 2011

a Waarom keren ondernemingen een interim-dividend uit?
b Wat zijn de taken van Euroclear? (Zie ook www.euroclear.com.)
c Wat is het nadeel van aandelen die op naam staan?
d Wat wordt bedoeld met de zinsnede 'Vanaf 28 juli 2011 zullen de aandelen ex-dividend worden genoteerd'?
e Waarom wordt de hoogte van het interim-dividend aan de voorzichtige kant vastgesteld?

***10.9**
U

Van onderneming Content nv is de balans gegeven per 1 januari 2013:

Balans Content nv per 1 januari 2013 (bedragen × €1.000)

Gebouwen	20.000	Aandelenkapitaal	24.000
Machines	14.000	Agioreserve	10.000
Inventaris	8.000	Winstreserve	9.000
Voorraden	4.000	Banklening	4.000
Debiteuren	5.000	Crediteuren	6.000
Kas	2.000		
	53.000		53.000

In verband met de overname van een andere onderneming heeft de directie van onderneming Content nv besloten het eigen vermogen uit te breiden met €12 mln (= vereiste opbrengst van de emissie). De reeds uitgegeven aandelen en de nieuwe aandelen hebben een nominale waarde van €100. Vlak voordat de nieuwe aandelen worden uitgegeven, is de beurskoers van de aandelen €220. De emissieprijs is vastgesteld op 150%.
Beleggingsdeskundigen en financiële adviseurs verwachten dat de rentabiliteitswaarde van de onderneming Content nv direct na de emissie en na de overname €60 mln zal bedragen. De houders van reeds uitgegeven aandelen krijgen het recht om nieuwe aandelen te kopen. Daartoe is dividendbewijs nummer 18 als claim aangewezen.
Met emissiekosten wordt geen rekening gehouden.

a Bereken de verwachte beurskoers direct na de emissie.
b Bereken de theoretische waarde van één claim.
c Stel de balans van Content nv op direct na de emissie. Veronderstel dat de opbrengst van de emissie onder de post Kas, Postgiro wordt opgenomen.
d Bereken welke beurskoers de beleggers direct na de emissie verwachten, als de claims op de effectenbeurs voor €10 verkocht worden.

***10.10** Industriële onderneming De Vooruitgang nv, waarvan de aandelen op de beurs genoteerd zijn, heeft een maatschappelijk aandelenkapitaal van €24 mln. Hiervan is €10 mln geplaatst en volgestort. Een aandeel heeft een nominale waarde van €1.000.

Balans van De Vooruitgang nv per 31 december 2012 (bedragen × €1 mln)

Activa			Passiva
Vaste activa:		*Eigen vermogen:*	
Terreinen	3	Geplaatst kapitaal	10
Gebouwen	12	Agioreserve	8
Machines	5	Winstreserve	2
Vlottende activa:		*Vreemd vermogen:*	
Voorraden	4	6% Converteerbare obligatielening	2
Vorderingen	3	8% Obligatielening	4
Effecten	2	Voorzieningen	1
Kas	1	Crediteuren	1
		Bank rekening-courant	2
	30		30

De Vooruitgang nv heeft een ambitieus investeringsproject op het oog. Hoewel aan het project grote risico's zijn verbonden, is de onderneming toch van mening dat uitvoering van het project een positieve bijdrage levert aan de waarde van de onderneming. De Raad van Bestuur heeft goedkeuring aan het project verleend. Het project vergt een investering van €20 mln, die geheel zal worden gefinancierd uit de opbrengst van een aandelenemissie. De emissiekoers van een aandeel van nominaal €1.000 is vastgesteld op 250%. Per oud aandeel wordt één dividendbewijs als claim aangewezen. De emissie zal plaatsvinden op 2 januari 2013. De rentabiliteitswaarde van de totale onderneming direct voorafgaand aan de emissie bedraagt €34 mln. Volgens de financieel specialisten zal de rentabiliteitswaarde van de onderneming direct na de emissie €63 mln bedragen.

a Bereken de verwachte beurskoers van een aandeel direct na de emissie.
b Bereken de theoretische waarde van één claim.
c Stel de balans van De Vooruitgang nv op direct na de emissie. Veronderstel dat de opbrengst van de emissie onder de post Liquide middelen wordt opgenomen.
d Bereken welke beurskoers de beleggers direct na de emissie verwachten, als de claims op de effectenbeurs voor €600 verkocht worden.

***10.11** Van Wijk nv is producent van luxe lederwaren, zoals portemonnees, handtassen en schooltassen. Hierna is de balans van Van Wijk nv gegeven:

Balans per 31 december 2012 (bedragen × €1.000)

Gebouwen	8.000	Maatschappelijk kapitaal	20.000
Machines	5.500	Aandelen in portefeuille	12.000
Inventaris	2.500		
Voorraden	2.000	Geplaatst aandelenkapitaal	8.000
Debiteuren	1.500	Agioreserve	2.000
Kas	500	Winstreserve	5.600
		Hypothecaire lening	2.400
		Rekening-courant	750
		Crediteuren	1.250
	20.000		20.000

In verband met haar investeringsplannen gaat Van Wijk nv op korte termijn aandelen uitgeven. De huidige beurskoers is naar de mening van de leiding van Van Wijk nv erg hoog. Daarom wordt eerst €2 mln aandelen-kapitaal (2000 aandelen van €1.000 nominaal) ten laste van de agioreserve uitgereikt aan de huidige aandeelhouders.
Nadat de emissie ten laste van de agioreserve heeft plaatsgevonden, zal er een voorkeursemissie plaatsvinden. Hierbij worden per reeds uitgegeven aandeel drie dividendbewijzen als claim aangewezen (dus ook de ten laste van de agioreserve uitgegeven aandelen hebben drie claims per aandeel). Van Wijk nv wil €3,9 mln nieuw eigen vermogen aantrekken. De emissieprijs per aandeel van nominaal €1.000 bedraagt €1.300.
De beurswaarde van de totale onderneming vóór de uitbreiding van het aantal aandelen (vóór de emissie ten laste van de agioreserve en vóór de voorkeursemissie) is gelijk aan de intrinsieke waarde, die uit voorgaande balans kan worden afgeleid.

De beurswaarde van de totale onderneming ná de uitbreiding van het aantal aandelen (dus na de emissie ten laste van de agioreserve en ná de voorkeursemissie) bedraagt €18,85 mln.
De theoretische beurswaarde van één aandeel = beurswaarde van de totale onderneming : aantal uitstaande aandelen.

a1 Hoe wordt een verandering binnen het eigen vermogen, waarbij het geplaatste aandelenkapitaal wordt vergroot ten laste van de reserves genoemd?

2 Wat is in dit geval de reden om tot de voorgestelde veranderingen binnen het eigen vermogen over te gaan?

b Bereken de theoretische beurswaarde van een aandeel direct na de voorkeursemissie.

c Bereken de theoretische beurswaarde van één claim.

d Stel de balans van Van Wijk nv op na de agiobonus én na de emissie. De opbrengst van de emissie komt ten gunste van de liquide middelen.

***10.12** Hierna is een aantal passages uit krantenartikelen weergegeven. Ze hebben betrekking op de emissie van aandelen Royal Delft.

Aandelenemissie Royal Delft

ROYAL 1653 DELFT

KONINKLIJKE PORCELEYNE FLES

N.V. Koninklijke Delftsch Aardewerkfabriek 'De Porceleyne Fles Anno 1653', voorheen Joost Thooft en Labouchere

(opgericht naar Nederlands recht en statutair gevestigd te Delft, Nederland)

UITGIFTE VAN 469.920 NIEUWE GEWONE AANDELEN N.V. Koninklijke Delftsch Aardewerkfabriek 'De Porceleyne Fles Anno 1653', voorheen Joost Thooft en Labouchere ("Royal Delft")

Uitgifte met overdraagbare inschrijvingsrechten voor bestaande aandeelhouders
Onder verwijzing naar het prospectus gedateerd 11 september 2008 (het "Prospectus") worden 469.920 nieuwe gewone aandelen van nominaal € 1,00 elk in het kapitaal van Royal Delft (de "Nieuwe Aandelen", een enkel aandeel hierna te noemen: "Nieuw Aandeel") aangeboden, initieel aan bestaande, in aanmerking komende aandeelhouders van Royal Delft op de registratiedatum (de "Record Date") door middel van toekenning door Royal Delft van overdraagbare inschrijvingsrechten (de "Inschrijvingsrechten"), één en ander met inachtneming van toepasselijke wet- en regelgeving. Het wettelijk voorkeursrecht is uitgesloten ten aanzien van de uitgifte van de Nieuwe Aandelen.
De uitgifte van de Nieuwe Aandelen wordt volledig gegarandeerd door grootaandeelhouder Boron Investments N.V. (51,6%).

Record Date
De Record Date voor de toekenning van Inschrijvingsrechten is vastgesteld op 11 september 2008 na beurs om 17.40 uur Nederlandse tijd. Vanaf 12 september 2008 worden de bestaande aandelen (Symbool "PORF", ISIN NL0000378669) van nominaal €1,00 elk in het kapitaal van Royal Delft (de "Aandelen") ex-Inschrijvingsrechten verhandeld op Euronext Amsterdam by NYSE Euronext.

Uitgifteprijs
De uitgifteprijs bedraagt € 13,83 per Nieuw Aandeel (de "Uitgifteprijs").

Inschrijvingsrechten
In het kader van de uitgifte zal aan bestaande, in aanmerking komende aandeelhouders van Royal Delft één Inschrijvingsrecht per elk op de Record Date gehouden aandeel worden toegekend.

5 (vijf) Inschrijvingsrechten geven, voor zover dit is toegestaan bij of krachtens toepasselijke wet- en regelgeving, recht op inschrijving op en toewijzing van 8 (acht) Nieuwe Aandelen tegen betaling van de Uitgifteprijs. Uitoefening van de Inschrijvingsrechten kan uitsluitend geschieden in veelvouden van 5 (vijf). Er zullen geen fracties van Nieuwe Aandelen worden uitgegeven.

Inschrijving
De inschrijving staat uitsluitend open voor houders van Inschrijvingsrechten vanaf 12 september 2008 tot en met 22 september 2008, 15.30 uur Nederlandse tijd.

Handel in Inschrijvingsrechten
De Inschrijvingsrechten (Symbool: "PORRI", ISIN NL0006292864) zullen worden toegelaten tot de handel op Euronext Amsterdam by NYSE Euronext en zullen verhandeld kunnen worden vanaf 12 september 2008 tot en met 22 september 2008, 12.30 uur Nederlandse tijd.

Toelating
Toelating van de 469.920 Nieuwe Aandelen tot de handel op Euronext Amsterdam by NYSE Euronext, alsmede de dooreenleverbaarheid met de thans uitstaande aandelen, is aangevraagd. Onvoorziene omstandigheden voorbehouden zullen de Nieuwe Aandelen naar verwachting op 26 september 2008 definitief tot de handel worden toegelaten.

Dividend
De Nieuwe Aandelen zijn volledig gerechtigd tot enig dividend over het boekjaar 2008 en volgende boekjaren.

Overige informatie
Voor nadere informatie over de uitgifte wordt verwezen naar het Prospectus uitsluitend verkrijgbaar in de Engelse taal, gedateerd 11 september 2008. Exemplaren van het Prospectus zijn naar verwachting vanaf 11 september 2008 beschikbaar op het internet via pagina www.euronext.com, slechts voor Nederlandse ingezetenen. Exemplaren van het Prospectus zijn vanaf 11 september 2008 tevens kosteloos verkrijgbaar bij Royal Delft, Rotterdamseweg 196, 2628 AR Delft (fax: +31 15 251 20 31, email: info@royaldelft.com) en bij Rabo Securities, Amstelplein 1, 1096 HA Amsterdam (email: prospectus@rabobank.com).

GLOBAL COORDINATOR AND SOLE BOOKRUNNER

AND

LISTING, PAYING AND SUBSCRIPTION AGENT

Rabo Securities
Amstelplein 1
1096 HA Amsterdam
The Netherlands

Amsterdam, 11 september 2008

Bron: *Het Financieele Dagblad,* 12 september 2008

Koersinformatie uit het Financieele Dagblad
Koersen per 16 september 2008

Overige aandelen (gedeeltelijk)

Hoog 12mnd		**Laag 12mnd**		**Gem. 40 dg**	**Vorige**	**Opening**	**Hoog**	**Laag**	**Slot**	**Naam**
6,38	14-01	5,00	22-01	5,88	5,95	5,85	5,85	5,82	5,82	Oranjewoud
7,45	16-11	6,51	25-02	7,37	7,34	7,29	7,29	7,29	7,29	PEHAC
20,36	11-10	15,44	20-09	20,39	16,47	17,00	17,00	17,00	17,00	Porceleyne Fles
12,40	04-10	6,43	29-08	7,47	7,05	6,96	7,04	6,75	6,80	Prologis European prop
6,54	15-10	3,55	20-05	4,05	3,95	3,90	4,00	3,86	4,00	Punch Graphix

Bron: *Het Financieele Dagblad*, 17 september 2008

Emissie Royal Delft afgerond

ANP
Amsterdam

Royal Delft, voorheen bekend als Porceleyne Fles, heeft inschrijvingen ontvangen op twee derde van zijn claimemissie. Dat heeft het bedrijf dinsdag bekendgemaakt.

Met de opbrengst van de aandelenuitgifte wordt de overname van bestekfabrikant Kempen & Begeer gefinancierd.

Bestaande aandeelhouders van de producent van Delfts blauw konden door intekening op de claimemissie vijf nieuwe aandelen krijgen voor acht bestaande. De uitgifte bestond in totaal uit bijna 470.000 aandelen tegen €13,83 per stuk, waarmee Royal Delft €6,5 mln wilde ophalen.

Dinsdag bleek dat aandeelhouders op ruim 320.000 aandelen hadden ingeschreven. De overige 149.000 worden dinsdag in een zogeheten 'rump offering' geplaatst door Rabo Securities, die bij de transactie betrokken is.

De stukken die Rabo niet weet te plaatsen, worden opgekocht door Boron Investments, een investeringsmaatschappij die in handen is van John Fentener van Vlissingen. Fentener van Vlissingen houdt met zijn investeringsvehikel een belang van 51,64% in Royal Delft en gaf na de voorgenomen overname van Kempen & Begeer aan grootaandeelhouder te willen blijven.

Op 23 mei maakte de producent van aardewerk bekend Van Kempen & Begeer over te willen nemen. Naast bestek fabriceert Van Kempen & Begeer ook kwalitatief hoogwaardige pannen. Financiële details over de overname worden niet vrijgegeven. ■

Bron: *Het Financieele Dagblad*, 24 september 2008

a Wat wordt verstaan onder een claimemissie?
b Hoeveel bedraagt het agio per aandeel?
c Met welk bedrag neemt het eigen vermogen van *Porceleyne Fles* toe als de emissie van de nieuwe aandelen slaagt?
d Waarom wordt de emissieprijs lager vastgesteld dan de verwachte beurskoers van *Porceleyne Fles* na emissie?
e Bereken de theoretische beurswaarde van één inschrijvingsrecht (claim) op 16 september 2008. Gebruik daarvoor ook de informatie over de beurskoersen onder de kop 'Overige aandelen'.
f Wat betekent de zinsnede 'De uitgifte van de Nieuwe Aandelen wordt volledig gegarandeerd door grootaandeelhouder Boron Investments nv (51,6%)?'
g Waarom is het belangrijk dat de uitgifte van de aandelen wordt 'gegarandeerd'?

h Waarvoor wordt de opbrengst van de emissie gebruikt?

i Vergelijk de beurskoers van *Porceleyne Fles* op dit moment (op het moment dat deze opgave wordt gemaakt) met de emissiekoers.
Hebben de kopers van de nieuwe aandelen *Porceleyne Fles* achteraf gezien een goede deal gesloten? Motiveer uw antwoord.

10.13 Dividend 2007 op preferente aandelen A

Dividend 2007 op preferente aandelen A

Ondergetekenden maken bekend dat het dividend op de preferente aandelen A over het boekjaar 2007 op 5 mei 2008 betaalbaar zal worden gesteld. Voor de boekjaren 2004 tot en met 2013 bedraagt het jaarlijkse dividend EUR 0,1582 per (certificaat van een) preferent aandeel A van nominaal EUR 1,20. Het dividend wordt uitgekeerd in contanten onder aftrek van 15% dividendbelasting.

Hierbij wordt het volgende tijdschema aangehouden:

24 april 2008	Notering ex-dividend aan Euronext Amsterdam by NYSE Euronext
28 april 2008	Record date
5 mei 2008	Betaalbaarstelling slotdividend

Uitbetaling aan certificaathouders geschiedt via de bij Euroclear Nederland aangesloten instellingen. Aandeelhouders die staan ingeschreven in het aandeelhoudersregister van ING Groep N.V. ontvangen het dividend rechtstreeks van de vennootschap.

Amsterdam, 22 april 2008

ING Groep N.V.,
gevestigd te Amsterdam
www.ing.com

Stichting ING Aandelen,
gevestigd te Amsterdam
www.stichtingingaandelen.nl

ING

Bron: *Het Financieele Dagblad*, 22 april 2008

a Wat is het voordeel van preferente aandelen ten opzichte van gewone aandelen?

b Wat is het nadeel van preferente aandelen ten opzichte van gewone aandelen?

c Wat is een certificaat van een aandeel?

d Wie hebben/heeft de zeggenschap in een situatie met certificaten van aandelen?

e Wat betekent het feit dat aandelen staan ingeschreven in het aandeelhoudersregister van ING Groep nv voor de verhandelbaarheid van deze aandelen?

10.14 In de tweede helft van het jaar 2008 is de zogenoemde kredietcrisis in volle hevigheid losgebarsten. Een groot aantal gerenommeerde financiële instellingen moest een beroep doen op financiële steun van de overheid of ging zelfs failliet. Voor achtergronden van de financiële crisis, die rond het jaar 2008 speelde, verwijzen we naar internet (google op: kredietcrisis, sub prime leningen, hypotheekcrisis en credit crunch).

Ook Nederlandse financiële instellingen, waaronder Aegon en ING, kregen het zwaar te verduren. De gevolgen voor de beurskoers van deze twee bedrijven blijkt uit het volgende artikel.

Beleggers doen Aegon en ING in de uitverkoop

Van onze redacteur
Amsterdam

De aandelen van Aegon en ING hebben gisteren opnieuw stevige klappen moeten incasseren. Verzekeraar Aegon daalde met 14% naar €2,91. Bank-verzekeraar ING verloor 13,4% en sloot op €5,65. Dat zijn de laagste koersen sinds het begin van de jaren negentig.

De zorgen over de balans van de bedrijven blijven overheersen bij beleggers. Aegon maakte gisteren voorbeurs bekend dat het een kapitaalinjectie van €3 mrd krijgt van de Nederlandse Staat. Beleggers zagen dat echter niet als een positief signaal en deden het aandeel in de uitverkoop. Ook ING, dat eerder al gebruikmaakte van het staatsfonds van minister Wouter Bos van Financiën, liep zware averij op. Kredietbeoordelaar Fitch heeft zijn rating voor ING verlaagd. Dat betekent dat lenen voor ING duurder wordt. Handelaren vrezen daarnaast dat de bankverzekeraar nog flink zal moeten afschrijven op slechte beleggingen in Amerikaanse hypotheken.

Race naar de bodem
Koers Aegon en ING

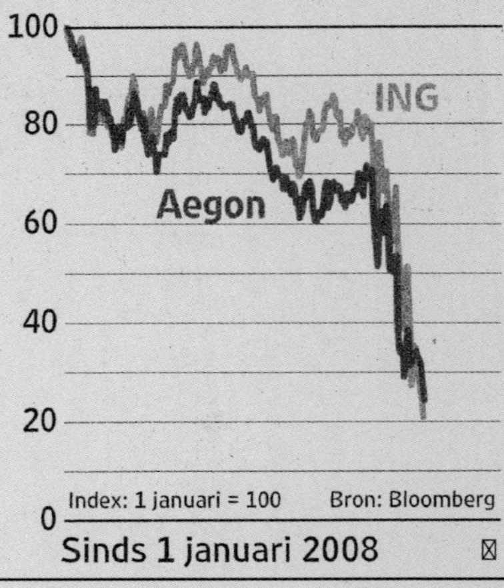

Bron: *Het Financieele Dagblad*, 29 oktober 2008

a Welke gevolgen heeft de scherpe daling van de beurskoers van Aegon en ING voor de koers/winstverhoudingen van deze bedrijven? Is dat een gunstige of ongunstige ontwikkeling?

b Welke instellingen kunnen ook in de problemen komen als de aandelenkoersen over een breed front sterk dalen?

c Welke factoren zijn van invloed op de hoogte van de beurskoers?
d Bekijk de beurskoersen van Aegon en ING op dit moment (op het moment dat je deze opgave maakt). Kun je verklaringen geven voor de verschillen in beurskoers op dit moment en de beurskoers op 28 oktober 2008?

10.15 Sterke start voor beursgangen 2011

Sterke start voor beursgangen 2011

Van onze redacteur
AMSTERDAM

Weliswaar gaan ze goeddeels voorbij aan het Damrak, toch is 2011 op het gebied van beursgangen bijzonder sterk begonnen. Dat meldt consultant Ernst & Young in zijn Global IPO Trends-rapport.

In de eerste twee maanden van dit jaar gingen er wereldwijd 193 bedrijven naar de beurs, die samen S25,3 mrd ophaalden. De beursgangen worden vooral aangejaagd door de groei in opkomende markten 'waar mondiale beleggers op willen inspelen'.

Ernst & Young zag veel beursgangen bij energiemaatschappijen, technologieconcerns, industriële bedrijven en mijnbouwers. De reden voor een beursgang is veelal privatisering of het afstoten van een onderdeel.

Dat laatste geldt ook voor de beursgang van Aperam. Dat roestvaststaalbedrijf kreeg op 26 januari een notering aan het Damrak nadat het was afgesplitst door Arcelor-Mittal. Aperam overleefde de herweging en blijft genoteerd aan de AEX-index.

'Het tekort aan manieren om uit een belegging te stappen, het gebrek aan andere manieren om kapitaal op te halen en de vele beursgangen die waren uitgesteld onder druk van de crisis, hebben wereldwijd voor een steeds maar groeiende pijplijn gezorgd', aldus Gregory Ericksen van Ernst & Young. Hij voorziet meer beursgangen 'in een verscheidenheid van sectoren en regio's. Niet alleen in Brazilië, Rusland, India en China maar ook andere opkomende markten in Zuid-oost-Azië, Oost-Europa en Latijns-Amerika'.

Niettemin lijkt de regio groot-China ook dit jaar koploper te blijven op het gebied van beursgangen. Zo verwacht Ernst & Young dat er alleen al op de beurs van Hongkong dit jaar meer dan $50 mrd zal worden opgehaald door bedrijven die daar een notering aanvragen. Hongkong is de enige Chinese beurs die volledig open is voor buitenlandse beleggers. 'Daarom is die beurs een platform geworden voor Chinese bedrijven met internationale ambities die toegang zoeken tot mondiale geldstromen', aldus Ericksen.

Op de beurs van Sjanghai werd in de eerste twee manden van dit jaar $4 mrd opgehaald met acht beursgangen. In de VS werd $9 mrd opgehaald met 26 deals. Ook in Europa waren er 26 beursgangen. Daarmee haalden die bedrijven $1,8 mrd op.

De pijplijn in Europa is sterk, zegt Ernst & Young. 'In Oost-Europa staan er grote privatiseringen aan te komen.' ■

Bron: *Het Financieele Dagblad*, 8 maart 2011

a Wat wordt bedoeld met:
1 beursgang?
2 privatisering?
3 afsplitsing?
4 opkomende landen?
5 mondiale geldstromen?
b Waarom worden in tijden van economische crisis, zoals de kredietcrisis in de jaren 2007 en 2008, beursgangen uitgesteld?
c Waarom vinden de beursgangen vooral in opkomende landen plaats?

*10.16 U Binnenvetter nv heeft de laatste jaren grote winsten behaald, waarvan een groot gedeelte is ingehouden. In de volgende balans van Binnenvetter nv blijkt dat uit de omvang van de winstreserve.

Balans (bedragen × €1.000)

Gebouwen	22.000	Aandelenkapitaal	20.000
Machines	16.000	Agioreserve	12.400
Inventaris	8.000	Winstreserve	18.000
Voorraden	7.000	Banklening	3.000
Debiteuren	2.000	Crediteuren	2.600
Kas	1.000		
	56.000		56.000

Omdat de beleggers ook voor de toekomst hoge winsten verwachten, is de beurskoers gestegen tot €4.200 per aandeel. Om de verhandelbaarheid van de aandelen te vergroten, wordt besloten tot uitgifte van bonusaandelen (ten laste van de winstreserve) en tot aandelensplitsing. Allereerst wordt voor 4 000 aandelen uitgegeven ten laste van de winstreserve. Nadat de bonusaandelen verstrekt zijn, wordt besloten de aandelen te splitsen. In ruil voor één oud aandeel worden twee nieuwe aandelen verstrekt. Vóór de splitsing hebben alle aandelen een nominale waarde van €1.000.

a Welke mutaties treden in de balans op naar aanleiding van de uitgifte van bonusaandelen?
b Hoeveel bedraagt de nominale waarde van één aandeel na de splitsing?
c Stel de balans van Binnenvetter nv op na de uitgifte van de bonusaandelen en na de splitsing van de aandelen.
d Hoe wordt een verandering binnen het eigen vermogen, waarbij de omvang van het eigen vermogen ongewijzigd blijft, genoemd?
e Bereken de intrinsieke waarde per aandeel na de uitgifte van bonusaandelen en na de splitsing.

**10.17 De balans van Suringa nv geeft per 31 december 2012 de volgende informatie over het eigen vermogen:

• geplaatst aandelenkapitaal	€ 50.000.000
• agioreserve	- 12.000.000
• overige reserves	- 38.000.000
	€ 100.000.000

Verder is gegeven:
- De nominale waarde per aandeel is steeds €20.
- In het voorjaar van 2013 heeft de onderneming ten laste van de agioreserve aandelen uitgekeerd ter grootte van 10% van het geplaatste aandelenkapitaal per 31 december 2012.
- In het najaar van 2013 heeft er een emissie van aandelen plaatsgevonden.

a Noem een reserve die tot de overige reserves kan behoren.
b Welke mutaties vonden door de uitkering van de agiobonus plaats in de posten Geplaatst aandelenkapitaal en Agioreserve?

Per 31 december 2013 bedraagt het geplaatst aandelenkapitaal €65 mln en de agioreserve €13 mln.
Verder vermelden we dat alleen de in het voorgaande genoemde oorzaken hebben geleid tot verandering in het geplaatste aandelenkapitaal en de agioreserve.

c1 Bereken het nominale aandelenkapitaal dat in het najaar van 2013 is geëmitteerd.

2 Bereken tegen welke koers (in euro's) deze emissie heeft plaatsgevonden.

De in vraag **c** genoemde emissie had de vorm van een voorkeursemissie. De waarde van een claim bedroeg €2.

d1 Wat is een voorkeursemissie?

2 Welke geschatte beurswaarde per aandeel na de emissie van najaar 2013 lag ten grondslag aan de waarde van de claim ad €2?

e Wat is de overeenkomst en wat is het verschil tussen een bonusaandeel en stockdividend?

f Wat verstaat men onder keuzedividend?

****10.18** De ondernemingsleiding van Fortune heeft voor het volgend jaar de volgende balans per 31 december begroot:

Balans per 31 december (bedragen × €1.000)

Vaste activa	1.000	Eigen vermogen:		
		Aandelenkapitaal	625	
		Reserves	275	
Vlottende activa	400			900
		Lang vreemd vermogen		300
		Kort vreemd vermogen		200
	1.400			1.400

Zij gaat verder uit van de volgende gegevens.
De onderneming wil in verband met expansie €960.000 financieringsmiddelen aantrekken.
Zij wenst in de financieringsbehoefte te voorzien door het aangaan van een langlopende lening óf door een emissie van aandelen.

De interestkosten van de lening zullen 9% per jaar zijn. De eerste aflossing wordt vijf jaar na het afsluiten van de lening verricht. De emissie van de aandelen zal kunnen plaatsvinden tegen een koers van €64. De nominale waarde bedraagt €25 per aandeel. De aandelenemissie zal geen claimemissie zijn.
De ondernemingsleiding zal de keuze tussen de beide financieringsvormen maken op grond van de hoogste winst per aandeel in het volgende jaar.
De huidige jaarwinst is €150.000. Van de toename van de winst is een conservatieve schatting gemaakt. De ondernemingsleiding verwacht dat door de investering de winst in het volgend jaar met €50.000 zal stijgen. In deze €50.000 winststijging is de eventuele interest over het additionele vreemde vermogen niet verrekend.
Met belastingen houden we geen rekening.

a Beschrijf in het kort twee ontstaansoorzaken van reserves.
b Omschrijf in het kort wat een claimemissie is.
c Bereken het aantal aandelen vóór een eventuele aandelenemissie.
d Bereken het aantal aandelen, nadat in de financieringsbehoefte is voorzien door middel van een aandelenemissie.
e Bereken de verwachte winst per aandeel per 31 december van het volgende jaar, wanneer wordt gekozen voor de aandelenemissie.
f Bereken de verwachte winst per aandeel, wanneer in de financieringsbehoefte wordt voorzien door middel van de langlopende lening.
g Tot welke keuze zal de onderneming komen op grond van de uitkomsten van de vragen **e** en **f**?
h Bereken bij welk interestpercentage van de langlopende lening beide financieringsvormen dezelfde winst per aandeel opleveren.
i Aan welk soort rechtspersoon zal deze onderneming behoren? Motiveer uw antwoord.

****10.19** Computerfabrikant Megadata nv is gespecialiseerd in de productie van grote computersystemen voor bedrijven. De vereenvoudigde balans van Megadata nv per 31 december 2012 is hierna weergegeven.

Balans (bedragen × €1.000)

Gebouwen en terreinen	20.600	Aandelenkapitaal	18.000
Machines	6.200	Agioreserve	8.000
Inventaris	3.700	Winstreserve	2.500
Voorraden	4.300	Hypothecaire lening	7.900
Debiteuren	5.900	Te betalen belastingen	1.610
Kas	2.100	Rekening-courantkrediet	1.000
		Te betalen dividend	1.990
		Crediteuren	1.800
	42.800		42.800

Het maatschappelijk kapitaal bedraagt €40 mln, verdeeld over 40 000 aandelen. Het geplaatste en gestorte nominale aandelenkapitaal bedraagt op 31 december 2012 €18 mln. De beurskoers op 31 december 2012 bedroeg €2.100. De resultaten van de onderneming over 2012, die hierna zijn weergegeven, zijn reeds in de voorgaande balans verwerkt.
Resultaten over 2012 (bedragen × €1.000):

Omzet	€ 30.000	
Kosten van de omzet (exclusief interestkosten)	- 24.000	–
EBIT (Bedrijfsresultaat)	€ 6.000	
Interestkosten vreemd vermogen	- 1.400	–
Winst voor aftrek van belastingen	€ 4.600	
Vennootschapsbelasting (stel 35%)	- 1.610	–
Winst na belasting	€ 2.990	
Ingehouden winst	- 1.000	–
Dividenduitkering	€ 1.990	

De verschaffers van eigen vermogen eisen een vergoeding van 10% over het geïnvesteerde eigen vermogen.
Tijdens de algemene vergadering van aandeelhouders zijn onder andere de volgende besluiten genomen:

- Uitgifte van aandelen ten laste van de agioreserve. Tegen inlevering van drie dividendbewijzen met het nummer 25 wordt één nieuw aandeel verstrekt ten laste van de agioreserve. Beleggingsanalisten verwachten dat door de uitgifte van deze aandelen de totale beurswaarde van de uitstaande aandelen niet zal veranderen.
- Nadat de bonusaandelen zijn uitgegeven, zal er een claimemissie plaatsvinden. Tegen inlevering van twee dividendbewijzen met het nummer 26 en bijbetaling van €1.100 wordt één nieuw aandeel verstrekt. Alle bonusaandelen worden geleverd met dividendbewijs nummer 26. Financiele analisten verwachten dat de totale beurswaarde van de onderneming na de claimemissie €46.260.000 zal bedragen.

a Bereken de rentabiliteitswaarde van Megadata nv, als we veronderstellen dat de resultaten eeuwigdurend hetzelfde zullen zijn als in 2012.
b Bereken de goodwill van Megadata nv.
c Wat kan voor Megadata nv de reden zijn voor de uitgifte van bonusaandelen?
d1 Stel de balans van Megadata nv op na de verstrekking van bonusaandelen.
2 Hoe wordt de verandering binnen het eigen vermogen, zoals die zich onder andere door de uitgifte van bonusaandelen voordoet, genoemd?
e Bereken de verwachte beurskoers van één aandeel Megadata nv na de verstrekking van bonusaandelen, maar voordat de claimemissie heeft plaatsgehad.
f1 Bereken de theoretische waarde van één claim.
2 Waarom wordt hier gesproken over de theoretische waarde van de claim?

Weduwe Jetje Klaassen had voorafgaand aan de uitreiking van de bonusaandelen en de claimemissie negen aandelen Megadata nv in haar bezit.
g1 Bereken het aantal aandelen dat mevrouw Klaassen zal bezitten na de uitgifte van de bonusaandelen en na de claimemissie. We veronderstellen dat deze belegger al haar claims gebruikt om nieuwe aandelen te kopen.
2 Bereken het verlies of de winst die mevrouw Klaassen realiseert na de uitgifte van de bonusaandelen en na de claimemissie.

De heer Philip Fritsen bezit, net als mevrouw Klaassen, voorafgaand aan de uitreiking van de bonusaandelen en de claimemissie, negen aandelen Megadata nv. Na de uitreiking van de bonusaandelen besluit hij echter de claims (dividendbewijzen met het nummer 26) op de beurs te verkopen. Verondersteld wordt dat de beurskoers van één claim overeenkomt met de bij vraag **f1** berekende theoretische waarde van de claim.
h1 Bereken het aantal aandelen dat de heer Fritsen zal bezitten na de uitgifte van de bonusaandelen.
2 Bereken het verlies of de winst die de heer Fritsen realiseert na de uitgifte van de bonusaandelen en na de claimemissie.
i Vergelijk de situaties van mevrouw Klaassen en meneer Fritsen. Welke conclusies kunnen daaruit worden getrokken?

Direct voorafgaand aan de claimemissie worden de claims op de beurs verhandeld voor €100 per stuk.
j Bereken de beurskoers die de beleggers blijkbaar verwachten na de claimemissie.

11 Vormen van vreemd vermogen

11.1 In de volgende advertenties is sprake van de uitgifte van een obligatielening door de BNG en door de Staat der Nederlanden.

bng

introductie van

N.V. Bank Nederlandse Gemeenten

GBP 50.000.000,--
4,875% Notes 2008
per 21 april 2010

Geëmitteerd onder het Euro 80.000.000.000 Debt Issuance Programme

Toelating tot de notering van deze obligaties op Euronext Amsterdam by NYSE Euronext is aangevraagd.

Het betreft hier de zevende verhoging van de oorspronkelijk uitgegeven lening GBP 200.000.000 4,875% obligaties 2007 per 21 april 2010, waarmee het totaal van deze obligatielening GBP 750.000.000 zal bedragen.

Uitsluitend Rabobank International mag, namens Credit Suisse Securities (Europe) Limited, transacties bewerkstelligen die de koers van de obligaties stabiliseren. De koersstabilisatie kan plaatsvinden tot uiterlijk 30 dagen na de stortingsdatum.

Exemplaren van de "Final Terms" d.d. 22 april 2008, van het "Base Prospectus" d.d. 23 juli 2007 en het "Supplement" d.d. 27 maart 2008 ,allen uitsluitend in de Engelse taal, zijn kosteloos verkrijgbaar bij Rabo Securities, Croeselaan 18, 3521 CB te Utrecht (tel: 030 2168080; fax: 030-2163119).

Notering op Euronext Amsterdam by NYSE Euronext gearrangeerd door:

Rabobank

22 april 2008

Bron: *Het Financieele Dagblad*, 22 april 2008

Opmerking:
GBP betekent Great Britain Pound.

STAAT DER NEDERLANDEN

4% LENING 2008 PER 15 JULI 2018 VERVOLGUITGIFTE

Uitgifte	toonbankuitgifte via Primary Dealers voor Nederlandse staatsleningen, te beginnen op september 2008 a.s.
Koers van uitgifte	wordt op 9 september 2008 a.s. om 10.00 uur vastgesteld en kan doorlopend worden aangepast
Rente	4% per jaar, de rente gaat in op 15 juli 2008 en verschijnt jaarlijks op 15 juli
Oorspronkelijke looptijd	10 jaar en 140 dagen vanaf 25 februari 2008
Resterende looptijd	9 jaar en 306 dagen vanaf 12 september 2008
Storting	op 12 september 2008
Aflossing	op 15 juli 2018 wordt het uitstaande bedrag van de lening a pari aflosbaar gesteld; gehele of gedeeltelijke vervroegde aflossing is niet toegestaan
Leningvoorwaarden	verkrijgbaar bij banken en via www.dutchstate.nl
Volume	er wordt naar gestreefd om de lening in meerdere uitgiftes een omvang te geven van minimaal 10 miljard euro

Bron: *Het Financieele Dagblad*, 4 september 2008

Opmerking
We veronderstellen dat de vraag- en aanbodverhoudingen op de vermogensmarkt in de periode van 22 april 2008 tot 4 september 2008 niet zijn veranderd.

a Geef een verklaring voor het feit dat op de BNG-lening een interest wordt vergoed van 4,875% en op de staatslening slechts 4%.
b1 Wat wordt bedoeld met een risicovrije lening?
2 Welke lening is daar een voorbeeld van?
3 Wat is begin september 2008 de hoogte van de risicovrije rentevoet?
c Wat is een vervolguitgifte? (zie advertentie Staat der Nederlanden)
d Wat is een toonbankuitgifte?
e Wat betekent aflossing à pari?

11.2 Een jonge ondernemer wil een eigen bouwbedrijf beginnen. In overleg met zijn financieel adviseur heeft hij een lijst opgesteld van activa waarover het op te richten bouwbedrijf moet beschikken. Daaruit is het volgende overzicht gemaakt:

• bedrijfspanden	€	600.000
• voorraad bouwmaterialen	-	400.000
• gereedschappen	-	200.000
• bedrijfswagens	-	120.000
• debiteuren	-	80.000
• liquide middelen	-	30.000
	€	1.430.000

Een goede kennis is bereid in de financiering van de onderneming bij te dragen. De ondernemer kan zelf €300.000 eigen vermogen inbrengen.

a Geef gemotiveerd aan welke ondernemingsvorm u voor deze onderneming zou kiezen.

b Op welke wijze zou u deze onderneming financieren:

1 Geef aan voor hoeveel eigen en voor hoeveel vreemd vermogen u zou kiezen.

2 Voor welke vormen van eigen en vreemd vermogen zou u kiezen?

Bij iedere vorm van vermogen kan naar eigen inzichten de omvang van het bedrag bepaald worden. Motiveer de keuzes die worden gemaakt.

c Stel de balans op van deze onderneming. Daarin moeten de gemaakte keuzes ten aanzien van de financiering verwerkt worden.

11.3 Ratingbureau Moody's

Ratingbureau Moody's

Moody's: lagere status Portugese obligaties

LONDEN. Kredietbeoordelaar Moody's heeft de kredietwaardigheid van Portugese schuldpapieren verder verlaagd, met één categorie, naar bijna junkstatus. Het is de tweede keer in een maand tijd dat Moody's deze beoordeling verlaagt. Het zinspeelde tegelijk op een verdere verlaging. Portugal verkeert in ernstige politieke en economische problemen en moet naar verwachting gebruikmaken van het Europese reddingsfonds. Eerder stelden ook kredietbeoordelaars Fitch en Standard & Poor's hun waardering van Portugees schuldpapier al bij naar bijna junkstatus. (Dow Jones)

Moody's dreigt met afwaardering Japan

Rotterdam. Kredietbeoordelaar Moody's dreigt de kredietwaardigheid van Japan te verlagen. Moody's heeft de beoordeling van Japan op 'herziening' gezet. De kredietbeoordelaar meent dat Japan de economische groeiperspectieven te rooskleurig voorstelt en heeft tevens zorgen over de grote schuld van Japan. Volgens Moody's treft Japan onvoldoende maatregelen om de schuld tegen te gaan. Na de natuurramp in Japan begin maart is het land in een recessie geraakt. De aardbeving, tsunami en de daarop volgende nucleaire ramp zorgen ervoor dat de economie van het land een forse klap kreeg, waardoor het bruto binnenlands product het eerste kwartaal van dit jaar met 0,9 procent daalde. (NRC)

Moody's waarschuwt Franse banken

ROTTERDAM. Kredietbeoordelaar Moody's heeft de Franse banken BNP Paribas, Crédit Agricole en Société Générale onder herziening geplaatst voor een mogelijke kredietwaardigheidsverlaging, vanwege hun blootstelling aan de schuldencrisis in Griekenland. Ook andere banken kunnen 'in de komende weken' mogelijk vergelijkbare stappen verwachten, waarschuwt Moody's. De kredietbeoordeler zegt de gevolgen van een Griekse wanbetaling nauwlettend te volgen en deze factoren, waaronder de effecten op obligaties van zwakkere eurozonelanden en op kapitaalmarkten, mee te nemen in de overweging voor ratings voor banken. 'Het belangrijkste punt bij alle drie herzieningen is de blootstelling van de banken aan Griekse overheidsschuld en de Griekse private sector', stelt Moody's. (Dow Jones) ■

Bron: : *NRC Handelsblad*, resp. 5 april, 31 mei en 15 juni 2011

a Welke taken vervult een ratingbureau zoals Moody's (zie ook www.moodys.com)?
b Noem twee andere kredietbeoordelaars, naast Moody's.
c Wat betekent 'junkstatus'?
d Wat zijn de gevolgen voor de Japanse overheid als Moody's de kredietwaardigheid van Japan verlaagt?
e Wat is het verband tussen de kredietwaardigheidbeoordeling van de Franse banken BNP Paribas, Crédit Agricole en Société Générale en hun blootstelling aan de schuldencrisis in Griekenland?
f Welke verschillende ratingaanduidingen gebruiken de kredietbeoordelaars?

*11.4 Uit het jaarverslag over 2010 van Beter Bed Holding is de volgende geconsolideerde balans per 31 december 2010 overgenomen (in €1.000, voor verwerking voorstel winstbestemming).

Geconsolideerde balans per 31 december 2010 (× €1.000)

Vaste activa		
Materiële vaste activa		
Bedrijfsterreinen	5.317	
Bedrijfsgebouwen	4.604	
Andere vaste bedrijfsmiddelen	19.484	
		29.405
Immateriële vaste activa		
Goodwill		**3.811**
Financiële vaste activa		
Uitgestelde belastingvorderingen		**1.206**
Vlottende activa		
Voorraden		
Gereed product en handelsvoorraden		**56.633**
Vorderingen		
Handelsdebiteuren	1.086	
Overige vorderingen	5.075	
		6.161
Geldmiddelen en kasequivalenten		**16.761**
Totaal activa		**113.977**

Eigen vermogen		
Geplaatst kapitaal	436	
Agioreserve	16.145	
Reserve omrekeningsverschillen	504	
Herwaarderingsreserve	2.722	
Overige reserves	13.107	
Onverdeelde winst	27.937	
		60.851
Langlopende schulden		
Uitgestelde betalingsverplichtingen	5.000	
Kredietinstellingen	1.924	
		6.924
Kortlopende schulden		
Kredietinstellingen	2.000	
Handelsschulden	17.189	
Te betalen winstbelasting	3.536	
Belastingen en premies soc. verzeker.	8.940	
Overige schulden	14.537	
		46.202
Totaal passiva		**113.977**

Bron: Beter Bed Holding, *Jaarverslag 2010*

a In welke situatie kan er een herwaarderingsreserve ontstaan?
b Welke post op de balans van Beter Bed Holding houdt verband met het door Beter Bed Holding *verleende* leverancierskrediet?
c1 Welke post op de balans van Beter Bed Holding houdt verband met het door Beter Bed Holding *ontvangen* leverancierskrediet?
2 Waaruit bestaan de kosten van het krediet dat van de leveranciers wordt ontvangen?
d Worden de aflossingen die binnen 12 maanden verricht moeten worden op de langlopende schulden, tot de langlopende of tot de kortlopende schulden gerekend? Motiveer uw antwoord.

e Wat zijn de kenmerkende verschillen tussen het eigen en het vreemd vermogen?
f Wat wordt verstaan onder immateriële activa? Geef ook enkele voorbeelden.
g Wat wordt verstaan onder kasequivalenten? Geef ook enkele voorbeelden.
h In welke situatie ontstaat een agioreserve?
i Waarom rekent Beter Bed Holding de onverdeelde winst tot het eigen vermogen?

11.5
U Een onderneming heeft een 10% converteerbare obligatielening van €6 mln uitstaan. Uit de conversievoorwaarden van deze lening blijkt dat drie obligaties van elk €1.000 nominaal, met bijbetaling van €400 in contanten, kunnen worden omgewisseld in één aandeel van €1.000 nominaal.
a Welke journaalpost wordt gemaakt indien de gehele converteerbare obligatielening in één keer wordt geconverteerd in aandelen?
b Bereken de conversiekoers.

11.6 Uitgeverij Publicon nv wil een achtergestelde converteerbare obligatielening plaatsen van €20 mln. De nominale waarde van een obligatie is €1.000. Volgens de conversievoorwaarden kunnen tegen inlevering van twee converteerbare obligaties en een bijbetaling van €600 in contanten, acht aandelen van €100 nominaal ontvangen worden. Op de eerste dag van de conversieperiode bedraagt de conversiewaarde van een converteerbare obligatie €1.200. Op die dag is de beurswaarde van de converteerbare obligatie €1.400.
a Bereken de conversiekoers.
b Bereken de beurswaarde van een aandeel op de eerste dag van de conversieperiode.
c Welke journaalpost wordt gemaakt, als de gehele converteerbare obligatielening in één keer wordt geconverteerd in aandelen?
d Geef een verklaring voor het feit dat op de eerste dag van de conversieperiode de beurswaarde van de converteerbare obligatie hoger is dan haar conversiewaarde.

***11.7** Van onderneming Hemex nv is de volgende balans gegeven:

Balans per 1 januari 2013 (bedragen × €1.000)

Vaste activa:			Eigen vermogen:		
Duurzame productiemiddelen		2.400	Aandelenvermogen	2.000	
			Reserves	600	
Vlottende activa:					
Voorraden	500				2.600
Debiteuren	600		Lang vreemd vermogen:		
			3% Converteerbare obligatielening		800
		1.100			
Kas		300	Kort vreemd vermogen:		
			Crediteuren		400
		3.800			3.800

a Noem twee functies van het eigen vermogen.
b Noem twee kenmerkende verschillen tussen het eigen vermogen en het vreemde vermogen.

De converteerbare obligatielening bestaat uit 800 obligaties van €1000 per stuk. Gedurende de conversieperiode kan één obligatie onder bijbetaling van €400 omgewisseld worden in vijf aandelen van nominaal €100 per stuk.

c Bereken de conversiekoers in procenten.

De onderneming verwacht dat 60% van de converteerbare obligatielening voor 2013 zal worden omgezet in aandelen tegen de voorwaarden zoals gegeven bij vraag **c**.

d Geef aan welke mutaties naar aanleiding van de conversie zullen plaatsvinden in de balansposten:
1 converteerbare obligatielening;
2 aandelenvermogen;
3 reserves;
4 Kas.
Geef deze mutaties in de vorm van een journaalpost weer.

e Geef een verklaring voor het (ten opzichte van gewone obligaties) relatief lage interestpercentage van de converteerbare obligatie.

***11.8**
U
De Meedenkbank nv kondigde op 17 oktober 2012 aan over te gaan tot *vervroegde* aflossing van alle nog uitstaande 6,5% 15-jarige in gewone aandelen converteerbare achtergestelde obligaties. Deze obligaties werden in 2001 uitgegeven en hebben nog een maximale looptijd tot 2016. Een converteerbare obligatie heeft een nominale waarde van €1.000. Alle nog uitstaande obligaties die nog niet voor 31 december 2012 geconverteerd zijn, zullen per die datum worden afgelost tegen een koers van 105%.
Tegen inlevering van twee converteerbare obligaties en bijbetaling van €600 per twee obligaties kunnen vijf aandelen van ieder €200 nominaal verkregen worden. Op 1 december 2012 werden de gewone aandelen verhandeld tegen een koers van €600 per aandeel van €200 nominaal. Op die datum was de koers van de converteerbare obligaties 130%.

a Bereken de conversiekoers.

b Bereken het verschil tussen de beurskoers en de conversiewaarde van de converteerbare obligatie per 1 december 2012.

c Geef een duidelijke verklaring voor het ontstaan van het bij vraag **b** berekende verschil.

d Gedurende de gehele maand december 2012 bedroeg de koers van het aandeel €600. Zullen er op 31 december 2012 nog converteerbare obligaties zijn, die niet geconverteerd zijn? Motiveer uw antwoord door middel van een berekening.

11.9 Handelsonderneming Vision nv heeft op 2 januari 2006 een 7% converteerbare obligatielening van €3 mln uitgegeven. Eén converteerbare obligatie is nominaal €1.000. Vanaf 1 januari 2011 kunnen de converteerbare obligaties omgewisseld worden in gewone aandelen. Tegen inlevering van twee converteerbare obligaties en bijbetaling van €200 kan één gewoon aandeel verkregen worden (één aandeel heeft een nominale waarde van €1.000). De converteerbare obligaties die op 31 december 2012 nog niet in aandelen geconverteerd zijn, zullen op 2 januari 2013 worden afgelost tegen 105%. De onderneming heeft vanaf 1 januari 2008 het recht de converteerbare obligaties vervroegd af te lossen (vóór 2 januari 2013) tegen 107%. De beurskoers van één aandeel bedraagt per 31 december 2012 €2.400. De 7% converteerbare obligatie werd op 2 januari 2006 geëmitteerd tegen een koers van 150%. De beurswaarde van een gewone 7% obligatielening die (met uitzondering van het conversierecht) volledig met de in het voorgaande beschreven converteerbare obligatie vergelijkbaar is, heeft op 2 januari 2006 een beurskoers van €1.300.

a Geef een verklaring voor het feit dat de beleggers op 2 januari 2006 bereid zijn voor een converteerbare obligatie een hogere prijs te betalen dan voor een gewone obligatie.

b Wat zijn de redenen voor een onderneming om converteerbare obligaties uit te geven?

c Noem een reden waarom deze onderneming tussen 1 januari 2008 en 1 januari 2013 gebruik zou kunnen maken van het recht tot vervroegde aflossing.

d Bereken:
1 de conversiekoers;
2 de conversiewaarde van één converteerbare obligatie op 31 december 2012.

e Zullen er naar uw mening op 1 januari 2013 nog converteerbare obligaties in omloop zijn, die niet in aandelen geconverteerd zijn? Licht uw antwoord ook met een berekening toe.

***11.10** Buhrmann nv: 2% Achtergestelde converteerbare obligatielening

Buhrmann NV

2% Achtergestelde converteerbare obligaties

Mededeling aan houders van uitstaande EUR 114.819.000,00 2% achtergestelde converteerbare obligaties per 2010 (de 'Obligaties') (ISIN Code: XS0180881343) uitgegeven door Buhrmann NV.

Buhrmann NV deelt hierbij mee dat de conversieprijs van de Obligaties is aangepast van EUR 8,40 naar EUR 7,95 in overeenstemming met artikel 5.4 (a) (iv) van de voorwaarden van de Obligaties. De aanpassing is ingegaan per 15 maart 2005.

Buhrmann

Raad van Bestuur
Amsterdam, 23 maart 2005

Bron: *Het Financieele Dagblad*, 23 maart 2005

a1 Wat wordt verstaan onder een achtergestelde lening?
2 Verklaar waarom converteerbare obligaties in veel gevallen achtergestelde leningen zijn.

b1 Noem de voordelen van een converteerbare obligatie, vanuit de onderneming gezien.
2 Noem de voordelen van een converteerbare obligatie, vanuit de belegger gezien.

c1 Wat verstaan we onder garantievermogen?
2 Voor wie of welke groep is dit vermogen een garantie?

d Wat kan de reden zijn geweest om de conversieprijs te verlagen van €8,40 naar €7,95?

11.11 KPN haalt €850 mln op

KPN haalt € 850 mln op

Van onze redacteur
Amsterdam

KPN heeft € 850 mln opgehaald met de uitgifte van een obligatielening. De lening heeft een looptijd van vijf jaar. Dat maakte het bedrijf gisteren bekend. KPN zal het kapitaal besteden aan de herfinanciering van kredietfaciliteiten en aan algemene bedrijfsdoelen. De obligatie is uitgegeven onder KPN's Global Medium Term Note-programma en wordt genoteerd aan Euronext Amsterdam.

De lening heeft een couponrente van 6,25% en is vooral terechtgekomen bij institutionele beleggers. Die verlangden een couponrente van 6,25%. Dat is 175 basispunten meer dan de gangbare benchmarkrente. Ter vergelijking: toen KPN vorig najaar een vergelijkbare lening uitgaf bedroeg de opslag nog 74 basispunten, aldus gegevens van Bloomberg. De hogere opslag heeft te maken met verslechterde verhoudingen op de wereldwijde kredietmarkt als gevolg van de kredietcrisis.

De markt volgde de uitgifte van KPN met argusogen; de bereidheid van beleggers om te lenen aan bedrijven is een graadmeter van het vertrouwen in de geldmarkt.

KPN
Obligatielening

€ 850 mln
KPN heeft € 850 mln opgehaald met de uitgifte van een obligatielening

6,25%
De lening heeft een couponrente van 6,25%

175
Dat is 175 basispunten meer dan de gangbare benchmarkrente

KPN gebruikt het geld naar eigen zeggen voor het aflossen van een kredietfaciliteit die deze zomer is aangegaan en voor 'algemene bedrijfsdoeleinden'. De begeleidende banken waren Barclays Capital, JPMorgan, Credit Suisse en Rabobank.

KPN streeft naar een verhouding nettoschuld/bedrijfsresultaat (ebitda) tussen 2 en 2,5. Daarnaast streeft KPN naar een minimum credit rating van Baa2 (Moody's) en BBB (S&P).

Aan het einde van het afgelopen kwartaal had KPN een nettoschuld van € 11,3 mrd en een nettoschuld/ebitda-verhouding van 2,3. KPN heeft een BBB+-rating (negatieve vooruitzichten) van S&P en Baa2 (stabiele vooruitzichten) van Moody's. ■

Bron: *Het Financieele Dagblad*, 10 september 2008

- **a** Wat verstaan we onder couponrente?
- **b** Met hoeveel procent komen 175 basispunten overeen?
- **c** Wat wordt verstaan onder de kredietcrisis die in 2008/2009 heerste?
- **d** Waarom is de creditrating door Moody's en S&P belangrijk voor KPN?
- **e** Maak een vergelijking tussen de creditrating-aanduidingen van Moody's en die van Standard & Poor (S&P). Om deze vraag te beantwoorden kunnen Google, www.moodys.com en www.standardandpoors.com worden geraadpleegd.

***11.12** Jaarsma NV, fabrikant van open haarden, is op 1 januari 2012 opgericht. De openingsbalans en de balans per 1 januari 2013 zijn hieronder weergegeven.

Balans (bedragen × €1.000.000)

	1-1-2012	1-1-2013		1-1-2012	1-1-2013
Vaste activa:			Eigen vermogen:		
Materiële vaste activa	18	20,75	Nominaal aandelenkapitaal	19	19
			Agioreserve	1	1
Vlottende activa:					
Voorraden	8	9			
Debiteuren	2,25	2,25	Vreemd vermogen lang:		
Kas	1,75	2	6% obligatielening	5	5
			Hypotheek	3	3
			Vreemd vermogen kort:		
			Crediteuren	2	2
			Te betalen belastingen	0	4
	30	34		30	34

De aandelen en de obligaties hebben een nominale waarde van €1.000. Gedurende 2012 is de beurswaarde van een aandeel steeds €2.500.

Onderneming Jaarsma nv heeft de 6%-obligatielening van €5 mln uitgegeven in de vorm van een warrantlening. Aan elke uitgegeven obligatie is één warrant toegevoegd. Elke warrant geeft het recht om gedurende de jaren 2012 en 2013 tegen de vooraf vastgestelde prijs van €4.500 twee aandelen van Jaarsma nv te kopen.

a Wanneer zal de houder van een warrant van het hiervoor omschreven recht gebruikmaken?

We veronderstellen dat in 2012 alle houders van een warrant van hun recht gebruik hebben gemaakt.

b Welke veranderingen treden hierdoor op in de balans per 1 januari 2013?

c Een warrant kan op de beurs worden verhandeld. Welke beurswaarde zal de warrant in 2012 hebben gehad? Motiveer uw antwoord.

Jaarsma nv heeft met ingang van 2013 uit concurrentieoverwegingen de kredietermijn (= kredietduur) voor haar afnemers van open haarden verlengd. In 2012 betaalden deze afnemers gemiddeld na 30 dagen. In 2013 zal de gemiddelde kredietermijn 45 dagen bedragen. Verder geven we dat zowel in 2012 als in 2013 voor €24 mln open haarden worden ingekocht. De verkoopopbrengst van deze producten bedraagt in beide jaren €27 mln.

d Bereken hoeveel extra vermogen Jaarsma nv in 2013 nodig heeft in verband met het verlengen van de kredietermijn. (1 jaar = 360 dagen)

Lease anno nu

Deze tijd vraagt veel van u als ondernemer. Snel veranderende marktomstandigheden vragen continu om uw aandacht. Dan moet u zorgen dat de liquiditeit van de onderneming op niveau blijft, zodat u kunt reageren op de veranderingen. Dat is ondernemen anno nu. Dat vraagt om oplossingen van een partner waar u op kunt bouwen. Die met u meedenkt in goede en moeilijke tijden en die alles weet van de financiering van uw bedrijfsmiddelen. Dit alles met als doel gezamenlijk tot een duurzaam resultaat te komen.

Dat is wat ABN AMRO Lease voor u wil betekenen. Nu en in de toekomst. Wij hopen snel met u hierover van gedachten te kunnen wisselen. Kijk op onze site rond en aarzel niet om contact met ons op te nemen.

Frank Stienstra, algemeen directeur ABN AMRO Lease ■

Bron: www.abnamrolease.nl

11.13 Lease anno nu

- a Welke vormen van leasing kunnen onderscheiden worden?
- b Welke vorm van leasing wordt tot het vreemd vermogen gerekend?
- c Wat zijn de voordelen van leasing?
- d Wat is meestal het alternatief voor het leasen van bedrijfsactiva?

11.14
U Groothandel Olympia bv heeft aan een sportzaak tien tennisrackets van het merk HEAD geleverd. Het totale factuurbedrag van deze levering bedroeg €2.000.
In de betalingsvoorwaarden is opgenomen dat de factuur uiterlijk binnen dertig dagen betaald moet worden. Bij betaling binnen tien dagen kan een korting van 1% op de factuur in mindering worden gebracht. Een jaar is 360 dagen.

Bereken de kostenvoet van het leverancierskrediet in twee decimalen nauwkeurig.

11.15 Banketbakkerij De Gevulde Ruif koopt haar bakkerijgrondstoffen in bij groothandel Banket bv.
De betalingscondities van Banket bv luiden: betaling uiterlijk binnen 45 dagen, bij betaling binnen 15 dagen mag een korting van $1\frac{1}{2}$% op het factuurbedrag in mindering worden gebracht.
Een jaar is 360 dagen. De Gevulde Ruif heeft ook de mogelijkheid bankkrediet op te nemen, zodat de facturen binnen 15 dagen betaald kunnen worden. De kosten van het bankkrediet bedragen 13% per jaar.

Bereken of De Gevulde Ruif uit het oogpunt van kostenminimalisatie gebruik moet maken van het leverancierskrediet of van het bankkrediet.

11.16 Afnemer Jan Krediet is een vaste afnemer van onderneming Piet Leverancier. De betalingsvoorwaarden van Piet Leverancier luiden:

- Afnemers genieten een maximaal toegestane krediettermijn van 30 dagen.
- Bij contante betaling (dit is betaling binnen 12 dagen) wordt een korting verleend van 1,75%.

Jan Krediet maakt tot dusverre gebruik van het leverancierskrediet. Over zijn rekening-courantkrediet moet Jan Krediet 1,5% interest per 30 dagen betalen (stel 1 jaar = 360 dagen).

a Bereken welk interestpercentage in feite aan Jan Krediet in rekening wordt gebracht als hij van het leverancierskrediet gebruikmaakt.

b Laat door middel van een berekening zien welk alternatief, leverancierskrediet of rekening-courantkrediet, tot de laagste vermogenskosten leidt.

c Welk onderdeel van de totale vermogensbehoefte van een onderneming wordt vaak gefinancierd met rekening-courantkrediet?

d Voor welke categorie bedrijven is het afnemerskrediet een belangrijke financieringsbron?

11.17
U Bouwonderneming Constructon bv is gespecialiseerd in het bouwen van kantoorpanden. Bij de aanvang van iedere fase van de bouw wordt door de opdrachtgever vooraf een gedeelte van de bouwsom betaald. Na de oplevering van de panden wordt de eindafrekening opgesteld.
De balans van Constructon bv is hierna weergegeven.

Balans per 1 januari 2013 (bedragen × €1.000)

Terreinen	20.000	Aandelenvermogen	18.000
Gebouwen	14.000	Agioreserve	2.000
Machines	3.000	Pensioenvoorziening	3.000
Transportmiddelen	500	Garantievoorziening	2.200
Debiteuren	2.000	Hypotheek	4.000
Kas	300	Banklening	5.000
		Vooruitontvangen bedragen	2.500
		Rekening-courant	800
		Te betalen belastingen	500
		Crediteuren	1.800
	39.800		39.800

a Bereken de omvang van het eigen en van het vreemd vermogen van deze onderneming.

b Van welke vormen van vreemd vermogen op lange termijn maakt deze onderneming gebruik?

c Welke zekerheden kan Constructon bv aan de verschaffers van vreemd vermogen verstrekken?

11.18 Sinterklaas bestaat niet

In hoofdstuk 1 van het theorieboek is op pagina 27 een schema weergegeven met goederen- en geldstromen. Dit schema herhalen we hierna.

Goederenstromen en primaire en secundaire geldstromen

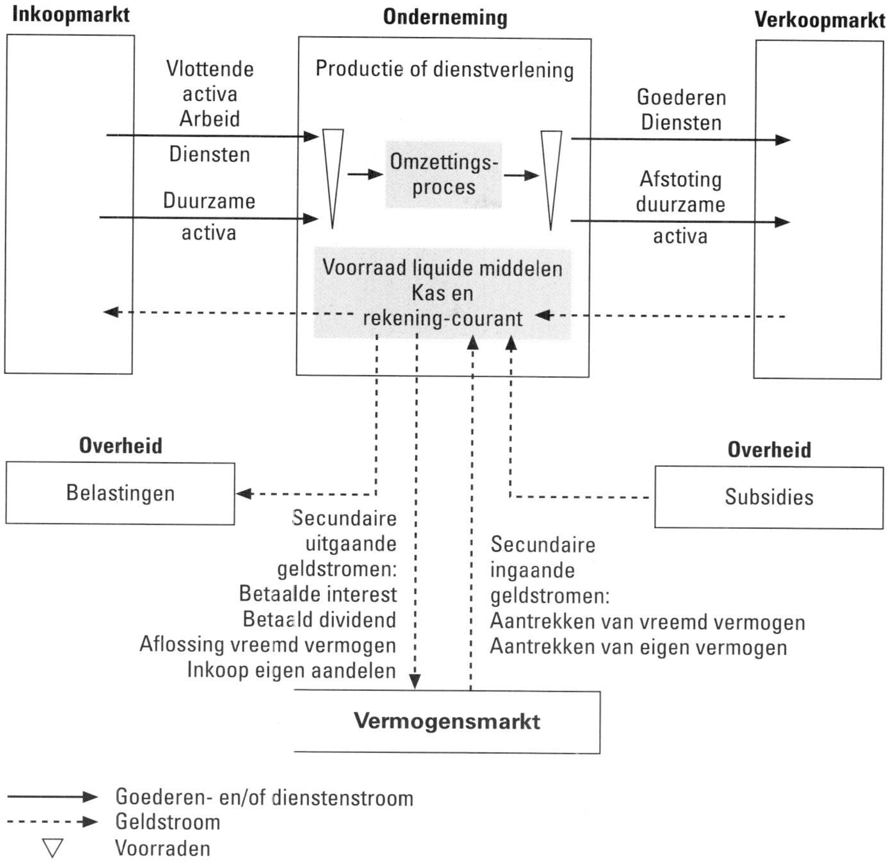

Dit schema hebben we toegelicht aan de hand van een onderneming. Het schema is echter ook van toepassing op de financiële gang van zaken bij gezinnen en bij landen (overheden). Als een ‘organisatie’ (een onderneming, een gezin, een land of een persoon) geld tekort komt, kan zij een beroep doen op de vermogensmarkt. Bijvoorbeeld door het aantrekken van vreemd vermogen. Maar de verstrekker van vreemd vermogen vraagt daarvoor een tegenprestatie in de vorm van rente. In het Engels zeggen ze dat er op de vermogensmarkt geen ‘free lunch’ bestaat. Je krijgt niets voor niets (Sinterklaas bestaat immers niet). Als je iets wilt hebben, zul je ervoor moeten betalen. Als je geld leent, moet je rente betalen en daarnaast zal de lening in de meeste gevallen ook binnen een bepaalde tijd terugbetaald moeten worden.
Er zijn ook leningen die aflossingsvrij zijn. Die hoeven niet afgelost te worden, maar dan moet er wel *eeuwigdurend* rente worden betaald.

a In welke situaties zal er een beroep op de vermogensmarkt worden gedaan door bijvoorbeeld vreemd vermogen aan te trekken? Beschrijf zowel situaties die op een gezin als op een overheid (een land) betrekking hebben.

b Wat moet er in de toekomst gebeuren met de ingaande en uitgaande geldstromen wil een gezin of land in staat zijn de rente- en aflossingsverplichtingen na te komen?

c Wat kunnen de oorzaken zijn als een gezin niet meer in staat is de rente- en aflossingsverplichtingen van een hypothecaire lening aan de bank te betalen? (Denk aan de oorzaken die hebben geleid tot de kredietcrisis in de jaren 2007 en 2008. Zoek ook op internet op trefwoorden zoals financiële crisis, kredietcrisis en credit crunch.)

d Wat kunnen de oorzaken zijn als een land (overheid) niet meer in staat is de rente- en aflossingsverplichtingen op staatsleningen te betalen? (Denk aan de oorzaken die hebben geleid tot de eurocrisis, die in de jaren 2011/2012 begon. Zoek ook op internet op trefwoorden zoals eurocrisis, schuldencrisis, faillissement Griekenland.)

e Wat is het nadeel van een aflossingsvrije lening?

f Waar let je op als verschaffer van vreemd vermogen (zoals de bank) bij het verstrekken van vreemd vermogen aan een gezin of een land?

g Welke factoren zijn van invloed op de hoogte van de rente op vreemd vermogen?

h Wat wordt bedoeld met de zinsnede 'There is no free lunch' of de Nederlandse variant 'Sinterklaas bestaat niet'?

i Landen (overheden) die een lening moeten aflossen hebben de gewoonte weer een nieuwe lening op te nemen waarvan ze de opbrengst gebruiken om de oude lening af te lossen.

1 Wat is het nadeel van deze handelwijze?

2 Wanneer loopt deze handelwijze voor een land dat vreemd vermogen wil aantrekken vast? (Denk aan Griekenland in het jaar 2011 en de jaren daarna.)

j Wie dragen de lasten als bepaalde landen (zoals Griekenland) niet in staat zijn hun verplichtingen na te komen?

12 Analyse van de financiële structuur

***12.1** De directie van de nieuw op te richten onderneming Fortuna heeft de volgende inventarisatie gemaakt van de activa waarover zij denkt te moeten beschikken:

Grond	€	400.000
Gebouwen	-	600.000
Machines	-	300.000
Voorraden	-	200.000
Debiteuren	-	160.000
Liquide middelen	-	140.000 +
Totale vermogensbehoefte	€	1.800.000

Verder is gegeven dat de goederen die op voorraad worden gelegd, gemiddeld na zes maanden verkocht worden. De debiteuren betalen binnen één tot twee maanden. Het vermogen dat vastligt in voorraden en debiteuren, komt respectievelijk niet beneden €80.000 en €60.000.
De directie van deze onderneming kan €600.000 eigen vermogen beschikbaar stellen. De rest zal gefinancierd worden met vreemd vermogen.

Geef aan hoe de resterende financieringsbehoefte gefinancierd zou kunnen worden. Als voorwaarde geldt dat aan de gouden balansregel voldaan moet worden.
Geef een korte motivering bij de keuzes die u maakt.

12.2 Van een onderneming is de volgende, gedeeltelijk ingevulde, balans gegeven:

Balans (bedragen × €1.000)

Vaste activa:			
Grond	100		
Gebouwen	400		
Machines	300		
		800	
Vlottende activa:			
Voorraden	150		
Debiteuren	100		
Kas	50		
		300	
		1.100	**1.100**

Doe voor deze onderneming een voorstel voor de financiering van haar activa. Houd daarbij ook rekening met de gouden balansregel. Motiveer de gemaakte keuze en licht ze zo mogelijk toe met een berekening.

***12.3** OPG Groep is een breed georiënteerde, internationaal opererende actieve verkoop-, handels- en groothandelsonderneming op het gebied van producten en diensten voor de gezondheidszorg. OPG is gespecialiseerd in retailing op de apotheekmarkt, in farmaceutische groothandel en logistieke dienstverlening en in marketing en distributie van medische verbruiksartikelen. De onderneming is opgericht in 1899 en sinds 1992 beursgenoteerd (Euronext Amsterdam). Na een historie van meer dan honderd jaar als coöperatie is OPG sinds 10 januari 2001 een naamloze vennootschap.

Geconsolideerde balans van de MEDIQ Groep per 31 december 2010 (bedragen × €1.000)

Vaste activa		
Materiële vaste activa	109.824	
Vastgoedbeleggingen	1.796	
Goodwill	364.529	
Overige immateriële activa	39.539	
Geassocieerde deelnemingen	7.204	
Latente belastingvorderingen	28.588	
Vorderingen	4.050	
Derivaten	356	
		555.886
Vlottende activa		
Voorraden	231.809	
Handelsvorderingen	297.405	
Vennootschapsbelasting	10.745	
Overige vorderingen	32.394	
Derivaten	81	
Liquide middelen	67.196	
Vaste activa aangehouden voor verkoop	297	
		639.927
Totale activa		**1.195.813**
Eigen vermogen		
Aandelenkapitaal en agio	107.154	
Reserves	384.862	
Totaal	492.016	
Minderheidsbelangen	18.207	
Totaal eigen vermogen		**510.223**
Langlopende verplichtingen		
Leningen	210.545	
Derivaten	6.732	
Latente belastingverplichtingen	22.059	
Personeelsgerelateerde voorzieningen	12.080	
Overige voorzieningen	4.247	
		255.663
Kortlopende verplichtingen		
Kredietinstellingen	462	
Leningen vervallend binnen 1 jaar	32.075	
Derivaten	1.577	
Handelscrediteuren	360.267	
Vennootschapsbelasting	1.350	
Overige belastingen en premies	25.564	
Overige voorzieningen	8.632	
		429.927
Totaal eigen vermogen en verplichtingen		**1.195.813**

Bron: *MEDIQ jaarverslag*, 2010

We veronderstellen dat in voorraden gedurende het jaar minimaal €160 mln en in handelsvorderingen minimaal €220 mln vermogen vastligt.

a Toon door een berekening aan of onder de gemaakte veronderstellingen door de MEDIQ Groep wordt voldaan aan de gouden balansregel.

b Welke problemen kunnen ontstaan als niet aan de gouden balansregel wordt voldaan?

c Wat verstaan we onder de bufferfunctie van het eigen vermogen?

d Waarom worden de 'Vaste activa aangehouden voor verkoop' opgenomen onder de vlottende activa?

e Waarom worden de 'Personeelsgebonden voorzieningen' opgenomen onder de langlopende verplichtingen?

f Geef uw oordeel over de mate van liquiditeit van de MEDIQ Groep op basis van de hoogte van de current ratio en de quick ratio (deze kengetallen in twee decimalen nauwkeurig berekenen).

g Wat kunnen voor de MEDIQ Groep de redenen zijn geweest om de coöperatie om te zetten in een naamloze vennootschap?

**12.4 Telecompetitie nv is een gerenommeerd bedrijf, dat gespecialiseerd is in telecommunicatiesystemen. De balans van deze onderneming per 1 januari 2013 is hierna weergegeven.

Balans per 1 januari 2013 (bedragen × €1.000)

Gebouwen	10.000	Geplaatst en gestort aandelenkapitaal	9.000
Inventaris	2.000	Agioreserve	2.400
Communicatieapparatuur	12.000	Winstreserve	1.200
Transportmiddelen	1.600	9% achtergestelde lening	5.000
Debiteuren	1.000	7% converteerbare obligatielening	7.000
Kas	800	Te betalen belastingen	600
		Crediteuren	1.300
		Rekening-courantkrediet	900
	27.400		27.400

Telecompetitie nv is van plan een gedeelte van haar mobiele telefoonnet te moderniseren. Hiervoor is in 2013 een investering van €10 mln in communicatieapparatuur noodzakelijk. In het eerste gebruiksjaar (2013) wordt 5% van de aanschafwaarde van deze apparatuur afgeschreven.
De bedrijfskosten (exclusief afschrijvingen en interestkosten) over 2013 bedragen €6 mln. Op gebouwen, inventaris en communicatieapparatuur wordt 5% van de boekwaarde aan het begin van het jaar afgeschreven. Over transportmiddelen wordt 20% van de boekwaarde aan het begin van het jaar afgeschreven.
In 2013 wordt een nieuw gebouw aangeschaft voor €2 mln. Hierop wordt in 2013 niet afgeschreven. De posten Debiteuren, Kas en Crediteuren stijgen in 2013 met 2% ten opzichte van het begin van het jaar. De belastingschuld per 1 januari 2013 wordt geheel in 2013 betaald. De belasting over de winst in 2013 wordt in 2014 betaald.
Op de achtergestelde lening wordt op 31 december 2013 €1 mln afgelost.
Op de converteerbare obligatielening wordt niet afgelost.
De kosten van het rekening-courantkrediet bedragen $12\frac{1}{2}$% per jaar.

Het gemiddelde saldo van het rekening-courantkrediet over 2013 bedraagt €800.000. Het rekening-courantkrediet dient als sluitpost van de financiering. Het kredietmaximum bedraagt €1 mln.
Om de investering in het mobiele telefoonnet te kunnen financieren worden op 2 januari 2013 8 000 nieuwe aandelen uitgegeven tegen een koers van 125%. De nominale waarde van één aandeel bedraagt €1.000. Het door de aandeelhouders verschuldigde bedrag wordt volledig gestort. De opbrengst van de emissie wordt direct geïnvesteerd in communicatieapparatuur. Over deze investering wordt in 2013 ook 5% afgeschreven.
Over 2013 wordt een omzet van €12 mln verwacht. Over ondernemingswinsten wordt 40% belasting geheven. Van de winst na belasting wordt aan het einde van het jaar 70% aan de aandeelhouders contant uitgekeerd.
Met omzetbelasting (btw) hoeft geen rekening te worden gehouden.

a Bereken de verwachte winst na vennootschapsbelasting over 2013.
b Stel de winstverdeling over 2013 op.
c Stel de voorgecalculeerde balans op per 31 december 2013.

**12.5 Handelsonderneming Du Soleil bv levert aardappelen, groenten en fruit (agf-producten) aan grootwinkelbedrijven. De financieel manager stelt voor elk kwartaal een liquiditeitsbegroting en een voorgecalculeerde resultatenrekening op. Bovendien maakt hij een schatting van de voorraden aan het einde van iedere maand.
Over de eerste helft van 2013 zijn de volgende gegevens verzameld:

2013	**Inkopen** (× €1.000)	**Verkopen** (× €1.000)
Januari	700	1.000
Februari	720	1.100
Maart	800	1.140
April	890	1.200
Mei	960	1.300
Juni	1.020	1.400

Alle in- en verkopen vinden op rekening plaats. Van de leveranciers wordt twee maanden leverancierskrediet ontvangen, terwijl aan de afnemers een krediettermijn van één maand wordt toegestaan.
De brutowinst is gemiddeld 30% van de verkoopprijs van de producten. Op 1 april 2013 bedraagt de voorraad agf-producten €300.000. Het saldo liquide middelen (kas + rekening-courant) bedraagt per 1 april 2013 €60.000.
De verkoop- en reclamekosten bedragen 3% van de omzet. Deze kosten worden betaald in de maand waarin de verkopen plaatsvinden.
De onderneming heeft tien medewerkers in dienst, die gemiddeld (gedurende 2012 en 2013) een brutomaandsalaris ontvangen van €2.300, exclusief 40% sociale lasten en $8\frac{1}{2}$% vakantiegeld. Het salaris en de sociale lasten worden aan het einde van iedere maand betaald. Het vakantiegeld wordt in de maand mei uitbetaald. In de sociale lasten die over het salaris worden berekend, is reeds een opslag opgenomen voor de sociale lasten die betrekking hebben op het vakantiegeld.
Op de vaste activa wordt per kwartaal €70.000 afgeschreven.
Op 1 januari 2011 is een 8%-banklening afgesloten ter grootte van €200.000. Met ingang van 1 januari 2012 wordt jaarlijks op 1 januari

€20.000 afgelost. De interestkosten over deze lening worden achteraf aan het einde van ieder kwartaal betaald.
Met omzetbelasting (btw) hoeft geen rekening te worden gehouden.

a Bereken de geldontvangsten gedurende het tweede kwartaal 2013.
b Bereken de gelduitgaven gedurende het tweede kwartaal 2013, voor zover die het gevolg zijn van de inkopen.
c Bereken de interestbetaling gedurende het tweede kwartaal 2013.
d Stel de liquiditeitsbegroting over het tweede kwartaal 2013 op (geen specificatie per maand).
e Stel de winst- en verliesrekening over het tweede kwartaal 2013 op.
f Bereken de begrote voorraad agf-producten per 30 juni 2013.

12.6 U De gebroeders Leenders drijven samen een brood- en banketbakkerij onder de naam Leenders Warme Bakkers. Als ondernemingsvorm is de vof gekozen. Hierna is de balans van deze onderneming per 1 januari 2013 weergegeven.

Balans per 1 januari 2013 (bedragen × €1.000)

Gebouwen	600	Eigen vermogen	670
Inventaris	440	Voorziening onderhoud	22
Transportmiddelen	92	6% onderhandse lening	60
Voorraden	100	8% banklening	120
Vooruitbetaalde bedragen	20	Te betalen bedragen	40
Kas	10	Rekening-courantkrediet	25
		Crediteuren	125
		Onverdeelde winst 2012	200
	1.262		1.262

De accountant van de gebroeders Leenders, die de voorgaande balans heeft opgesteld, heeft de volgende aanvullende gegevens verstrekt:

- Op gebouwen wordt per kwartaal 1% van de aanschafwaarde afgeschreven. De aanschafwaarde van de gebouwen is €700.000.
- Op inventaris wordt per maand 1% van de aanschafwaarde afgeschreven. De aanschafwaarde van de inventaris die op 1 januari 2013 aanwezig is, bedraagt €500.000.
- Op 1 juni 2013 wordt voor €100.000 nieuwe inventaris aangeschaft. Deze inventaris wordt in augustus betaald.
- De verwachte in- en verkopen gedurende de eerste helft van 2013 zijn hierna per maand gespecificeerd:

2013	**Inkopen** (in euro's)	**Verkopen** (in euro's)
Januari	110.000	180.000
Februari	120.000	160.000
Maart	80.000	170.000
April	100.000	115.000
Mei	105.000	140.000
Juni	130.000	150.000

Alle inkopen vinden op rekening plaats. Van de leveranciers wordt één maand leverancierskrediet ontvangen. In december 2012 is voor €125.000 ingekocht.
De brutowinst is gemiddeld 30% van de verkoopprijs van de producten. Alle verkopen worden contant betaald.

- Aan het einde van iedere maand wordt €10.000 aan kasmiddelen aangehouden. Een tekort of een overschot aan kasmiddelen wordt verrekend met het rekening-courantkrediet.
- Ieder maand wordt €1.000 toegevoegd aan de voorziening onderhoud.
- De onderhandse lening is ingegaan op 1 februari 2011. Op 1 februari van ieder jaar wordt op deze lening €10.000 afgelost. Op die datum wordt bovendien de interest over het afgelopen jaar betaald.
- De banklening is ingegaan op 1 januari 2007. Op deze lening wordt voor het eerst in 2015 afgelost. De interest op deze lening wordt aan het einde van ieder kwartaal betaald.
- De onverdeelde winst 2012 wordt eind maart als volgt verdeeld:

te betalen:	– inkomstenbelasting	€ 80.000;
	– winstinhouding	€ 20.000;
	– winstuitkering	€ 100.000.

- In 2012 en 2013 wordt iedere maand €10.000 uitbetaald als voorschot op de te betalen inkomstenbelasting en winstuitkering. De inkomstenbelasting en de winstuitkering die nog niet als voorschot zijn betaald, worden eind maart 2013 uitbetaald.
- Voor 2013 worden de volgende kosten begroot:
  - Loonkosten. De onderneming heeft sinds 2011 drie medewerkers in dienst met een gemiddeld maandelijks brutoloon van €3.000. Dit bedrag wordt maandelijks uitbetaald (in de vorm van nettoloon en af te dragen inhoudingen op het brutoloon). De vakantietoeslag van $8\frac{1}{2}$% over het brutoloon wordt ieder jaar in mei uitbetaald.
    De sociale lasten bedragen gemiddeld €1.200 per maand per werknemer en worden aan het einde van ieder kwartaal betaald.
  - De kosten voor gas, water en elektra worden begroot op €5.000 per maand. Deze kosten worden in maandelijks gelijke bedragen betaald.
  - De kosten voor telefoon bedragen €200 per maand. Deze kosten worden betaald in gelijke tweemaandelijkse bedragen, de eerste keer in februari 2014.
  - Met omzetbelasting (btw) hoeft geen rekening te worden gehouden.

a Stel voor Leenders Warme Bakkers de liquiditeitsbegroting over het eerste en tweede kwartaal van 2013 samen (niet per maand specificeren). Geef daarbij ook het saldo van de rekening-courant aan het einde van ieder kwartaal weer.

b Stel voor Leenders Warme Bakkers de voorgecalculeerde winst- en verliesrekening op over het eerste halfjaar van 2013.

****12.7** Handelskwekerij Monocultuur verkoopt slechts één soort plant. Voor 2013 wordt een afzet van 100 000 stuks verwacht.
De afzet per jaar is als volgt over de maanden verdeeld:

Maand	Afzet	Maand	Afzet	Maand	Afzet	Maand	Afzet
Januari	3%	April	23%	Juli	9%	Oktober	5%
Februari	4%	Mei	20%	Augustus	7%	November	6%
Maart	8%	Juni	12%	September	1%	December	2%

De verkoopprijs is constant gedurende het gehele jaar 2013 en bedraagt €5 per plant.
Van de verkopen zal 80% contant betaald worden. De overige 20% wordt op rekening verkocht, waarbij een krediettermijn van één maand wordt toegestaan.
De onderneming is gevestigd in een kassencomplex, dat op 1 januari 2013 een boekwaarde (inclusief inventaris) zal hebben van €1,2 mln. Per kwartaal wordt 2% van de boekwaarde aan het begin van het jaar afgeschreven. De kassen zijn gedeeltelijk gefinancierd met een hypothecaire lening, waarvan de resterende schuld op 1 januari 2013 €600.000 zal bedragen. Over de hypothecaire lening is 2% interest per kwartaal verschuldigd, te betalen aan het einde van ieder kwartaal. Op het moment van de interestbetaling moet bovendien €25.000 aflossing betaald worden.
De inkoop van stekjes wordt drie maanden voor de verkoop verricht (de voorraad is gelijk aan de afzet van de komende drie maanden). De inkoopprijs bedraagt €2 per stekje. Alle inkopen vinden op rekening plaats. De leveranciers staan een krediettermijn van één maand toe.
De kosten voor telefoon en administratie bedragen €1.000 per maand, die tevens aan het einde van iedere maand betaald worden. De lonen (inclusief sociale lasten) worden aan het einde van iedere maand uitbetaald en bedragen €9.000 per maand. De energiekosten, die naar verwachting €30.000 per kwartaal zullen bedragen, worden aan het einde van ieder kwartaal betaald.
Er wordt steeds een kasvoorraad van €10.000 aangehouden om kleine leveranties direct te kunnen betalen.
Op 1 januari 2013 heeft de onderneming naar verwachting een eigen vermogen van €500.000. Een eventueel tekort aan financiële middelen wordt opgevangen door het rekening-courantkrediet bij de bank. Het kredietplafond van de rekening-courant bedraagt €300.000. Met interest over het rekening-courantkrediet en met omzetbelasting (btw) hoeft geen rekening te worden gehouden.
(Voor de beantwoording van de volgende vragen veronderstellen we dat de gegevens met betrekking tot de inkoop, verkoop en betalingsvoorwaarden voor 2012 hetzelfde zijn als de voorgaande gegevens over 2013.)

a Bereken de waarde van de voorraad planten (gewaardeerd tegen de inkoopwaarde van de stekjes) per 1 januari 2013.
b Bereken het bedrag dat op 1 januari 2013 van debiteuren te vorderen zal zijn.
c Bereken het bedrag dat op 1 januari 2013 aan crediteuren verschuldigd zal zijn.
d Stel de voorgecalculeerde balans per 1 januari 2013 op.
e Bereken de geldontvangsten in januari, februari en maart 2013 in verband met de verkoop van planten.
f Bereken de glduitgaven in januari, februari en maart 2013 in verband met de inkoop van stekjes.
g Stel de liquiditeitsbegroting over het eerste kwartaal van 2013 op. Deze begroting dient per maand gespecificeerd te worden.

h In welke maand zal de schuld in rekening-courant erg hoog zijn? Welke oorzaken zijn daarvoor aan te geven?
i Stel de voorgecalculeerde winst- en verliesrekening over het eerste kwartaal van 2013 op.
j Bereken de waarde van de voorraad planten (gewaardeerd tegen de inkoopwaarde van de stekjes) per 31 maart 2013.
k Bereken het bedrag dat op 31 maart 2013 van debiteuren te vorderen zal zijn.
l Bereken het bedrag dat op 31 maart 2013 aan crediteuren verschuldigd zal zijn.
m Stel de voorgecalculeerde balans per 31 maart 2013 samen.

12.8 Willem Verhoeff is monteur bij een Citroëndealer. In het verleden heeft Verhoeff alle vakdiploma's voor monteur en het middenstandsdiploma behaald. Per 1 januari 2013 wil hij een eigen garage beginnen, die gespecialiseerd zal zijn in het verkopen en repareren van gebruikte en nieuwe Citroëns. De aanstaande garagehouder heeft al een pand op het oog met een aanschafwaarde van €400.000. Voor hefbruggen, uitlijnapparatuur en andere inventarisstukken denkt hij €120.000 nodig te hebben. De voorraad onderdelen, banden en dergelijke zal een investering van €80.000 vergen. Bovendien wordt een voorraad gebruikte auto's ingekocht ter waarde van €200.000. De auto's worden contant betaald. Om kleine inkopen direct te kunnen betalen wordt steeds een voorraad kasgeld van €6.000 aangehouden.

De vader van Willem Verhoeff is bereid €280.000 in contanten (als eigen vermogen) beschikbaar te stellen. Willem heeft zelf €60.000 gespaard, die hij in de onderneming wil investeren. De bank is bereid een 7% hypothecaire lening te verstrekken van €240.000. De bank wil daarnaast een langlopende lening van €70.000 tegen 9% verlenen. Van de inventaris (hefbruggen enzovoort) moet bij levering 60% contant betaald worden, de rest moet één maand na de levering voldaan worden. De voorraad onderdelen, banden enzovoort wordt op 30 december 2012 afgeleverd. 70% van deze voorraden wordt contant betaald, over de rest staan de leveranciers een krediettermijn van twee maanden toe. De bank staat ook een rekening-courantkrediet, met een maximum van €130.000, toe. Een overschot aan kasmiddelen wordt ten gunste van het rekening-courantkrediet geboekt.

Er moet een zodanige ondernemingsvorm gekozen worden dat zowel Willem Verhoeff als zijn vader in principe alleen het door hen ingebrachte vermogen kunnen verliezen.

a Bereken de totale vermogensbehoefte per 1 januari 2013 door het opstellen van een investeringsbegroting.
b Bepaal de omvang van het beschikbare eigen vermogen.
c Stel een overzicht op van het beschikbare vreemde vermogen.
d Stel de openingsbalans van Garage Verhoeff op per 1 januari 2013.
e Welke factoren zal de bank in zijn overweging hebben betrokken bij zijn beslissing om aan Willem Verhoeff een lening beschikbaar te stellen?

De jonge garagehouder verwacht in het eerste kwartaal van 2013 de volgende transacties te verrichten:

- Omzet reparaties €60.000. Hiervoor zal voor €16.000 aan onderdelen tegen inkoopwaarde worden verbruikt.
- Omzet auto's €90.000. De inkoopwaarde van de auto's bedraagt gemiddeld 80% van de verkoopprijs. Er zijn geen bijkomende kosten.
- 80% van de omzet auto's wordt contant betaald. De rest wordt twee maanden na aflevering betaald.

- 90% van de omzet reparaties wordt contant betaald. De rest wordt na één maand betaald.
- De omzetten zijn gelijkmatig over de maanden verdeeld.
- Iedere maand wordt voor €5.000 onderdelen ingekocht. Door de leveranciers van onderdelen wordt een kredietermijn van één maand toegestaan. Hiervan wordt in alle gevallen volledig gebruikgemaakt.
- Iedere maand wordt voor €30.000 auto's ingekocht, die contant betaald worden.
- De overige bedrijfskosten (zoals energie, verbruik olie enzovoort) bedragen €2.000 per maand. Deze kosten leiden direct tot uitgaven.
- De afschrijving op gebouwen bedraagt €2.000 per maand, op inventaris wordt €1.000 per maand afgeschreven.
- Op de hypothecaire lening en op de banklening worden in het eerste kwartaal 2013 geen aflossingen verricht.
- Aan het einde van iedere maand wordt de interest over het vreemde vermogen betaald. Met de interest over het rekening-courantkrediet wordt in deze opgave geen rekening gehouden.
- Met belastingen hoeft geen rekening te worden gehouden.

f Stel de voorgecalculeerde winst- en verliesrekening over het eerste kwartaal 2013 op.

g1 Bereken de ontvangsten in verband met omzet auto's en omzet reparaties over het eerste kwartaal (per maand gespecificeerd).

2 Stel de liquiditeitsbegroting op over het eerste kwartaal 2013 (per maand gespecificeerd).

h Stel de voorgecalculeerde balans per 31 maart 2013 samen. Indien nodig de balansposten toelichten met berekeningen.

i Welke ondernemingsvorm verdient voor deze onderneming de voorkeur? Motiveer uw keuze.

***12.9** Staal & Sterk nv is sinds 1934 een van de belangrijkste producenten van staal in Nederland. Door de tegenvallende productie in de machinebouw en auto-industrie is de afzet van staal de laatste jaren fors teruggelopen. In de staalindustrie maken de vaste kosten een belangrijk onderdeel uit van de totale kosten. Deze kostenstructuur, in combinatie met de sterk afgenomen afzet heeft ertoe geleid dat nv Staal & Sterk de laatste jaren grote verliezen heeft geleden. In eerste instantie zijn deze verliezen ten laste van de in het verleden gevormde reserves gebracht. Het verlies van het laatste jaar (2012) is echter op de balans debetzijde opgenomen, omdat de reserves onvoldoende waren om dit verlies op te vangen.

Balans Staal & Sterk nv per 31 december 2012 (bedragen × €1.000)

Gebouwen	5.800	Geplaatst aandelenkapitaal	9.000
Machines	8.400	Obligatielening	5.000
Voorraden	2.800	Hypothecaire lening	3.300
Debiteuren	800	Rekening-courant	900
Kas	300	Crediteuren	600
Verlies 2012	700		
	18.800		18.800

Het geplaatste aandelenkapitaal bestaat uit 9 000 aandelen met een nominale waarde van €1.000 per aandeel.
Het huidige lage afzetniveau zal naar verwachting nog een aantal jaren aanhouden. Staal & Sterk nv ziet zich daarom genoodzaakt het productieproces zodanig te reorganiseren dat de kosten fors dalen. Bovendien is een financiele reorganisatie noodzakelijk.

a Hoe wordt de situatie genoemd waarbij de bedrijfsresultaten onvoldoende zijn om over het eigen vermogen de vereiste (normale) vergoeding te kunnen betalen?

In het kader van de financiële reorganisatie wordt besloten dat drie oude aandelen ingewisseld worden voor twee nieuwe aandelen Staal & Sterk nv met een nominale waarde van €1.000 per aandeel. Hierdoor kan het verliessaldo 2012 op de balans debetzijde worden weggewerkt.

b Geef de balans nadat alle aandeelhouders hun oude aandelen hebben ingewisseld. Het verliessaldo 2012 komt daarna niet meer op de balans voor.

c Hoe wordt een verandering binnen het eigen vermogen genoemd?

12.10 Akzo Nobel ziet marge wat dalen

AkzoNobel ziet marge wat dalen

Henk Engelenburg
AMSTERDAM

Stijgende grondstoffenprijzen zetten de operationele marge onder druk bij AkzoNobel. De grootste verffabrikant ter wereld voorziet desondanks dat de strategische doelstellingen, voor de middellange termijn dit jaar zullen worden behaald.

AkzoNobel kampt al maanden met stijgende grondstoffenprijzen, tot 15% over de afgelopen twaalf maanden.

In reactie heeft het concern de productprijzen in het afgelopen eerste kwartaal met 4% verhoogd net als in het laatste kwartaal van 2010. In de loop van het jaar volgen nog meer prijsverhogingen 'om de kloof te overbruggen', zo stelt financiële man Keith Nichols bij de presentatie gisteren van de resultaten van het concern over het eerste kwartaal.

Nichols zegt ervan overtuigd te zijn dat het concern de stijgingen volledig zal kunnen compenseren door het prijsbeleid en kostenreducties. Als gevolg hiervan is de brutomarge in het eerste kwartaal gedaald van 12,3% in het eerste kwartaal van 2010 naar 11,6% in dezelfde periode dit jaar. In het vierde kwartaal lag de marge op 104%. Het concern mikt op een gemiddelde brutomarge van 13% tot 16% voor het hele concern.

Het concern rapporteerde een omzetstijging van 16% vergeleken met dezelfde periode in 2010. De omzet van €3,7 mrd (€3,2 mrd) komt neer op 7% hogere volumes en 4% hogere prijzen. De ebitda verbeterde met 10% tot €437 mln.

AkzoNobel heeft €2,2 mrd in kas tegen €2,85 mrd eind 2010 door betalingen die zijn verricht aan het pensioenfonds.

De drie divisies (decoratieve verven, industriële lakken en specialistische chemische stoffen) noteren alle een omzetgroei met dubbele cijfers dankzij vraagherstel in de volwassen markten en de aanhoudende vraag in de volwassen markten in Europa en Noord-Amerika,

Er blijven volgens Nichols nog steeds aanzienlijke verschillen bestaan in de sterkte van de vraag binnen de geografische regio's en eindmarkten. 'Maar zowel in de volwassen markten als de groeimarkten hebben we in het eerste kwartaal onze omzet verder kunnen vergroten. Onze omzetstijging in groeimarkten is opnieuw indrukwekkend.'

AkzoNobel is nog verliesgevend in decoratieve verven in de Verenigde Staten, ondermeer door het inzakken van de bouwmarkt. Toch is er volgens Nichols goed nieuws in de VS. Het vorig jaar verkregen contract met Wall Mart heeft intussen €50 mln bijgedragen aan de omzet en ook het vernieuwde Glidden-merk doet het steeds beter. 'We bewegen richting een positieve brutowinst', stelt Nichols, 'dat gaat waarschijnlijk dit jaar gebeuren. We maken in elk geval goede vooruitgang.'

AkzoNobel moet dit jaar leningen voor een totaal van circa €650 mln herfinancieren. Volgens Nichols zal dit geen probleem opleveren gelet op de goede kaspositie van het concern. 'We zouden de leningen kunnen aflossen om vervolgens nieuwe te sluiten.' ■

Bron: *Het Financieele Dagblad*, 22 april 2011

a Welke gevolgen heeft een stijging van de grondstofkosten voor de EBIT (het bedrijfsresultaat) van AkzoNobel? Vermeld in uw antwoord welke factoren daarbij een rol spelen.
b Waarom is het – als we de financiële resultaten van ondernemingen onderling willen vergelijken – beter om dat te doen op basis van de EBITDA dan op basis van de EBIT?
c Wat is het voordeel voor een onderneming zoals AkzoNobel dat haar activiteiten zijn verdeeld over drie divisies (decoratieve verven, industriële lakken en specialistische chemische stoffen)?
d Wat is het voordeel voor een onderneming zoals AkzoNobel dat haar afzetgebieden zijn verspreid over verschillende landen?
e Wat wordt bedoeld met en wat zijn de kenmerken van:
1 volwassen markten?
2 groeimarkten?
f AkzoNobel heeft een kaspositie van 2,2 miljard. Noem de voordelen en de nadelen van een ruime kaspositie.
g Wat zijn de mogelijke gevolgen van de kredietcrisis in 2007/2008 en de eurocrisis in 2011/2012 en latere jaren voor de financiële resultaten van AkzoNobel?

**12.11 Onderneming Publicon heeft de volgende balans gepubliceerd:

Balans per 31 december 2012 (bedragen × €1.000)

Vaste activa	3.000	Eigen vermogen:	
		Aandelenkapitaal	1.200
Vlottende activa:		Reserves	2.100
Voorraden	500		
Debiteuren	700		3.300
Kas	300	Lang vreemd vermogen	800
		Kort vreemd vermogen	400
	4.500		4.500

De aandelen hebben een nominale waarde van €20 en staan aan de Euronext Amsterdam genoteerd.
a Noem twee functies van het eigen vermogen.
b Noem twee verschillen tussen het eigen vermogen en het vreemde vermogen.
c1 Van welk verschijnsel is sprake gezien de verhouding tussen de omvang van het aandelenkapitaal en de grootte van de reserves?
2 Wat kan een nadeel zijn van het onder vraag **c1** bedoelde verschijnsel?

d De onderneming wil het verschijnsel dat bij vraag **c1** is bedoeld, verminderen door het uitgeven van bonusaandelen ten laste van de reserves. De (bonus)aandelen hebben een nominale waarde van €20. Na uitgifte van deze aandelen is de intrinsieke waarde per aandeel €30.
Bereken het totale bedrag waarvoor bonusaandelen zijn uitgegeven.

Voor 2013 heeft de onderneming haar vermogensbehoefte als volgt begroot:

	Einde kwartaal (bedragen × €1.000)			
	1	2	3	4
Activa:				
Vaste activa	29.750	29.500	29.250	31.000
Voorraden	5.800	5.000	5.600	4.500
Debiteuren	5.200	6.000	6.900	5.500
Kas	2.500	2.000	1.500	1.500
Totale vermogensbehoefte	43.250	42.500	43.250	42.500

e1 Geef het verloop van de afzonderlijke activa en de totale vermogensbehoefte weer in een figuur. Vermeld op de horizontale as de tijd (vier kwartalen) en op de verticale as het verloop van het geïnvesteerde vermogen.

2 Is er sprake van het diversiteitsverschijnsel? Licht uw antwoord toe.

f Welke rechtsvorm heeft deze onderneming? Motiveer uw antwoord.

****12.12** Onderneming Fiasco nv heeft een aantal opeenvolgende jaren grote verliezen geleden. Het totale verliessaldo is daardoor tot en met 2012 opgelopen tot €6 mln (zie balans debetzijde). De financiële situatie van Fiasco nv blijkt onder andere uit de volgende balans:

Balans Fiasco nv per 31 december 2012 (bedragen × €1 mln)

Gebouwen	10	Aandelenvermogen	16
Machines	12	Agioreserve	4
Inventaris	7	9% Achtergestelde lening	2
Voorraden	5	7% Hypothecaire leningen	6
Debiteuren	3	Middellang bankkrediet	8
Kas	1	Rekening-courantkrediet	3
Verliessaldo	6	Nog te betalen bedragen	2
		Crediteuren	3
	44		44

Een groot gedeelte van de aandelen van Fiasco nv zijn in handen van familieleden en bekenden. De aandelen hebben een nominale waarde van €1.000 per aandeel.
De activa zijn gewaardeerd op basis van historische aanschafwaarde. De laatste jaren is er echter te weinig op de vaste activa afgeschreven. De actuele waarde van de vaste activa ligt mede daardoor beduidend onder de balanswaarde.
Een aantal schuldeisers heeft Fiasco nv gedreigd het faillissement van de onderneming aan te vragen, indien hun vordering niet op korte termijn wordt voldaan.
De voorzitter van de Raad van Bestuur van Fiasco nv heeft twee alternatieven uitgewerkt, die een einde moeten maken aan de bestaande situatie.

Alternatief 1:
Liquidatie van de onderneming
De liquidatiewaarde van de activa, na aftrek van liquidatiekosten, wordt op €20 mln geschat.

Alternatief 2:
Reorganisatie van de onderneming
Het reorganisatieplan bevat de volgende onderdelen:

- Gebouwen met een boekwaarde van €4 mln worden verkocht. De opbrengstwaarde ervan bedraagt €2,5 mln.
- Machines met een boekwaarde van €3 mln worden verkocht. De opbrengstwaarde ervan bedraagt €500.000.
- Over de overgebleven machines wordt €2 mln extra afgeschreven.
- Van de opbrengst uit verkoop van de duurzame activa wordt €2 mln gebruikt als extra aflossing op de hypothecaire leningen. De resterende €1 mln wordt gebruikt om crediteuren af te lossen.
- De nominale waarde van de reeds uitstaande aandelen wordt met €12 mln verminderd (afstempeling).
- De 9% achtergestelde lening wordt omgezet in €1 mln aandelenvermogen.
- De productie wordt gereorganiseerd, waarvoor een investering in machines nodig is van €3 mln. De Nationale Investeringsbank is, onder strenge voorwaarden, bereid dit bedrag te verstrekken. In ruil daarvoor ontvangt de Nationale Investeringsbank 2 000 aandelen.
- Na voltooiing van de reorganisatie wordt een jaarlijkse winst na aftrek van interestkosten van €2 mln verwacht. We veronderstellen dat deze jaarlijkse winst over een zeer lange periode op dat niveau blijft.

Bij de beantwoording van de vragen hoeft geen rekening te worden gehouden met de invloed van vennootschapsbelasting en omzetbelasting(btw).

a Is bij Fiasco nv sprake van onder- of overkapitalisatie? Licht uw antwoord toe.

b Toon door een berekening aan waarom de afstempeling €12 mln moet bedragen.

De afstempeling van de oude aandelen wordt gerealiseerd door de oude aandelen in te ruilen voor een nieuw type aandeel met een nominale waarde van €1.000.

c Hoeveel oude aandelen moeten ingeruild worden voor één nieuw aandeel om de gewenste vermindering van de nominale waarde van de aandelen te realiseren?

d1 Stel de liquidatiebalans van Fiasco nv op.

2 Ga, mede op basis van de liquidatiebalans, voor ieder van de vermogensvormen op de balans van Fiasco nv na of de verschaffers ervan bereid zijn aan de financiële reorganisatie mee te werken.

We veronderstellen dat de reorganisatie wordt uitgevoerd.

e Stel de balans op na de reorganisatie.

We veronderstellen dat na de reorganisatie een vergoeding over het eigen vermogen van 12,5% per jaar wordt vereist.

f1 Bereken de verwachte rentabiliteitswaarde van Fiasco nv na de reorganisatie.

2 Zal er na de reorganisatie naar verwachting sprake zijn van onder- of overkapitalisatie? Licht uw antwoord toe.

12.13 Van de Eerste Nederlandse Elektriciteitsmaatschappij nv (ENEM nv) zijn
U over het boekjaar 2012 de volgende gegevens bekend:

Winst- en verliesrekening ENEM nv over 2012 (bedragen × €1.000)

Fabricagekosten	8.280	Omzet	9.000
Afschrijvingskosten	150		
Interest	70		
Winst voor belasting	500		
	9.000		9.000

Balans per 31 december 2012 (bedragen × €1.000)

Gebouwen	1.500	Aandelenkapitaal	1.600
Machines	1.100	Algemene reserve	660
Inventaris	525	Voorzieningen	230
Voorraden onderhanden werk	325	Hypotheek	1.000
Voorraad gereed product	550	Rekening-courant	200
Debiteuren	300	Te betalen dividend	240
Kas	100	Te betalen venn.belasting	200
		Crediteuren	270
	4.400		4.400

In deze balans is de onderstaande winstverdeling 2012 reeds verwerkt.
Winstverdeling 2012 (× €1.000):

Winst voor belasting	500
Vennootschapsbelasting	200
Winst na belasting	300
Toevoeging algemene reserve	60
Dividenduitkering	240

We veronderstellen dat de bedragen op de balans overeenkomen met de gemiddelden waarde van de balansposten.

(Berekeningen afronden op twee decimalen nauwkeurig.)

a Bereken de rentabiliteit van het gemiddeld eigen vermogen (REV).
b Bereken de gemiddelde kosten van het vreemd vermogen (KVV).
c Bereken de rentabiliteit van het gemiddeld totale vermogen van de onderneming (RTV).
d Bereken de rentabiliteit van het eigen vermogen met behulp van de formule voor de financiële hefboomwerking.
e Is er sprake van een positieve of van een negatieve hefboomwerking van de financiële structuur? Motiveer uw antwoord.
f Wat is een voorziening?

12.14 Van de onderneming Petex bv is de balans aan het begin en aan het einde
U van 2012 gegeven.

Balans Petex bv 2012 (bedragen × €1.000)

	1-1	31-12		1-1	31-12
Gebouwen en machines	1.000	1.100	Aandelenvermogen	700	700
Deelnemingen	300	300	Agioreserve	100	100
Voorraad grondstoffen	100	80	Winstreserve	600	650
Voorraad gereed product	200	250	Voorzieningen	30	40
Debiteuren	50	70	Crediteuren	80	110
Effecten	50	50	Rekening-courant	260	220
Kas	70	80	Te betalen venn.bel.		70
			Te betalen dividend		40
	1.770	1.930		1.770	1.930

Winst- en verliesrekening Petex bv 2012 (bedragen × €1.000)

Kostprijs van de omzet (excl. afschr. en interest)	1.430	Omzet	1.900
Interest	50		
Afschrijvingen	260		
Winst	160		
	1.900		1.900

De volgende winstverdeling is reeds in de balans verwerkt:

• dividend	€ 40.000
• vennootschapsbelasting	- 70.000
• winstreservering	- 50.000
	€ 160.000

De winst en de mutaties op de balans zijn gelijkmatig over het jaar ontstaan.
NB Uitkomsten in twee decimalen nauwkeurig.

a Bereken de rentabiliteit van het gemiddeld eigen vermogen (REV).
b Bereken de rentabiliteit van het gemiddeld totale vermogen van de onderneming (RTV).
c Bereken de gemiddelde kosten van het vreemd vermogen (KVV).
d Bereken de rentabiliteit over het eigen vermogen met behulp van de formule voor de financiële hefboomwerking (REV).
e Is er sprake van een positieve of negatieve hefboomwerking van de financiële structuur? Motiveer uw antwoord.

***12.15** De balans van de onderneming Nifet nv luidt als volgt:

Balans Nifet nv per 31 december 2012 (bedragen × €1.000)

Terreinen en gebouwen	14.740	Aandelenkapitaal	10.000
Machines en vrachtwagens	5.500	Agioreserve	4.000
Inventaris	4.200	Winstreserve	3.500
Voorraden	3.000	9% hypotheek	5.000
Debiteuren	3.750	8% obligatielening	2.800
Kas	1.250	Rekening-courantkrediet	2.500
		Crediteuren	2.940
		Te betalen venn. belasting	800
		Te betalen dividend	900
	32.440		32.440

Alle balansposten kunnen als een gemiddelde over 2012 worden beschouwd. De volgende winstverdeling is in de balans verwerkt.

Resultaten over 2012:

EBIT (Bedrijfsresultaat)	€ 3.000.000
Interestkosten	- 1.000.000
Winst voor belastingen	€ 2.000.000
Vennootschapsbelasting	- 800.000
Winst na belastingen	€ 1.200.000
Winstinhouding	- 300.000
Uit te keren dividend	€ 900.000

NB Berekeningen in twee decimalen nauwkeurig.

a Bereken de rentabiliteit van het totale vermogen (RTV).

b1 Bereken het gemiddelde interestpercentage over het rekening-courantkrediet.

2 Bereken de gemiddelde kosten van het vreemd vermogen (KVV).

3 Geef een verklaring voor het feit dat KVV lager is dan de interestpercentages die over de hypotheek, de obligatielening en het rekening-courantkrediet worden betaald.

c Bereken de rentabiliteit over het eigen vermogen (REV).

d Bereken de rentabiliteit van het eigen vermogen (REV) met behulp van de formule waarin de hefboomwerking van de financiële structuur tot uitdrukking komt.

e1 Bereken het dividendpercentage dat aan de aandeelhouders wordt uitgekeerd.

2 Winstuitkering door een nv of bv kan tot dubbele belasting leiden. Wat wordt daaronder verstaan?

f Waarom is gegeven dat alle balansmutaties als een gemiddelde over 2012 worden beschouwd?

**12.16 Van vrachtwagenproducent Globetrotter nv zijn de volgende financiële gegevens bekend:

Balans per 31 december (bedragen × €1.000)

	2011	2012		2011	2012
Vaste activa	18.000	22.000	Eigen vermogen	6.000	10.000
Vlottende activa	8.000	12.000	Vreemd vermogen:		
			• rentedragend	11.000	13.000
			• niet-rentedragend	9.000	11.000
Totaal activa	26.000	34.000		26.000	34.000

Winst- en verliesrekening over 2012 (bedragen × € 1.000)

Omzet	€ 30.000
Variabele kosten	- 9.000
Omzet – variabele kosten	€ 21.000
Vaste kosten (m.u.v. interestkosten)	- 15.000
EBIT	€ 6.000
Interestkosten	- 900
Winst voor belastingen	€ 5.100
Vennootschapsbelasting	- 1.275
Winst na belastingen	€ 3.825

We veronderstellen dat:

- de variabele kosten rechtevenredig met de omzet veranderen;
- de mutaties op de balans gelijkmatig tijdens het jaar plaatsvinden;
- de hoogte van de interestkosten onafhankelijk is van de productie- en verkoopomvang (de interestkosten rekenen we tot de vaste kosten).

a Bereken het percentage van de vennootschapsbelasting dat voor Globetrotter nv van toepassing is.

b Bereken:

1 het gemiddeld eigen vermogen;
2 het gemiddeld vreemd vermogen;
3 het gemiddeld totaal vermogen.

c Bereken:

1 de rentabiliteit van het totaal vermogen (RTV);
2 de gemiddelde kosten van het vreemd vermogen (KVV);
3 de rentabiliteit van het eigen vermogen (REV).

d Geef een verklaring voor het feit dat de gemiddelde kosten van het vreemd vermogen (KVV) relatief laag zijn.

e1 Bereken het gemiddelde interestpercentage dat Globetrotter nv betaalt over het *rentedragende* vreemd vermogen.

2 Verdient Globetrotter nv aan het rentedragende vreemd vermogen of verliest ze daarop? Motiveer uw antwoord.

f Bereken REV door gebruik te maken van de volgende formule:
REV = (1 – F) × RTV + (1 – F) × [(RTV – KVV) × VV/EV]
Controleer of uw antwoord op deze vraag overeenkomt met het antwoord op vraag **c3**.

g Wat verstaan we onder:
1 de basisrentabiliteit;
2 de financieringsbijdrage?

h We veronderstellen bij deze vraag dat de RTV over 2010 daalt naar 5%, terwijl de KVV stijgt naar 6% (de overige gegevens veranderen niet).
1 Bereken de REV in deze nieuwe situatie.
2 Geef een verklaring voor de relatief grote verandering in de REV.

i We veronderstellen bij deze vraag dat de omzet van Globetrotter nv over 2010 twintig procent lager wordt dan de omvang die in het begin van deze opgave is gegeven (de gegevens op de balans veranderen hierdoor niet).
1 Bereken de RTV in deze nieuwe situatie.
2 Bereken met hoeveel procent de RTV daalt (ten gevolge van de omzetdaling van 20%).
3 Geef een verklaring voor de relatief grote verandering in de RTV.

j 1 Beschrijf in het kort de risico's waaraan een producent van vrachtwagens blootstaat.
2 Welke factoren zijn van invloed op het risico dat de aandeelhouders van Globetrotter nv lopen? Maak bij de beantwoording van deze vraag gebruik van de gegevens uit deze opgave en van de antwoorden op voorafgaande vragen.

k Welke maatregelen zou Globetrotter nv kunnen treffen om het niveau van de vaste kosten terug te dringen?

l Geef twee voorbeelden van:
1 rentedragend vreemd vermogen;
2 niet-rentedragend vreemd vermogen.

12.17 Beurs is aangenaam verrast door cijfers DSM

Beurs is aangenaam verrast door cijfers DSM

Prijsstijgingen laten marges intact

Henk Engelenburg
AMSTERDAM

Het aandeel van biotechconcern DSM heeft gisteren in Amsterdam een 'all time high' aangetikt van €45,57.

De markt toonde zich aangenaam verrast door hogere dan verwachte resultaten. De koers steeg met 5%. De beleggers beloonden ook de kracht van het concern de grondstoffenprijzen met prijsverhogingen te kunnen compenseren zonder de marges geweld aan te doen.

DSM, producent van onder meer voedingsingrediënten en hoogwaardige materialen, presenteerde gisteren 27% hogere operationele inkomsten voor rente en belasting van €231 mln over het eerste kwartaal. De omzet steeg 16% op ruim €2,2 mrd. De nettowinst ging van €130 mln naar €166 mln door het betere bedrijfsresultaat en een lagere belastingdruk.

DSM is zijn prijzen gaan verhogen in het derde en vierde kwartaal en heeft dat nog verder versneld in het eerste kwartaal. Het concern zal dit jaar meer prijsstijgingen doorvoeren omdat de grondstoffenprijzen nog steeds doorstijgen.

DSM

Kwartaalcijfers* in € mln

	2011-1	2010-1
Omzet	2.234	1.933
Bedrijfsresultaat**	325	284
- Nutrition	173	166
- Pharma	0	14
- Performance Materials	91	71
- Innovation Center	–13	–13
- Overige	–25	–4
Nettoresultaat	166	130
Winst p.aandeel (€)***	0,98	0,78

* Uit doorlopende activiteiten
** EBITDA
*** Inclusief bijzondere posten
Bron: FD Research

Financiële man Rolf-Dieter Schwalb ziet alle ruimte voor nog meer 'pricing power' maar kan niet voorspellen in welke mate dat zal gebeuren. 'Ik kan dat niet, omdat ik niet weet in welke mate de prijzen van grondstoffen in de rest van het jaar verder stijgen.'

DSM spreekt over het eerste kwartaal van een positieve macro-economische trend. Snelgroeiende economieën, vooral die van China, bleven zeer sterk presteren, terwijl West-Europa en Noord-Amerika een gematigde groei lieten zien. De netto-omzet in China steeg met 21% van $377 mln naar $458 mln. In India realiseerde het concern een 24% hogere omzet.

De omzetgroei is voor een groot deel gebaseerd op aanhoudende vraag naar voedingsingrediënten en sterk vraagherstel in de auto- en de elektronica-industrie, naast voortgaande groei in de opkomende markten. Door het vraagherstel presteerden de divisies Performance Materials en Polymer intermediates bovengemiddeld.

De divisie Nutrition, goed voor ruim een derde van de concernomzet met de productie van voedingsingrediënten, liet aanhoudende volumegroei zien bij gelijke prijzen. De omzet steeg van €732 mln naar bijna €800 mln. De ebitda steeg van €166 mln naar €173 mln waardoor de brutomarge iets daalde van 22,7% naar 21,7%.

Het begin dit jaar geacquireerde Amerikaanse Martek (ingrediënten voor babyvoeding) is vanaf 25 februari opgenomen in de resultaten voor Nutrition. Martek droeg voor €37 mln bij aan de omzet en voor €12 mln aan de ebitda.

Het cluster Pharma is wederom de 'bleeder' van DSM. Het bedrijfsonderdeel produceert antibiotica en biofarmaceutische medicijnen en medicijnen op industriële schaal in opdracht van farmaconcerns. De brutowinst is in het eerste kwartaal gezakt naar nul vergeleken met €14 mln in dezelfde periode in 2010. ■

Bron: *Het Financieele Dagblad*, 28 april 2011

a Welke factoren bepalen de ruimte (de mogelijkheden) die DSM heeft om de gestegen grondstofprijzen in de verkoopprijs van haar eindproducten door te berekenen?

b Geef een verklaring voor het feit dat de operationele inkomsten voor rente en belasting (EBIT) stegen met 27% terwijl de omzet steeg met 'slechts' 16%?

c Welke (geografische) markten hebben voor de grootste bijdrage aan de omzetgroei van DSM gezorgd?

d Waarom is het – als we de financiële resultaten van ondernemingen onderling willen vergelijken – beter om dat te doen op basis van de EBITDA dan op basis van de EBIT?

e Wat is het voordeel voor een onderneming zoals DSM dat haar activiteiten zijn verdeeld over verschillende divisies (Nutrition, Pharma, Performance Materials Innovation Center en Overige)?

f Wat is het voordeel voor een onderneming zoals DSM dat haar afzetgebieden zijn verspreid over verschillende landen?

g Leg uit welk verband er bestaat tussen de financiële resultaten van een onderneming en de beurskoers van het aandeel van de betreffende onderneming.

**12.18 Onderneming Drink Met Mate (DMM) is een groothandel in (licht-)alcoholische dranken. DMM koopt deze dranken in bij distilleerderijen in binnen- en buitenland. Voor de leveranties aan haar cliënten, waaronder een aantal grootwinkelbedrijven, maakt DMM gebruik van eigen vrachtauto's. Hierna zijn enkele financiële gegevens van DMM weergegeven.

Balans DMM per 31 december (bedragen × €1.000)

	2011	2012		2011	2012
Vaste activa			*Eigen vermogen*		
Gebouwen	700	1.000	Aandelenkapitaal	2.000	2.000
Vrachtauto's	900	800	Reserves	1.000	1.080
Inventaris	300	500	Saldo winst over 2012		420
Vlottende activa			*Vreemd vermogen (lange termijn)*		
Voorraden	1.200	1.500			
Debiteuren	600	800	9% Hypothecaire lening	300	500
Kas	300	400			
			Vreemd vermogen (korte termijn)		
			Crediteuren	280	320
			Te betalen belasting	220	280
			Bank (rekening-courant)	200	400
	4.000	5.000		4.000	5.000

We veronderstellen dat alle balansmutaties gelijkmatig over het jaar zijn ontstaan.
De winst- en verliesrekening over 2012 ziet er als volgt uit

Winst- en verliesrekening DMM over 2012 (bedragen in euro's)

Omzet		10.000.000
Inkoopwaarde van de omzet		7.800.000 –
		2.200.000
Afschrijvingskosten vaste activa	300.000	
Loonkosten	800.000	
Interestkosten vreemd vermogen	165.000	
Overige bedrijfskosten	235.000	
Totale kosten		1.500.000 –
Winst voor belasting		700.000
Belasting over de winst (40%)		280.000 –
Winst na belasting		420.000

De onverdeelde winst 2012 rekenen we tot het eigen vermogen.
NB Berekeningen in twee decimalen nauwkeurig.

a Bereken voor deze onderneming de:
1 rentabiliteit van het totale vermogen (RTV);
2 de gemiddelde kosten van het vreemde vermogen (KVV);
3 de rentabiliteit van het eigen vermogen (REV).

b Bereken de rentabiliteit van het eigen vermogen door gebruik te maken van een formule, waarin ook de hefboomfactor voorkomt.

c Is er voor onderneming DMM sprake van een positieve of negatieve werking van de vermogensstructuur? Geef een korte motivering bij uw antwoord.

d Geef een berekening van de rentabiliteit van het eigen vermogen, waarbij gebruik wordt gemaakt van onder andere de nettowinstmarge en de omloopsnelheid van het totale vermogen.

e Welke maatregelen kan een onderneming treffen om de omloopsnelheid van het totale vermogen te verhogen?

f De rentabiliteit van het eigen vermogen (REV) kunnen we splitsen in de basisrentabiliteit en de financieringsbijdrage.

1 Leg uit wat de begrippen basisrentabiliteit en financieringsbijdrage inhouden.

2 Bereken de basisrentabiliteit voor DMM.

3 Bereken de financieringsbijdrage voor DMM.

4 Controleer of de som van de uitkomsten van de vragen **f2** en **f3** gelijk is aan het antwoord op vraag **a3**.

g1 Wat wordt verstaan onder het bedrijfsrisico?

2 Van welke factoren is het bedrijfsrisico afhankelijk?

h1 Wat wordt verstaan onder het financieel risico?

2 Welke gevolgen heeft een vergroting van de verhouding vreemd/eigen vermogen voor het financieel risico?

i1 Geef enkele voorbeelden van niet-rentedragend vreemd vermogen.

2 Wat is het effect van het niet-rentedragend vreemd vermogen op de hoogte van KVV?

***12.19** Vertraging van de economie begint nu ook industriële nichespelers te raken

Door de kredietcrisis, die vooral heeft huisgehouden in de financiële sector, hadden banken onvoldoende inzicht in de kredietwaardigheid van andere banken en waren ze niet meer bereid aan elkaar leningen te verstrekken. Hierdoor kwamen de geldstromen tussen de financiële instellingen nagenoeg stil te liggen. Ook werden banken steeds terughoudender bij het verstrekken van kredieten aan bedrijven (bijvoorbeeld voor de financiering van investeringsprojecten). Bedrijven die wel in staat waren vreemd vermogen aan te trekken, konden dat alleen maar doen tegen een voor die tijd relatief hoge rente. Bovendien heeft de kredietcrisis de vrees voor een recessie, die al enigszins werd verwacht, aangewakkerd. Deze combinatie van factoren heeft er mede toe geleid dat het consumenten- en producentenvertrouwen in de tweede helft van 2008 sterk is gedaald.

Vertraging van de economie begint nu ook industriële nichespelers te raken

Hein Haenen

AMSTERDAM – **Het is ruim een jaar geleden dat de kredietcrisis uitbrak. In september 2007 tekende zich bij Nederlandse consumenten al een knik af in het vertrouwen. Maar tot ver in het voorjaar blaakte de Nederlandse industrie en haar dienstverleners nog van hoop en ambitie.**

'Dat is atypisch', zegt Klaas Bangma van het EIM, het onderzoeksbureau voor het midden- en kleinbedrijf. 'Normaal gesproken verwacht je dat het internationaal georiënteerde bedrijfsleven het eerst geraakt wordt, dan de industrie en dan pas de consumentgerichte bedrijven.' Maar Bangma constateert dat de horeca en delen van de detailhandel – kleding, schoenen, speciaalzaken – als eerste hun afzet zagen dalen.
In de industrie tekent de omslag zich pas de laatste maanden af, en vallen nu de 'ongekend harde klappen' die statistiekbureau CBS registreert. 'De orderboeken waren redelijk vol en de afzet bleef daardoor goed op niveau', zegt Henri Cocu, sectormanager mkb van Rabobank Nederland. 'Dat zou ook wel eens het voordeel kunnen zijn van een Nederlandse industrie die zich specialiseert op nichemarkten. Op een massamarkt als die voor auto's voelt een onderneming de pijn veel eerder.'
Maar de sombere perspectieven voor de wereldeconomie halen ook de Nederlandse industrie in, constateert hoofdeconoom Michiel Vergeer van het CBS. Die somberheid zet een rem op nieuwe investeringen, en maakt het lastig om nieuwe contracten te sluiten.
'De feitelijke ontwikkeling in de banksector speelt daar ook een rol in', zegt Vergeer. 'De financiering van nieuwe projecten wordt een knelpunt en consumenten kunnen niet meer zo gemakkelijk op krediet kopen.'

De groothandel presteert verrassend genoeg nog steeds heel behoorlijk. In de typische groeivertraging van EIM-onderzoeker Bangma loopt die voorop, maar dankzij een exportgroei van nog altijd 4% en een tot heden levendig verkeer met Oost-Europa en Azië heeft de sector nog geen last.
De bouw heeft zich tot heden ook groot gehouden. Net als in de industrie dankzij een goed gevulde orderportefeuille, zegt Bangma. Met name weg-, spoor- en waterbouwers hebben de handen vol aan overheidsopdrachten. In de woning- en utiliteitsbouw – samen goed voor driekwart van de totale bouwproductie – ziet Bangma de laatste twee maanden hier en daar projecten stilvallen door problemen met financiering. Niet voor niets riep bouwvoorman Elco Brinkman twee weken geleden de overheid op om de sector tijdelijk het lage btw-tarief van 6% te gunnen, en om projecten versneld uit te voeren.
Een deel van de economie is betrekkelijk ongevoelig voor de cyclus, zegt Cocu van de Rabobank. 'Allereerst alles wat met de overheid te maken heeft en budgetgerelateerd is, zorg en onderwijs voorop.' In het bedrijfsleven wijst hij op de voedings- en genotsmiddelenindustrie en de voedingsdetailhandel. De sterke kwartaalcijfers van Ahold ondersteunen dit.

Daarnaast heeft hij goede hoop voor dienstverleners die een gespreide portefeuille van langlopende contracten hebben. En hij tipt kennisintensieve nichespelers, zoals baggeraars en scheepsbouwers. 'Die zijn tot ver in 2010 volgeboekt en hebben op de afzienbare termijn weinig last.' ■

Bron: *Het Financieele Dagblad*, 29 oktober 2008

a Welke sectoren binnen het bedrijfsleven ondervinden als eerste de nadelen van een recessie? Motiveer en licht uw antwoord toe met voorbeelden uit het artikel.
b Wat is het gevaar voor de bedrijvigheid (investeringsklimaat) als er problemen zijn in de financiële sector? Maak in uw antwoord ook gebruik van de begrippen primaire en secundaire geldstromen.
c Waarom stellen bedrijven in een periode met laagconjunctuur vaak marketingcampagnes en research & development-activiteiten uit?
d Wat kan het voordeel zijn als een groot deel van de maatschappelijke activiteiten via of door de overheid wordt uitgevoerd?
e In welke situatie hebben bedrijven (die het werk moeten uitvoeren, dat zijn dus niet de opdrachtgevers) voordeel bij langlopende contracten en in welke situatie juist nadeel?
f Licht toe wat de gevolgen (kunnen) zijn van de in het artikel genoemde factoren voor:

1 de rentabiliteit van het totaal vermogen (RTV);
2 de kosten van het vreemd vermogen (KVV);
3 de rentabiliteit van het eigen vermogen (REV).

12.20 Duitse ondernemers somber

Duitse ondernemers somber

Graadmeter bereikt laagste niveau sinds juni 2010

Van onze redacteur
AMSTERDAM

Het Duitse ondernemersvertrouwen is in september gedaald, bedrijven zijn vooral somberder over de toekomst. Dit blijkt uit de vertrouwensindex die het toonaangevende Duitse Ifo-instituut maandag heeft gepubliceerd.

De vertrouwensindex daalde van 109,7 naar 107,5. Dat is het laagste cijfer sinds juni 2010. Wel viel het cijfer mee ten opzichte van de verwachtingen. Economen gingen gemiddeld uit van een daling tot 106,5.

Over de huidige omstandigheden waren de 7000 ondervraagde leidinggevenden uit het bedrijfsleven redelijk positief. Ze zijn vooral somberder over de toekomst. Het tumult op de financiële markten, de Europese schuldencrisis en de vrees voor een recessie zetten het vertrouwen in de toekomst onder druk.

'Het is duidelijk dat de economie zal vertragen. De enige vraag is hoe ernstig die vertraging uitpakt', stelt econoom Ralph Solveen van Commerzbank tegenover Bloomberg. 'Er is een stroom aan negatief nieuws geweest en het is goed voorstelbaar dat bedrijven erg voorzichtig worden met hun investeringen. Wij verwachten echter geen recessie.'

Verder omlaag

Economische stemming in Duitsland

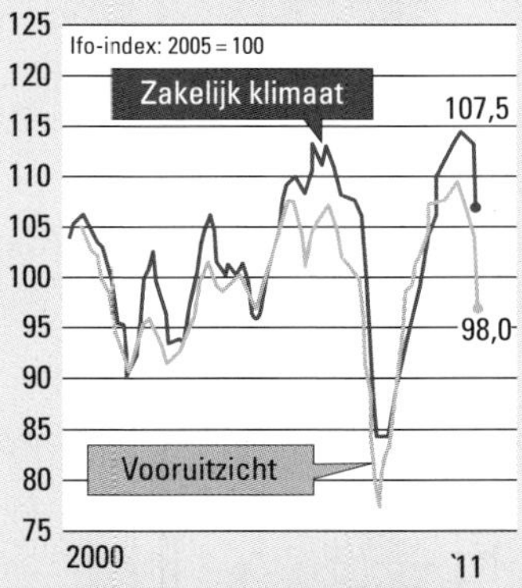

Bron: Het Financieele Dagblad 27-9-2011

Econoom Carsten Brzeski van ING noemt de sombere verwachtingen een 'ernstige waarschuwing'. 'Vroeger waren Duitse bedrijven redelijk immuun voor ontwikkelingen op de financiële markten, maar sinds 2005 is dat veranderd en gingen Duitse beurskoersen en de Ifo-index hand in hand. De grote vraag was of de reële economie zich weer kan loskoppelen van de financiële wereld. Op basis van de laatste twee maanden is het antwoord: nee.'

President Hans-Werner Sinn van het Ifo stelde dat Duitsland zich niet aan de vooravond van een recessie bevindt. 'Het ondernemersklimaat is nog redelijk robuust.' Ook volgens Brzeski is de Duitse economie redelijk beschermd tegen een recessie, dankzij de sterke arbeidsmarkt, de aantrekkende binnenlandse vraag en een goed gevuld orderboek.

In Nederland verbeterde in september de stemming bij ondernemers in de industrie, meldde het Centraal Bureau voor de Statistiek maandag. Het producentenvertrouwen steeg van –3,3 in augustus naar –0,5 in september. ■

Bron: *Het Financieele Dagblad*, 27 september 2011

a Welke gevolgen heeft de schuldencrisis in Europa voor het koopgedrag van consumenten?
b Welke gevolgen kan een verstoring van de vermogensmarkt (de financiële markten) hebben op de kredietverlening aan consumenten en producenten?
c Wat zijn de gevolgen voor gezinnen en bedrijven als zij moeilijker geld kunnen lenen?

12.21 Aan het jaarverslag van onderneming Ninabo bv zijn de volgende gegevens ontleend:

Balans Ninabo bv per 1 januari 2012 en 31 december 2012
(bedragen × €1.000 en balansposten in willekeurige volgorde)

	1-1	31-12		1-1	31-12
Voorraden	90	140	7% Hypotheek	300	300
Gebouwen	220	210	Crediteuren	55	50
Kas	70	20	Voorzieningen op lange termijn	40	60
Debiteuren	60	100	Te betalen dividend	10	20
Inventaris	110	130	Te betalen belastingen	30	50
			Aandelenkapitaal	110	110
			Reserves	5	10
	550	600		550	600

Het bedrag dat vastligt in de voorraden schommelt tijdens het jaar, maar daalt niet beneden €60.000. Een voorraad goederen ter waarde van €20.000 is nagenoeg onverkoopbaar.
De vaste kern in debiteuren en crediteuren is te verwaarlozen.
NB Berekeningen in twee decimalen nauwkeurig.

a Bereken het nettowerkkapitaal op beide balansmomenten.
b Bereken de current ratio op beide balansmomenten.
c Geef een gemotiveerd oordeel omtrent de ontwikkeling van de liquiditeit in 2012 aan de hand van de antwoorden op de vragen **a** en **b**.
d Welke twee bezwaren zijn er verbonden aan een beoordeling van de liquiditeit op basis van de bij de vragen **a** en **b** genoemde kengetallen?

****12.22** Constructiebedrijf De Oude Rijn nv maakt aluminium kozijnen voor de sociale woningbouw. De balans van De Oude Rijn nv is hierna weergegeven.

Balans De Oude Rijn nv per 31 december 2012 na winstverdeling (bedragen × €1.000)

Gebouwen	825	Aandelenvermogen	750
Inventaris	70	Algemene reserve	970
Machines	1.000	Agioreserve	690
Bedrijfsauto's	690	7% hypothecaire lening	560
Voorraden	1.495	8% onderhandse lening	650
Debiteuren	300	Rekening-courant	105
Postgiro	130	Crediteuren	225
Kas	15	Overige schulden op korte termijn	575
	4.525		4.525

Overige gegevens:

- De aflossing van de 7% hypothecaire lening vond plaats op 1 april 2012. Toen werd €40.000 afgelost.
- Van alle overige balansposten aan de creditzijde mag worden aangenomen dat dit gemiddelden zijn voor het jaar 2012.
- Het tarief van de vennootschapsbelasting is 35%.
- De kosten verbonden aan het bankkrediet zijn 9%.

- De rentabiliteit van het eigen vermogen vóór aftrek van vennootschapsbelasting is 16% (0,16).
- Over 2012 is een omzet behaald van €8 mln.

NB Berekeningen in twee decimalen nauwkeurig.

a Bereken de winst over 2012 na aftrek van belastingen.
b Bereken het gemiddeld geïnvesteerde vreemde vermogen in 2012.
c Bereken de gemiddelde kosten van het vreemde vermogen (KVV).
d Bereken de rentabiliteit van het totale vermogen (RTV).
e Bereken met behulp van de antwoorden op de voorgaande vragen de rentabiliteit van het eigen vermogen (REV).
f De rentabiliteit van het eigen vermogen (REV) kunnen we splitsen in de basisrentabiliteit en de financieringsbijdrage.
 1 Leg uit wat de begrippen basisrentabiliteit en financieringsbijdrage inhouden.
 2 Bereken de basisrentabiliteit voor 'De Oude Rijn nv'.
 3 Bereken de financieringsbijdrage voor 'De Oude Rijn nv'.
 4 Controleer of de som van de uitkomsten van de vragen **f2** en **f3** gelijk is aan het antwoord op vraag **e**.
g1 Geef enkele voorbeelden van niet-rentedragend vreemd vermogen.
 2 Wat is het effect van het niet-rentedragend vreemd vermogen op de hoogte van KVV?
h1 Wat verstaan we onder bedrijfsrisico?
 2 Welke factoren zijn van invloed op (bepalen) de hoogte van het bedrijfsrisico?
i1 Wat verstaan we onder financieel risico?
 2 Welke factoren zijn van invloed op (bepalen) de hoogte van het financieel risico?
j De rentabiliteit van het totale vermogen kan ook worden bepaald door twee grootheden te vermenigvuldigen.
 1 Welke twee grootheden worden bedoeld?
 2 Geef deze grootheden in formulevorm weer.
k Bereken per 31 december 2012:
 1 de debt ratio;
 2 de current ratio;
 3 het nettowerkkapitaal.
l 1 Wat wordt verstaan onder window dressing?
 2 Welk bij vraag **g** genoemd kengetal is gevoelig voor window dressing? Licht uw antwoord toe met een voorbeeld.
m De bedrijfsauto's kunnen ook geleased worden (operational lease). Welke invloed heeft operational lease op:
 1 de omloopsnelheid van het geïnvesteerde vermogen;
 2 de rentabiliteit van het totale vermogen?
n Ten aanzien van debiteuren kan maturity factoring toegepast worden. Welke invloed heeft maturity factoring op:
 1 de omloopsnelheid van het geïnvesteerde vermogen;
 2 de rentabiliteit van het totale vermogen?

***12.23** Bankinstelling Orma heeft onlangs van een van haar cliënten, lederwarenfabrikant De Gelooide Huid, de jaarcijfers over 2012 ontvangen. De kredietadviseur van Orma wil zich een oordeel vormen over (de ontwikkeling in) de liquiditeitspositie van De Gelooide Huid en heeft daartoe de balansgegevens van deze onderneming over 2011 en 2012 vergeleken.

Balans De Gelooide Huid per 31 december (bedragen × €1.000)

	2011	2012		2011	2012
Vaste activa			*Eigen vermogen*		
Gebouwen	350	380	Aandelenkapitaal	800	800
Machines	450	400	Reserves	200	200
Inventaris	100	140	Saldo winst over 2012		90
Vlottende activa			*Vreemd vermogen (lange termijn)*		
Voorraden	200	420			
Debiteuren	160	200	9% Hypothecaire lening	200	200
Kas	140	60			
			Vreemd vermogen (korte termijn)		
			Crediteuren	100	140
			Te betalen belasting	80	60
			Bank (rekening-courant)	20	110
	1.400	1.600		1.400	1.600

NB Berekeningen in twee decimalen nauwkeurig.

a U bent de medewerker van de kredietadviseur en heeft tot taak gekregen de volgende kengetallen per 31 december 2011 en 31 december 2012 te berekenen:

1 het nettowerkkapitaal;

2 de current ratio;

3 de quick ratio.

b Geef uw oordeel over de ontwikkeling in de liquiditeitspositie van De Gelooide Huid gedurende 2012.

c Welke bezwaren zijn er verbonden aan de current ratio om de liquiditeit van een onderneming te beoordelen?

d1 Wat wordt verstaan onder window dressing?

2 Ten aanzien van welk kengetal is window dressing met name mogelijk?

3 Welke handelingen kunnen er door deze onderneming verricht worden om window dressing te realiseren?

e1 Waarvan maakt de leiding van een onderneming gebruik om de liquiditeit van de onderneming te bewaken?

2 Welke grootheden spelen daarbij een belangrijke rol?

****12.24** U bent kredietbeoordelaar bij de Amsterdamse Handelsbank (AHB). Deze ochtend heeft u bezoek van mevr. De Vries, directeur van De Vries Bouw bv. De Vries Bouw bv produceert en verkoopt bouwmaterialen die zij deels van derden betrekt en deels zelf produceert.

In verband met de toegenomen vraag naar haar eindproducten wil zij extra kredietfaciliteiten om de voorraden te vergroten. De balans van De Vries Bouw bv zag er per 31 december 2012 als volgt uit:

Balans De Vries Bouw bv per 31 december 2012 (bedragen × €1.000)

Gebouw	300	Aandelenkapitaal	240
Machines	250	Reserves	260
Voorraad grondstof	80	Hypotheek	220
Voorraad bouwmateriaal	120	Crediteuren	100
Debiteuren	200	Rekening-courant	180
Kas	50		
	1.000		1.000

a Bereken de current ratio per 31 december 2012.
b Bereken de quick ratio per 31 december 2012.
c Bereken de debt ratio per 31 december 2012.

Mevrouw De Vries vraagt namens haar bedrijf om een extra rekening-courantkrediet van €100.000 om de uitbreiding van de voorraden te financieren. In de Handleiding Kredietbeoordeling van de AHB-bank staat dat voor deze sector bedrijven de volgende criteria gelden:

- De current ratio moet minimaal 1,5 zijn.
- De quick ratio moet minimaal 0,6 zijn.
- De debt ratio mag maximaal 0,7 zijn.

Op elk moment (dus zowel voor als na de kredietverlening) moet aan de genoemde eisen worden voldaan.

d Geef gemotiveerd aan of de kredietaanvraag gehonoreerd kan worden.
e Bereken het bedrag dat maximaal aan De Vries Bouw bv geleend zou kunnen worden.
f Maakt het voor de liquiditeit van de onderneming uit of men de voorraad grondstof of de voorraad bouwmateriaal uitbreidt?
Zo ja, beargumenteer waar de bank de voorkeur aangeeft. Zo niet, geef de reden van uw antwoord.

Uit de winst- en verliesrekening van De Vries Bouw bv blijkt dat in 2012 een nettowinst na belasting is behaald van €108.800. Het bedrijfsresultaat was €200.000. Het tarief voor vennootschapsbelasting in 2012 was 32%. Voor de berekening van de rentabiliteiten (RTV, KVV, REV) kunnen de bedragen op de balans als gemiddelden over 2012 worden beschouwd.

g Bereken:
1 de rentabiliteit van het totaal vermogen (RTV);
2 de gemiddelde kosten van het vreemd vermogen (KVV);
3 de rentabiliteit van het eigen vermogen na belasting (REV) met behulp van de formule waarin de hefboomwerking van de vermogensstructuur tot uitdrukking komt.

h De rentabiliteit van het eigen vermogen (REV) kunnen we splitsen in de basisrentabiliteit en de financieringsbijdrage.
1 Leg uit wat de begrippen basisrentabiliteit en financieringsbijdrage inhouden.
2 Bereken de basisrentabiliteit voor De Vries Bouw bv.
3 Bereken de financieringsbijdrage voor De Vries Bouw bv.
4 Controleer of de som van de uitkomsten van de vragen **h2** en **h3** gelijk is aan het antwoord op vraag **g3**.

i1 Geef enkele voorbeelden van niet-rentedragend vreemd vermogen;

2 Wat is het effect van het niet-rentedragend vreemd vermogen op de hoogte van de KVV?

j1 Wat verstaan we onder bedrijfsrisico?

2 Welke factoren zijn van invloed op (bepalen) de hoogte van het bedrijfsrisico?

k1 Wat verstaan we onder financieel risico?

2 Welke factoren zijn van invloed op (bepalen) de hoogte van het financieel risico?

****12.25** Modern Wonen nv is gespecialiseerd in de fabricage van designmeubelen. De balans van deze nv na winstverdeling luidt als volgt:

Balans van Modern Wonen nv per 31 december 2012 (bedragen × €1.000)

Terreinen	900	Aandelenkapitaal	1.800
Gebouwen	1.000	Agio	500
Machines	1.400	Reserve	700
Voorraden	1.600	8% obligatielening	1.700
Debiteuren	1.700	6,5% converteerbare obl.lening	1.000
Beleggingen	500	Banklening	200
Kas	300	Crediteuren	950
		Te betalen belasting	300
		Te betalen dividend en tantièmes over 2012	250
	7.400		7.400

De nominale waarde van de aandelen en van de obligaties is €1.000. De over 2012 gerealiseerde omzet van Modern Wonen nv bedraagt €5,7 mln. Alle verkopen vinden op rekening plaats. De bedragen op de balans mogen als gemiddelden over 2012 worden beschouwd.
NB Berekeningen in twee decimalen nauwkeurig.

a Bereken voor 2012:

1 de omloopsnelheid van het totale vermogen;

2 de gemiddelde krediettermijn van de debiteuren (in maanden).

b Wat is de invloed van een vergroting van de omzetsnelheid van de voorraden op de omloopsnelheid van het totale vermogen? Verklaar uw antwoord.

c Wat is de invloed van een verlaging van de gemiddelde krediettermijn van de debiteuren (verleend leverancierskrediet) op de omloopsnelheid van het totale vermogen? Motiveer uw antwoord.

d Waarom is gegeven dat de bedragen op de balans als gemiddelden over 2012 beschouwd mogen worden?

Uit de administratie van Goed Wonen nv blijkt dat in 2012 onder andere de volgende gebeurtenissen hebben plaatsgevonden:

- Ten laste van de agio heeft in februari 2012 een uitkering in aandelen plaatsgevonden ter grootte van 5% van het aandelenkapitaal.
- Op de 8% obligatielening is voor €300.000 afgelost. Hiervoor zijn courante beleggingen verkocht met een beurswaarde van €300.000.
- Op 1 mei 2012 is de conversieperiode van de converteerbare obligatielening ingegaan. De omwisselingverhouding luidt: twee obligaties + €400 bijbetaling in contanten geeft recht op één aandeel. Tot het einde van

het jaar is voor €700.000 aan converteerbare obligaties omgewisseld in aandelen.

e Geef voor ieder van de voorgaande gebeurtenissen aan wat de gevolgen zijn voor de liquiditeit, de rentabiliteit van het eigen vermogen en de solvabiliteit.
f1 Wat wordt verstaan onder weerstandsvermogen?
2 Welke gevolgen hebben de bij vraag **e** genoemde gebeurtenissen op het weerstandsvermogen?

12.26 De balansen per 31 december 2011 en 31 december 2012 van industriële onderneming Formica nv luiden als volgt:

Balans Formica nv per 31 december (bedragen × €1.000)

	2011	2012		2011	2012
Terreinen	4.000	4.000	Aandelenkapitaal	3.100	3.100
Gebouwen/Machines	5.500	5.000	Reserves	740	700
Inventaris	750	710	8% Hypothecaire lening	6.100	5.800
Voorraden	320	270	Crediteuren	480	510
Debiteuren	180	190	Rekening-courantkrediet	400	200
Kas	70	140			
	10.820	10.310		10.820	10.310

We veronderstellen dat de wijzigingen in de balans gelijkmatig over 2012 zijn ontstaan.

Winst- en verliesrekening Formica nv over 2012:

Omzet	€ 7.065.400	
Kosten van de omzet	- 5.936.600	–
EBIT (Bedrijfsresultaat)	€ 1.128.800	
Interest vreemd vermogen	- 518.000	–
Winst voor belasting	€ 610.800	
Te betalen belasting (25%)	- 152.700	–
Winst na belasting	€ 458.100	

De resultaten over 2012 zijn nog niet in de balans verwerkt.
NB Berekeningen op twee decimalen afronden.

a1 Bereken de current ratio per 31 december 2011 en 31 december 2012.
2 Noem twee bezwaren verbonden aan het beoordelen van de liquiditeit op basis van de current ratio.
b Geef uw oordeel over de solvabiliteit met behulp van:
- de debt ratio;
- de rentedekkingsfactor (interest coverage ratio);
- de ontwikkeling in de leencapaciteit;
- de ontwikkeling in het weerstandsvermogen.

c Bereken de rentabiliteit van het eigen vermogen over 2012. (Hierbij wordt de helft van de winst na belasting over 2012 tot het eigen vermogen gerekend.)

d Bereken de rentabiliteit van het totale vermogen over 2012. (Hierbij wordt de helft van de winst voor belasting over 2012 tot het totale vermogen gerekend.)

e De rentabiliteit van het totale vermogen kan ook worden bepaald door vermenigvuldiging van twee grootheden.

1 Welke twee grootheden worden bedoeld?

2 Geef van beide grootheden de berekening.

3 Bereken de rentabiliteit van het totale vermogen met behulp van de uitkomsten van vraag **e2**.

f Ter verbetering van onder andere de liquiditeit overweegt de onderneming gebruik te gaan maken van factoring.

1 Wat is factoring?

2 Noem twee voordelen voor de onderneming verbonden aan factoring.

In plaats van nieuwe apparatuur aan te schaffen, overweegt de onderneming gebruik te maken van leasing.

g1 Welke twee hoofdvormen van leasing kunnen worden onderscheiden?

2 Noem twee belangrijke verschillen tussen deze hoofdvormen.

3 Leg uit welke invloed leasing zal hebben op de rentabiliteit van het totale vermogen (RTV). Maak daarbij zo nodig onderscheid tussen de twee vormen van leasing.

12.27 Van onderneming Universe nv is de volgende balans gegeven:

Balans Universe nv per 31 december 2012 (bedragen × €1.000)

Vaste activa	3.000	Eigen vermogen	2.000
Vlottende activa	1.000	Vreemd vermogen (lange termijn)	1.600
		Vreemd vermogen (korte termijn)	400
	4.000		4.000

De balansbedragen kunnen als gemiddelden over het jaar 2012 worden beschouwd.
De winst- en verliesrekening over 2012 luidt als volgt (bedragen × €1.000):

Omzet	1.400	
Kosten omzet	1.000	–
EBIT (Bedrijfsresultaat)	400	
Interest vreemd vermogen	60	–
Winst voor belasting	340	
Belasting	119	–
Winst na belasting	221	

Verdere gegevens:

- De vennootschapsbelasting bedraagt 35%.
- Het nominaal geplaatste aandelenkapitaal is €1,2 mln.
- De nominale waarde per aandeel is €25.
- De koerswaarde per aandeel is €31,50.
- De koers-cashflowverhouding voor 2012 is 4.

NB Berekeningen afronden op twee decimalen.

a Bereken de gemiddelde kosten van het vreemd vermogen over 2012 (KVV).
b Bereken de rentabiliteit van het totale vermogen over 2012 (RTV).
c Is er sprake van een hefboomwerking van de vermogenstructuur? Motiveer uw antwoord.
d Bereken de rentabiliteit van het eigen vermogen over 2012 (REV).
e Bereken de koers-winstverhouding per aandeel voor 2012.
f Bereken de totale afschrijving op vaste activa in 2012 met behulp van de koers-cashflowverhouding.
g Bereken de rentedekkingsfactor (interest coverage ratio) voor 2012.
Voor 2013 wordt verwacht dat het bedrijfsresultaat (EBIT) als percentage van de omzet met 20% zal toenemen, terwijl de omloopsnelheid van het totale vermogen met 10% zal dalen.
h Bereken de verwachte rentabiliteit van het totale vermogen voor 2013.

****12.28** Van onderneming Avia bv zijn de balans per 31 december 2012 en de winst- en verliesrekening over 2012 gegeven.

Balans Avia bv per 31 december 2012 (bedragen × €1.000)

Gebouwen	1.000	Aandelenkapitaal	900
Machines	500	Reserves	200
Eindproducten	300	10% Obligatielening	400
Debiteuren	200	Crediteuren	300
Kas	100	Winst 2012 (voor aftrek vennootschapsbelasting)	300
	2.100		2.100

De bedragen op de balans kunnen als gemiddelden over het jaar 2012 worden beschouwd.

Winst- en verliesrekening 2012 (bedragen × €1.000)

Omzet:		
• à contant	3.000	
minus retourzendingen	700 –	
		2.300
• op rekening	2.000	
minus retourzendingen	500 –	
		1.500 +
Totale omzet		3.800
Voorraad eindproducten per 1 januari 2012	500	
Productiekosten in 2012	3.250 +	
	3.750	
Voorraad eindproducten per 31 december 2012	300 –	
Kosten van de omzet:		3.450 –
EBIT (Bedrijfsresultaat)		350
Interest vreemd vermogen		50 –
Winst voor aftrek van vennootschapsbelasting		300

Overige gegevens:

- De bedragen van de gebouwen en de machines (€1 mln respectievelijk €500.000) zijn vermeld na aftrek van de afschrijvingsbedragen. Elk jaar wordt €20.000 op de gebouwen en €50.000 op de machines afgeschreven.
- Van de winst na aftrek van vennootschapsbelasting wordt ieder jaar €20.000 aan de reserves toegevoegd. Het bedrag dat daarna overblijft wordt in het volgende jaar aan de aandeelhouders uitbetaald. Het tarief van de vennootschapsbelasting is 35%.
- In het bedrag van de crediteuren is €50.000 opgenomen voor nog te betalen interest. Daarvan heeft €40.000 betrekking op de 10% obligatielening van €400.000. Deze lening is bij de oprichting van de onderneming aangegaan.
- De aandelen en obligaties hebben een nominale waarde van €1.000.

Voor het totale vermogen, de voorraad eindproducten en debiteuren kunnen de bedragen, zoals vermeld in de balans per 31 december 2012, als gemiddelden over 2012 worden beschouwd.
NB Berekeningen in twee decimalen nauwkeurig.

a Bereken voor 2012:
1 de omloopsnelheid van het totale vermogen;
2 de omzetsnelheid van de voorraad eindproducten;
3 de rentabiliteit van het totale vermogen (RTV);
4 de gemiddelde duur van het verleende leverancierskrediet in aantal dagen (een maand is 30 dagen).
b Bereken de rentedekkingsfactor (interest coverage ratio).
c Beoordeel het weerstandsvermogen van Avia NV.
d Geef uw oordeel over de leencapaciteit van deze onderneming.
e Welke invloed heeft een vergroting van het vreemde vermogen op het financieel risico van een onderneming? Motiveer uw antwoord.

We veronderstellen dat Avia bv bij de oprichting geen 10% obligatielening heeft geplaatst, maar het bedrag van €400.000 toen heeft aangetrokken door het plaatsen van gewone aandelen à 200%.

f Bereken in dat geval voor 2012
1 de over de winst 2012 te betalen vennootschapsbelasting;
2 het bedrag aan dividend dat per gewoon aandeel wordt uitgekeerd;
3 de rentabiliteit van het totale vermogen;
4 de current ratio per 31 december 2012 na winstverdeling.

We veronderstellen nu dat Avia bv bij haar oprichting geen obligaties of aandelen heeft uitgegeven, maar dat zij het bedrag van €400.000 in de loop van de jaren heeft verkregen door interne financiering.

g1 Wat wordt bedoeld met interne financiering?
2 Noem twee voordelen van interne financiering boven de financiering door het plaatsen van nieuwe aandelen.
3 Kunnen er ook nadelen verbonden zijn aan interne financiering?

**12.29 Klein bedrijf dubbel getroffen door slechte betaling

Klein bedrijf dubbel getroffen door slechte betaling

Jorinde Schrijver
Amsterdam

Steeds meer bedrijven betalen hun leveranciers te laat om geld langer in kas te houden. Maar geen bedrijf wordt hier 'gezonder' van, laat staan de economie.

Als gevolg van de kredietcrisis zal de betalingsmoraal bij bedrijven de komende maanden snel verslechteren, zo voorspellen kredietspecialisten. Met name kleine en middelgrote ondernemingen gaan gebukt onder deze trend, zo stellen zij.

'Iedereen is bezorgd over zijn cashpositie, betalingstermijnen worden in rap tempo opgeschroefd. Daar waar krediet gepakt kan worden, wordt het gepakt', zegt Rinus van Etten van de Groep Gerechtsdeurwaarders Nederland (GGN).

Michel van Leeuwen, directielid van incassobureau en gerechtsdeurwaarder Flanderijn, beaamt dit: 'We zijn in een markt beland waar de kleine ondernemer die het hardst roept alleen nog betaald wordt.'

Volgens hem moeten de middelgrote en kleine bedrijven zich veel actiever opstellen. Als zij namelijk ook nog zélf vergeten strak en consequent te factureren, lopen ze grote kans om in de financiële problemen te raken of zelfs failliet te gaan. 'Zoek persoonlijk contact met de slechte betaler, bel hem desnoods 's avonds op om hem aan de betalingsafspraak te herinneren', raadt Van Leeuwen aan.

Van Etten: 'Grote bedrijven stellen hun toeleveranciers vaak netjes op de hoogte, maar de kleinere ondernemers laten de rekening nogal eens onvermeld in het bakje "betalingen" liggen. Dat baart mij grote zorgen. In dit grijze circuit dreigen begin volgend jaar heel wat ondernemers in de rode cijfers te raken', zegt Van Etten.

Grote concerns zijn doorgaans beter uitgerust om hun debiteurenbeleid te sturen. Dit is goed te zien aan de betalingstermijnen die sinds enkele maanden zichtbaar worden opgerekt. Gemiddeld worden openstaande rekeningen elf dagen te laat betaald boven op de Europese norm van dertig dagen, blijkt uit recente cijfers van Dun & Bradstreet.

Dit doen bedrijven opzettelijk. Door de snel om zich heen grijpende financiële crisis kunnen zij moeilijk aan extern kapitaal komen. Door de betalingen uit te stellen besparen ze op rente: de leverancier als kredietverstrekker.

Een recent voorbeeld is de Britse supermarktketen Tesco. Begin deze week maakte de supermarktgigant bekend vanaf 1 december zijn betalingstermijn aan zijn nonfoodleveranciers van dertig naar zestig dagen op te schroeven. Hoewel de retailer deze aanpassing als 'gelijktrekking van behandeling alle leveranciers' aankondigde, wordt vermoed dat de gigant met de maatregel miljoenen aan cash wil winnen die kunnen worden gebruikt om de belangrijke decemberactiviteiten te financieren.

Te laat betalen
Schade economie

- (kleine) bedrijven komen in liquiditeitsproblemen en gaan failliet
- ondernemer heeft meer (extern) kapitaal nodig, loopt tegen zijn kredietlimiet aan en kan niet expanderen
- er moet aanzienlijk meer geld en tijd in debiteurenbeheer worden gestoken dan bij een goede betalingsdiscipline

Door de dominante positie van Tesco op de Britse markt is het voor leveranciers lastig tegenmaatregelen te nemen. Daar komt bij dat zij vanwege hun omvang niet bij machte zijn om de termijn van hun eigen openstaande rekeningen fors op te rekken.

Marcel van Es, regionaal directeur van het Zweedse incassobureau Intrum Justitia: 'Het is wel eens frustrerend om te merken dat mensen blijkbaar een crisis nodig hebben om doordrongen te raken van het belang van nette betalingen.' Volgens hem 'vallen de ceo's nu over elkaar heen' om informatie in te winnen over betalingsbeleid. 'Ik pleit al jaren voor een cultuuromslag. We zouden een voorbeeld moeten nemen aan de Scandinavische landen, waar de rekeningen circa tien dagen minder lang openstaan.'

Als er veel geld bij slechte betalers blijft hangen, betekent dat voor bedrijven dat er extra werkkapitaal nodig is om uitstaande vorderingen te financieren. Bestaand bedrijfskapitaal moet worden ingezet of er moet geld van buiten worden aangetrokken, bijvoorbeeld door verhoging van 'duur' bankkrediet. Als dit niet mogelijk blijkt, is het bedrijf genoodzaakt zijn productie te verlagen.

Het massaal oprekken van betalingstermijnen is juist wat er nu niet moet gebeuren, benadrukken de kredietspecialisten. Consequent factureren is veel beter voor de bedrijven zelf én voor de economie. Van Es: 'Het netto-effect van te laat betalen is eenmalig, terwijl het investeringspotentieel structureel afneemt.' ■

Bron: *Het Financieele Dagblad*, 31 oktober 2008

a Welk gevolg heeft de late betaling door afnemers op:
1 het aantal crediteurendagen (gezien vanuit de onderneming die de factuur moet betalen);
2 het aantal debiteurendagen (gezien vanuit de onderneming die het factuurbedrag moet ontvangen);
3 de omvang van het nettowerkkapitaal (gezien vanuit de onderneming die de factuur moet betalen);
4 de omvang van het nettowerkkapitaal (gezien vanuit de onderneming die het factuurbedrag moet ontvangen)?

b1 Waarom is vooral in een economische periode van recessie een nauwgezet debiteurenbeleid van groot belang?
2 Waaruit bestaat een dergelijk nauwgezet debiteurenbeleid (wat moet de onderneming die op rekening verkoopt dan met name doen)?

c Met welke activiteiten/diensten houdt Dun & Bradstreet zich bezig? Gebruik onder meer internet om deze vraag te beantwoorden.

d1 Kan een onderneming (zoals supermarktketen Tesco) zo maar eenzijdig de termijn waarbinnen zij haar crediteuren betaalt, verlengen? Maak bij de beantwoording van deze vraag ook gebruik van het vijfkrachtenmodel van Porter.
2 Welke tegenmaatregelen zouden de leveranciers van supermarktketen Tesco kunnen treffen?
3 Wat wordt bedoeld met de zinsnede: 'wordt vermoed dat de gigant (Tesco) met de maatregel miljoenen aan cash wil winnen die kunnen worden gebruikt om de belangrijke decemberactiviteiten te financieren'?

e Leg uit waarom het niet tijdig betalen door de debiteuren (zoals tijdens de kredietcrisis die in 2008 heerste) het investeringspotentieel negatief kan beïnvloeden.

f Beschrijf de risico's die zijn verbonden aan het verkopen op rekening.

g Waarom staan bedrijven toe dat goederen op rekening worden gekocht?

**12.30 De veevoederfabriek Felix bv heeft per 31 december 2012 de volgende passiva en activa: (bedragen in euro's):

Fabrieksterreinen	85.000
Bedrijfsgebouwen	200.000
Kas	35.000
Krediet Rabobank	80.000
9% obligatielening	130.000
10% hypothecaire lening	80.000
Voorraden grondstof	100.000
Voorraad gereed product	60.000
Crediteuren	60.000
Debiteuren	40.000
Machines en inventaris	100.000
Transportmiddelen	40.000
Aandelenkapitaal	300.000
Te betalen belastingen	10.000

NB Berekeningen afronden op twee decimalen.

a Stel voor Felix bv de liquiditeitsbalans per 31 december 2012 op.

b Bereken het nettowerkkapitaal.

c Bereken de current ratio.

d Bereken de quick ratio.

e Waarom worden de bij de vragen **b** t/m **d** genoemde kengetallen berekend?

f Bereken de debt-ratio.
g Waarom wordt de debt-ratio berekend?

Felix bv heeft in 2012 een nettowinst na vennootschapsbelasting behaald van €210.000. De aandeelhouders ontvangen daarvan 40%. De nominale waarde van een aandeel is €100. De beurskoers van een aandeel aan het einde van 2012 is €400.

h Bereken de koers-winstverhouding per 31 december 2012.
i Bereken de rentabiliteit van een belegging in aandelen Felix bv over 2012. We veronderstellen dat de beurskoers van het aandeel op 1 januari 2012 €360 was.
j Waar hangt de rentabiliteit op een belegging in aandelen van af?

****12.31** Handelsonderneming Ajax bv heeft in de afgelopen jaren te weinig aandacht besteed aan het beheer van het werkkapitaal. Zij wenst nu maatregelen te treffen die tot een betere beheersing van de debiteuren en de crediteuren moeten leiden.
De balans luidt als volgt:

Balans Ajax bv per 31 december 2012 (bedragen × €1.000)

Vaste activa		773	Eigen vermogen:		
Vlottende activa:			Aandelenkapitaal		300
Debiteuren	210		Reserves		180
Voorraden	340				480
Kas	77				
		627	Vreemd vermogen op lange termijn:		200
			Vreemd vermogen op korte termijn:		
			Crediteuren	480	
			Rekening-courantkrediet	240	
					720
		1.400			1.400

De winst- en verliesrekening luidt als volgt:

Winst- en verliesrekening over 2012 (bedragen × €1.000)

Omzet		3.600
Kosten van de omzet:		
• aankoop goederen	1.920	
• loonkosten	1.000	
• afschrijvingskosten vaste activa	140	
• overige kosten	426 +	
		3.486 −
EBIT (Bedrijfsresultaat)		114
Interestkosten		44 −
Winst voor belasting		70
Belasting 35%		24,5 −
Winst na belasting		45,5

Overige gegevens:
- De omzet is gelijkmatig over het jaar verdeeld.
- Van de verkopen wordt 70% op rekening verkocht.
- De aankoop van de goederen is voor 100% op rekening.
- Er vindt geen voorraadvorming van goederen plaats.
- De bedragen op de balans per 31 december 2012 kunnen worden beschouwd als het gemiddelde voor het jaar 2012.
- De cijfers voor 2012 worden geacht ook van toepassing te zijn op 2013.

a Bereken het nettowerkkapitaal per 31 december 2012.

Nu wordt op een zodanige termijn aan leveranciers betaald, dat er geen gebruik wordt gemaakt van kortingen voor contante betaling.
De leiding van de onderneming overweegt het rekening-courantkrediet zo te vergroten dat een snellere betaling aan crediteuren kan plaatsvinden en gebruik kan worden gemaakt van de kortingen voor contante betaling. Deze kortingen worden verstrekt, indien betaling wordt gedaan uiterlijk 30 dagen na aflevering van de goederen. De bank is in principe tot ruimere kredietverstrekking bereid.

b Bereken de huidige gemiddelde krediettermijn van de crediteuren in dagen (1 jaar = 360 dagen).

c Bereken de extra behoefte aan bankkrediet om de gemiddelde krediettermijn van de crediteuren terug te brengen tot 30 dagen.

d Beneden welk interestpercentage van het extra bankkrediet is het voor de onderneming aantrekkelijk het extra bankkrediet aan te trekken? De korting voor contante betaling bedraagt gemiddeld 2% van de aankopen op rekening.

Voor het debiteurenbeheer wordt overwogen gebruik te maken van factoring. Met een factormaatschappij is overeengekomen dat 80% van de waarde van de uit de verkoop voortkomende vorderingen kan worden overgedragen. Het tarief van de factormaatschappij is 2% van de overgedragen vorderingen. De onderneming heeft de volgende besparingen: de kosten voor debiteurenadministratie en incasso dalen met €36.000 per jaar en het verlies door wanbetaling van debiteuren daalt met 1% van de waarde van de overgedragen vorderingen.

e Bereken het voor- of nadeel dat Ajax bv behaalt door gebruik te maken van de diensten van de factormaatschappij.

f Bereken de rentedekkingsfactor (interest coverage ratio).

g Beoordeel het weerstandsvermogen van Ajax bv.

h Geef uw oordeel over de leencapaciteit van deze onderneming.

i Welke invloed heeft een vergroting van het vreemd vermogen op het financiële risico van een onderneming? Motiveer uw antwoord.

j Welke invloed heeft het gebruikmaken van factoring op de leencapaciteit van de onderneming? Motiveer uw antwoord.

**12.32 Handelsonderneming Feyenoord bv, die gespecialiseerd is in de verkoop van sportartikelen, heeft de volgende balans voor intern gebruik samengesteld:

Balans Feyenoord bv per 31 maart 2013 (bedragen × €1.000)

Gebouwen:				
aanschafprijs	800		Aandelenvermogen	400
afschrijving	300		Reserve	400
		500	10% Hypotheek	400
Inventaris:				
aanschafwaarde	200		Crediteuren	250
afschrijving	80		Te betalen interest	10
		120		
Voorraden		80		
Debiteuren		700		
Kas		60		
		1.460		1.460

Begrote gegevens tweede kwartaal 2013

Maand	**Omzet** (in euro's)	**Inkopen** (in euro's)
April	600.000	450.000
Mei	525.000	450.000
Juni	675.000	500.000
	1.800.000	1.400.000

De in- en verkopen zijn regelmatig binnen de maanden verdeeld.

- De termijn van het verleend leverancierskrediet is één maand en van het genoten leverancierskrediet een halve maand. Aan- en verkopen à contant komen niet voor.
- De brutowinst is 25% van de inkoopprijs.
- Op de hypotheek wordt op 30 juni en op 31 december €10.000 afgelost, terwijl op die data ook steeds de interest achteraf moet worden betaald.
- Overige gegevens:
  - lonen: €30.000 per maand;
  - overige maandelijkse betaalde kosten: €50.000;
  - op gebouwen wordt jaarlijks 10% van de aanschafprijs afgeschreven, op inventaris 18% van de aanschafprijs.

We veronderstellen dat in het eerste kwartaal van 2013 geen winst werd behaald, maar ook geen verlies werd geleden.

a1 Wat verstaat men onder een liquiditeitsbegroting en om welke reden wordt deze samengesteld?

2 Waarom wordt een liquiditeitsbegroting bij voorkeur over korte perioden samengesteld?

b Stel voor het tweede kwartaal 2013 de liquiditeitsbegroting samen (niet per maand specificeren).

c Bereken de current ratio per 31 maart 2013. Beschouw de hypotheek hierbij als lang vreemd vermogen.

d Waarom geeft de directie van Feyenoord bv bij het nemen van beleidsbeslissingen de voorkeur aan de liquiditeitsbegroting boven de zojuist berekende current ratio?
e Stel de begrote winst- en verliesrekening voor het tweede kwartaal 2013 op.
f Stel de begrote balans per 30 juni 2013 samen.

12.33 Onderneming Corridale bv heeft de volgende balansen opgesteld:

Balans Corridale bv (bedragen × €1.000)

	31-12-2011	31-12-2012		31-12-2011	31-12-2012
Vaste activa	3.800	4.650	Eigen vermogen	3.000	3.000
Vlottende activa	1.700	1.850	Vreemd vermogen lange termijn	1.450	2.100
			Vreemd vermogen korte termijn	1.050	1.400
	5.500	6.500		5.500	6.500

De rentabiliteit van het eigen vermogen dat in 2012 gemiddeld in de onderneming werkzaam was, bedraagt 6% na aftrek van de belasting over de winst.
a Bereken de winst over 2012 na aftrek van de belasting.

De belasting op de winst over 2012 bedraagt 20%. De interest over het in 2012 gemiddeld aanwezige vreemd vermogen is 8%.
b Bereken het EBIT (bedrijfsresultaat) over 2012.
c Bereken de rentabiliteit van het totale vermogen (RTV) dat in 2012 gemiddeld in de onderneming was geïnvesteerd.

Voor 2013 verwacht de onderneming een stijging van de interestkosten van het vreemd vermogen. De rentabiliteit van het gemiddelde eigen vermogen zal daardoor dalen tot 4,2%. Het bedrijfsresultaat en het belastingpercentage ondergaan ten opzichte van 2012 geen verandering.

Het gemiddelde eigen vermogen zal evenals het gemiddelde vreemde vermogen in 2013 €3 mln bedragen.
d Bereken de voor 2013 verwachte gemiddelde interestkosten als percentage van het gemiddelde vreemde vermogen (KVV).

Het gemiddelde debiteurensaldo bedraagt in 2012 €300.000 De gemiddelde krediettermijn van de debiteuren is 72 dagen. Een jaar = 360 dagen.
e Bereken de omzet op rekening over 2012.
f Wat is de invloed van een relatief lange krediettermijn van de debiteuren op de rentabiliteit van het eigen vermogen? Motiveer uw antwoord.

**12.34 De gedeeltelijk ingevulde balans van een industriële onderneming ziet er als volgt uit:

Balans per 31 december 2012 (bedragen in euro's)

Vaste activa		*Eigen vermogen*	
Gebouwen	....	Aandelenkapitaal	1.200.000
Machines	....	Reserves	302.000
Inventaris	240.000	Saldo winst over 2010	....
Vlottende activa		*Vreemd vermogen (lange termijn)*	
Voorraden	....	9% Hypothecaire lening	420.000
Debiteuren	....		
Kas	170.000	*Vreemd vermogen (korte termijn)*	
		Crediteuren	....
		Rekening-courant	331.500
	....		....

De gedeeltelijk ingevulde winst- en verliesrekening over 2012 van deze onderneming luidt als volgt:

Winst- en verliesrekening over 2012 (bedragen in euro's)

Omzet		6.500.000
Omzet tegen betaalde inkoopprijzen		5.400.000 –
		1.100.000
Afschrijvingskosten vaste activa	....	
Overige bedrijfskosten	851.000 –	
		.... –
Saldo winst over 2012		....

Overige gegevens:

- De gebouwen zijn aangeschaft op het moment van oprichting van de onderneming (1 januari 2009). De aanschaffingsprijs bedroeg €800.000. De economische levensduur is 20 jaar, waarna de gebouwen geen waarde meer hebben. Er wordt met gelijke bedragen per jaar afgeschreven.
- Op 1 januari 2009 zijn vier identieke machines aangeschaft. De aanschaffingsprijs bedroeg €150.000 per machine. Gekozen is voor het volgende afschrijvingsschema:

  2009: 40% 2012: 10%
  2010: 20% 2013: 10%
  2011: 20%
- De afschrijving op de inventaris bedroeg in 2012 €30.000.
- De gemiddelde duur van het verstrekte leverancierskrediet bedraagt $1\frac{1}{2}$ maand.

- De gemiddelde duur van het ontvangen leverancierskrediet bedraagt twee maanden.
- De gemiddelde opslagduur van de voorraden is drie maanden.
- Met de belasting over de winst wordt geen rekening gehouden.
- Alle inkopen en alle verkopen vinden plaats op rekening.
- De inkopen, verkopen, geldontvangsten en gelduitgaven vinden gelijkmatig over het jaar verdeeld plaats.

a Stel de balans per 31 december 2012 én de winst- en verliesrekening over 2012 op. Geef de noodzakelijke berekeningen.

b1 Noem twee andere afschrijvingsmethodes dan die welke bij gebouwen en machines zijn toegepast.

2 Geef voor de bij **b1** gevraagde afschrijvingsmethoden het verloop van de jaarlijkse afschrijvingsbedragen aan (stijgend, dalend of gelijkblijvend).

c1 Bepaal de cashflow over 2012. (Met cashflow wordt hier de winst na belasting + afschrijvingen bedoeld.)

2 Waarom hechten onder andere financiële analisten meer waarde aan de uitkomst van de cashflow dan aan die van de nettowinst?

d1 Bepaal de liquiditeit per 31 december 2012 met behulp van de current ratio (uitkomst afronden op twee decimalen).

2 Noem twee bezwaren tegen het hanteren van de current ratio als maatstaf voor de liquiditeit.

****12.35**
U

Onderneming Freetime nv is gespecialiseerd in de productie van vrijetijdskleding.
Hierna zijn de vereenvoudigde balansen van Freetime nv per ultimo 2011 en ultimo 2012 en de winst- en verliesrekening over 2012 weergegeven.

Balans Freetime nv (bedragen × €1.000)

	31-12-2011	31-12-2012		31-12-2011	31-12-2012
Gebouwen	3.000	3.300	Aandelenvermogen	2.000	2.200
Inventaris	900	900	Agioreserve	400	500
Machines	1.700	1.900	Winstreserve	170	220
Voorraden	800	1.100	Voorzieningen	1.500	1.300
Debiteuren	700	600	Hypotheek	2.000	2.200
Kas	100	300	Crediteuren	300	400
			Rekening-courant	470	903,5
			Te betalen belasting	160	85,3
			Te betalen dividend	200	291,2
	7.200	8.100		7.200	8.100

Winst- en verliesrekening Freetime nv over 2012 (bedragen in euro's)		
Omzet (exclusief btw)		8.000.000
Kosten van de omzet		
(m.u.v. afschrijvingskosten en interestkosten):		
• inkoopwaarde van de omzet	5.000.000	
• toevoeging aan de voorzieningen	150.000	
• overige kosten	1.604.000	
		6.754.000 –
EBITDA		1.246.000
• afschrijving gebouwen	150.000	
• afschrijving inventaris	100.000	
• afschrijving machines	250.000	
		500.000
EBIT (bedrijfsresultaat)		746.000
Interestkosten		319.500
Winst voor belasting		426.500
Vennootschapsbelasting (stel 20%)		85.300
Winst na belasting		341.200
Dividend		291.200
Ingehouden winst		50.000

Freetime nv heeft bovendien de volgende aanvullende informatie verschaft:

- Het dividend over 2011 is volledig uitbetaald.
- Alle veranderingen in de balans gedurende 2012 zijn gelijkmatig ontstaan.
- Alle aandelen hebben een nominale waarde van €100.
- De winstverdeling 2012 is reeds in de balans per 31 december 2012 verwerkt.
- Over de hypothecaire lening moet in 2012 €100.000 worden afgelost.

NB Berekeningen in vier decimalen nauwkeurig.

a Stel het kasstroomoverzicht over 2012 op volgens de indirecte methode. (Zie paragraaf 12.3 en voorbeeld 12.7 Halifax bv in het theorieboek.)

b1 Bereken de rentabiliteit van het totale vermogen (RTV) over 2012.

2 Stel de Dupont-chart op voor Freetime nv over 2012 (en vul de bijbehorende cijfers in).

c1 Bereken de debt-service coverage ratio (DSCR) over 2012.

2 Geef uw commentaar op de bij **c1** berekende debt-service coverage ratio.

d1 Bereken voor het jaar 2012 de debt-service-ratio (DSR).

2 Is Freetime nv in staat om in 2012 haar interest- en aflossingsverplichtingen na te komen? Motiveer uw antwoord.

**12.36 Onderneming Milieutechniek nv produceert milieuvriendelijk verpakkingsmateriaal. Hierna zijn de vereenvoudigde balansen van Milieutechniek nv per ultimo 2011 en ultimo 2012 en de winst- en verliesrekening over 2012 gegeven.

Balans Milieutechniek nv (bedragen × €1.000)

	31-12-2011	31-12-2012		31-12-2011	31-12-2012
Gebouwen	5.000	4.900	Aandelenvermogen	3.000	3.300
Inventaris	1.000	700	Agioreserve	600	700
Machines	2.200	2.400	Winstreserve	170	250
Voorraden	800	600	Voorzieningen	1.800	1.700
Debiteuren	500	700	Hypotheek	3.000	2.800
Kas	100	200	Crediteuren	400	250
			Te betalen belasting	240	109,9
			Te betalen dividend	230	359,6
			Rekening-courant	160	30,5
	9.600	9.500		9.600	9.500

Winst- en verliesrekening Milieutechniek nv over 2012 (bedragen in euro's)

Omzet (exclusief btw)		13.000.000	
Kosten van de omzet			
(m.u.v. afschrijvingskosten en interestkosten):			
• inkoopwaarde van de omzet	8.000.000		
• toevoeging aan de voorzieningen	250.000		
• overige kosten	2.839.000		
		11.089.000	–
EBITDA		1.911.000	
• afschrijving gebouwen	500.000		
• afschrijving inventaris	200.000		
• afschrijving machines	300.000		
		1.000.000	–
EBIT (bedrijfsresultaat)		911.000	
Interestkosten		361.500	–
Winst voor belasting		549.500	
Vennootschapsbelasting (stel 20%)		109.900	–
Winst na belasting		439.600	
Dividend		359.600	–
Ingehouden winst		80.000	

Milieutechniek nv heeft bovendien de volgende aanvullende informatie verschaft:

- Het dividend over 2011 is volledig uitbetaald.
- Alle veranderingen in de balans gedurende 2012 zijn gelijkmatig ontstaan.
- Activa worden tegen de boekwaarde verkocht.
- Alle aandelen hebben een nominale waarde van €100.

- De winstverdeling 2012 is reeds in de balans per 31 december 2012 verwerkt.
- Over de hypothecaire lening moet in 2012 €200.000 worden afgelost.

NB Berekeningen in vier decimalen nauwkeurig.

a Stel het kasstroomoverzicht over 2012 op volgens de indirecte methode (zie paragraaf 12.3 en voorbeeld 12.7 Halifax bv in het theorieboek).

b1 Bereken de rentabiliteit van het totale vermogen (RTV) over 2012.

2 Stel de Dupont-chart op voor Milieutechniek nv over 2012 (en vul de bijbehorende cijfers in).

c Wat zal de invloed op de rentabiliteit van het totale vermogen (RTV) van Milieutechniek nv zijn, als Milieutechniek nv haar afnemers minder soepele betalingsvoorwaarden toestaat? Motiveer uw antwoord door gebruik te maken van de relaties uit het Dupont-schema.

d1 Bereken de debt-service coverage ratio (DSCR) over 2012 (in twee decimalen nauwkeurig).

2 Geef uw commentaar op de bij **d1** berekende debt-service coverage ratio.

e1 Bereken de verhouding: $\dfrac{\text{Rentedragende schulden per 31-12-2012}}{\text{EBITDA}}$

2 Geef uw commentaar op het bij **e1** berekende verhoudingsgetal.

f1 Bereken voor het jaar 2012 de debt-service-ratio (DSR) (in twee decimalen nauwkeurig).

2 Is Milieutechniek nv in staat om in 2012 haar interest- en aflossingsverplichtingen na te komen? Motiveer uw antwoord.

**12.37 Casus bankfinanciering

In paragraaf 12.14 van het theorieboek bespreken we een aantal factoren waarmee de bank rekening houdt bij het beoordelen van een kredietaanvraag door bedrijven.

Opdracht

Ga aan de hand van een *beursgenoteerde onderneming* na welk oordeel de bank zal vellen over een kredietaanvraag. Daarbij veronderstellen we dat de omvang van het aangevraagde extra bankkrediet ongeveer 20% bedraagt van de omvang van het totale vreemd vermogen van de onderneming die het krediet aanvraagt. De looptijd van de aangevraagde lening is bijvoorbeeld 10 jaar.
Gebruik bij de beoordeling van deze kredietaanvraag ook informatie die met behulp van internet verkrijgbaar is. Onder deze informatie vallen de jaarrekeningen (balans, winst- en verliesrekening, kasstroomoverzichten en toelichtingen) van de onderneming die het krediet aanvraagt, maar ook dagbladartikelen en/of artikelen op internet. Betrek bij de beoordeling van de kredietaanvraag de verschillende aspecten zoals die in het theorieboek zijn besproken en bereken onder meer de relevante kengetallen. Geef als sluitstuk van deze opdracht uw oordeel over de kredietaanvraag (de beoordeling gezien vanuit de bank die de lening eventueel gaat verstrekken). Onderbouw uw oordeel met de bevindingen die uit het pijleroverzicht voortvloeien. Besteed daarbij ook aandacht aan het risicobeleid van de onderneming die het krediet aanvraagt.

Spreek met de docent af welke aanvullende opdrachten eventueel moeten worden uitgevoerd en wat de omvang van de uitwerking van de casus moet zijn.

13 Waardering en resultaatbepaling

13.1 Een onderneming, opgericht op 1 januari 2012, heeft op 31 december 2012
U de volgende balans opgesteld:

Balans per 31 december 2012 (bedragen × €1.000)

Duurzame productiemiddelen	1.460	Eigen vermogen	1.200
Goederen	400	Vreemd vermogen	780
Kas	120		
	1.980		1.980

De voorraad goederen op 31 december 2012 bestaat uit 20 000 stuks à €20 per stuk.
Gedurende 2013 doen zich de volgende transacties voor:

januari:	inkoop	5 000 stuks à €22 per stuk
februari:	verkoop	20 000 stuks à €30 per stuk
april:	inkoop	15 000 stuks à €25 per stuk
juni:	verkoop	15 000 stuks à €35 per stuk
september:	inkoop	20 000 stuks à €28 per stuk
december:	verkoop	10 000 stuks à €40 per stuk

a Bereken het transactieresultaat op goederen over 2013 bij toepassing van:
1 de fifo-methode;
2 de lifo-methode.
b Geef een berekening van de voorraadwaardering per 31 december 2013 volgens:
1 de fifo-methode;
2 de lifo-methode.
c Geef een verklaring voor het verschil dat optreedt tussen de antwoorden op de vragen **a1** en **a2**.
d Wat is het doel van de toepassing van substantialistische resultaatbepalingsmethoden?

13.2 Handelsonderneming Innovation handelt uitsluitend in één product: herenfietsen van het type Rapid. De onderneming heeft op 1 april 2013 een voorraad van 200 fietsen, die ingekocht zijn voor €400 per stuk.
U

In april 2013 zijn ingekocht en ontvangen:
5-4: 100 fietsen à €430
20-4: 300 fietsen à €480

In april 2013 zijn verkocht, gefactureerd en afgeleverd:
8-4: 250 fietsen à €630
28-4: 130 fietsen à €690

a Bereken de winst op de verkoop van fietsen over april 2013 en de voorraadwaardering per 30 april 2013 volgens:

1 het fifo-stelsel;
2 het lifo-stelsel;
3 de gemiddelde inkoopprijs.

b Vergelijk de winst en voorraadwaardering volgens fifo met de winst en voorraadwaardering volgens de andere systemen. Leg een verband tussen de verschillen in voorraadwaardering en de verschillen in winst.

c Wat zijn de voor- en nadelen van het systeem van gemiddelde inkoopprijs?

d Welk systeem verdient de voorkeur? Motiveer uw antwoord.

13.3 Onderneming Houtvast handelt in slechts één soort eiken tuinmeubelen. De balans van deze onderneming is hierna weergegeven.

Balans Houtvast per 1 januari 2013 (bedragen × €1.000)

Voorraad tuinmeubelen	80	Eigen vermogen	60
Kas	10	Vreemd vermogen	30
	90		90

De voorraad tuinmeubelen bestaat uit 400 tuinstoelen, die ingekocht zijn voor €200 per stuk.

In januari 2013 zijn ingekocht en ontvangen:
5-1: 200 stuks à €225
28-1: 150 stuks à €275

In januari 2013 zijn verkocht, gefactureerd en afgeleverd:
8-1: 250 stuks à €400
10-1: 110 stuks à €405
29-1: 130 stuks à €410

De bedrijfskosten zijn €20.000 per maand.
De bedrijfskosten en alle aan- en verkopen zijn contant afgerekend.

a Bereken de winst over januari 2013 en de voorraadwaardering per 31 januari 2013 volgens:
1 het fifo-stelsel;
2 het lifo-stelsel.

b Stel de eindbalans per 31 januari 2013 op volgens:
1 het fifo-stelsel;
2 het lifo-stelsel.

c Welk van de twee stelsels heeft de voorkeur? Motiveer uw antwoord.

We veronderstellen dat in februari 2013 slechts één transactie heeft plaatsgevonden: 150 tuinstoelen verkocht voor €420 per stoel.

d Bereken de winst over februari 2013 volgens:
1 het fifo-stelsel;
2 het lifo-stelsel.

e Vergelijk de antwoorden op de vragen **d1** en **d2** en geef commentaar op basis van deze vergelijking.

f Welke van de in deze opgave besproken methoden om het resultaat te bepalen en de voorraad te waarderen is onder IFRS niet toegestaan?

*13.4 Een onderneming heeft van een bepaald goed op 1 oktober 2012 een voor
U raad van 4 000 kg à €55 (exclusief btw). Verder is gegeven:

Balans per 1 oktober 2012 (bedragen × €1.000)

Gebouwen	400	Eigen vermogen	700
Inventaris	260	Vreemd vermogen	280
Voorraden	220		
Kas	100		
	980		980

Ingekocht en ontvangen in oktober 2012:
8-10: 5 000 kg à €71,40 = €357.000
22-10: 8 000 kg à €83,30 = €666.400

Verkocht, gefactureerd en afgeleverd in oktober 2012:
12-10: 6 000 kg à €95,20 = €571.200
29-10: 7 000 kg à €102,34 = €716.380

Alle inkopen en verkopen zijn inclusief 19% btw en worden contant afgerekend.
Op gebouwen wordt €2.000 per maand afgeschreven, op inventaris €2.600 per maand. De overige bedrijfskosten zijn €16.660 (inclusief 19% btw) per maand en worden contant afgerekend. De aan de fiscus te betalen btw wordt in dezelfde maand waarin de schuld ontstaat betaald.

a Bereken de winst over oktober 2012 en de voorraadwaardering van de goederen per 31 oktober 2012 volgens het lifo-stelsel.
b1 Bereken het bedrag aan btw dat over oktober 2012 per saldo aan de fiscus te betalen is.
2 Bereken het saldo kasgeld per 31 oktober 2012.
c Stel de eindbalans per 31 oktober 2012 op volgens het lifo-stelsel.

**13.5 Een onderneming heeft van een bepaald goed op 1 januari 2013 een voorraad van 10 000 kg à €10 (exclusief btw). Verder is gegeven:

Balans per 1 januari 2013 (bedragen × €1.000)

Gebouwen	600	Eigen vermogen	600
Inventaris	200	Vreemd vermogen	380
Voorraden	100		
Kas	80		
	980		980

Ingekocht en ontvangen in januari 2013:
5/1: 40 000 kg à €13,09 = €523.600
20/1: 25 000 kg à €12,376 = €309.400

Verkocht, gefactureerd en afgegeven in januari 2013:
7/1: 8 000 kg à €17,85 = €142.800
18/1: 22 000 kg à €17,255 = €379.610
27/1: 20 000 kg à v17,255 = €345.100

Alle inkopen en verkopen zijn inclusief 19% btw en worden contant afgerekend.

Op gebouwen wordt €3.000 per maand afgeschreven, op inventaris €2.000 per maand. De overige bedrijfskosten zijn €11.900 (inclusief 19% btw) per maand en worden contant afgerekend. De aan de fiscus te betalen btw wordt in dezelfde maand waarin de schuld ontstaat, betaald.

a Bereken de winst over januari 2013 en de voorraadwaardering van de goederen per 31 januari 2013 volgens:
1 het fifo-stelsel;
2 het lifo-stelsel;
3 de gemiddelde inkoopprijs.
b1 Bereken het bedrag aan btw dat over januari 2013 per saldo aan de fiscus betaald is.
2 Bereken het saldo kasgeld per 31 januari 2013.
c Stel de eindbalans per 31 januari 2013 op volgens:
1 het fifo-stelsel;
2 het lifo-telsel;
3 de gemiddelde inkoopprijs.
d Vergelijk het resultaat op basis van de gemiddelde inkoopprijs met de resultaten volgens de fifo- en lifo-methode. Geef commentaar bij deze vergelijking.
e Welke van de in deze opgave besproken methoden om het resultaat te bepalen en de voorraad te waarderen is onder IFRS niet toegestaan?

13.6 De balans van onderneming Rijkerswoerd bv (opgericht op 1 januari 2008) ziet er per 1 januari 2013 als volgt uit:

Balans Rijkerswoerd bv per 1 januari 2013

Machines	€170.000	Aandelenkapitaal	€200.000
Voorraad handelsgoederen	- 120.000	8% Banklening	- 170.000
Kas	- 80.000		
Totaal activa	€370.000	Totaal vermogen	€370.000

Toelichting:
- de machines zijn aangeschaft op 1 januari 2010. Jaarlijks wordt 5% van de aanschafprijs afgeschreven.
- de voorraad handelsgoederen op 1 januari 2013 bestaat uit 6 000 eenheden, die zijn ingekocht voor €20 per stuk.
- de 8% banklening is op 1 januari 2010 afgesloten. Ieder jaar wordt op 31 december €10.000 afgelost. De rente (8%) wordt eenmaal per jaar op 31 december achteraf betaald.
- alle in- en verkopen worden contant (per kas) afgerekend.

- voor de winstberekening op handelsgoederen past Rijkerswoerd bv het fifo-stelsel toe.
- Rijkerswoerd bv stelt aan het einde van ieder kwartaal de balans en winst- en verliesrekening op.
- met omzetbelasting (btw) houden we bij de vragen a tot en met g geen rekening.

In het eerste kwartaal 2013 vinden de volgende in- en verkopen plaats:

- 18 januari inkoop 10.000 eenheden à €21 per stuk;
- 25 januari verkoop 9.000 eenheden à €30 per stuk;
- 15 februari inkoop 20.000 eenheden à €22 per stuk;
- 20 februari verkoop 18.000 eenheden à €32 per stuk;
- 25 maart verkoop 8.000 eenheden à €35 per stuk;
- 28 maart inkoop 12.000 eenheden à €23 per stuk.

De overige bedrijfskosten (naast de interestkosten over de 8% banklening en afschrijvingen) bedragen €40.000 per maand. Deze kosten worden aan het einde van iedere maand betaald.

a Bereken het transactieresultaat over de verkooptransacties op:
1 25 januari;
2 20 februari;
3 25 maart.
b Welke twee groepen van winstbepalingsstelsels kent u? Wat is het kenmerkende verschil tussen beide systemen?
c Stel de winst- en verliesrekening van Rijkerswoerd bv over het eerste kwartaal 2013 op. Vermeld daarbij afzonderlijk de transactieresultaten (op basis van het fifo-stelsel).
d Bereken de waarde van de eindvoorraad handelsgoederen op 31 maart 2013.
e Bereken de hoeveelheid kasgeld op 31 maart 2013.
f Stel de balans van Rijkerswoerd bv per 31 maart 2013 op. De winst over het eerste kwartaal 2013 moet apart op de balans worden vermeld.
g In welke (economische) situatie verdient toepassing van substantialistische winstbepalingsstelsels de voorkeur? Licht uw antwoord toe.

Stel dat zowel over de inkopen als over de verkopen 6% btw wordt berekend.
h Bereken het bedrag aan omzetbelasting (btw) dat Rijkerswoerd bv per saldo over het eerste kwartaal 2013 aan de fiscus zou moeten afdragen.

***13.7**
U Handelsonderneming Fotokino bv is op 1 januari 2012 opgericht. Fotokino bv handelt in slechts één soort fotoalbum. Op 1 januari heeft de onderneming 8 000 fotoalbums ingekocht tegen een prijs van €16,50 per stuk. De beginbalans van de handelsonderneming ziet er als volgt uit:

Balans per 1 januari 2012 (bedragen × €1.000)

Inventaris	30	Eigen vermogen	150
Voorraad goederen	132	Banklening	80
Kas	68		
	230		230

Overige gegevens:
- De inventaris is op 1 januari 2012 nieuw aangeschaft en wordt in vijf jaar met gelijke bedragen per jaar afgeschreven. Aan het einde van het vijfde jaar is de restwaarde nihil. De afschrijving wordt per maand in de boekhouding verwerkt.
- De lening wordt in tien jaar met gelijke bedragen per jaar afgelost. De te betalen interest bedraagt 10% per jaar. De interest wordt per halfjaar betaald, op 30 juni en op 31 december. De aflossing wordt per jaar op 31 december betaald, voor het eerst per 31 december 2012.

Gedurende 2012 vinden de volgende transacties plaats:
15-2: verkoop van 4 000 stuks à €19,00 per album
26-6: verkoop van 3 000 stuks à €22,50 per album
6-8: inkoop van 10 000 stuks à €20,00 per album
5-12: verkoop van 5 000 stuks à €23,00 per album
De onderneming past het lifo-stelsel toe. Aan- en verkopen worden contant afgerekend.
Met btw hoeft geen rekening te worden gehouden.

a Bereken het transactieresultaat op de verkochte producten over 2012.
b Bereken de winst over 2012.
c Stel de balans van de onderneming op per 31 december 2012. De winst over 2012 moet apart op de balans opgenomen worden.

In het eerste halfjaar van 2013 vinden de volgende twee transacties plaats:
- 31 januari: inkoop van 5000 stuks à €20,50 per album
- 8 mei: verkoop van 3 000 stuks à €25,50 per album

Op verzoek van de bank worden cijfers per 30 juni 2013 opgesteld. De gegevens met betrekking tot lening en inventaris zijn onveranderd. De winst wordt wederom op basis van het lifo-stelsel berekend. De inkoopprijs van de albums op 30 juni 2013 is €16,00. De winst over 2013 is aan het eigen vermogen toegevoegd.

d Stel de winst- en verliesrekening over de eerste zes maanden van 2013 op.
e Stel de balans per 30 juni 2013 samen.

****13.8** Handelsonderneming Snooker bv is op 1 december 2011 opgericht. De onderneming verkoopt slechts één type snookertafel. Op 1 januari 2012 heeft de onderneming 20 snookertafels in voorraad. De inkoopprijs van deze tafels is €3.000 (exclusief 19% btw). De btw over de beginvoorraad per 1 januari 2012 is in 2011 met de fiscus verrekend.

Gedurende 2012 vinden de volgende transacties plaats:
16-2: verkoop van 4 snookertafels à €7.140
15-3: inkoop van 8 snookertafels à €4.998
8-5: verkoop van 10 snookertafels à €7.616
6-6: inkoop van 5 snookertafels à €5.474
12-9: verkoop van 7 snookertafels à €7.854
10-12: inkoop van 3 snookertafels à €6.188

Naast de gegeven inkoopprijzen treden er in 2012 geen wijzigingen in de inkoopprijs op.

Alle in- en verkoopprijzen zijn inclusief 19% btw. In- en verkopen worden contant afgerekend. De aan de fiscus te betalen btw wordt in 2013 betaald.

Balans Snooper bv per 1 januari 2012 (bedragen × €1.000)

Inventaris	50	Eigen vermogen	100
Voorraad goederen	60	8% Banklening	35
Kas	25		
	135		135

Overige gegevens:

- De inventaris is op 1 december 2011 nieuw aangeschaft. De btw hierover is in 2011 verrekend. Vanaf 1 januari 2012 wordt jaarlijks 20% van de aanschafwaarde afgeschreven. De restwaarde na vijf jaar is nihil.
- De jaarlijkse huur van het bedrijfspand bedraagt €7.140. In dit bedrag is 19% btw opgenomen. De huur wordt in 2012 betaald.
- De lening wordt met ingang van 2012 in tien gelijke delen afgelost op 31 december van ieder jaar. De interest bedraagt 8% per jaar en wordt jaarlijks op 31 december betaald.

a Bereken het transactieresultaat op de verkoop van snookertafels over 2012 met behulp van lifo.
b Stel de winst- en verliesrekening over 2012 op.
c Bereken de aan de fiscus te betalen btw.
d Bereken het eindsaldo kasgeld per 31 december 2012.
e Stel de balans per 31 december 2012 op.
f1 In welke omstandigheden verdient toepassing van resultaatbepalingsmethoden als lifo en de vervangingswaardemethode aanbeveling?
2 Welk doel tracht men door toepassing van deze methoden te bereiken?
g Welke van de bij **f1** genoemde methoden zijn onder IFRS niet toegestaan?

****13.9** De Castricumse groothandel Casgro bv handelt in Poolse sigaretten. Deze sigaretten worden rechtstreeks onverpakt geïmporteerd uit Krakau (Polen) en in Castricum verpakt. De afnemers, bekende winkelketens, verkopen deze sigaretten onder hun huismerk. De pakjes bevatten 25 sigaretten. De verpakkingskosten zijn €0,10 per pakje. Deze kosten zijn proportioneel variabel. De sigaretten worden vlak voor de aflevering aan de klant verpakt. Casgro bv wordt geconfronteerd met steeds verder stijgende inkoopprijzen. Door de felle concurrentie kan deze kostenstijging nauwelijks aan de afnemers doorberekend worden.

Balans van Casgro bv per 1 april 2013 (bedragen × €1.000)			
Voorraad sigaretten[1]	50	Eigen vermogen	130
Kas	80		
	130		130

1 200 000 sigaretten à e0,10 = €20.000
100 000 sigaretten à e0,14 = - 14.000
100 000 sigaretten à e0,16 = - 16.000
€50.000

In april 2013 vinden de volgende transacties plaats:

3-4: verkocht aan winkelketen K1000 3 000 pakjes à €4,20 per pakje
7-4: gekocht 80 000 sigaretten à €0,19 per sigaret
12-4: verkocht aan winkelketen Piet Hein 4 000 pakjes à €4,20 per pakje
17-4: verkocht aan winkelketen Hoop 7 000 pakjes à €4,22 per pakje
19-4: gekocht 90 000 sigaretten à €0,20 per sigaret
22-4: gekocht 100 000 sigaretten à €0,21 per sigaret
25-4: verkocht aan winkelketen Basic 3 000 pakjes à €4,25 per pakje

Overige gegevens:

- Behalve de verpakkingskosten zijn er geen bedrijfskosten.
- Invoerrechten en btw worden buiten beschouwing gelaten.
- Alle transacties worden contant verrekend.
- Casgro bv heeft geen verpakte sigaretten in voorraad.
- De verkoopprijs van een pakje sigaretten van 25 stuks is op 30 april €5,75.

a Bereken het resultaat over april 2013 als de onderneming het fifo-stelsel toepast.
b Bereken het resultaat over april 2013 als de onderneming het lifo-stelsel toepast.
c Bereken het resultaat over april 2013 op basis van de gemiddelde inkoopprijs (gemiddelde inkoopprijs afronden op vier decimalen).
d Welke verklaring kunt u geven voor de verschillen in resultaten volgens het fifo-stelsel, het lifo-stelsel en de gemiddelde inkoopprijs? Onderbouw de verklaring met een berekening.
e1 In welke omstandigheden verdient toepassing van systemen als het lifostelsel aanbeveling?
2 Welk doel tracht men door toepassing van dit systeem te bereiken?
f Welk van de in deze opgave genoemde systemen om het resultaat te bepalen en de voorraad te waarderen is onder IFRS niet toegestaan?

**13.10 In tijden van prijsstijging past een aantal ondernemingen voor de bepaling van winst en vermogen het lifo-stelsel toe.

Van een onderneming is met betrekking tot een bepaald jaar het volgende gegeven:

- Op 1 januari 2012 zijn als activa aanwezig een voorraad goederen van 100 000 eenheden (ingekocht voor €3 per eenheid) en een voorraad kasmiddelen van €240.000.
- Het eigen vermogen bedraagt op die datum €250.000 en het vreemde vermogen €290.000.
- In de loop van het jaar 2012 vinden de volgende goederentransacties plaats (alle à contant):
  1-3: inkoop 20 000 eenheden à €3,50 per eenheid
  1-7: verkoop 30 000 eenheden à €5 per eenheid
  1-9: verkoop 30 000 eenheden à €5,60 per eenheid
  1-12: inkoop 20 000 eenheden à €4 per eenheid
- Met andere dan de bovenstaande gegevens houden we geen rekening.

Met btw houden we geen rekening.

a Welke bedoeling heeft men met de toepassing van het lifo-stelsel?

b Bereken voor genoemde onderneming het resultaat over 2012 bij toepassing van:

1 het fifo-stelsel;

2 het lifo-stelsel.

c Geef de eindbalans van deze onderneming per 31 december 2012 bij toepassing van:

1 het fifo-stelsel;

2 het lifo-stelsel.

d Heeft de toepassing van het lifo-stelsel in dit geval beantwoord aan de bij vraag **a** gevraagde bedoeling? Motiveer uw antwoord.

e Welk van de in deze opgave genoemde systemen om het resultaat te bepalen en de voorraad te waarderen is onder IFRS niet toegestaan?

13.11
U
Onderneming Unidura heeft op 2 januari 2011 een machine aangeschaft voor €100.000. De economische levensduur van de machine is tien jaar. De machine wordt met gelijke bedragen per jaar afgeschreven. De restwaarde aan het einde van de economische levensduur is nihil. Op 2 januari 2013, nadat reeds twee jaar op de machine is afgeschreven, blijkt de aanschafwaarde van deze machine met 30% te zijn gestegen. Unidura past ten aanzien van de duurzame activa de vervangingswaarde toe.

a Bereken de boekwaarde van de machine op 2 januari 2013 voordat de prijswijziging is verwerkt.

b Bereken het verlies door inhaalafschrijvingen dat ontstaat door de prijsstijging.

c1 Geef de journaalpost naar aanleiding van de herwaardering van de nog aanwezige werkeenheden van de machine.

2 Geef de journaalpost naar aanleiding van de boeking van het verlies in verband met inhaalafschrijvingen.

3 Bereken de boekwaarde van de machine na verwerking van de herwaardering en het verlies in verband met inhaalafschrijvingen.

d Bereken het bedrag dat vanaf 2013 jaarlijks moet worden afgeschreven.

***13.12** Een kleine onderneming is haar activiteiten begonnen op 2 januari 2010. De balans van de onderneming luidt per 1 januari 2012 als volgt:

Balans (bedragen × €1.000)

Duurzaam productiemiddel	225	Eigen vermogen	205
Goederen		Vreemd vermogen	160
20 000 stuks à €5	100		
Kas	40		
	365		365

Verdere gegevens:

- Het duurzame productiemiddel is op 2 januari 2010 aangeschaft voor €500.000. De geschatte economische levensduur is 5 jaar.
  Afschrijving vindt plaats met een afnemend percentage van de aanschafwaarde en wel als volgt:
  1e jaar: 30%
  2e jaar: 25%
  3e jaar: 20%
  4e jaar: 15%
  5e jaar: 10%.
- Gedurende 2012 zijn de volgende transacties (à contant) verricht:
  21 februari: verkoop 10000 stuks à €12,00 per stuk
  11 mei: aankoop 15000 stuks à €7,00 per stuk
  20 juli: verkoop 20000 stuks à €13,50 per stuk
  9 oktober: aankoop 10 000 stuks à € 8,00 per stuk.
- Overige kosten (contant voldaan in 2012): €80.000.
- In 2012 wordt op het vreemd vermogen niet afgelost, er wordt ook geen nieuw vreemd vermogen aangetrokken.
- Btw blijft buiten beschouwing.

a Bereken het resultaat over 2012 bij toepassing van het fifo-stelsel.

b Stel de balans samen per 31 december 2012, als het fifo-stelsel wordt toegepast.

Ten aanzien van het duurzaam productiemiddel is het volgende gegeven:

- Per 2 januari 2013 is de aanschafwaarde van het duurzame productiemiddel gestegen.
- We veronderstellen dat zich vóór 1 januari 2013 geen waardeveranderingen van het duurzame productiemiddel en de goederen hebben voorgedaan.
- De afschrijvingsmethode blijft ongewijzigd.

c Bereken met welk percentage de aanschafwaarde van het duurzame productiemiddel op 2 januari 2013 is gestegen, als de boekwaarde op basis van de vervangingswaarde op dat moment €150.000 bedraagt.

*13.13 Akzo ziet hogere synergievoordelen uit overname ICI

Akzo ziet hogere synergievoordelen uit overname ICI

Van onze redacteur
Amsterdam

Akzo Nobel is positief over de voortgang van de integratie van het vorig jaar herfst overgenomen Britse verfconcern ICI.

Het Nederlandse verf- en chemieconcern verhoogt de geschatte jaarlijkse kostensynergieën vóór belastingen naar circa € 340 mln per jaar. Het gaat om een stijging van 20% ten opzichte van de eerder aangekondigde € 280 mln.

Bestuursvoorzitter Hans Wijers heeft dit gistermiddag bekendgemaakt tijdens de algemene vergadering van aandeelhouders in Amsterdam.

'We zijn bijzonder optimistisch over de voortgang van de integratie', aldus Wijers. 'Waren het eerst nog inschattingen, het zijn nu verwachtingen gebaseerd op inventarisaties van concrete besparingen heel diep in de ICI-organisatie. Daarbij hebben we mensen verantwoordelijk gemaakt voor de realisatie ervan.'

Van de € 340 mln is € 180 mln afkomstig van Decorative Paints, € 85 mln van besparingen bij de hoofdkantoren en € 75 mln van schaalvoordelen bij inkoop.

Het concern verwacht 85% van de synergievoordelen in de eerste drie jaar te kunnen behalen. Dit is een cumulatief totaal, met de verdeling: 2008: 15%; 2009: 55% en 2010 85%.

Het Nederlandse concern heeft ook een andere synergie, los van kostenbesparingen, gisteren herbevestigd. Het gaat om een netto contante waarde van € 375 mln, waarvan 75% cashgerelateerd is.

Het gaat om synergie zoals een vermindering van het werkkapitaal met € 100 mln, de consolidatie van productielocaties (€ 100 mln) en uitgespaarde kosten voor het opbouwen van een positie in Azië (€ 100 mln).

Synergievoordeel Integratie ICI

- Akzo Nobel uiterst positief over voortgang integratie met het pas overgenomen Britse ICI
- Concern voorziet hogere besparingen uit overname ICI
- Totale kosten van de synergie blijven € 300 mln
- Het chemie- en verfconcern handhaaft de huidige naam
- Wel onthult Akzo Nobel vrijdag een nieuw beeldmerk

Wijers: 'De kosten van de synergie zullen niet hoger uitvallen dan de al genoemde € 300 mln. In 2008 zullen er meer kosten dan opbrengsten zijn, in 2009 meer opbrengsten dan kosten en in 2011 en 2012 vooral opbrengsten.'

'Onze transformatie naar een gefocuste coatings- en chemieonderneming verloopt al met al voorspoedig', aldus Wijers.

'Hoewel het economische klimaat op dit moment moeilijk is, met een sterk valuta-effect, is er sprake van een blijvende trend van onderliggende groei bij de meeste van onze activiteiten, in lokale valuta's, vooral in de opkomende markten.'

Wijers refereerde gisteren aan een recentelijk uitgevoerd onderzoek van The Reputation Institute, naar de naam en visuele identiteit van Akzo Nobel. 'We zullen de naam Akzo Nobel handhaven', zo zei hij. 'De resultaten van het onderzoek bevestigen dat Akzo Nobel een aanzienlijke merkwaarde vertegenwoordigt. Dit betekent dat alle sterke productnamen blijven bestaan, maar dat ICI als corporate naam zal gaan verdwijnen.'

Bron: *Het Financieele Dagblad*, 23 april 2008

a Welke synergievoordelen heeft Akzo volgens het artikel behaald uit de fusie met ICI?
b Geef een korte toelichting bij elk van de genoemde voordelen.
c Welke gevolgen hebben de synergie-effecten voor de resultaten van Akzo? Licht uw antwoord kort toe.

***13.14** De directies van twee nv's hebben, met toestemming van de aandeelhouders, besloten de activiteiten van beide nv's samen te voegen. Van beide nv's, die in dezelfde branche actief zijn, zijn de volgende balansen gegeven per 31 december 2012:

Hansen nv (bedragen × €1 mln)

Gebouwen	230	Nominaal aandelenvermogen	550	
Machines	130	Aandelen in portefeuille	150	
Voorraden	70	Geplaatst aandelenvermogen		400
Debiteuren	20	Agioreserve		60
Kas	280	Winstreserve		30
		Winstsaldo 2012		10
		Banklening		138
		Crediteuren		37
		Rekening-courant		55
	730			730

Hendriksen nv (bedragen × €1 mln)

Gebouwen	180	Nominaal aandelenvermogen	160	
Machines	90	Aandelen in portefeuille	40	
Voorraden	85	Geplaatst aandelenvermogen		120
Debiteuren	15	Agioreserve		48
Kas	5	Winstreserve		20
		Winstsaldo 2012		14
		Voorziening		62
		Crediteuren		36
		Rekening-courant		75
	375			375

Alle aandelen, ook die van een eventueel nieuw op te richten nv, hebben een nominale waarde van €10. Het volledige winstsaldo 2012 wordt tot het eigen vermogen gerekend.
Voor Hansen nv wordt in de toekomst (eeuwigdurend) een cashflow verwacht van €60 mln per jaar, terwijl de vereiste rentabiliteit 10% bedraagt.
Onderneming Hansen nv neemt alle bezittingen en schulden van Hendriksen nv over in ruil voor contanten. De overnamesom is gebaseerd op de rentabiliteitswaarde van Hendriksen nv. In de toekomst wordt voor Hendriksen nv (eeuwigdurend) een cashflow verwacht van €30 mln per jaar, terwijl de vereiste rentabiliteit 12,5% bedraagt.
In het kader van de samenvoeging van beide ondernemingen zijn de boeken van beide ondernemingen door een onafhankelijke deskundige grondig onderzocht. Daaruit is gebleken dat een gedeelte van de debiteuren van Hendriksen nv oninbaar is. Het gaat hier om een bedrag van €2 mln, dat volledig ten laste van het resultaat van het lopende jaar (2012) wordt gebracht. Bij de bepaling van het winstsaldo 2012 dat in de balans staat vermeld, is met deze afboeking nog geen rekening gehouden.
De ondernemingen Hansen nv en Hendriksen nv gaan na de fusie verder onder de naam H&H nv. Voor H&H nv wordt (eeuwigdurend) een cashflow verwacht van €94 mln per jaar, terwijl de vereiste rentabiliteit 10,5% bedraagt.

a1 Bereken de intrinsieke waarde van onderneming Hansen nv.
2 Bereken de intrinsieke waarde van onderneming Hendriksen nv. Houd ook rekening met de aanvullende informatie naar aanleiding van het boekenonderzoek.
b1 Bereken de rentabiliteitswaarde van Hansen nv.
2 Bereken de rentabiliteitswaarde van Hendriksen nv.
3 Bereken de rentabiliteitswaarde van H&H nv.
4 Bereken de waarde van het synergie-effect als Hansen nv en Hendriksen nv fuseren.
c Bereken de door Hansen nv betaalde goodwill.
d Noem enkele synergie-effecten die kunnen optreden als twee ondernemingen samengaan.
e Geef de balansen van H&H nv en Hendriksen nv na de fusie. Voeg zo nodig nieuwe balansposten toe.

*13.15 De directies van twee nv's hebben, met toestemming van de aandeelhouders, besloten de activiteiten van beide nv's samen te voegen. Van beide nv's, die in dezelfde branche actief zijn, zijn de onderstaande balansen gegeven per 31 december 2012.

Jansen nv (bedragen × €1 mln)

Gebouwen	330	Nominaal aandelenvermogen	450	
Machines	130	Aandelen in portefeuille	250	
Voorraden	65	Geplaatst aandelenvermogen		200
Debiteuren	30	Agioreserve		80
Kas	55	Winstreserve		100
		Winstsaldo 2012		20
		Banklening		120
		Crediteuren		35
		Rekening-courant		55
	610			610

Davids nv (bedragen × €1 mln)

Gebouwen	180	Nominaal aandelenvermogen	280	
Machines	130	Aandelen in portefeuille	130	
Voorraden	85	Geplaatst aandelenvermogen		150
Debiteuren	45	Agioreserve		50
Kas	30	Winstreserve		56
		Winstsaldo 2012		24
		Banklening		80
		Crediteuren		74
		Rekening-courant		36
	470			470

Alle aandelen, ook die van een eventueel nieuw op te richten nv, hebben een nominale waarde van €10. Het volledige winstsaldo 2012 wordt tot het eigen vermogen gerekend.
Onderneming Jansen nv neemt alle bezittingen en schulden van Davids nv over in ruil voor aandelen van Jansen nv. De overnamesom is gebaseerd op de rentabiliteitswaarde van Davids nv. In de toekomst wordt voor Davids nv

(eeuwigdurend) een cashflow verwacht van €36 mln per jaar, terwijl de vereiste rentabiliteit 10% bedraagt. De aandelen Jansen nv hebben een beurswaarde van €40 per aandeel en dit is tevens de prijs waartegen de nieuwe aandelen Jansen nv worden uitgegeven.
In het kader van de samenvoeging van beide ondernemingen zijn de boeken van beide ondernemingen door een onafhankelijke deskundige grondig onderzocht. Daaruit is gebleken dat de gebouwen van Davids nv €200 mln waard zijn. Bij de bepaling van de intrinsieke waarde van Davids nv moet met deze waarde van €200 mln rekening worden gehouden.

a1 Bereken de intrinsieke waarde van onderneming Jansen nv.
2 Bereken de intrinsieke waarde van onderneming Davids nv.
Houd ook rekening met de aanvullende informatie naar aanleiding van het boekenonderzoek.
b Houd bij het beantwoorden van de volgende vragen zo nodig rekening met de aanvullende informatie naar aanleiding van het boekenonderzoek.
1 Bereken de rentabiliteitswaarde van Davids nv.
2 Bereken het aantal nieuw uit te geven aandelen Jansen nv.
3 Bereken de omvang van het agio over de uit te geven aandelen Jansen nv.
4 Bereken de goodwill die Jansen nv betaalt voor de onderneming Davids nv.
c Geef de balansen van Jansen nv en Davids nv na de fusie. Voeg zo nodig nieuwe balansposten toe.

***13.16** Opnieuw faillissement in de bouw

Opnieuw faillissementen in de bouw

Tjabel Daling
AMSTERDAM

De crisis in de bouw maakt nieuwe slachtoffers. De rechtbank in Den Bosch verklaarde dinsdag bouwbedrijf NAS Afbouw (200 werknemers) uit het Brabantse Geffen failliet, nadat het bedrijf een dag eerder zelf het faillissement had aangevraagd. 'De bouwsector is zwaar getroffen. Voor ons betekent dat dat wij niet voldoende werk kunnen genereren om het personeel in dienst te houden', aldus het bedrijf maandag. Het management heeft aangegeven graag een doorstart te willen maken. Het bouwbedrijf (omzet 2010 €17,3 mln) kon tot nu toe gedwongen ontslagen vermijden, omdat het eind 2009 gebruik kon maken van deeltijd-WW.

Sloopbedrijf L&I uit Hoofddorp heeft het faillissement aangevraagd van aannemersbedrijf Panagro in Leidschendam. Vakbonden overwegen hetzelfde te doen. De 117 werknemers krijgen geen loon meer en het bedrijf heeft geen geld meer. 'Het is einde oefening. Panagro is al technisch failliet. Het bedrijf heeft geen geld meer voor bouwmaterialen en het personeel is naar huis gestuurd', zegt bestuurder Tjitze van Rijssel van CNV Vakmensen. Panagro, dat een goede reputatie had, boekte in 2009 nog een omzet van €93,2 mln, maar vorig jaar was dat gedaald tot onder de €70 mln. De afgelopen twee jaar maakte het bedrijf, dat dinsdag niet bereikbaar was voor commentaar, verlies. De problemen zouden vooral liggen bij de vastgoedtak.

Middelgrote bouwers gaan door crisis failliet, maken een doorstart of worden overgenomen

Dura Vermeer, met een omzet van €1,1 mrd een van de grootste bouwers van Nederland, gaat bouwbedrijven in Amsterdam en Haarlemmermeer samenvoegen, en in Houten en Ede. Daardoor komen 80 van de in totaal 315 arbeidsplaatsen te vervallen.

'De omzet- en resultaatsverwachtingen voor 2012 van deze bedrijven staan dusdanig onder druk, dat niet ingrijpen het voortbestaan van twee van deze bedrijven in gevaar zou brengen', aldus de grote niet-beursgenoteerde bouwer in een eind vorige week op de eigen website gepubliceerde verklaring. ■

Bron: *Het Financieele Dagblad*, 19 oktober 2011

a1 Wie kunnen er het faillissement van een onderneming aanvragen?
2 Aan welke voorwaarden moet worden voldaan om een faillissement te kunnen aanvragen?
3 Bij welke instantie moet een faillissementsaanvraag worden ingediend?
b1 Wat wordt onder een doorstart verstaan?
2 Onder welke omstandigheden is een doorstart levensvatbaar?
c1 Wat wordt verstaan onder de liquidatiewaarde van activa?
2 Van welke activa is de liquidatiewaarde in het algemeen erg laag? Motiveer uw antwoord.
d1 Geef twee voorbeelden van:
- faillissementskosten;
- boedelschulden.

2 Waarom is het onderscheid in faillissements- en boedelschulden belangrijk?
3 Wat is de volgorde van uitbetaling in geval van faillissement?

14 Externe verslaggeving

14.1a Als de wettelijke bepalingen met betrekking tot de jaarrekening van toepassing zijn, moeten de activa onderscheiden worden in vaste en vlottende activa. Wat is het wettelijk criterium voor deze indeling?
b Geef aan welke hoofdindeling de wet eist voor:
1 de vaste activa;
2 de vlottende activa;

14.2 Op de balans van Publicon nv komen onder andere de volgende posten voor:
- Aandelenkapitaal
- Reserves.

a Geef beargumenteerd aan of het hier gaat om volgestorte aandelen.
b Welke reserves moeten volgens wettelijk voorschrift afzonderlijk op de balans worden opgenomen?
c Van welke veronderstelling moet krachtens wettelijk voorschrift bij de waardering van activa en passiva in de jaarrekening worden uitgegaan?
d Wat moet gedaan worden als deze veronderstelling onjuist of betwijfelbaar is?

14.3a Geef de wettelijke definitie van een geconsolideerde jaarrekening.
b Wat is het doel van de geconsolideerde jaarrekening?

14.4 Toekan nv werd op 1 januari 2012 opgericht. Van deze nv zien de oprichtingsbalans en de balans per 1 januari 2013 er als volgt uit:

Oprichtingsbalans en de balans per 1 januari 2013 (bedragen × €1 mln)

	1-1-2012	1-1-2013		1-1-2012	1-1-2013
Vaste activa			Eigen vermogen		
Materiële vaste activa	20	17	Nominaal (gestort) aandelenkapitaal	19	19
Vlottende activa			Agioreserve	1	1
Voorraden	8	9			
Debiteuren	–	5	Langlopende schulden (langer dan een jaar)		
Kas	2	3	6% obligatielening	5	5
			Hypotheek o.g.	3	3
			Kortlopende schulden (korter dan een jaar)		
			Crediteuren	2	2
			Nettowinst over 2012 (vóór aftrek van vennootschapsbelasting)	–	4
	30	34		30	34

We veronderstellen dat de Toekan nv in 2012 en in elk volgend jaar een winst voor aftrek van vennootschapsbelasting behaalt van €4 mln.
Het tarief van de vennootschapsbelasting is steeds 34,5%.

Van de winst na aftrek van vennootschapsbelasting wordt 60% als dividend uitgekeerd, de rest wordt gereserveerd.
Elk aandeel en elke obligatie van Toekan nv heeft een nominale waarde van €1.000. Aangenomen moet worden dat de beurswaarde van een aandeel van Toekan nv steeds €2.500 bedraagt.

NB Alle berekeningen afronden tot op twee decimalen.
Elke maand heeft 30 dagen, een jaar 360 dagen.

De rentabiliteit van het eigen vermogen (na aftrek van vennootschapsbelasting) van vergelijkbare bedrijven bedraagt steeds 8% per jaar.

a Bereken:
1 de intrinsieke waarde per 1 januari 2012 en per 1 januari 2013 (na winstverdeling);
2 de rentabiliteitswaarde van Toekan nv op 1 januari 2012 op basis van een vermogenskostenvoet van 8% per jaar. We veronderstellen hierbij dat de resultaten van de onderneming *aan het einde* van ieder jaar beschikbaar komen.

b Het verschil tussen de rentabiliteitswaarde en de intrinsieke waarde is de waarde van de goodwill. Licht beknopt toe waarom deze waarde van de goodwill niet in de gepubliceerde balans als immaterieel vast actief wordt opgenomen.

c Naast de materiële en de immateriële vaste activa is er nog een derde categorie vaste activa. Noem deze derde categorie.

****14.5** De industriële onderneming Probega bv te Weurt produceert hoogwaardige elektronische meet- en regelapparatuur.
Bij de ontwikkeling van nieuwe producten worden de meeste research- en developmentinspanningen door Probega bv in eigen bedrijf verricht. In sommige gevallen wordt gebruikgemaakt van diensten van derden.
Tot en met het boekjaar 2011 heeft Probega bv alle kosten van research en development als verlies geboekt in het jaar van de gelduitgave.
Aangezien de research- en developmentinspanningen vanaf 2010 sterk zijn toegenomen en in de komende jaren verder zullen stijgen, overweegt Probega bv deze kosten op de balans op te gaan nemen.
In totaal werd door Probega bv in 2012 €5 mln uitgegeven voor kosten van research en development (onderzoek en ontwikkeling).
In 2012 heeft Probega bv in verband met het verkrijgen van een deelneming in een buitenlandse onderneming €1,5 mln goodwill betaald.

a1 Op grond van welk verslaggevingsprincipe zou men kunnen besluiten de kosten van onderzoek en ontwikkeling te activeren?
2 Op grond van welk verslaggevingsprincipe zou men kunnen besluiten de kosten van onderzoek en ontwikkeling *niet* te activeren?
3 Worden onderzoekskosten en ontwikkelingskosten door de wet op dezelfde wijze beoordeeld? Licht uw antwoord toe.

b Onder welke omstandigheden moeten volgens de Raad voor de Jaarverslaggeving (RJ) immateriële vaste activa op de balans worden opgenomen?

c Waarin onderscheiden voorbereidings- en aanloopkosten voor het in productie nemen van een nieuw product zich van kosten van onderzoek en ontwikkeling?

Probega bv heeft een bedrag van €1 mln als betaalde goodwill op de balans van 31 december 2012 geactiveerd en van de gelduitgaven van €5 mln voor ontwikkeling een bedrag van €4 mln onder de immateriële vaste activa opgenomen.

d Hoe groot dient de (wettelijke) reserve op 31 december 2012 te zijn?

e Hoe dient men te handelen als er onvoldoende vrije reserves zijn om de bij vraag **d** bedoelde reserve te vormen?

Voor het vervolg van de opgave veronderstellen we dat Probega bv tot nu toe nimmer de kosten van ontwikkeling heeft geactiveerd. Probega bv heeft al enige jaren forse verliezen geleden en beschikt over een behoorlijk fiscaal verrekenbaar verliessaldo.

Ter verbetering van haar financiële positie komt Probega met de Lease-bank het volgende overeen:

In december 2012 verkoopt Probega bv al haar knowhow (waaronder de in de loop van de tijd gevestigde octrooien en patenten) voor €10 mln aan de Lease-bank. Gelijktijdig komt men overeen dat Probega bv de verkochte knowhow terugleast door betaling van 5 jaarlijkse annuïteiten van elk €2,8mln.

f Geef gemotiveerd aan op welke wijze de door Probega bv bij deze 'sale-and-lease-back'-constructie (ook wel 'technolease' genoemd) behaalde boekwinst in de jaarrekening over 2012 moet worden verwerkt.

g Geef aan op welke wijze deze lease-transactie in de jaarrekening over 2012 moet worden verwerkt, als er sprake is van:

1 financial lease;

2 operational lease.

Boekhoudregels zetten verlies PCM om in winst

■ door HARRY VAN GELDER

AMSTERDAM - Door nieuwe boekhoudregels wist uitgeversconcern PCM (de Volkskrant, NRC Handelsblad) in 2006 en 2007 zwarte cijfers te schrijven. Ook wist het bedrijf het eigen vermogen met een trucje op te krikken door de bestaande aandeelhoudersleningen en preferente aandelen om te zetten in gewone aandelen. Dat blijkt uit de jaarcijfers over 2007 die PCM gisteren publiceerde.

PCM verloor over 2006 € 32 miljoen, maar door de nieuwe IFRS-regels slaat het verlies ineens om in een winst van € 6 miljoen. In 2007 noteerde PCM volgens de nieuwe orde bijna € 24 miljoen winst op een omzet van € 644 miljoen.

Volgens topman Bert Groenewegen komt de omslag vooral door de waarde die toegekend wordt aan de uitgeefrechten van de PCM-dagbladen De Volkskrant en NRC Handelsblad.

Toen de Britse durfkapitalist Apax PCM kocht in 2004 werd die waarde ineens opgekrikt van € 297 naar ongeveer € 800 miljoen. Volgens sommigen was dit gebaseerd op lucht, maar de banken accepteerden het.

In 2007 werden de achtergestelde leningen en de preferente aandelen van de aandeelhouders omgezet in gewone aandelen. Dat scheelt PCM in 2008 ongeveer € 40 miljoen aan het betalen van rentelasten, want op deze leningen zat een enorme rente van meer dan 12%. De advertentieinkomsten van de PCM-kranten dalen enorm. Vergeleken met 2001 heeft PCM in 2007 € 60 miljoen aan advertentieomzet verloren. Zelfs in 2007 toen het tij meer meezat dan in 2006 werd € 3 miljoen aan inkomsten gedorven. Groenewegen is desondanks niet pessimistisch gestemd. Hij wil andere wegen zoeken om geld te verdienen. Hij wijst op de € 13 miljoen die in 2007 werd binnengehaald met dvd's, boeken en wijnen.

Groenewegen wil dit domein graag uitbreiden. ,,Als je kijkt naar de ontwikkeling van bol.com zie je dat uitgeverijen op dit terrein veel laten liggen."

Verder baart de bezorging zorgen. ■

Bron: *De Telegraaf*, 10 april 2008

a Welke ondernemingen moeten hun jaarrekening volgens IFRS opstellen?

b Noem een tweetal balansposten die onder IFRS tot het vreemd vermogen worden gerekend en voor invoering van IFRS niet tot het vreemd vermogen behoorden.

c Wat wordt met 'impairment' bedoeld?

d Leg uit welke gevolgen het omzetten van aandeelhoudersleningen en preferente aandelen in gewone aandelen heeft op de omvang van het eigen vermogen van PCM.

e Welke gevolgen heeft het omzetten van aandeelhoudersleningen in gewone aandelen op de hefboomwerking van de vermogensstructuur bij PCM?

f1 Beschrijf globaal hoe de waarde van uitgeefrechten wordt vastgesteld.

2 Wat wordt bedoeld met de opmerking dat er 'lucht' zit in de waardering van uitgeefrechten?

14.7 Bedrijven EU kunnen US Gaap laten vallen

Bedrijven EU kunnen US Gaap laten vallen

Han Dirk Hekking
Brussel

Europese bedrijven met een beursnotering in de VS hoeven in 2008 niet meer hun resultaten volgens de Amerikaanse boekhoudregels (US Gaap) te publiceren. Ze kunnen daarvoor het in Europa gebruikelijke IFRS hanteren. Daarover zullen de EU en de VS vrijdag op een vergadering van de Transatlantic Economic Council een akkoord tekenen, zei gisteren in Brussel de VS-ambassadeur bij de Europese Unie, C. Boyden Gray.

Eind april kwamen de EU en de VS overeen in 2009 een gezamenlijke set boekhoudregels te gaan hanteren. Dat zou een einde maken aan de praktijk waarin Europese bedrijven die een beursnotering in de VS hebben, hun cijfers bij publicatie in de VS moeten aanpassen aan de aldaar geldende boekhoudmethode 'Generally Accepted Accounting Principles', kortweg Gaap. Dat is een kostbare en onhandige exercitie.

Volgens Boyden Gray heeft de EU aangedrongen op versnelling van de datum waarop de verplichting Gaap te gebruiken vervalt. De Amerikaanse beurstoezichthouder heeft ingestemd met een ingangsdatum van 1 januari, aldus de ambassadeur.

De VS verwachten dat de Unie hetzelfde doet voor Amerikaanse bedrijven met een notering in de EU. 'Dat is nog niet gebeurd, maar het lijdt geen twijfel dat het zal gebeuren', aldus Boyden Gray. De Europese Commissie was gisteravond niet bereikbaar voor commentaar. ■

Bron: *Het Financieele Dagblad*, 7 november 2007

a Welke ondernemingen moeten voldoen aan IFRS?
b Welke ondernemingen moeten voldoen aan US Gaap?
c Welke voordelen heeft het rapporteren van de financiële gegevens volgens één systeem (IFRS of US Gaap) voor:
  1 de onderneming die de jaarrekening moet opstellen;
  2 de externe belangstellenden?

*14.8 Marktprijzen zijn niet altijd ‘Fair value’

Marktprijzen zijn niet altijd ‘Fair value’

IASB reageert op kredietcrisis

Martin Hoogendoorn en Gerard van Santen

Met een niet eerder vertoonde snelheid heeft de International Accounting Standards Board (IASB) op 13 oktober een wijziging doorgevoerd in de regels voor toepassing van fair value accounting. Daarbij werd vanwege de urgente situatie afgezien van de gebruikelijke consultatie van het maatschappelijk verkeer. De IASB laat daarmee zien dat hij slagvaardig kan opereren.

Ook de Europese Unie is met dezelfde snelheid op 15 oktober tot goedkeuring overgegaan. De nieuwe regels sluiten aan op US Gaap en daarmee op het door de Europese Unie gewenste en uiterst belangrijke global level playing field.

Kortweg komt deze wijziging erop neer dat bepaalde financiële instrumenten niet langer behoeven te worden gewaardeerd tegen fair value met verwerking van alle ongerealiseerde waardeveranderingen in de winst-en-verliesrekening. Voor bijvoorbeeld veel collaterized debt obligations (cdo’s, indirecte beleggingen in hypotheekpakketten) bestaat dan de mogelijkheid om te waarderen tegen (geamortiseerde) kostprijs.

Ook in dat geval dient rekening te worden gehouden met bijzondere waardeverminderingen (‘impairments’), maar dat is niet automatisch de lagere marktprijs. Als kostprijs wordt aangemerkt de fair value op het moment van herclassificatie. Daarbij staat de IASB, in afwijking van de gebruikelijke opvatting, terugwerkende kracht toe tot 1 juli 2008, zodat de instrumenten nog kunnen worden gewaardeerd tegen de fair value van vóór het moment dat de kredietcrisis het hevigst werd. Voorwaarde voor het mogen overgaan op waardering tegen kostprijs is wel dat niet langer de intentie aanwezig is om het financieel instrument op afzienbare termijn te verkopen.

Vanuit het denken van fair value roept de nieuwe maatregel van de IASB wellicht kritiek op. Maar het is belangrijk de doelstelling van een jaarrekening in het oog te houden. Het gaat erom dat deze relevante informatie oplevert voor de economische oordeels- en besluitvorming van stakeholders. Daartoe is van belang dat een goed inzicht ontstaat in de toekomstige ingaande en uitgaande kasstromen van een onderneming.

Voor financiële instrumenten geldt dat hun marktwaarde vaak op betrouwbare wijze kan worden bepaald of afgeleid. En daar zit ook gelijk de valkuil. De beschikbaarheid van objectieve prijzen suggereert een relevantie die niet aanwezig behoeft te zijn. Indien financiële instrumenten niet worden aangehouden voor de onmiddellijke verkoop, dan is de kasstroom die uit onmiddelijke verkoop voortkomt niet noodzakelijkerwijs de meest relevante kasstroom.

Het gaat bij de financiële verslaggeving niet primair om objectieve cijfers, maar om relevante en tegelijkertijd betrouwbare informatie. ‘Better about right than exactly wrong’, is een gevleugelde uitspraak in dit verband. De marktprijs zal in heel veel gevallen een geschikte waarderingsgrondslag zijn voor financiële instrumenten, maar niet altijd.

Dus niet uitgaan van marktprijzen als de markt niet actief is als gevolg van gebrek aan liquiditeit, niet uitgaan van de veronderstelling van directe verkoop als deze veronderstelling niet reëel is, geen verliezen rapporteren als de fundamentele waarde nog aanwezig is en waarschijnlijk kan worden gerealiseerd.

Juist door in die situaties afstand te nemen van een irrelevante marktprijs ontstaat een waardering die ‘fair’ is. Noodzakelijk blijft de vermelding in de toelichting van de geobjectiveerde marktprijzen, want voor geïnteresseerde partijen moeten geen raadsels bestaan. Transparantie en vertrouwen staan voorop en gaan niet samen met het rapporteren van betekenisloze verliezen. Hoewel de wijziging van IFRS wellicht mede politiek is ingegeven, valt ze ook vanuit verslaggevingsoptiek toe te juichen. ■

IASB
Reageert snel en met terugwerkende kracht op kredietcrisis

EU
Volgt, regels sluiten aan bij US Gaap

Verslaggeving
Profiteert van politiek ingegeven veranderingen

Martin Hoogendoorn en Gerard van Santen zijn beiden partner bij Ernst & Young Accountants LLP. Martin Hoogendoorn is hoogleraar Externe Verslaggeving aan de Erasmus Universiteit Rotterdam en Gerard van Santen is lid van de Raad voor de Jaarverslaggeving.

Bron: *Het Financieele Dagblad*, 23 oktober 2008

a Wat wordt bedoeld met 'global level playing field'?
b Wat zijn cdo's en wat hebben die te maken met de kredietcrisis?
c Wat wordt verstaan onder 'impairments' (impairment tests)?
d Wat verstaan we onder 'fair value'?
e Wie zijn de 'stakeholders' van een nv?
f1 Waarom hoeven financiële instrumenten die *niet* worden aangehouden voor onmiddellijke verkoop (dus voor de lange termijn) niet te worden gewaardeerd *tegen de beurswaarde* op het moment van waarderen (moment van balansopmaking)?
2 Wat kan het nadeel zijn van het waarderen van financiële instrumenten tegen de beurswaarde?
g Wat wordt in het kader van waardebepaling bedoeld met de zinsnede: 'Better about right than exactly wrong'?

14.9 Kwaliteit financiële verslaggeving

Kwaliteit financiële verslaggeving beursfonds 'stap voor stap' beter

Van onze redacteur
AMSTERDAM

De kwaliteit van de financiële verslaggeving in Nederland verbetert 'stap voor stap'. Dat zegt de Autoriteit Financiële Markten (AFM), die onderzoek doet naar de financiële verslaggeving van beursgenoteerde ondernemingen.

De verbetering is volgens de toezichthouder vooral te zien in de kwaliteit van de toelichtingen in de jaarrekening. Op het gebied van waardering van vastgoed, bijzondere waardeverminderingen en continuïteitsveronderstelling is er nog 'ruimte voor verbetering', aldus de AFM.

De toezichthouder heeft dit jaar ruim zeventig reguliere onderzoeken opgestart naar jaarverslaggeving over 2010. Daarbij stuitte de AFM onder meer op onjuist verwerkte financiële informatie, bijvoorbeeld 'non cash items' die ten onrechte in het kasstroomoverzicht worden gepresenteerd. 'Dit kan een te positieve weergave van de operationele kasstroom van de onderneming tot gevolg hebben.'

Door onzekerheid moet verslaglegging meer aandacht hebben voor het continuïteitsbeginsel

Daarnaast moet er vanwege de grote onzekerheid op de mondiale markten meer aandacht zijn voor het continuïteitsbeginsel en hoe de reële waarde van beleggingen is bepaald, stelt de toezichthouder. 'Er is wereldwijd commotie over het feit dat enkele financiële instellingen in de jaarrekeningen onvoldoende specifieke aandacht schonken aan risico's over continuïteit terwijl drie maanden later een beroep moest worden gedaan op de overheid om deze instellingen overeind te houden.' Volgens de AFM is het van belang 'dat de belangrijkste veronderstellingen over de toekomst en andere schattingsonzekerheden in de toelichting worden vermeld'.

Deze krant doet ook jaarlijks onderzoek naar de financiële verslaggeving van beursgenoteerde bedrijven. Sinds 1953 reikt Het Financieele Dagblad de Sijthoff-prijs voor de beste financiële verslaglegging uit. Een jury bestaande uit toekomstige president-commissaris Erik van de Merwe van Eureko, Jean Frijns van onder meer de monitoring-commissie en hoogleraar Frans van de Wel wijzen de prijs toe.

Dit jaar zal deze prijs op 24 oktober in bijzijn van minister Jan Kees de Jager van Financiën worden uitgereikt. Binnenkort zullen de namen van de genomineerde bedrijven worden bekendgemaakt. ■

Bron: *Het Financieele Dagblad*, 29 september 2011

Financiële verslaglegging gaat vooruit

Pim Kakebeeke
AMSTERDAM

De financiële verslaggeving heeft afgelopen jaar verdere vooruitgang geboekt. Zo zijn de verantwoording door de raad van commissarissen en de rapportage over maatschappelijk verantwoord ondernemen verbeterd.

Dit constateert de jury van de FD Henri Sijthoff-prijs na een uitgebreid onderzoek naar de financiële verslaglegging van beursgenoteerde en niet-beursgenoteerde ondernemingen. Naast de jaarverslagen over 2010 zijn ook tussentijdse rapportages en financiële websites beoordeeld.

Bij kleine en middelgrote beursfondsen is, net als vorig jaar, de kwaliteit van de verslaggeving van hoog niveau. Echter, de hoofdfondsen aan de Amsterdamse effectenbeurs stelden opnieuw teleur. Hierdoor heeft de jury besloten slechts twee AEX-bedrijven te nomineren. Een duidelijke vooruitgang is de toelichting op maatschappelijk verantwoord ondernemen, wat bij veel bedrijven onderdeel is geworden van hun normale zakendoen. Enkele bedrijven hebben duurzaamheid zelfs opgenomen in het beloningsbeleid van het bestuur.

De raad van commissarissen geeft meer openheid van zaken. Steeds vaker geven commissarissen inzicht in de punten die tijdens vergaderingen worden besproken en tonen zij hun betrokkenheid aan de onderneming.

Kanshebbers

Genomineerden voor de FD Henri Sijthoff-prijs

Hoofdfondsen	Mid- en smallcaps	Niet-beursgenoteerd
• AkzoNobel	• BinckBank	• Eureko
• Fugro	• Macintosh	• Schiphol
	• Nutreco	
	• Sligro	
	• Van Lanschot	

De winnaars van de twee voorgaande jaren (buiten competitie)

• Randstad	• Mediq	• Vesteda	2010
• TNT	• Arcadis	• NS	2009

Financiële websites gaan ook met hun tijd mee. Afgelopen jaar is meer gebruik gemaakt van mobiele toepassingen en sociale media. Zo bieden AkzoNobel en Shell de mogelijkheid het jaarverslag op iPad te lezen.

Toch zijn er negatieve punten te noemen. De bedrijfseconomische analyse is nog steeds zwak. 'Nog te vaak ontbreken de bruggetjes tussen resultaten en de achterliggende oorzaken', aldus jurylid Erik van de Merwe.

Hier en daar worden ook belangrijke ontwikkelingen onvoldoende toegelicht, zoals een bestuurswisseling, grote overnames of (claim) emissies.

De jury mist bovendien dat de raad van bestuur de kernwaarden voor zijn bedrijf uitspreekt. Zij vindt het belangrijk dat de raad van bestuur de normen en waarden bij naam noemt.

Op 24 oktober reikt minister Jan Kees de Jager in Amsterdam de FD Henri Sijthoff-prijs uit aan de winnaars in de drie categorieën, AEX, Mid- en smallcap en niet-beursgenoteerd. Bij de uitreiking zal de jury haar motivering toelichten voor genomineerden en winnaars. De bijeenkomst wordt georganiseerd in samenwerking met NBA, dat voorafgaand aan de uitreiking een seminar houdt over bedrijfseconomische analyses en risicoparagrafen in jaarverslagen.

De jury bestaat uit professioneel commissaris Erik van de Merwe, hoogleraar beleggingsleer Jean Frijns en hoogleraar externe verslaglegging Frans van der Wel. **Voor meer informatie over de Sijthoffprijs: zie www.fd.nl/hsp ■**

Bron: *Het Financieele Dagblad*, 3 oktober 2011

a Waarom doet de Autoriteit Financiële Markten (AFM) onderzoek naar de kwaliteit van gepubliceerde jaarrekeningen?

b Welke (bedrijfseconomische) onjuistheden is de AFM in de gepubliceerde jaarrekeningen tegengekomen? Licht deze kort toe.

c Wat wordt verstaan onder:
1 het continuïteitsbeginsel?
2 reële waarde?

d Aan welke zaken (onderwerpen) wordt in sommige jaarrekeningen onvoldoende aandacht geschonken?

e Aan welke onderwerpen wordt de laatste jaren meer aandacht geschonken in de jaarrekening van ondernemingen?

f Wat is het verschil tussen AEX-ondernemingen en Mid- en smallcap-ondernemingen?

g Wat is de NBA?

Uitwerkingen

3 Ondernemingsplan

3.6 a Liquiditeitsbegroting Eurotrans bv (bedragen in euro's)

Liquiditeitsbegroting Eurotrans bv (bedragen in euro's)

	1e kwartaal	2e kwartaal	3e kwartaal	4e kwartaal	Totaal
Beginsaldo liquide middelen	90.000	96.600	73.800	3.400	
Geldontvangsten van debiteuren	251.000	285.000	222.000	227.000	985.000
Beginsaldo + geldontvangsten	341.000	381.600	295.800	230.400	
Gelduitgaven:					
Crediteuren	174.000	215.000	202.000	162.000	753.000
Loon en sociale lasten	25.200	25.200	25.200	25.200	100.800
Vrachtauto	35.000		15.000		50.000
Aflossing	3.000	3.000	3.000	3.000	12.000
Rente	1.200	1.200	1.200	1.200	4.800
Overige bedrijfskosten	6.000	6.000	6.000	6.000	24.000
Vakantiegeld		5.400[1]			
Vennootschapsbelasting		52.000			
Winstuitkering			40.000		
Totaal gelduitgaven	244.400	307.800	292.400	197.400	
Eindsaldo liquide middelen = Beginsaldo + geldontvangsten − gelduitgaven	96.600	73.800	3.400	33.000	

1 0,075 × 12 × €6.000 = €5.400

b In het derde kwartaal relatief lage ontvangsten, terwijl er extra uitgaven plaatsvinden in verband met betaling vrachtauto en winstuitkering. Het gevolg is een laag saldo liquide middelen aan het einde van het derde kwartaal.

c Alle geldstromen van en naar de vermogensmarkt noemen we secundaire geldstromen.

d1

Crediteuren	€ 753.000
Lonen en sociale lasten	- 100.800
Vakantiegeld	- 5.400
Vrachtauto	- 50.000
Overige bedrijfskosten	- 24.000
Vennootschapsbelasting	- 52.000
Totaal	€ 985.200

2 Debiteuren €985.000

3	Aflossing	€ 12.000
	Rente	- 4.800
	Winstuitkering	- 40.000
	Totaal	€ 56.800

4 Geen ingaande secundaire geldstromen.

3.10a Verwachte afzet van hamburgers =
0,02 × 25 000 /dag = 500 per dag × 6 dagen = 3 000 stuks.

Brutowinst 3 000 × (€2,50 – €0,50) =	€6.000
Huur kraam inclusief standplaats 6 × €300 =	- 1.800 –
Verwachte winst	€4.200

b

Geldontvangst in verband met het opnemen van de lening		€4.000
Gelduitgave in verband met inkoop hamburgers 4 000 × €0,50 =	€2.000	
Vooruitbetaling van huur kraam inclusief standplaats 6 × €300 =	- 1.800 +	
		- 3.800 –
Toename Kas		€ 200

c Toename Kas = 3 400 × €2,50 = €8.500

d

Brutowinst	3 400 × (€2,50 – €0,50) =	€6.800
Huur kraam inclusief standplaats	6 × €300 =	- 1.800 –
Winst		€5.000

e

Balans aan het einde van de zesde dag van Sail Amsterdam

Voorraad hamburgers	600 × €0,50 =	€ 300	Eigen vermogen	€5.000
Kas	€200 + €8.500 =	- 8.700	Banklening	- 4.000
		€9.000		€9.000

f

Geldontvangst in verband met verkoop restant hamburgers 600 × €0,10 =		€ 60
Betalingen aan de bank: • aflossing	€4.000	
• interest- en bankkosten	- 20	
Betaling kosten in verband met bereiding hamburgers	- 800 +	
		- 4.820 –
Kasmutatie		€4.760 –

g Omzet i.v.m. verkoop restant hamburgers aan Artis

Omzet i.v.m. verkoop restant hamburgers aan Artis	= 600 × €0,10 =		€ 60
Kosten van deze omzet	= 600 × €0,50 =	€ 300	
Interest- en bankkosten		- 20	
Bereidingskosten		- 800 +	
			- 1.120 −
Resultaat (verlies)			€ 1.060 −

h

Balans aan het einde van de zesde dag van Sail Amsterdam

Voorraad hamburgers	€300 − €300 =	€ 0	Eigen vermogen	€5.000 − €1.060 =	€3.940
Kas	€8.700 − €4.760 =	- 3.940	Banklening	€4.000 − €4.000 =	- 0
		€3.940			€3.940

3.15

Bedragen × €1.000

	Juni	Juli	Augustus	September	Oktober	November
Verkopen	100	160	160	160	180	180
Inkopen	112	126	126			

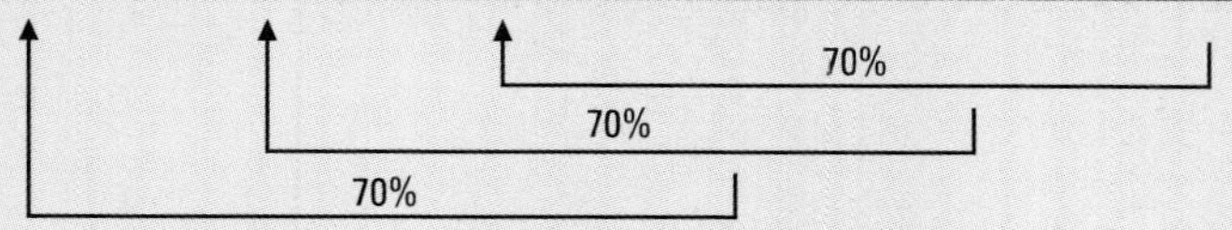

	Juli	Augustus	September
	Alle bedragen in euro's		
Beginsaldo Kas	5.000 (+)	5.000 (+)	5.000 (+)
Beginsaldo Bank	40.000 (−)	149.000 (−)	116.000 (−)
Geldontvangsten i.v.m. verkopen:			
contant[1]	64.000 (+)	64.000 (+)	64.000 (+)
op rekening[2]	60.000 (+)	96.000 (+)	96.000 (+)
Beginsaldi + geldontvangsten	89.000 (+)	16.000 (+)	49.000 (+)
Gelduitgaven:			
Inkopen[3]	112.000 (−)	126.000 (−)	126.000 (−)
Machine	120.000 (−)		
Energie	1.000 (−)	1.000 (−)	1.000 (−)
Beginsaldi + geldontvangsten − gelduitgaven	144.000 (−)	111.000 (−)	78.000 (−)
Eindsaldo Kas	5.000 (+)	5.000 (+)	5.000 (+)
Eindsaldo Bank	149.000 (−)	116.000 (−)	83.000 (−)

1 0,4 × €160.000
2 Juli = 0,6 × €100.000 i.v.m. verkopen juni
Augustus = 0,6 × €160.000 i.v.m. verkopen juli
September = 0,6 × €160.000 i.v.m. verkopen augustus
3 Betaling juli = inkopen juni = €112.000
Betaling augustus = inkopen juli = €126.000
Betaling september = inkopen augustus = €126.000

4 Kosten en kostensoorten

4.4 a	Kosten brandverzekering:		
	10/12 × €14.400 =	€12.000	
	2/12 × €15.600 =	- 2.600	
		€14.600	
	Kosten telefoon:		
	€380 + €430 + €450 + €360 =	- 1.620	
		€16.220	
b	Betaling brandverzekering	€15.600	
	Betaling telefoonnota's:		
	€400 + €380 + €430 + €450 =	- 1.660	
		€17.260	

In 2012 zijn de betalingen (gelduitgaven) €1.040 hoger dan de kosten over 2012.

4.6 a Jaarlijkse onderhoudskosten = €30.000 : 5 = €6.000

b	Onderhoudskosten	€ 6.000	
	Aan Voorziening onderhoud		€ 6.000
c	Voorziening onderhoud	€30.000	
	Aan Giro		€30.000

4.9 a1	Debiteuren (20 × €300)	€ 6.000	
	Aan Opbrengst verkopen		€ 6.000
2	Kostprijs verkopen (20 × €190)	€ 3.800	
	Aan Voorraad kantoormeubelen		€ 3.800
3	Bank	€ 6.000	
	Aan Debiteuren		€ 6.000

b	Opbrengst verkopen	€ 6.000
	Kostprijs verkopen	- 3.800
	Winst	€ 2.200

c1 In 2012.
2 In 2013.

4.11 a1 De historische uitgaafprijs is de in werkelijkheid voor het productiemiddel betaalde prijs.
2 De prijs die op dit moment voor het productiemiddel betaald moet worden.

b1	Plaatstaal: 15 kg × €1,50/kg =	€ 22,50
	Arbeid: 20/60 × €36/uur =	- 12,00
	Machinekosten: $\frac{1}{2}$ × €30/machine-uur =	- 15,00
	Kostprijs (historische kosten)	€ 49,50

2	Plaatstaal: 15 kg × €2/kg =	€ 30,00
	Arbeid: 20/60 × €36/uur =	- 12,00
	Machinekosten: $\frac{1}{2}$ × €30/machine-uur =	- 15,00
	Kostprijs (vervangingswaarde)	€ 57,00

4.14 a Afschrijvingskosten:

• Bedrijfspand:	0,02 × €600.000 =	€ 12.000
• Inventaris:	0,1 × €100.000 =	- 10.000
• Machines:	0,2 × €400.000 =	- 80.000
Totale afschrijvingskosten:		€ 102.000

Leer	€ 20,00
Arbeid	- 15,00
Afschrijving: €102.000 : 12 000 =	- 8,50
Kostprijs handtas	€ 43,50

b Jaarlijkse winst = 12 000 × (€60 – €43,50) = €198.000.

c1

In- en uitgaande geldstromen Kort & Krachtig (bedragen × €1.000)

	2010	2011	2012	2013 1e kw.
Ingaande geldstromen i.v.m. verkoop:				
Tassen[1]	720	720	720	
Bedrijfspand[2]				564
Inventaris[3]				70
Machines[4]				160
Totaal	720	720	720	794
Uitgaande geldstromen i.v.m.:				
Crediteuren/ Leerinkoop[5]	220	240	220	20
Arbeid[6]	180	180	180	
Aflossing Hypotheek	30	30	30	330
Totaal	430	450	450	350
Mutatie Kas	+ 290	+ 270	+ 270	+ 444

1 12.000 × €60
2 600.000 – (3 × €12.000)
3 100.000 – (3 × €10.000)
4 400.000 – (3 × €80.000)
5 2004: 11 × 1 000 × €20
2005 en 2006: 12 × 1 000 × €20
2007: 1 × 1 000 × €20
6 12 × 1000 × €15

2 2010: 12 × ingekocht, waarvan 10 inkopen betaald zijn (leveranciers-krediet = 2 maanden) → Crediteurensaldo eind 2010 = 2 × €20.000 = €40.000.
2011: Dezelfde berekening als voor 2010.
2012: 11 × ingekocht, waarvan alleen de inkoop van november (de laatste inkoop is in november) in 2013 nog betaald moet worden → Crediteurensaldo eind 2012 = €20.000.

3

Berekening mutaties kassaldo (bedragen × €1.000)

	2010	2011	2012	2013
Winst	198	198	198	–
Kosten geen uitgaven:				
• afschrijvingen	+ 102	+ 102	+ 102	
• toename crediteuren i.v.m. inkoop leer	+ 20			
Ontvangsten geen opbr.:				
Bedrijfspand				+ 564
Inventaris				+ 70
Machines				+ 160
Uitgaven geen kosten:				
• aflossing hypotheek	– 30	– 30	– 30	– 330
• inkoop leer november 2012				– 20
Mutatie kas	+ 290	+ 270	+ 270	+ 444

d1

Balans per 31 maart 2013 (bedragen × €1.000)

Kas: 60 + 290 + 270 + 270 + 444 = 1.334	Eigen vermogen	1.334

2 Eigen vermogen per 1 januari 2010 € 740.000
Winst 2010 t.e.m. 2012: 3 × €198.000 = - 594.000

Eigen vermogen per 31 maart 2013 €1.334.000

3 Nadat alle transacties afgewikkeld zijn, is het eigen vermogen beschikbaar in de vorm van liquide middelen. De toename van het eigen vermogen komt overeen met het totaal van de gerealiseerde winsten. Deze toename is ook in liquide middelen beschikbaar gekomen.

4.18 Bruto rietverbruik = 100%
5% afval = 5%

Netto rietverbruik = 95% = 2 kg

Bruto rietverbruik = 100/95 × 2 kg = 2,105 kg.
Kosten rietverbruik per mand = 2,105 kg × €2/kg = €4,21.

4.19 Bruto hoeveelheid stof = 100%
10% afval = 10%

Netto hoeveelheid stof = 90% = 1,9 m^2

Bruto hoeveelheid stof = 100/90 × 1,9 m^2 = 2,1111 m^2.
Materiaalkosten per kostuum = 2,1111 m^2 × €40/m^2 = €84,44.

4.20 Bruto hoeveelheid tegels = 100%
6% afval = 6%

Netto hoeveelheid tegels = 94% = 1 000 m^2

Bruto hoeveelheid tegels = 100/94 × 1 000 m^2 = 1 063,83 m^2.

Kosten van de tegels = 1 063,83 m^2 × €20/m^2 =	€21.276,60
Kosten afvoer afval	- 500,00
Totale kosten	€21.776,60

4.21 1 000 potten in productie: → 1 200 kg × €2 = €2.400
3% breuk = 30 potten

970 potten
10% kromgetrokken = 97 potten → 97 × €2 = - 194

873 potten eerste keus = €2.206

Grondstofkosten per pot (eerste keus) = €2.206 : 873 = €2,53.

4.26 a Overige kosten:
- kosten van grond (vestigingsplaats);
- kosten van duurzame productiemiddelen;
- kosten van diensten van derden;
- kosten van belastingen.

b Bruto grondstofverbruik = 100%
15% afval = 15%

Netto grondstofverbruik = 85% = 1,7 kg

Bruto grondstofverbruik = 100/85 × 1,7 kg = 2 kg.

Kosten grondstofverbruik = 2 kg × €5,5/kg =	€ 11,00
Opbrengst afval: (2 kg − 1,7 kg) × €2,50/kg =	- 0,75
Grondstofkosten	€ 10,25
Arbeidskosten	- 4,20
Overige kosten	- 0,80
Kosten per ongekeurd product	€ 15,25

c De volgende calculatie gaat uit van 100 ongekeurde producten.

Kosten 100 ongekeurde producten:	100 × €15,25 =	€1.525
20% afgekeurd → herbewerkingskosten	20 × € 4,75 =	- 95
Herbewerking:		
→ 10 producten alsnog goedgekeurd		
90 goedgekeurde eindproducten =		€1.620

Kostprijs van een goedgekeurd eindproduct = €1.620 : 90 = €18.

4.29 a Technische voorraad op 30-4-2013 = 100 000 − 70 000 + 90 000 = 120 000.
b Economische voorraad op 30-4-2013 = 120 000 − 30 000 + 40 000 = 130 000.

4.30 a Economische voorraad op 1-1-2013 = 300 + 80 − 28 = 352.
b Technische voorraad op 31-1-2013 = 300 − 200 + 220 = 320.
c Economische voorraad op 31-1-2013 = 320 + 60 − 36 = 344.

4.34 a Werkelijk uurloon = €30 : $1\frac{1}{2}$ uur = €20.
b Werkelijk uurloon = €15.

4.41 *Opmerking:*
De proportioneel variabele kosten hebben geen invloed op de economische levensduur en worden daarom buiten de volgende berekeningen gehouden. Bij de berekening van de complementaire kosten, van de kostprijs en van de geldswaarde van de productie zijn de proportioneel variabele kosten ook buiten beschouwing gelaten.

a Complementaire kosten:

		Gecumuleerd
Jaar 1 =		€ 16.000
Jaar 1 en 2 =	€ 16.000 + €17.500 =	- 33.500
Jaar 1 t.e.m. 3 =	€ 33.500 + €19.200 =	- 52.700
Jaar 1 t.e.m. 4 =	€ 52.700 + €23.000 =	- 75.700
Jaar 1 t.e.m. 5 =	€ 75.700 + €27.000 =	- 102.700
Jaar 1 t.e.m. 6 =	€102.700 + €32.000 =	- 134.700

Productie:

		Gecumuleerd
Jaar 1 =		80 000
Jaar 1 en 2 =	80 000 + 72 000 =	152 000
Jaar 1 t.e.m. 3 =	152 000 + 70 000 =	222 000
Jaar 1 t.e.m. 4 =	222 000 + 60 000 =	282 000
Jaar 1 t.e.m. 5 =	282 000 + 50 000 =	332 000
Jaar 1 t.e.m. 6 =	332 000 + 40 000 =	372 000

Jaar	Waardedaling (in euro's)	Complementaire kosten (in euro's)	Totale kosten (in euro's)	Totale productie	Kostprijs (in euro's)
1	12.500	16.000	28.500	80 000	0,35625
t.e.m. 2	20.000	33.500	53.500	152 000	0,35197
t.e.m. 3	25.000	52.700	77.700	222 000	0,35
t.e.m. 4	27.500	75.700	103.200	282 000	0,36596
t.e.m. 5	30.000	102.700	132.700	332 000	0,3997
t.e.m. 6	31.500	134.700	166.200	372 000	0,44677

Bij een levensduur van drie jaar is de kostprijs het laagst → economische levensduur = drie jaar.
(De kostprijs is in feite €0,35 + €0,14 = €0,49 per kilometer.)

b

Jaar	Geldswaarde productie – Complementaire kosten =	Afschrijving
	80 000 × €0,35 = €28.000 – €16.000 =	€12.000
1	72 000 × €0,35 = €25.200 – €17.500 =	- 7.700
2	70 000 × €0,35 = €24.500 – €19.200 =	- 5.300
3		
	Totaal afschrijvingen	€25.000

c Economische levensduur = 3 jaar

Vast percentage van de aanschafwaarde

Afschrijving per jaar = (€40.000 – €15.000) : 3 = €8.333,33.

$$\frac{€8.333,33}{€40.000} \times 100\% = 20,833\% \text{ per jaar}$$

Vast percentage van de boekwaarde

$$1 - \left[\frac{€15.000}{€40.000}\right]^{\frac{1}{3}} = 1 - 0,7211 = 0,2789 \times 100\% = 27,89\% \text{ per jaar}$$

Jaar	Boekwaarde begin (in euro's)	Afschrijvingen (in euro's)	Boekwaarde eind (in euro's)
1	40.000	11.156	28.844
2	28.844	8.044,59	20.799,41
3	20.799,41	5.800,96	14.998,45

Afschrijving jaar 1 = 0,2789 × €40.000 = € 11.156
Afschrijving jaar 2 = 0,2789 × €28.844 = € 8.044,59
Afschrijving jaar 3 = 0,2789 × €20.799,41 = € 5.800,96

De annuïteit kan niet berekend worden, omdat geen percentage voor de vermogenskosten is gegeven.

Vergelijking van de afschrijvingssystemen en bepaling van de voorkeur (bedragen in euro's)

Jaar	Vrijgekomen afschrijvingen	Vast percentage aanschafwaarde	Vast percentage boekwaarde
1	12.000	8.333,33	11.156
2	7.700	8.333,33	8.044,59
3	5.300	8.333,33	5.800,96

Afschrijven op basis van een vast percentage van de boekwaarde sluit het beste aan bij de vrijgekomen afschrijvingen en verdient daarom de voorkeur.

d De economische levensduur wordt berekend, voordat het duurzaam productiemiddel in gebruik wordt genomen. Daarbij wordt gebruikgemaakt van geschatte kosten en geschatte productieomvang. De kostprijs die daarop gebaseerd is, is dan ook een schatting.

e

Jaar	Geldswaarde productie – Complementaire kosten =	Afschrijving
1	80 000 × €0,35 = €28.000 – €16.000 =	+ € 12.000
2	72 000 × €0,30 = €21.600 – €17.500 =	+ € 4.100
3	70 000 × €0,30 = €21.000 – €19.200 =	+ € 1.800
4	60 000 × €0,30 = €18.000 – €23.000 =	– € 5.000

Voor jaar 4 geldt dat de geldswaarde van de productie lager is dan de complementaire kosten in dat jaar:
60 000 × €0,30 = €18.000 – €23.000 = – €5.000.
De economische levensduur blijft drie jaar.

f/g Waardedaling in eerste drie jaar €40.000 – €8.500 = € 31.500
Afgeschreven t.e.m. 3e jaar (€12.000 + €4.100 + €1.800) = - 17.900
Verlies ten gevolge van de nieuwe taxi = € 13.600

Dit verlies komt overeen met:
Daling kostenvergoedingen
(72 000 + 70 000) × (€0,35 – €0,30) = € 7.100
Extra waardedaling in eerste drie jaar €15.000 – €8.500 = - 6.500
€ 13.600

4.43 a De economische levensduur is de gebruiksduur van de machine waarbij de kosten per eenheid product minimaal zijn.

b *Opmerking*:
De proportioneel variabele kosten hebben geen invloed op de economische levensduur en worden daarom buiten de volgende berekeningen gehouden. Bij de berekening van de complementaire kosten, van de kostprijs en van de geldswaarde van de productie zijn de proportioneel variabele kosten ook buiten beschouwing gelaten.

Berekening jaarlijkse interestkosten

Jaar		
1	[(€200.000 + €100.000) : 2] × 0,1	= €15.000
2	[(€100.000 + € 90.000) : 2] × 0,1	= € 9.500
3	[(€ 90.000 + € 80.000) : 2] × 0,1	= € 8.500
4	[(€ 80.000 + € 70.000) : 2] × 0,1	= € 7.500
5	[(€ 70.000 + € 50.000) : 2] × 0,1	= € 6.000

	Interestkosten	Gecumuleerd
Jaar 1 =		€15.000
Jaar 1 en 2 =	€15.000 + €9.500 =	- 24.500
Jaar 1 t.e.m. 3 =	€24.500 + €8.500 =	- 33.000
Jaar 1 t.e.m. 4 =	€33.000 + €7.500 =	- 40.500
Jaar 1 t.e.m. 5 =	€40.500 + €6.000 =	- 46.500

Productie:		Gecumuleerd
Jaar 1 =		20 000
Jaar 1 en 2 =	2 × 20 000 =	40 000
Jaar 1 t.e.m. 3 =	3 × 20 000 =	60 000
Jaar 1 t.e.m. 4 =	4 × 20 000 =	80 000
Jaar 1 t.e.m. 5 =	5 × 20 000 =	100 000

Jaar	**Waarde-daling** (in euro's)	**Complementaire kosten** (in euro's)	**Interest-kosten** (in euro's)	**Totale kosten** (in euro's)	**Totale productie**	**Kostprijs** (in euro's)
1	100.000	60.000	15.000	75.000	20 000	8,75
t.e.m. 2	110.000	124.100	24.500	258.600	40 000	6,465
t.e.m. 3	120.000	194.200	33.000	347.200	60 000	5,7867
t.e.m. 4	130.000	274.300	40.500	444.800	80 000	5,56
t.e.m. 5	150.000	372.400	46.500	568.900	100 000	5,689

Bij een levensduur van vier jaar is de kostprijs het laagst → economische levensduur = vier jaar.
(De kostprijs per liter is in feite €5,56 + €2 = €7,56)

c

Jaar	Geldswaarde – productie	Complementaire – kosten	Interest- = kosten	Afschrijving
1	20 000 × €5,56 = €111.200 –	€60.000 –	€15.000 =	€ 36.200
2	20 000 × €5,56 = €111.200 –	€64.100 –	€ 9.500 =	- 37.600
3	20 000 × €5,56 = €111.200 –	€70.100 –	€ 8.500 =	- 32.600
4	20 000 × €5,56 = €111.200 –	€80.100 –	€ 7.500 =	- 23.600
	Totaal afschrijvingen		=	€130.000

d Economische levensduur = 4 jaar
Vast percentage van de aanschafwaarde
Afschrijving per jaar = (€200.000 – €70.000) : 4 = €32.500.

$$\frac{€32.500}{€200.000} \times 100\% = 16{,}25\% \text{ per jaar}$$

Vast percentage van de boekwaarde

$$1 - \left[\frac{€70.000}{€200.000}\right]^{\frac{1}{4}} = 1 - 0{,}76916 = 0{,}23084 \times 100\% = 23{,}084\% \text{ per jaar}$$

Jaar	Boekwaarde begin (in euro's)	Afschrijvingen (in euro's)	Boekwaarde eind (in euro's)
1	200.000	46.168	153.832
2	153.832	35.510,58	118.321,42
3	118.321,42	27.313,32	91.008,10
4	91.008,10	21.008,31	69.999,79

Afschrijving jaar 1 = 0,23084 × €200.000 = €46.168
Afschrijving jaar 2 = 0,23084 × €153.832 = €35.510,58
Afschrijving jaar 3 = 0,23084 × €118.321,42 = €27.313,32
Afschrijving jaar 4 = 0,23084 × €91.008,10 = €21.008,31

Afschrijven door middel van de annuïteitenmethode

De waardedaling (K) = €200.000 – €70.000 = €130.000

$$\text{Annuïteit (van de waardedaling)} = €130.000 \times \frac{0{,}1(1 + 0{,}10)^4}{(1 + 0{,}10)^4 - 1} = €41.011{,}20$$

Vermogenskosten over de restwaarde = 0,10 × €70.000 = 7.000,00 +

Annuïteit = €48.011,20

Annuïteit	€ 48.011,20
Vermogenskosten jaar 1 = 0,10 × €200.000=	- 20.000,00 –
Afschrijving jaar 1	€ 28.011,20
Annuïteit	€ 48.011,20
Vermogenskosten jaar 2 = 0,10 × (€200.000 – €28.011,20) =	- 17.198,88 –
Afschrijving jaar 2	€ 30.812,32
Annuïteit	€ 48.011,20
Vermogenskosten jaar 3 = 0,10 × (€200.000 – €28.011,20 – €30.812,32) =	- 14.117,65
Afschrijving jaar 3	€ 33.893,55
Annuïteit	€ 48.011,20
Vermogenskosten jaar 4 = 0,10 × (€200.000 – €28.011,20 – €30.812,32 – €33.893,55) =	- 10.728,29
Afschrijving jaar 4	€ 37.282,91

Vergelijking van de afschrijvingssystemen en bepaling van de voorkeur (bedragen in euro's)

Jaar	Vrijgekomen afschrijvingen	Vast percentage aanschafwaarde	Vast percentage boekwaarde	Annuïteiten-methode
1	36.200	32.500	46.168	28.011,20
2	37.600	32.500	35.510,58	30.812,32
3	32.600	32.500	27.313,32	33.893,55
4	23.600	32.500	21.008,31	37.282,91

Afschrijven op basis van een vast percentage van de aanschafwaarde of op basis van een vast percentage van de boekwaarde sluit het beste aan bij de vrijgekomen afschrijvingen. In ieder geval niet de annuïteitenmethode toepassen.

e

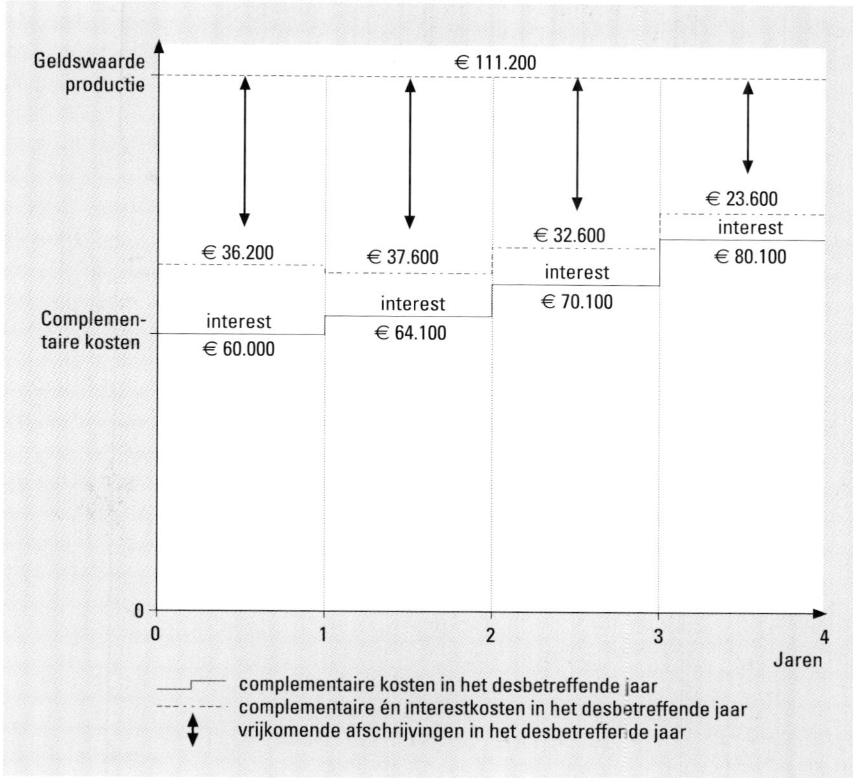

4.47 a Jaarlijkse afschrijving = (€100.000 − €20.000) : 4 = €20.000.

$$\frac{€20.000}{€100.000} \times 100\% = 20\% \text{ (van de aanschafwaarde)}$$

Jaar	Vermogenskosten	+ Afschrijvingen	= Totaal (in euro's)
1	0,08 × 100.000 = 8.000	+ 20.000	= 28.000
2	0,08 × 80.000 = 6.400	+ 20.000	= 26.400
3	0,08 × 60.000 = 4.800	+ 20.000	= 24.800
4	0,08 × 40.000 = 3.200	+ 20.000	= 23.200

b $$\left[1-\left\{\frac{€20.000}{€100.000}\right\}^{\frac{1}{4}}\right] \times 100\%$$

$[1 - 0{,}2^{0,25}] \times 100\% = 33{,}1259\% \rightarrow 33{,}126\%$

Boekwaarde aan het begin van het jaar − afschrijvingen =
Boekwaarde aan het einde van het jaar

Jaar	Boekwaarde begin (in euro's)	Afschrijvingen (in euro's)	Boekwaarde eind (in euro's)
1	100.000,00	0,33126 × 100.000,00 = 33.126,00	66.874,00
2	66.874,00	0,33126 × 66.874,00 = 22.152,68	44.721,32
3	44.721,32	0,33126 × 44.721,32 = 14.814,38	29.906,94
4	29.906,94	0,33126 × 29.906,94 = 9.906,98	19.999,96

Jaar	Vermogenskosten	+ Afschrijvingen	= Totaal (in euro's)
1	0,08 × 100.000,00 = 8.000	+ 33.126,00	= 41.126,00
2	0,08 × 66.874,00 = 5.349,92	+ 22.152,68	= 27.502,60
3	0,08 × 44.721,32 = 3.577,71	+ 14.814,38	= 18.392,09
4	0,08 × 29.906,94 = 2.392,56	+ 9.906,98	= 12.299,54

c Afschrijvingen:

Jaar 1 = X
Jaar 2 = X − € 4.000
Jaar 3 = X − € 8.000
Jaar 4 = X − €12.000

Jaar 1 t.e.m. 4 = 4X − €24.000 = € 80.000
4X = €104.000
X = € 26.000

Jaar	Boekwaarde begin	− Afschrijvingen	Boekwaarde eind (in euro's)
1	100.000	− 26.000	= 74.000
2	74.000	− 22.000	= 52.000
3	52.000	− 18.000	= 34.000
4	34.000	− 14.000	= 20.000

Jaar	Vermogenskosten	+ Afschrijvingen	= Totaal (in euro's)
1	0,08 × 100.000 = 8.000	+ 26.000	= 34.000
2	0,08 × 74.000 = 5.920	+ 22.000	= 27.920
3	0,08 × 52.000 = 4.160	+ 18.000	= 22.160
4	0,08 × 34.000 = 2.720	+ 14.000	= 16.720

d1 Af te schrijven bedrag = €80.000

$$\text{Annuïteit van de waardedaling} = €80.000 \times \left[\frac{0{,}08 \times (1 + 0{,}08)^4}{1{,}08^4 - 1}\right]$$

$$= €80.000 \times \frac{0{,}108839116}{0{,}360488959}$$

= €80.000 × 0,301920802	€24.153,66
Vermogenskosten over restwaarde = 0,08 × €20.000 =	€ 1.600,00
Jaarlijks gelijk bedrag voor afschrijvingen en vermogenskosten = annuïteit	€25.753,66

2

1,08 × €100.000 =	€108.000,00
	- 25.753,66
Boekwaarde begin tweede jaar =	€ 82.246,34
1,08 × €82.246,34 =	€ 88.826,05
	- 25.753,66
Boekwaarde begin derde jaar =	€ 63.072,39
1,08 × €63.072,39 =	€ 68.118,18
	- 25.753,66
Boekwaarde begin vierde jaar =	€ 42.364.52
1,08 × €42.364.52 =	€ 45.753,68
	- 25.753,66
	€ 20.000,02

(€0,02 afrondingsverschil)

4.49 a $$\text{Annuïteit} = €280.000 \times \left[\frac{0{,}08 \times (1 + 0{,}08)^3}{(1 + 0{,}08)^3 - 1}\right]$$

$$= €280.000 \times \frac{0{,}10077696}{0{,}259712}$$

$$= €280.000 \times 0{,}388033514 = €108.649{,}38$$

b	Annuïteit =	€108.649,38	
	Vermogenskosten jaar 1 = 0,08 ×€280.000 =	- 22.400,00	
	Afschrijving jaar 1:		€ 86.249,38
	Annuïteit =	€108.649,38	
	Vermogenskosten jaar 2 =		
	0,08 × (€280.000 – €86.249,38) =	- 15.500,05	
	Afschrijving jaar 2:		- 93.149,33
	Annuïteit =	€108.649,38	
	Vermogenskosten jaar 3 =		
	0,08 × (€280.000 – €86.249,38 – €93.149,33) =	- 8.048,10	
	Afschrijving jaar 3:		- 100.601,28
	Totaal afschrijvingen		€279.999,99

5 Kostprijsberekening

5.8 a De integrale kostprijs is de kosten per product bij de normale productieomvang.

b

Variabele kosten bij de normale productie =	€ 5,95
Vaste kosten: €54.000 : 5 400 =	- 10,00
Integrale kostprijs	€15,95

5.9 a Degressief stijgende variabele kosten.

b

Variabele kosten bij de normale productie =	€ 48,00
Vaste kosten: €92.000 : 1 100 =	- 83,64
Integrale kostprijs	€131,64

5.11 a

1e kwartaal: 2/10 × 60 000 =	12 000
2e kwartaal: 3/10 × 60 000 =	18 000
3e kwartaal: 4/10 × 60 000 =	24 000
4e kwartaal: 1/10 × 60 000 =	6 000
	60 000

b

Hoogste productie in 3e kwartaal =	24 000
Reservecapaciteit: 0,15 × 24 000 =	3 600
Benodigde capaciteit in 3e kwartaal =	27 600

Benodigde capaciteit per jaar: 4 × 27 600 = 110 400.

De machine die aan deze capaciteitsbehoefte voldoet én tot de laagste kosten leidt, heeft een capaciteit van 125 000 eenheden. De rationele capaciteit is 125 000.

c

Beschikbare capaciteit	170 000
Normale productie	60 000
Overcapaciteit	110 000

d1

Rationele capaciteit	125 000	
Normale productie	60 000	
Rationele overcapaciteit		65 000
Irrationele overcapaciteit		45 000

2

3e kwartaal is hoogseizoen: 4 × 24 000 =	96 000
Normale productie	60 000
Overcapaciteit door seizoenen	36 000
Reservecapaciteit: (0,15 × 24 000) × 4 =	14 400
Technische ondeelbaarheid: 125 000 − (60 000 + 36 000 + 14 400) =	14 600
Rationele overcapaciteit	65 000

e	Variabele kosten	€2,50
	Vaste kosten: €210.000 : 60 000 =	- 3,50
	Integrale (standaard) kostprijs	€6,00

f Jaarlijks verlies = €260.000 – €210.000 = €50.000

5.13 a1	Hoogste productie in 3^e kwartaal	20 000
	Reservecapaciteit: 0,1 × 20 000 =	2 000
	Benodigde capaciteit in 3^e kwartaal	22 000

Benodigde capaciteit per jaar: 4 × 22 000 = 88 000

De machines die aan deze capaciteitsbehoefte voldoen en tot de laagste kosten leiden:

	Vaste kosten (in euro's)	**Capaciteit**
1 × type A	100.000	20 000
1 × type B	300.000	80 000
Totaal	400.000	100 000

2 De rationele capaciteit = 100 000 eenheden.

b	Rationele capaciteit	100 000
	Normale productie: 16 000 + 16 000 + 20 000 + 12 000 =	64 000
	Rationele overcapaciteit	36 000
	3^e kwartaal is hoogseizoen: 4 × 20 000 =	80 000
	Normale productie	64 000
	Overcapaciteit door seizoenen	16 000
	Reservecapaciteit: (0,1 × 20 000) × 4 =	8 000
	Technische ondeelbaarheid:	
	100 000 – (64 000 + 16 000 + 8 000) =	12 000
	Rationele overcapaciteit	36 000

c	Vaste kosten bij werkelijk gekochte machines:	
	3 × €150.000 =	€450.000
	Vaste kosten bij rationele capaciteit	- 400.000
	Verlies door irrationele overcapaciteit	€ 50.000

d	Variabele kosten	€ 3,75
	Vaste kosten: €400.000 : 64 000 =	- 6,25
	Integrale kostprijs	€10,00

5.16 a Type 1 = 0,2 m × 0,2 m = 0,04 m² × €10 = €0,40
Type 2 = 0,3 m × 0,4 m = 0,12 m² × €10 = €1,20
Type 3 = 0,5 m × 0,5 m = 0,25 m² × €10 = €2,50

b Normale productie in equivalente eenheden (uitgedrukt in eenheden van type 1):

Type 1 = 4 000 × 1 =	4 000 eenheden
Type 2 = 3 000 × 2 =	6 000 eenheden
Type 3 = 2 000 × 4 =	8 000 eenheden
	18 000 eenheden

Machinekosten per equivalente eenheid = €4.500 : 18 000 = €0,25 per equivalente eenheid.

Machinekosten per eenheid
Type 1 = €0,25
Type 2 = 2 × €0,25 = €0,50
Type 3 = 4 × €0,25 = €1,00

5.19 a (€252.000 : €700.000) × 100% = 36%.

b

Materiaal: 1,1 × €2 =	€ 2,20
Arbeid: 1/5 × €35 =	- 7,00
Directe kosten	€ 9,20
Opslag indirecte kosten: 36% =	- 2,52
Integrale kostprijs	€11,72

c Indirecte kosten per boek = $\frac{€252.000}{30\,000 + 50\,000}$ = €3,15

Materiaal: 1,1 × €2 =	€ 2,20
Arbeid: 1/5 × €35 =	- 7,00
Directe kosten	€ 9,20
Indirecte kosten	- 3,15
Integrale kostprijs	€12,35

d1 Ja. De indirecte kosten (€252.000) zijn relatief hoog. Een onjuiste verdeling van deze kosten leidt tot een onjuiste kostprijs. Dit kan leiden tot foutieve beslissingen.

2 Door een verband tussen de indirecte kosten en een bepaald soort directe kosten vast te stellen. Hierbij wordt meestal uitgegaan van historische gegevens.

e
- Om de verkoopprijs vast te kunnen stellen (monopolie).
- Om de (gegeven) verkoopprijs te kunnen beoordelen (volkomen concurrentie).
- Om achteraf de efficiency van de productie vast te kunnen stellen (vergelijking van begrote en werkelijke cijfers).

5.22 a De meervoudige (verfijnde) opslagmethode.

b Totale directe kosten = €600.000 + €960.000 = €1.560.000.

Verdeling van de indirecte kosten:

- materialen = 0,3 × €400.000 = €120.000
- loonkosten = 0,2 × €400.000 = - 80.000
- overige kosten = 0,5 × €400.000 = - 200.000

Opslag indirecte materialen:
(€120.000 : €600.000) × 100% = 20%.
Opslag indirecte arbeid:
(€80.000 : €960.000) × 100% = 8,33%.
Opslag overige indirecte kosten:
(€200.000 : €1.560.000) × 100% = 12,82%.

c

Materiaal:	€ 20
Arbeid	- 30
Directe kosten	€ 50
Opslag indirecte kosten:	
• materialen 20% =	- 4
• arbeid 8,33% =	- 2,50
• overig 12,82% =	- 6,41
Integrale fabricagekostprijs	€ 62,91

d

Integrale fabricagekostprijs	€62,91 (= 55%)
8% Verkoopkosten	8%
37% Winstopslag	37%
Verkoopprijs exclusief btw	= 100%

Verkoopprijs exclusief btw = 100/55 × €62,91 = €114,38.

Verkoopprijs inclusief btw = 1,19 × €114,38 = €136,11.

5.26 a1

Voorcalculatorische kostenverdeel- en dekkingsstaat De Elf Steden (bedragen in euro's)

	Hulpkostenplaatsen			**Hoofdkostenplaatsen**	
	Energie	Huisvesting	Magazijn	Productie	Verkoop
Eerstverdeelde kosten:	120.000	200.000	140.000	80.000	100.000
Doorbelaste kosten:	− 120.000		10.000	70.000	40.000
		− 200.000	60.000	120.000	20.000
			210.000	210.000	
Saldo	0	0	0	480.000	160.000

(**a2**) 640.000

Berekening doorbelastingstarieven:
Energie = €120.000 : 120 000 kWh = €1/kWh
Huisvesting = €200.000 : 10 000 m^2 = €20/m^2

b Indirecte kosten ten laste van de noren:
0,45 × €480.000 = €216.000
0,35 × €160.000 = - 56.000
Indirecte kosten €272.000

Kosten per paar noren:
Staal: 1 kg × €10 = €10
Leer : 0,6 kg × €15 = - 9
Arbeid: 1,25 uur × €30 = - 37,50

Directe kosten € 56,50
Indirecte kosten: €272.000 : 5 000 = - 54,40
Integrale commerciële kostprijs €110,90

c Indirecte kosten ten laste van de ijshockeyschaatsen:
0,55 × €480.000 = €264.000
0,65 × €160.000 = - 104.000
Indirecte kosten €368.000

Kosten per paar ijshockeyschaatsen:	
Staal: 1,5 kg × €9 =	€13,50
Leer : 0,8 kg × €10 =	- 8,00
Arbeid: 1 uur × €30 =	- 30,00
Directe kosten	€51,50
Indirecte kosten: €368.000 : 7 500 =	- 49,07
Integrale commerciële kostprijs	€100,57

6 Integralekostprijsmethode en variabelekostencalculatie

6.4 a

Proportioneel variabele kosten =		€60
Vaste kosten per eenheid =	$\frac{C}{N} = \frac{€240.000}{12\,000} =$	- 20
Integrale kostprijs		€80

b

Transactieresultaat = 13 000 × (€125 – €80) =	€585.000	
Bezettingsresultaat = (14 000 – 12 000) × €20 =	- 40.000	+
Resultaat volgens absorption costing (AC)	+ €625.000	

c

Dekkingsbijdrage = 13 000 (€125 – €60) =	€845.000	
Vaste kosten	- 240.000	–
Resultaat volgens variable costing (VC)	+ €605.000	

d1 Bij de integralekostprijsmethode (AC) worden de vaste productiekosten aan de producten toegerekend. Als de voorraad toeneemt, wordt een gedeelte van de vaste productiekosten aan deze voorraadtoename toegerekend. Deze kosten komen als onderdeel van de voorraadwaardering op de balans te staan en komen niet ten laste van deze periode. Bij de variabelekostencalculatie komen alle vaste productiekosten in een bepaalde periode ten laste van die betreffende periode.

2 Voorraadmutatie × vaste productiekosten per eenheid = 1 000 × €20 = €20.000. Omdat het hier een voorraadtoename betreft (een gedeelte van de vaste productiekosten gaat bij AC naar de balans), is het resultaat volgens AC €20.000 hoger.

6.7 a1

Omzet = 4 200 × €9.800 =		€41.160.000	
Variabele kosten van de omzet:			
• productie = 4 200 × €4.300 =	€18.060.000		
• verkoop = 4 200 × € 200 =	- 840.000		
		- 18.900.000	–
Dekkingsbijdrage		€22.260.000	
Vaste kosten:			
• productie = 4 000 × €3.500 =	€14.000.000		
• verkoop =	- 1.600.000		
		- 15.600.000	–
Resultaat volgens variable costing		+ € 6.660.000	

2 De voorraadtoename = 300 motorfietsen.
Verschil in resultaat = 300 × vaste productiekosten = 300 × €3.500 = €1.050.000
Winst VC = - 6.660.000
Winst AC = €7.710.000

b Variabele verkoopkosten: 4200 × €200 = €840.000
Vaste verkoopkosten:

Doorberekend t.l.v. de omzet: 4200 × €400	=	€1.680.000
Overbezettingswinst: 200 × €400	=	- 80.000
		€1.600.000

c De doorberekende variabele én vaste verkoopkosten zijn bij beide methoden gelijk. De verkoopkosten leiden niet tot een verschil in resultaat tussen AC en VC.

d

	Voordelen	Nadelen
AC	• De kosten per eenheid product zijn bekend.	• Door de productieomvang te wijzigen kan het resultaat worden beïnvloed. • De omvang van de normale productie moet worden vastgesteld.
VC	• Door de productieomvang te wijzigen kan het resultaat niet beïnvloed worden. • Er hoeft geen uitspraak gedaan te worden over de hoogte van de normale productie.	• Er wordt geen integrale kostprijs berekend.

6.12 a Break-evenpunt = $\frac{€40.000}{€3 - €1}$ = 20 000 pakken van 500 gram.

b Veiligheidsmarge = $\frac{50\,000 - 20\,000}{50\,000} \times 100\% = 60\%$

c Als de werkelijke afzet 60% onder de verwachte afzet ligt, wordt er geen verlies geleden, maar ook geen winst gemaakt.

6.16 a

Omzet: 4 200 × €9.700 =	€ 40.740.000	
Variabele kosten van de omzet:		
4200 × (€4.000 + €300 + €200) =	- 18.900.000 –	
		€21.840.000
Vaste kosten:		
• machine: 4000 × €2.000 =	€ 8.000.000	
• arbeid: 4000 × €1.500 =	- 6.000.000	
• verkoop: 4000 × € 400 =	- 1.600.000 +	
		- 15.600.000 –
Winst volgens VC		€ 6.240.000

b Voorraadmutatie × vaste productiekosten per eenheid = voorraadtoename = 300 × €3.500 = €1.050.000.

c1 Break-evenpunt = $\frac{€15.600.000}{€9.700 - (€4.300 + €200)} = 3000.$

2 Dekkingsbijdrage =

3 000 {€9.700 − (€4.300 + €200)} =	€ 15.600.000
Vaste kosten	- 15.600.000
Resultaat	0

d Productie (= verkoopomvang) waarbij een winst van €5,2 mln wordt gerealiseerd =

$$\frac{€15.600.000 + €5.200.000}{€9.700 - (€4.300 + €200)} = 4000.$$

6.25 a Bij de break-evenomzet geldt:
omzet = kosten

omzet = 0,6 × omzet + €200.000
0,4 × omzet = €200.000
break-evenomzet = €200.000 : 0,4 = €500.000.

b omzet = 0,6 × omzet + €200.000 + €300.000
0,4 × omzet = €500.000
omzet waarbij €300.000 winst = €500.000 : 0,4 = €1.250.000.

7 Budgettering en verschillenanalyse

7.2 a Ex-ante budget: 24 000 × €96/100 = €23.040.

b Ex-post budget: 25 000 × €96/100 = €24.000.

c Werkelijke kosten €24.090.
Verschil tussen ex-post budget en werkelijke kosten:
€24.000 − €24.090 = − €90
PV = (SP − WP) × WH = SP × WH − WP × WH
EV = (SH − WH) × SP

SH (grondstof) = 25 000 × 3 kg/100 dozen = 750 kg
SH (loon) = 25 000 × 1 uur/100 dozen = 250 uur

PV (grondstof)	= SP × WH − WP × WH	=		
	€20 × 780 − €15.210	= €390 (+)		
PV (loonkosten)	= SP × WH − WP × WH	=		
	€36 × 240 − € 8.880	= <u>€240</u> (−)		
			€150 (+)	
EV (grondstof)	= (SH − WH) × SP	=		
	(750 − 780) × €20	= €600 (−)		
EV (loonkosten)	= (SH − WH) × SP	=		
	(250 − 240) × €36	= <u>€360</u> (+)		
			<u>- 240</u> (−)	
			€ 90 (−)	

7.4 a1 In de machineafdeling is alleen sprake van vaste kosten. In dat geval verdient een vast budget de voorkeur.

2 De machineafdeling rekent per machine-uur €80 door aan de fabricageafdeling. Voor de fabricageafdeling zijn de machinekosten proportioneel variabel. Omdat de overige kosten ook proportioneel variabel zijn, heeft voor de fabricageafdeling een variabel budget de voorkeur.

b1 Budget voor de machineafdeling = €5.400.000 : 4 = €1.350.000.

2

Vereiste eindvoorraad einde derde kwartaal: 0,3 × 7 600 =	2 280
Afzet derde kwartaal: 7 200 + 7 800 + 8 000 =	<u>23 000</u>
	25 280
Beginvoorraad begin derde kwartaal: 0,3 × 7 200 =	<u>2 160</u>
Vereiste productie in derde kwartaal	23 120

Budget voor de fabricageafdeling = 23 120 (€100 + €15 + €60) = €4.046.000.

7.6 a1 Een gemengd budget, omdat er sprake is van proportioneel variabele en vaste kosten.

2

Vereiste voorraad velgen eind april: 0,6 × 12 000 =	7 200
Verkopen april:	<u>11 000</u>
Transporteren	18 200

Transport	18 200
Voorraad velgen begin april: 0,6 × 11 000 =	6 600 –
Vereiste productie in april	11 600

Gemengd budget voor de productieafdeling:	
Toegestane variabele kosten: 11 600 × (€150 + €60) =	€2.436.000
Toegestane vaste kosten: €3.000.000 : 12 =	- 250.000
Totale toegestane kosten	€2.686.000

b Inkoop materialen in april voor de productie in juni:

Vereiste voorraad velgen eind juni: 0,6 × 9 000 =	5 400
Verkoop van velgen in juni	10 000
	15 400
Voorraad velgen begin juni: 0,6 × 10 000 =	6 000
Vereiste productie van velgen in juni	9 400

Inkoopbudget materialen voor april = 9 400 × €150 = €1.410.000.

c Gelduitgave in april = inkoop materialen in maart = productie van velgen in mei

Vereiste voorraad velgen eind mei: 0,6 × 10 000 =	6 000
Verkopen van velgen in mei	12 000
	18 000
Voorraad velgen begin mei: 0,6 × 12 000 =	7 200
Vereiste productie van velgen in mei	10 800

Gelduitgave in april in verband met inkopen in maart = 10 800 × €150 = €1.620.000

1 Liquiditeitsbegroting april:

Beginsaldo Kas		€ 400.000
Geldontvangsten in verband met verkopen in:		
Maart: (13 000 × €300) × 0,8 =	€3.120.000	
April: (11 000 × €300) × 0,2 =	- 660.000	
		- 3.780.000 +
Beginsaldo + geldontvangsten		€4.180.000
Gelduitgaven in verband met:		
Inkoop materialen: 10 800 × €150 =	€ 1.620.000	
Arbeid: 11 600[1] × €60 =	- 696.000	
Variabele verkoopkosten: 11 000 × €15 =	- 165.000	
Vaste productiekosten: €3.000.000 : 12 =	- 250.000	
Vaste verkoopkosten: €720.000 : 12 =	- 60.000	
Totale gelduitgaven		- 2.791.000 –
2 Eindsaldo Kas		€1.389.000

1 productie in april = 11 600

7.8 a	Begroot transactieresultaat = 100 000(€800 − €500) =	€30.000.000
	Werkelijk transactieresultaat = 110 000(€760 − €500) =	- 28.600.000
		€ 1.400.000 (−)

b1	Verkoopprijsverschil = q_w (p_w − p_b) =	
	110 000 (€760 − €800) =	€ 4.400.000 (−)
2	Verkoopomvangverschil = (q_w − q_b) × (p_b − K_p) =	
	(110 000 − 100 000) × (€800 − €500) =	- 3.000.000 (+)
		€ 1.400.000 (−)

c Ja. Als bijvoorbeeld de prijzen verlaagd worden, zal dit een positief effect hebben op de verkochte hoeveelheid. Het gevolg is een negatief verkoopprijsverschil, maar ook een positief verkoopomvangverschil. Het totale effect op de omzet hangt af van de prijselasticiteit van de gevraagde hoeveelheid voor dat product.

d Het budget houdt een taakstelling (en een uitdaging) in voor de verkoopmanager. Na afloop van de periode kunnen de verschillen tussen het budget en de gerealiseerde cijfers worden geanalyseerd. De resultaten van deze analyse kunnen aanleiding geven om het beleid bij te stellen.

7.11 a

Grondstof = 2 kg × €3/kg =	€6
Vaste productiekosten = $\frac{€300.000}{12 \times 5\,000}$ =	- 5
Integrale standaardfabricagekostprijs	€11

b

Omzet = 4 700 × €17 =		€79.900
Werkelijke kosten van de *productie* (5 200 eenheden):		
• grondstofverbruik	€31.320	
• vaste productiekosten = €300.000 : 12 =	- 25.000	
	€56.320	
Voorraadtoename = 500 × €11 =	- 5.500	
Werkelijke kosten van de *omzet* (4 700 eenheden)		- 50.820
Werkelijk resultaat volgens AC		€29.080

c1	Transactieresultaat = 4 700 (€17 − €11) =		€28.200 (+)
2	*Werkelijke* productie = 5 200 eenheden. De standaardhoeveelheid (SH) voor grondstofverbruik = 5 200 × 2 kg = 10 400 kg.		
	Efficiencyverschil = (SH − WH) × SP = (10 400 − 10 800) × €3 =		- 1.200(−)
3	Prijsverschil = (SP − WP) × WH =		
	SP × WH = €3 × 10 800 =	€32.400	
	WP × WH =	- 31.320	
			- 1.080 (+)
4	Bezettingsresultaat = (W − N) × C/N = (5 200 − 5 000) × €5 =		- 1.000 (+)
			€29.080 (+)

7.16 a Vast budget en flexibel budget.

b Variabel budget = 38 000 × €21 = €798.000.

c Werkelijke kosten:

materiaal:	37 500 × €5,65 =	€211.875
arbeid:	7 560 × €41 =	- 309.960
machinekosten:	7 800 × €35 =	- 273.000
		€794.835

Budgetresultaat = €798.000 − €794.835 = + €3.165.

d De standaardhoeveelheden voor de *werkelijke* productie = SH =

materiaal =	38 000 × 1 kg = 38 000 kg
arbeid =	38 000 × 0,2 uur = 7 600 uur
variabele machinekosten =	38 000 × 0,2 uur = 7 600 uur.

1	Efficiencyverschillen =	(SH − WH) × SP	
	materiaal =	(3800 − 37 500) × €6 =	€ 3.000 (+)
	arbeid =	(7 600 − 7 560) × €40 =	- 1.600 (+)
	variabele machinekosten =	(7 600 − 7 800) × €35 =	- 7.000 (−)
2	Prijsverschillen =	(SP − WP) × WH =	
		SP × WH – WP × WH	
	materiaal =	(€6 − €5,65) × 37 500 =	- 13.125 (+)
	arbeid =	(€40 − €41) × 7 560 =	- 7.560 (−)
	Totaal verschillen assemblageafdeling		€ 3.165 (+)

e Gemengd ex-post budget voor de machineafdeling:

variabel =	7 800 × €10 =	€ 78.000
vast =	40 000 × 0,2 uur × €25/uur =	- 200.000
		€278.000

f Werkelijke kosten machineafdeling:

variabel =	€ 70.200	
vast =	- 210.000	
		- 280.200
	Budgetverschil	€ 2.200 (−)

- Prijsverschil op variabele machinekosten =
  SP × WH – WP × WH = (€10 × 7 800) − €70.200 = € 7.800 (+)
- Budgetverschil vaste machinekosten =
  begrote vaste machinekosten − werkelijke
  vaste machinekosten = (40 000 × €5) − €210.000 = - 10.000 (−)

€ 2.200 (−)

g Bezettingsresultaat = (W − N) × C/N
N = 40 000 × 0,2 machine-uur = 8 000 machine-uren.
(7 800 − 8 000) × €25 = € 5.000 (−)

h1 Toegestane kosten = 38 000 × €21 = €798.000

2 Werkelijke kosten:

materialen: 37 500 × €5,65 =	€211.875	
arbeid: 7 560 × €41 =	- 309.960	
variabele machinekosten	- 70.200	
vaste machinekosten	- 210.000	- 802.035
3 Verschil		€ 4.035 (−)

4 Totaal van de verschillen =
+ €3.165 − €2.200 − €5.000 = − €4.035.

i1 Hoofd van de assemblageafdeling.
2 Hoofd van de inkoopafdeling.
3 Hoofd van de assemblageafdeling.
4 Hoofd van de machineafdeling.

7.21 a1 De werkelijke materiaalkosten per eenheid product X zijn:
€706.000 : 12 400 = €56,94.
2 De standaardmateriaalkosten per eenheid product X zijn:
€660.000 : 12 000 = €55.

b1 De standaardhoeveelheid arbeid voor de werkelijke productie =
12 400 × 5 uur = 62 000 uur.

Efficiencyverschil = (SH − WH) × SP = SH × SP − WH × SP

SH × SP = toegestane arbeidskosten bij 62 000 uur =	€1.047.800
WH × SP = toegestane arbeidskosten bij 64 000 uur =	-1.081.600
Efficiencyverschil = €1.047.800 − €1.081.600 =	€ 33.800 (−)

2 Prijsverschillen = (SP − WP) × WH = SP × WH − WP × WH
Arbeid = €1.081.600 − €1.074.000 = + €7.600

c1 Totale variabele indirecte kosten : aantal machine-uren
€606.000 : 60 000 = €10,10
€626.200 : 62 000 = €10,10
€646.400 : 64 000 = €10,10
Het standaardtarief voor variabele indirecte kosten = €10,10 per machine-uur.
2 Standaardtarief vaste indirecte kosten =

$$\frac{\text{Vaste kosten}}{\text{Normale productie}} = \frac{(C)}{(N)} = \frac{€500.000}{60\,000} = €8,33 \text{ per machine-uur.}$$

d De toegestane arbeidskosten per arbeidsuur zijn:
€1.014.000 : 60 000 = €16,90
€1.047.800 : 62 000 = €16,90
€1.081.600 : 64 000 = €16,90
Per product X zijn 5 arbeidsuren nodig (60 000 arbeidsuren : 12 000 producten X).

De toegestane arbeidskosten per product X = 5 × €16,90 = €84,50.

Het ex-post budget voor 2010 bestaat uit:

Directe kosten:	
materiaalkosten: 12400 × €55 =	€ 682.000
arbeidskosten: 12400 × €84,50 =	- 1.047.800
Indirecte kosten:	
variabel: 12400 × 5 × €10,10 =	- 626.200
vast	- 500.000
	€2.856.000

e Bezettingsresultaat = (W – N) × C/N =

$$(64000 - 60000) \times \frac{€500.000}{60000} = 4000 \times €8{,}33 = +\ €33.320.$$

f Gemengd budget.
Uit de kostenbudgetten kunnen afgeleid worden:
Toegestane materiaalkosten = €55 per product.
Toegestane kosten van arbeid = €84,50 per product.
Toegestane variabele machinekosten = €50,50 per product. Voor deze kosten is sprake van een variabel budget.
Voor de vaste machinekosten geldt een vast budget. Voor het geheel is daarom sprake van een gemengd budget.

7.25 a $\frac{100}{80} \times €26 = €32{,}50.$

b1 Verkoopresultaat = 45000 (€38 – €32,50) = + €247.500.

2

Ex-post budget = 45000 × €32,50 =		€1.462.500
Werkelijke kosten:		
grondstofkosten:		
grondstofverbruik – opbrengst afval =		
€1.057.800 – €27.787,50 =	€1.030.012,50	
arbeid	- 121.000	
vaste machinekosten	- 182.000	
variabele machinekosten	- 132.930	
Werkelijke fabricagekosten		- 1.465.942,50
Nadelig fabricageresultaat		€ 3.442,50 (–)

c1 Prijsverschillen = (SP – WP) × WH = SP × WH – WP × WH

grondstoffen = (€2,50 × 410000) – €1.057.800 =	€32.800 (–)
arbeid = (€22 × 6050) – €121.000 =	€12.100 (+)
variabele machinekosten =	
(€20 × 6300) – €132.930 =	€ 6.930 (–)

2 Berekening van de standaardhoeveelheden (SH) voor de werkelijk gerealiseerde productie:
grondstoffen = 56250 × 7,2 kg = 405000 kg
arbeid = 56250 × 0,1 uur = 5625 uur
machine-uren = 56250 × 0,125 uur = 7031,25 uur

Efficiencyverschillen = (SH − WH) × SP

grondstoffen = (405 000 − 410 000) × €2,50 =	€ 12.500	(−)
arbeid = (5 625 − 6 050) × €22 =	€ 9.350	(−)
machine-uren = (7 031,25 − 6 300) × €50 =	€ 36.562,50	(+)

3 Begrote vaste machinekosten €180.000
Werkelijke vaste machinekosten - 182.000
Nadelig prijsverschil op vaste machinekosten € 2.000 (−)

4 Bezettingsresultaat = (W – N) × C/N

$$(6\,300 - 6\,000) \times \frac{€180.000}{6\,000} =$$ € 9.000 (+)

5 Afvalresultaat =
Werkelijke opbrengst afval − standaardopbrengst afval =
€27.787,50 − (56 250 × €0,45)[1] = € 2.475 (+)

6 Uitvalresultaat =
(Standaard hoeveelheid uitval – Werkelijke hoeveelheid uitval)
× Standaardkostprijs = (0,2 × 56 250 − 11 250) × € 32,50 = 0

d − €32.800 + €12.100 − €6.930 − €12.500 − €9.350 + €36.562,50 − €2.000 + €9.000 + €2.475 = €3.442,50 (−)

1 of 405 000 × $^{0,36}/_{7,2}$ × €1,25 = €25.312,50

8 Beslissingsondersteunende calculaties

8.1 Als alle opbrengsten direct tot geldontvangsten leiden en alle kosten (met uitzondering van afschrijvingen) direct tot gelduitgaven leiden, dan geldt: netto-ontvangst = winst na belastingen + afschrijvingen (kosten, geen uitgave) = €32.500 + €30.000 = €62.500.

De netto-ontvangst =
totale ontvangsten − totale uitgaven = €300.000 − (€90.000 + €100.000 + €20.000 + €10.000) = €62.500.

8.2 a $3 \text{ jaar} + \dfrac{(€200.000 - €180.000)}{€60.000} \text{ jaar} = \times 3\frac{1}{3} \text{ jaar}.$

b $\text{GBR} = \dfrac{(-\,€200.000 + 5 \times €60.000) : 5}{\dfrac{(€200.000 + €20.000)}{2}} \times 100\% = 18{,}18\%.$

c Contante waarde van de netto-ontvangsten:

	Per jaar	Gecumuleerd
€60.000 : 1,12	= €53.571,43	€ 53.571,43
€60.000 : $1{,}12^2$	= €47.831,63	€101.403,06
€60.000 : $1{,}12^3$	= €42.706,81	€144.109,87
€60.000 : $1{,}12^4$	= €38.131,08	€182.240,95
€60.000 : $1{,}12^5$	= €34.045,61	€216.286,56

Aan het einde van het vijfde jaar overschrijdt de som van de contante waarden van de geldontvangsten voor het eerst het investeringsbedrag. De economische terugverdientijd = 5 jaar.

d1 (bedragen × €1.000)

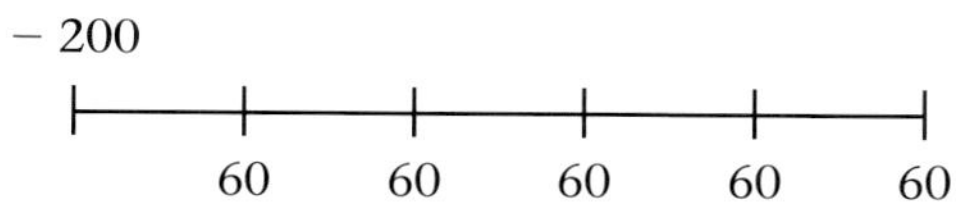

Contante waarde van de netto-ontvangsten:

€60.000 : 1,12 =	€ 53.571,43
€60.000 : $1{,}12^2$ =	- 47.831,63
€60.000 : $1{,}12^3$ =	- 42.706,81
€60.000 : $1{,}12^4$ =	- 38.131,08
€60.000 : $1{,}12^5$ =	- 34.045,61
Contante waarde	€ 216.286,56
Investering	- 200.000,00
Netto contante waarde	€ 16.286,56

2 Ja, omdat de netto contante waarde positief is.
De rentabiliteit bedraagt meer dan 12%.

8.8 a Kosten alternatief A = kosten alternatief B

$$€80.000 + €5q = €150.000 + €3q$$
$$€2q = €70.000$$
$$q = 35\,000$$

b1 Break-evenpunt bij alternatief A =

$$\frac{€80.000}{€9 - €5} = 20\,000 \text{ stuks.}$$

2 Break-evenpunt bij alternatief B =

$$\frac{€150.000}{€9 - €3} = 25\,000 \text{ stuks.}$$

c Alternatief B (relatief hoge vaste kosten, waardoor de EBIT sterk kan fluctureren).

9 Vermogensbehoefte

9.2 **a** Vermogensbehoefte in verband met:

• gebouwen	€480.000
• voorraden	- 80.000
• inventaris	- 100.000
• liquide middelen	- 12.000
Totale vermogensbehoefte	€672.000

b

Voorgecalculeerde balans (bedragen × €1.000)

Gebouwen	480	Eigen vermogen	112
Voorraden	80	Lening vader	180
Inventaris	100	Hypothecaire lening	300
Liquide middelen	12	Crediteuren	80
Totale activa	672		672

9.3 **a**

Geldontvangsten:		10000 × €90 =	€900.000
Gelduitgaven: leer	10000 × €40 =	€400.000	
arbeid	10000 × €25,50 =	- 255.000	
			- 655.000 –
Toename liquide middelen			€245.000

b De toename liquide middelen is het gevolg van:

gerealiseerde winst: 10000 (€90 – €71) =	€ 190.000
vrijgekomen afschrijvingen: 10000 × €5,50 =	- 55.000 +
	€ 245.000

9.4 **a** Vermogensbehoefte in verband met:

• veiligheidsvoorraad	€100.000
• inkoop	- 300.000
Maximale vermogensbehoefte	€400.000

b De minimale vermogensbehoefte houdt verband met de veiligheidsvoorraad en bedraagt €100.000.

c

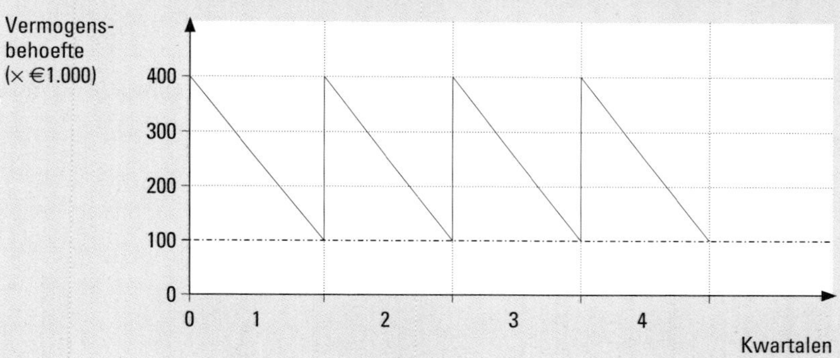

9.6 **a** $\frac{€4.200.000}{€1.400.000} = 3.$

b $\frac{€4.200.000}{€1.050.000} = 4.$

c Beide situaties zijn niet goed vergelijkbaar. Operational leasing heeft een gunstige invloed op de omloopsnelheid van het gemiddeld geïnvesteerde vermogen van de onderneming. Ondernemingen die relatief veel gebruikmaken van operational leasing hebben een hogere omloopsnelheid dan vergelijkbare ondernemingen, die geen of minder gebruikmaken van operational leasing.

9.9 **a** Afschrijving per duurzaam productiemiddel per jaar = (€200.000 − €0) : 4 = €50.000

Jaar	Aantal duurzame productiemiddelen aan begin van het jaar	Afschrijving (× €1.000)	Aantal aan het einde van het jaar aangeschafte nieuwe duurzame productiemiddelen	Restant (× €1.000)[1]
1	5	250	1	50
2	5 + 1 = 6	300	1	150
3	6 + 1 = 7	350	2	100
4	7 + 2 = 9	450	2	150
5	9 + 2 − 5 = 6	300	2	50
6	6 + 2 − 1 = 7	350	2	–
7	7 + 2 − 1 = 8	400	2	–
8	8 + 2 − 2 = 8	400	2	–
9	8 + 2 − 2 = 8	400	2	–
enz.				

1 Berekening restant (× €1.000):

	beginsaldo + afschrijvingen	− aanschaf	= restant
jaar 1 =	0 + 250	− 200	= 50
jaar 2 =	50 + 300	− 200	= 150
jaar 3 =	150 + 350	− 400	= 100
jaar 4 =	100 + 450	− 400	= 150
jaar 5 =	150 + 300	− 400	= 50
jaar 6 =	50 + 350	− 400	= 0
jaar 7 =	0 + 400	− 400	= 0
enz.			

Op lange termijn kunnen acht duurzame productiemiddelen worden aangeschaft zonder extra vermogen aan te trekken.

b Het voordeel is dat de productiecapaciteit kan worden uitgebreid zonder dat daarvoor extern vermogen hoeft te worden aangetrokken.

9.12 a

Verkopen		Geldontvangsten (bedragen in euro's)		
		April	Mei	Juni
Maart:				
contant	0,2 × €260.000			
op rekening	0,8 × €260.000	208.000		
April:				
contant	0,2 × €280.000	56.000		
op rekening	0,8 × €280.000		224.000	
Mei:				
contant	0,2 × €250.000		50.000	
op rekening	0,8 × €250.000			200.000
Juni:				
contant	0,2 × €220.000			44.000
op rekening	0,8 × €220.000			
Totaal ontvangsten		264.000	274.000	244.000

b Eind juni is van afnemers te vorderen (Debiteuren) 80% van €220.000 = €176.000.

9.13 a1 $\frac{1}{12} \times$ €1.800.000 = €150.000.

2 $\frac{1\frac{1}{2}}{12} \times$ €2.400.000 = €300.000.

10 Vormen van eigen vermogen

10 a1 €45.000.
2 20%.

b1 Te storten kapitaal: 130% × €60 mln = €78 mln.
2

Liquide middelen	€78.000.000	
Aan Aandelenkapitaal		€60.000.000
Aan Agioreserve		€18.000.000

10.2 a

Gestort aandelenkapitaal	€ 2.800.000
Agioreserve	- 1.200.000
Winstreserve	- 1.680.000
	€ 5.680.000

$$\text{Intrinsieke waarde per aandeel} = \frac{€5.680.000}{400\,000} = €14{,}20.$$

b

Nominaal geplaatst =	€ 4.000.000
Agio	- 1.200.000
	€ 5.200.000 : 400.000 = €13.

c1

Rentabiliteitswaarde = $\frac{€840.000}{0{,}12}$ =	€7.000.000
Intrinsieke waarde	- 5.680.000
2 Goodwill	€1.320.000

10.3 a

Geplaatst nominaal aandelenkapitaal	€20.000.000
Door aandeelhouders nog te storten	- 8.000.000
Geplaatst én gestort kapitaal	€12.000.000

Winstverdeling:

Winst na vennootschapsbelasting	€1.100.000
Primair dividend: 0,03 × €12.000.000 =	- 360.000
	€ 740.000
Reservering: 0,6 × €740.000 =	- 444.000
Secundair dividend	€ 296.000

b Totaal dividend = €360.000 + €296.000 = €656.000

$$\text{Dividendpercentage} = \frac{€656.000}{€12.000.000} \times 100\% = 5{,}5\%.$$

10.9 a

Reeds uitstaande aandelen = $\frac{€24.000.000}{€100}$ =	240000
Aantal nieuwe aandelen = $\frac{€12.000.000}{150\% \times €100}$ =	80000
Aantal aandelen na emissie	320000

Verwachte beurskoers na emissie = $\frac{€60.000.000}{320\ 000}$ = €187,50.

b Er moeten 3 claims per nieuw aandeel worden ingeleverd (240 000 claims : 80 000 nieuwe aandelen).
3 claims + €150 (bijbetaling) = €187,50

1 claim = $\frac{€187{,}50 - €150}{3}$ = €12,50.

c

Balans (bedragen × € 1.000)

Gebouwen	20.000	Aandelenkapitaal	32.000
Machines	14.000	Agioreserve	14.000
Inventaris	8.000	Winstreserve	9.000
Voorraden	4.000	Banklening	4.000
Debiteuren	5.000	Crediteuren	6.000
Kas	14.000		
	65.000		65.000

d 3 claims + €150 (bijbetaling) = verwachte beurskoers
3 × €10 + €150 = verwachte beurskoers
Verwachte beurskoers = €180.

10.16 a Aandelenkapitaal + €4.000.000.
Winstreserve − €4.000.000.

b Na uitgifte van bonusaandelen is het aandelenkapitaal €24.000.000 = 24 000 aandelen.
Na de splitsing zijn er 48 000 aandelen met een nominale waarde van €500 per aandeel.

c

Balans (bedragen × €1.000)

Gebouwen	22.000	Aandelenkapitaal	24.000
Machines	16.000	Agioreserve	12.400
Inventaris	8.000	Winstreserve	14.000
Voorraden	7.000	Banklening	3.000
Debiteuren	2.000	Crediteuren	2.600
Kas	1.000		
	56.000		56.000

d Herkapitalisatie.

e

Aandelenkapitaal	€24.000.000
Agioreserve	- 12.400.000
Winstreserve	- 14.000.000
Eigen vermogen	€50.400.000

Intrinsieke waarde per aandeel (nominaal €500) =

$\frac{\text{eigen vermogen}}{\text{aantal uitstaande aandelen}} = \frac{€50.400.000}{48000}$ = €1.050.

11 Vormen van vreemd vermogen

11.5 a Voor drie converteerbare obligaties (in totaal nominaal €3.000) + €400 wordt één aandeel (nominaal €1.000) ontvangen. Het agio per aandeel = (€3.000 + €400) − €1.000 = €2.400.

Journaalpost:

Converteerbare obligatielening (2000 × €3.000)	€6.000.000	
Liquide middelen (2000 × €400)	€ 800.000	
Aan Aandelenkapitaal (2000 × €1.000)		€2.000.000
Aan Agioreserve (2000 × €2.400)		€4.800.000

b Conversiekoers = $\frac{3 \times €1.000 + €400}{€1.000} \times 100\% = 340\%$.

11.8 a Conversiekoers = $\frac{2 \times €1.000 + €600}{5 \times €200} \times 100\% = 260\%$.

b De conversiewaarde volgt uit:
2 converteerbare obligaties + €600 = 5 aandelen
2 × conversiewaarde + €600 = 5 × €600
2 × conversiewaarde = €3.000 − €600

Conversiewaarde = €2.400 : 2 =	€1.200
Beurswaarde	- 1.300
Verschil	€ 100

c De kopers van deze converteerbare obligaties verwachten een koersstijging van de aandelen.

d De conversiewaarde is €1.200. Bij aflossing wordt €1.050 ontvangen. Alle beleggers zullen geconverteerd hebben.

11.14 a

Te betalen: €1.980 of €2.000

Kosten leverancierskrediet = $\frac{€20}{€1.980} \times \frac{360}{20} \times 100\% = 18{,}18\%$.

11.17 a Eigen vermogen = aandelenvermogen + agioreserve
= €18.000.000 + €2.000.000 = €20.000.000
Vreemd vermogen = €39.800.000 – €20.000.000 = €19.800.000

b
- Pensioenvoorziening
- Garantievoorziening
- Hypotheek
- Banklening, indien de looptijd van de lening langer is dan 1 jaar.

c
- Hypotheek op Terreinen en Gebouwen
- Machines en Transportmiddelen in onderpand geven
- Cessie van Debiteuren.

12.6 a

Liquiditeitsbegroting (bedragen in euro's)

	1[e] kwartaal	2[e] kwartaal
Beginsaldo kas	10.000 (+)	10.000 (+)
Beginsaldo rekening-courant	25.000 (–)	29.200 (–)
Beginsaldo liquide middelen	15.000 (–)	19.200 (–)
Geldontvangsten:		
• verkopen 1[e] kwartaal	510.000 (+)	
• verkopen 2[e] kwartaal		405.000 (+)
Beginsaldo LM + geldontvangsten	495.000 (+)	385.800 (+)
Gelduitgaven:		
• inkoop december + februari + maart	355.000 (–)	
• inkoop april + mei + juni		285.000 (–)
• aflossing lening	10.000 (–)	
• interest onderhandse lening[1]	3.600 (–)	
• interest banklening[2]	2.400 (–)	2.400 (–)
• vooruitbetaalde IB en winstuitkering	30.000 (–)	30.000 (–)
• lonen[3]	27.000 (–)	27.000 (–)
• vakantiegeld[4]		9.180 (–)
• sociale lasten[5]	10.800 (–)	10.800 (–)
• gas, water, licht	15.000 (–)	15.000 (–)
• telefoon	400 (–)	800 (–)
• winstuitkering en inkomstenbelasting[6]	60.000 (–)	
Totaal gelduitgaven	514.200 (–)	380.180 (–)
Beginsaldo LM + geldontvangsten – gelduitgaven	19.200 (–)	5.620 (+)
Vereist eindsaldo kas	10.000 (+)	10.000 (+)
Eindsaldo rekening-courant	29.200 (–)	4.380 (–)

1 = 0,06 × € 60.000
2 = (0,08 × € 120.000) : 4
3 = (3 × € 3.000) × 3
4 = (0,085 × 12 × € 3.000) × 3
5 = (3 × € 1.200) × 3
6 = € 180.000 – € 120.000 (voorschot)

b

Voorgecalculeerde winst- en verliesrekening

Brutowinst: 0,3 × €915.000[1] =		€274.500
Kosten:		
• interest onderhandse lening[2]	€ 1.550	
• interest banklening[3]	- 4.800	
• loonkosten	- 54.000	
• vakantiegeld[4]	- 4.590	
• sociale lasten	- 21.600	
• gas, water, elektra	- 30.000	
• telefoon	- 1.200	
• afschrijving gebouwen[5]	- 14.000	
• afschrijving oude inventaris[6]	- 30.000	
• afschrijving nieuwe inventaris[7]	- 1.000	
• toevoeging voorziening onderhoud	- 6.000	
		€168.740
Winst		€105.760

1 €180.000 + €160.000 + €170.000 + €115.000 + €140.000 + €150.000

2 1/12 × (0,06 × €60.000) = € 300
5/12 × (0,06 × €50.000) = - 1.250
€1.550

3 (0,08 × €120.000) : 2

4 0,085 × € 54.000

5 0,02 × €700.000

6 0,06 × €500.000

7 0,01 × €100.000

12.13 a $\text{REV} = \dfrac{€300.000}{€1.600.000 + €660.000} \times 100\% = 13,27\%\ (0,1327).$

b $\text{KVV} = \dfrac{€70.000}{€2.140.000} \times 100\% = 3,27\%\ (0,0327).$

c $\text{RTV} = \dfrac{€500.000 + €70.000}{€4.400.000} \times 100\% = 12,95\%\ (0,1295).$

d Belastingvoet = €200.000 : €500.000 = 0,4.

$$\text{REV} = (1 - 0,4)\left[0,1295 + (0,1295 - 0,0327)\,\frac{€2.140.000}{€2.260.000}\right]$$

$$= 0,6 \times [0,1295 + 0,0968 \times 0,9469] = 0,1327.$$

e Er is sprake van een positieve hefboomwerking, omdat RTV groter is dan KVV.

f Een voorziening is een toekomstige verplichting waarvan het moment van ontstaan en de omvang op dit moment niet exact bekend zijn, maar wel redelijkerwijze geschat kan worden. Het is in ieder geval geen ‘potje met geld’.

12.14 a Gemiddeld eigen vermogen (× €1.000) =

$$\frac{(700 + 100 + 600) + (700 + 100 + 650)}{2} = 1.425$$

$$\text{REV} = \frac{€90.000}{€1.425.000} \times 100\% = 6{,}32\% \ (0{,}0632).$$

b Gemiddeld totaal vermogen (× €1.000) = (1.770 + 1.930) : 2 = 1.850

$$\text{RTV} = \frac{€160.000 + €50.000}{€1.850.000} \times 100\% = 11{,}35\% \ (0{,}1135).$$

c Gemiddeld vreemd vermogen (× €1.000) =

$$\frac{(30 + 80 + 260) + (40 + 110 + 220 + 70 + 40)}{2} = 425$$

$$\text{KVV} = \frac{€50.000}{€425.000} \times 100\% = 11{,}76\% \ (0{,}1176).$$

d Belastingvoet = €70.000 : €160.000 = 0,4375

$$\text{REV} = (1 - 0{,}4375)\left[0{,}1135 + (0{,}1135 - 0{,}1176)\ \frac{€425.000}{€1.425.000}\right]$$

$$= 0{,}5625 \times [0{,}1135 - 0{,}0041 \times 0{,}2982] = 0{,}0632.$$

e Negatieve hefboomwerking, omdat RTV kleiner is dan KVV.

12.21 a Nettowerkkapitaal = Vlottende activa – Vlottende passiva (bedragen × €1.000)
op 1-1 = (90 + 70 + 60) − (55 + 10 + 30) = 220 − 95 = 125
op 31-12 = (140 + 20 + 100) − (50 + 20 + 50) = 260 − 120 = 140.

b Current ratio = Vlottende activa : Vlottende passiva
op 1-1: 220 : 95 = 2,32
op 31-12: 260 : 120 = 2,17.

c In 2012 is het nettowerkkapitaal gestegen maar de current ratio gedaald. Een daling van de current ratio betekent dat de vlottende activa verhoudingsgewijs minder zijn gestegen dan de vlottende passiva. Bovendien is bij de vlottende activa een toename in debiteuren en voorraden opgetreden, de liquide middelen zijn afgenomen. Uit het voorgaande volgt dat de liquiditeit in 2012 is afgenomen.

d
- De kengetallen zijn momentopnames.
- Een deel van de voorraden is nagenoeg onverkoopbaar (niet liquide).
- De wijze waarop de voorraden gewaardeerd zijn, heeft invloed op de hoogte van de kengetallen.
- Ten aanzien van de current ratio is window dressing mogelijk.

12.35 a Kasstroom uit operationele activiteiten (bedragen in euro's):

EBIT = Bedrijfsresultaat[1]		746.000 (+)
Aanpassing tot nettokasstroom uit operationele activiteiten:		
Afschrijving gebouwen	150.000 (+)	
Afschrijving inventaris	100.000 (+)	
Afschrijving machines	250.000 (+)	
Afname voorziening	200.000 (−)	
Kasstroom op winstbasis		300.000 (+)
Mutatie in nettowerkkapitaal (excl. Kas en Rekening-courant):		
Toename voorraden	300.000 (−)	
Afname debiteuren	100.000 (+)	
Toename crediteuren	100.000 (+)	
Toename te betalen belasting	74.700 (−)	
		174.700 (–)
Belasting lopend boekjaar		85.300 (–)
Operationele kasstroom		786.000 (+)
Kasstroom uit investeringsactiviteiten:		
Bruto-investering in gebouwen[2]	450.000	
Bruto-investering in inventaris[3]	100.000	
Bruto-investering in machines[4]	450.000	
Brutoinvestering in vaste activa:		1.000.000 (–)
Vrije kasstroom:		214.000 (–)
Geldstromen van en naar de vermogensmarkt:		
Toename rekening-courant	433.500 (+)	
Aflossing hypotheek	100.000 (−)	
Toename aandelenvermogen én agio	600.000 (+)	
Betaalde interest	319.500 (−)	
Betaalde dividend	200.000 (−)	
Nettokasstroom uit hoofde van financieringsactiviteiten		414.000 (+)
Mutatie kas		200.000 (+)

Toelichting:
Bruto-investering = toename balanswaarde + afschrijvingen

1 Bedrijfsresultaat = €426.500 + €319.500 = €746.000
2 Gebouwen: €300.000 + €150.000
3 Inventaris: 0 + €100.000
4 Machines: €200.000 + €250.000

b1 EBIT = Bedrijfsresultaat
= Omzet – Kosten van de omzet (met uitzondering van interestkosten)
= €8.000.000 – €7.254.000 = €746.000

$$\text{RTV} = \frac{\text{Bedrijfsresultaat}}{\text{Gemiddeld geïnvesteerd totaal vermogen}} \times 100\%$$

$$= \frac{€746.000}{\frac{€7.200.000 + €8.100.000}{2}} \times 100\% =$$

$$= \frac{€746.000}{€7.650.000} \times 100\% = 9{,}75\%\ (0{,}0975)$$

2

Dupont-chart Freetime NV

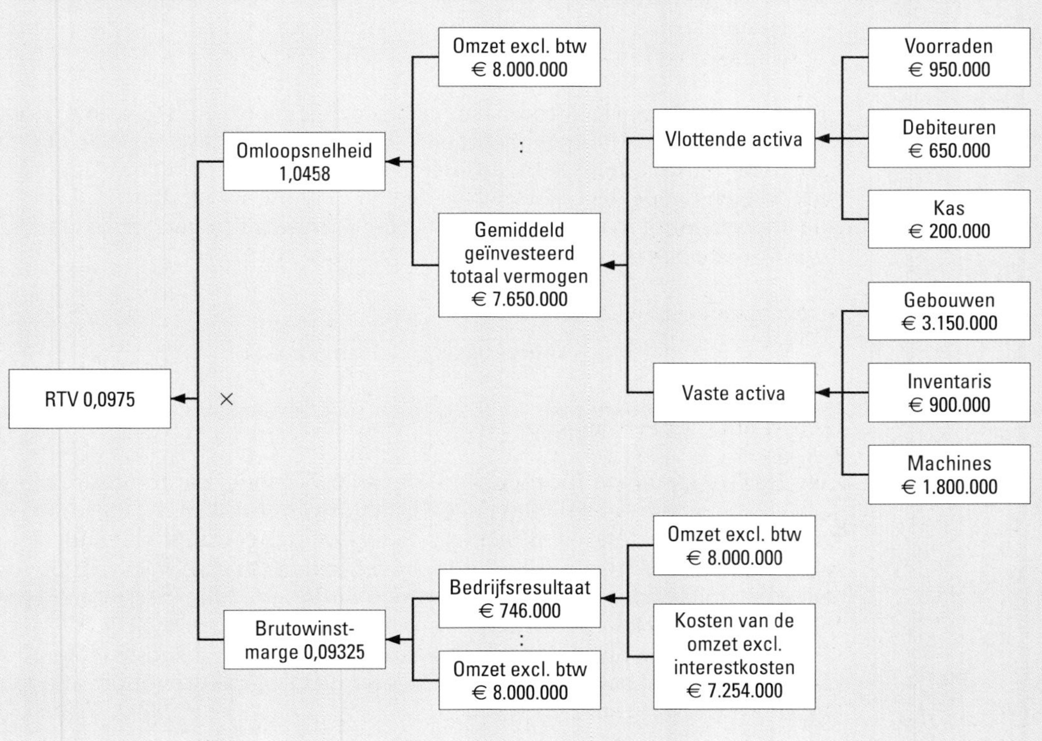

Toelichting bij Dupont-chart Freetime nv:
Kosten van de omzet exclusief interestkosten =
€7.573.500 – € 319.500 = €7.254.000

Voorraden:	(€ 800.000 + €1.100.000) : 2 =	€ 950.000
Debiteuren:	(€ 700.000 + € 600.000) : 2 =	€ 650.000
Kas:	(€ 100.000 + € 300.000) : 2 =	€ 200.000
Gebouwen:	(€3.000.000 + €3.300.000) : 2 =	€3.150.000
Machines:	(€1.700.000 + €1.900.000) : 2 =	€1.800.000.

c1 Rentekosten na belasting: (1 – 0,2) × €319.500 = € 255.600
Aflossingsverplichting - 100.000

Verplichtingen i.v.m. vreemd vermogen € 355.600

$$\text{Debt-service coverage ratio} = \frac{\text{Vrije kasstroom}}{\text{Verplichtingen i.v.m. vreemd vermogen}}$$

$$= \frac{-\text{€}214.000}{\text{€}355.600} = -0{,}6$$

2 De debt-service coverage ratio is negatief. Dat wordt in deze opgave veroorzaakt door een negatieve vrije kasstroom. Een negatieve vrije kasstroom houdt in dat uit de ondernemingsactiviteiten (met uitzondering van de transacties met de vermogensmarkt) onvoldoende financiële middelen beschikbaar komen om:

- de rentekosten (na vennootschapsbelasting) te betalen;
- de aflossingsverplichtingen na te komen.

Een negatieve vrije kasstroom kan zich tijdelijk voordoen. Het komt vooral voor als grote investeringen worden verricht (zoals in deze opgave). Op lange termijn zal de vrije kasstroom een zodanige (positieve) omvang moeten krijgen dat de debt-service coverage ratio groter wordt dan + 1. Dan is de onderneming in staat zijn verplichtingen/verwachtingen ten aanzien van de verschaffers van vreemd vermogen waar te maken.

d1 $$\text{DSR} = \frac{\text{EBITDA}}{\text{Interestkosten + aflossingsverplichtingen}} =$$

$$\frac{\text{€}1.246.000}{\text{€}319.500 + \text{€}100.000} = 2{,}97.$$

2 De EBITDA is ruim voldoende (de DSR van 2,97 brengt dat tot uitdrukking) om de interestkosten en aflossingsverplichtingen *te dekken*. Of Freetime nv in staat is de interest- en aflossingen *te betalen*, hangt ook af van andere gelduitgaven die Freetime nv wil/moet verrichten. In deze opgave is bijvoorbeeld €1 mln nodig voor investeringen, waardoor de vrije kasstroom negatief wordt. Dit leidt ook tot een negatieve waarde van de DSCR.
Freetime nv heeft eigen vermogen aangetrokken en het rekening-courantkrediet verhoogd om aan haar betalingsverplichtingen (waaronder aflossingen en interest) te kunnen voldoen.

13 Waardering en resultaatbepaling

13.1a Voorraadmutaties fifo

Verkopen 2013		**Voorraad**	**Inkopen 2013**		
		31-12-2012 20 000 × €20	Januari 5 000 × €22	Februari 15 000 × €25	Maart 20 000 × €28
Februari	20 000	20 000			
Juni	15 000		5 000	10 000	
December	10 000			5 000	5 000
Eindvoorraad 31-12-2013					15 000 × €28

Transactieresultaten fifo-methode:

februari:	20 000 × (€30 − €20) =			€ 200.000
juni:	5 000 × (€35 − €22) =	€ 65.000		
	10 000 × (€35 − €25) =	- 100.000		
				- 165.000
december:	5 000 × (€40 − €25) =	€ 75.000		
	5 000 × (€40 − €28) =	- 60.000		
				- 135.000
Totaal transactieresultaten fifo-methode				€ 500.000 (+)

Voorraadmutaties lifo

Verkopen 2013		**Voorraad**	**Inkopen 2013**		
		31-12-2012 20 000 × €20	Januari 5 000 × €22	Februari 15 000 × €25	Maart 20 000 × €28
Februari	20 000	15 000	5 000	—	
Juni	15 000			15 000	
December	10 000				10 000
Eindvoorraad 31-12-2013		5 000 × €20			10 000 × €28

Transactieresultaten lifo

februari:	15 000 × (€30 − €20) =	€150.000
	5 000 × (€30 − €22) =	- 40.000
		€190.000
juni:	15 000 × (€35 − €25) =	- 150.000
december:	10 000 × (€40 − €28) =	- 120.000
Totaal transactieresultaten lifo		€460.000 (+)

b1 Voorraadwaardering bij fifo: 15 000 × €28 = €420.000

2 Voorraadwaardering bij lifo:

5 000 × €20 = €100.000
10 000 × €28 = - 280.000

- 380.000
€ 40.000

c De aanhoudende stijging van de inkoopprijs van de goederen en het gegeven verloop van de inkopen en verkopen leidt ertoe dat de voorraadwaardering volgens de lifo-methode €40.000 lager is dan bij de fifo-methode. Dit leidt ertoe dat het resultaat volgens de lifo-methode €40.000 lager is dan bij de fifo-methode.

d De substantialistische resultaatbepalingsmethoden hebben tot doel de prijsstijgingen van de (normale) voorraad buiten de winst te houden.

13.2 a1 Fifo-methode

Verkopen 2013	**Voorraad**	**Inkopen**	
	1-4-2013 200 × €400	5-4-2013 100 × €430	20-4-2013 300 × €480
8-4-2013 250	200	50	80
28-4-2013 130		50	
Voorraad 30-4-2013			220 × €480 = €105.600

Transactieresultaten fifo:

8-4-2013: 250	200 (€630 − €400) = €46.000	
	50 (€630 − €430) = - 10.000	
		€56.000
28-4-2013: 130	50 (€690 − €430) = €13.000	
	80 (€690 − €480) = - 16.800	
		- 29.800
		€85.800 (+)

2 Lifo-methode

Verkopen 2013	Voorraad	Inkopen	
	1-4-2013 200 × €400	5-4-2013 100 × €430	20-4-2013 300 × €480
8-4-2013 250	150	100	
28-4-2013 130			130
Voorraad 30-4-2013	50 × €400 = €20.000		170 × €480 = €81.600 → €101.600

Transactieresultaten lifo:

8-4-2013: 250 — 150 × (€630 – €400) = €34.500
100 × (€630 – €430) = - 20.000

€54.500

28-4-2013: 130 × (€690 − €480) = -27.300

€81.800 (+)

3 Gemiddelde-inkoopprijsmethode

1-4 Voorraad	200	×	€400	= € 80.000
5-4 Inkoop	100	×	€430	= € 43.000 +
	300	×	€410	= €123.000
8-4 Verkoop	250	×	€410	= €102.500 –
	50	×	€410	= € 20.500
20-4 Inkoop	300	×	€480	= €144.000 +
	350	×	€470	= €164.500
28-4 Verkoop	130	×	€470	= € 61.100
30-4 Voorraad	220	×	€470	= €103.400

Transactieresultaten bij gemiddelde inkoopprijs:

8-4	250 (€630 – €410) =	€55.000
28-4	130 (€690 – €470) =	- 28.600
		€83.600

b Vergelijking van de winst:

Fifo	€85.800	Fifo	€85.800
Lifo	€81.800	Gemiddelde inkoopprijs	€83.600
	€ 4.000		€ 2.200

Vergelijking voorraadwaardering:

Fifo	€105.600	Fifo	€105.600
Lifo	€101.600	Gemiddelde inkoopprijs	€103.400
	€ 4.000		€ 2.200

(€ 2.200 = € 2.200)

c Voordeel:
- Per transactie kan een resultaat berekend worden.

Nadelen:
- Het kost veel rekenwerk.
- De prijsstijgingen worden slechts in beperkte mate buiten de winst gehouden.

d Lifo. Van de in deze opgave besproken methode is lifo het beste in staat om de prijsstijgingen buiten de winst te houden.

13.4 a Voorraadmutaties lifo

Verkopen		Voorraad	Inkopen		
		1-10-2012 4 000 × €55	8-10-2012 5 000 × €60[1]	22-10-2012 8 000 × €70[2]	
12-10-2012	6 000	1 000	5 000		
29-10-2012	7 000			7 000	
Eindvoorraad		3 000 × €55 = €165.000		1 000 × e70 = €70.000 →	235.000

1 Inkoopprijs exclusief btw = €71,40 : 1,19 = €60
2 Inkoopprijs exclusief btw = €83,30 : 1,19 = €70

Waarde van de eindvoorraad = €165.000 + €70.000 = €235.000

Berekening verkoopprijzen exclusief btw:
€95,20 : 1,19 = €80
€102,34 : 1,19 = €86

Resultaten lifo:

12-10-2012: 6000	5000 (€80 – €60) = €100.000		
	1000 (€80 – €55) = - 25.000		
			€125.000
29-10-2012: 7000 (€86 – €70) =			- 112.000
Brutowinst			€237.000
Afschrijvingen: €2.000 + €2.600 =		€ 4.600	
Overige bedrijfskosten:		- 14.000	
			- 18.600
Winst lifo			€218.400

b1 Aan de fiscus af te dragen:

• 19/119 × €571.200 =	€ 91.200		
• 19/119 × €716.380 =	- 114.380		
		€ 205.580	
Met de fiscus te verrekenen:			
• 19/119 × €357.000 =	€ 57.000		
• 19/119 × €666.400 =	- 106.400		
• 19/119 × € 16.660 =	- 2.660		
		- 166.060	
Aan de fiscus te betalen		€ 39.520	

2

Beginsaldo kas	€ 100.000	
Geldontvangsten in verband met verkopen:		
€571.200 + €716.380 =	- 1.287.580	
		€1.387.580
Gelduitgaven in verband met:		
• inkopen: €357.000 + €666.400 =	€ 1.023.400	
• overige bedrijfskosten:	- 16.660	
• betaalde btw:	- 39.520	
		- 1.079.580
Eindsaldo kas	€ 308.000	

c

Balans 31 oktober 2012 (bedragen in euro's)

Gebouwen	400.000		Eigen vermogen (begin)	700.000
Afschrijving	2.000		Winst oktober 2012	218.400
		398.000	Vreemd vermogen	280.000
Inventaris	260.000			
Afschrijving	2.600			
		257.400		
Voorraad goederen		235.000		
Kas		308.000		
		1.198.400		1.198.400

13.7 a Lifo

Verkopen		Voorraad	Inkoop	
		1-1-2012	6-8-2012	
		8 000 × €16,50	10 000 × €20	
15-2-2012	4 000	4 000		
26-6-2012	3 000	3 000		
5-12-2012	5 000		5 000	
Voorraad 31-12-2012		1 000 × €16,50 = €16.500	5 000 × €20 = €100.000	→ €116.500

Waardering eindvoorraad volgens lifo = €16.500 + €100.000 = €116.500

Transactieresultaten lifo:	
15-2-2012: 4 000 (€19 − €16,50) =	€10.000
26-6-2012: 3 000 (€22,50 − €16,50) =	- 18.000
5-12-2012: 5 000 (€23 − €20) =	- 15.000
Transactiewinst	€43.000

b

Transactieresultaten		€43.000
Afschrijving inventaris: (€30.000 – €0) : 5 =	€ 6.000	
Interest: 0,1 × €80.000 =	- 8.000	
		- 14.000
Winst 2012		€29.000

c

Balans 31 december 2012 (bedragen in euro's)

Inventaris	30.000		Eigen vermogen (begin)	150.000
Afschrijving	6.000		Winst 2012	29.000
			Banklening	72.000
		24.000		
Voorraad goederen		116.500		
Kas[1]		110.500		
		251.000		251.000

1 Berekening eindsaldo kas:

Beginsaldo kas:		€68.000	
Geldontvangsten:			
4 000 × €19 =	€ 76.000		
3 000 × €22,50 =	- 67.500		
5 000 × € 23 =	- 115.000		
		- 258.500	
			€326.500
Gelduitgaven in verband met:			
inkopen: 10 000 × € 20 =	€200.000		
interest: 2 × €4.000 =	- 8.000		
aflossing:	- 8.000		
			- 216.000
			€110.500

d Lifo

Verkopen		Voorraad 1-1-2013		Inkoop 31-1-2013
		1 000 × €16,50	5 000 × €20	5 000 × €20,50
8-5-2013	3 000			3 000
Voorraad 30-6-2013		1 000 × €16,50 = €16.500	5 000 × €20 = €100.000	2 000 × €20,50 = €41.000

Voorraadwaardering op basis van de minimumwaarderingsregel:
8 000 × €16 = €128.000

Boekverlies door toepassing van de minimumwaarderingsregel:

1 000 (€16,50 − €16) = € 500
5 000 (€20,00 − €16) = - 20.000
2 000 (€20,50 − €16) = - 9.000
€ 29.500

Winst- en verliesrekening over eerste 6 maanden van 2013 (bedragen in euro's)

Afschrijving	3.000	Transactieresultaat[2]	15.000
Interest[1]	3.600	Verlies	21.100
Boekverliezen op voorraden	29.500		
	36.100		36.100

1 (0,1 × €72.000) : 2 = €3.600
2 3 000 (€25,50 − €20,50) = €15.000.

e

Balans 30 juni 2013 (bedragen in euro's)

Inventaris	24.000		Eigen vermogen (begin)	179.000
Afschrijving	3.000		Banklening	72.000
		21.000		
Voorraad goederen		128.000		
Kas[1]		80.900		
Verlies		21.100		
		251.000		251.000

1 Berekening eindsaldo kas:

Beginsaldo kas:	€110.500	
Geldontvangsten: 3 000 × €25,50 =	€ 76.500	
		€187.000
Gelduitgaven in verband met:		
• inkopen: 5 000 × €20,50 =	€ 102.500	
• interest: 0,1 × €72.000 × 0,5 =	€ 3.600	
		€106.100 −
		€ 80.900

13.11 a

Boekwaarde op 2-1-2011 =	€100.000
Afschrijving over 2011 en 2012: 2 × €10.000 =	- 20.000
Boekwaarde op 2-1-2013	€ 80.000

b Jaarlijkse afschrijvingen op basis van de vervangingswaarde =

$$\frac{€130.000 - 0}{10} = €13.000.$$

Er had afgeschreven moeten worden: 2 × €13.000 =	€ 26.000
Er is afgeschreven	- 20.000
Verlies ten gevolge van inhaalafschrijvingen	€ 6.000

c De boekwaarde van de nog aanwezige werkeenheden (voor herwaardering) = €80.000. Boekwaarde na herwaardering 1,3 × €80.000 = €104.000.

1 Journaalpost van de herwaardering

Machines (0,3 × €100.000)	€ 30.000		
Aan Afschrijving machines		€ 6.000	
Aan Herwaarderingsreserve		€ 24.000	(0,3 × €80.000)

2

Verlies door inhaalafschrijving	€ 6.000	
Aan Herwaarderingsreserve		€ 6.000

3 Grootboekrekening Machines:

Aanschafwaarde	€100.000	
Debitering door herwaardering	- 30.000	
		€130.000

Grootboekrekening Afschrijving machines:

Afschrijvingen 2011 en 2012:	€ 20.000	
Inhaalafschrijving	- 6.000	
		- 26.000
Boekwaarde na herwaardering		€ 104.000

d €10.000 + 30% = €13.000
of alternatieve berekening: €104.000 : 8 = €13.000.

Numerieke antwoorden

Hoofdstuk 1

1.14 **a** Uitgaande primaire geldstromen €32.060.000
b Ingaande primaire geldstromen €3.220.000
c Uitgaande secundaire geldstromen €250.000
d Ingaande secundaire geldstromen €35.000.000

1.15 **a** Uitgaande primaire geldstromen €42.240.000
b Ingaande primaire geldstromen €38.400.000
c Uitgaande secundaire geldstromen €6.470.000
d Ingaande secundaire geldstromen €10.000.000

Hoofdstuk 2

2.6 a €70.000
b €30.000

2.7 b Klaas €35.000
Piet €165.000

2.8a1 €354.354
2 €289.191

Hoofdstuk 3

3.1a Totaal investeringsbedrag €1.872.600

3.2 Balanstotaal = €1.933.000

3.3 Totaal investeringsbedrag = €859.200

3.4 1e kwartaal €355.000
2e kwartaal €284.000
3e kwartaal €345.000
4e kwartaal €376.000

3.5 1e kwartaal €276.000
2e kwartaal €342.000
3e kwartaal €336.000
4e kwartaal €402.000

3.6d1 €985.200
2 €985.000
3 €56.800
4 €0

3.7d1 €1.624.060
2 €1.595.000
3 €295.000
4 €264.060

3.8

	(Bedragen in euro's)	1e kwartaal	2e kwartaal	3e kwartaal	4e kwartaal
a1	Betaling inkopen	136.850	142.800	154.700	107.100
2	Afgedragen btw	32.300	33.250	34.200	39.900
b1	Geldontvangst verkopen	208.250	214.200	249.900	238.000
2	Terugontvangen btw	20.900	21.850	22.800	24.700

3.9 Begroot resultaat 1e kwartaal €58.940
2e kwartaal €43.940
3e kwartaal €36.440
4e kwartaal €46.440

3.10 a Verwachte winst €4.200
b Toename Kas € 200
c Toename Kas €8.500
d Winst €5.000
e Balanstotaal €9.000
f Kasmutatie – €4.760
g Verlies €1.060
h Balanstotaal €3.940

3.12 a

(Bedragen in euro's)	januari	februari	maart
Begrote geldontvangsten	142.800	109.480	166.600
Begrote gelduitgaven	231.208	131.280	167.090

b Begrote winst 2013 = €183.620

3.13 a Totale investering = €705.000
b Financiering met rekening-courant = €15.000
c Balanstotaal = €705.000

3.14 b Eindsaldo liquide middelen = €215.000
c Begrote winst = €81.000
d Balanstotaal = €1.521.000

3.15 Eindsaldi Bank (rekening-courant) juli t.e.m. september: − €149.000, − €116.000, − €83.000

3.16 a Brutomarge = €720.000
b EBITDA = €345.000
c EBIT = €315.000
d Resultaat na vennootschapsbelasting = €206.250
e Cashflow = €236.250

3.17 a Vast €118.000, variabel 62% van de omzet
b €310.526,32
c €942.105,26

3.18 a Vast €254.000, variabel 54,6% van de omzet
b €559.471,37
c €1.088.105,73
d1 BEP wordt €625.550,66
2 BEP wordt €717.514,12

Hoofdstuk 4

4.4 a Kosten = €16.220
b Gelduitgaven = €17.260

4.5 a Kosten = €17.900
b Gelduitgaven = €17.670

4.6 a Jaarlijkse onderhoudskosten = €6.000

4.7 a Jaarlijkse renovatiekosten = €20.000

4.8 a Jaarlijkse kosten groot onderhoud = €300.000

4.9 b Winst = €2.200

4.10 b Winst = €42.000

4.11 b1 Kostprijs = €49,50
2 Kostprijs = €57,00

4.12 b1 Kostprijs = €402,50
2 Kostprijs = €437,00

4.13 a Geldontvangsten €372.000
b Saldo debiteuren €60.000
c Gelduitgaven €141.000

4.14 a Kostprijs handtas = €43,50
b Jaarlijkse winst = €198.000
c1 Mutatie liquide middelen:
2010 = + €290.000
2011 = + €270.000
2012 = + €270.000
1e kw 2013 = + €444.000
2 Eindsaldi crediteuren:
2010 = €40.000 2011 = €40.000 2012 = €20.000
d1 Balanstotaal = €1.334.000

4.15 a Kostprijs bontjas = €530
b Jaarlijkse winst = €612.000
c1 Mutatie liquide middelen:
2010 = + €680.000
2011 = + €680.000
2012 = + €680.000
1e kw 2013 = + €436.000
2 Eindsaldi crediteuren:
2010 = €270.000 2011 = €270.000 2012 = €180.000
d1 Balanstotaal = €2.516.000

4.16 a Saldo debiteuren = €240.000
Voorraad kristal = €132.000
Saldo crediteuren = €66.000
b1 Begrote inkopen = €1.632.000
2 Geldontvangsten van debiteuren = €2.140.000
Begrote winst = €108.000

4.17 a Eindsaldo liquide middelen (Kas) €480.000
b Winst €30.000
c Balanstotaal €3.900.000
d1 €1.480.000
2 €1.700.000
3 €300.000
4 €360.000

4.18 Kosten rietverbruik per mand = €4,21

4.19 Materiaalkosten per kostuum = €84,44

4.20 Totale kosten tegels = €21.776,60

4.21 Grondstofkosten per pot (eerste keus) = €2,53

4.22 Kostprijs van een goedgekeurd boek = €1,70

4.23 b €445
c €1.285
d €1.705

4.24 a € 4,50
b + € 22,50

4.25 a Kosten per goedgekeurd halffabricaat = €30,83
b Kostprijs goedgekeurde tuinstoel = €41,24

4.26 b Kosten per ongekeurd eindproduct = €15,25
c Kostprijs goedgekeurd eindproduct = €18

4.27 Grondstofkosten voor 100 goede pannen = €83,72

4.28 a Grondstofkosten per doos Bruxelles = €10,13
b Kosten nemen toe met €1,11 per doos

4.29 a Technische voorraad = 120 000
b Economische voorraad = 130 000

4.30 a Economische voorraad = 352
b Technische voorraad = 320
c Economische voorraad = 344

4.31 b €157.800
c 1 200
d €149.800

4.32 a2 Totale bestel- en opslagkosten = €909
b2 Totale bestel- en opslagkosten = €1.284

4.33 Totaal loonkosten €35.945
Totaal uren = 1 626,856
Loonkosten per uur = €22,09

4.34 a Werkelijk uurloon = €20
b Werkelijk uurloon = €15

4.35 a Werkelijk uurloon = €27
b Werkelijk uurloon = €18
c Werkelijk uurloon = €23,85

4.36 a Loon per 4 weken = €1.605,12
d1 Machinaal inpakken kost €920 meer

4.37 a 1218,4 uur
b €69.492,16
c €95,02
d €98,29
e €90,13
f €94,24

4.39 a 4 jaar
b Jaar 1 = €26.500, jaar 2 = €22.600
c Aan einde 2^e^ jaar
d Verlies = €18.700

4.40	1e jaar	2e jaar	3e jaar
a	€95.000	€55.000	€25.000
b	€ 9.500	€ 5.500	€ 2.500
c1	€1,575		
2	€1,50		
3	€1,625		
d	2 jaar		
e	€34.500		

4.41 a Economische levensduur = 3 jaar (kostprijs exclusief proportioneel variabele kosten = €0,35)
b Afschrijvingen: jaar 1 = €12.000, jaar 2 = €7.700, jaar 3 = € 5.300
e2 Economische levensduur blijft 3 jaar
f Verlies = €13.600

4.42 c Economische levensduur = 3 jaar (kostprijs exclusief proportioneel variabele kosten = €26,85)
d1 Afschrijvingen: jaar 1 = €337.000, jaar 2 = €233.500, jaar 3 = €129.500
e1 Economische levensduur = 4 jaar (kostprijs exclusief proportioneel variabele kosten = €19,04)
2 Economische levensduur wordt 3 jaar
3 Verlies door economische veroudering = €124.960

4.43 b Economische levensduur = 4 jaar (kostprijs exclusief proportioneel variabele kosten = €5,56)
c Afschrijvingen: jaar 1 = €36.200, jaar 2 = €37.600, jaar 3 = €32.600, jaar 4 = €23.600

4.44 a Economische levensduur = 3 jaar (kostprijs exclusief proportioneel variabele kosten = €0,66)
b Economische levensduur blijft 3 jaar
c Afschrijvingen: jaar 2 = €15.800,
jaar 3 = €6.300,jaar 4 = − €3.400,
jaar 5 = − €12.900, jaar 6 = − €22.800
d Verlies door economische veroudering = €74.700

4.45 a Materiaalkosten per ongekeurd product = €43
c Economische levensduur = 3 jaar (machine-uurtarief = €54)
d Machinekosten per ongekeurd product = €27
e Kosten per ongekeurd product = €92
f Kostprijs = €96,75

4.46 b Economische levensduur = 3 jaar (machine-uurtarief = €77,30)
c Machinekosten per kinderzitje = €5,15
d Afschrijvingen: jaar 1 = €71.000,
jaar 2 = €55.912,50, jaar 3 = €32.825
3/4 Afrondingsverschil = €262,50

f Economische levensduur wordt 4 jaar
g Verlies door economische veroudering = €100.025

4.47 a

Jaar	**Afschrijvingen** (in euro's)	**Vermogenskosten** (in euro's)
1	20.000	8.000
2	20.000	6.400
3	20.000	4.800
4	20.000	3.200

b

Jaar	**Afschrijvingen** (in euro's)	**Vermogenskosten** (in euro's)
1	33.126	8.000
2	22.152,68	5.349,92
3	14.814,38	3.577,71
4	9.906,98	2.392,56

c

Jaar	**Afschrijvingen** (in euro's)	**Vermogenskosten** (in euro's)
1	26.000	8.000
2	22.000	5.920
3	18.000	4.160
4	14.000	2.720

d Annuïteit (afschrijvingen + vermogenskosten) = €25.753,66

4.48 a

Jaar	Afschrijvingen (in euro's)	Vermogenskosten (in euro's)
1	36.000	20.000
2	36.000	16.400
3	36.000	12.800
4	36.000	9.200
5	36.000	5.600

b

Jaar	Afschrijvingen (in euro's)	Vermogenskosten (in euro's)
1	73.800	20.000
2	46.567,80	12.620
3	29.384,28	7.963,22
4	18.541,48	5.024,79
5	11.699,68	3.170,64

c

Jaar	Afschrijvingen (in euro's)	Vermogenskosten (in euro's)
1	46.000	20.000
2	41.000	15.400
3	36.000	11.300
4	31.000	7.700
5	26.000	4.600

d Jaarlijkse annuïteit = €49.483,55 (afschrijvingen + vermogenskosten)

4.49 a Jaarlijkse annuïteit = €108.649,38 (afschrijvingen + vermogenskosten)

b

Jaar	Afschrijvingen (in euro's)	Vermogenskosten (in euro's)
1	86.249,38	22.400
2	93.149,33	15.500,05
3	100.601,28	8.048,10
	279.999,99	

4.50 a Jaarlijkse annuïteit = €86.022,41

b

Jaar	Afschrijvingen (in euro's)	Vermogenskosten (in euro's)
1	56.022,41	30.000
2	61.624,65	24.397,76
3	67.787,12	18.235,29
4	74.565,83	11.456,58
	260.000,01	

4.51 b EBIT = €33.050; EAT = €26.200

Hoofdstuk 5

5.3 a Kostprijs = €12,00

5.4 a Fabricagekostprijs = €6,35
b Commerciële kostprijs = €7,00
c Verkoopprijs = €10

5.5 a Variabele kosten per eenheid = €7,00
b Vaste kosten na uitbreiding = €88.000
c Integrale kostprijs = €13,29

5.6 a 1 573 uur
b €35,74/uur
c €50,04/uur

5.7 a 1 634 uur
b €39,69/uur
c €53,58/uur

5.8 b Integrale kostprijs = €15,95

5.9 b Integrale kostprijs = €131,64

5.10 c Verwacht resultaat = + €354.000
d Werkelijk resultaat = + €395.000
e Verschil = + €41.000

5.12 a Rationele capaciteit = 350 000 per kwartaal
c Rationele overcapaciteit = 1 100 000
Seizoenen = 540 000
Reserve = 168 000
Technische ondeelbaarheid = 392 000
d Integrale kostprijs = €5

5.13 a2 Rationele capaciteit = 100 000 eenheden
b Rationele overcapaciteit = 36 000
Seizoenen = 16 000
Reserve = 8 000
Technische ondeelbaarheid = 12 000
c Verlies door irrationele overcapaciteit = €50.000
d Integrale kostprijs = €10

5.14 a Vereiste capaciteit = 92 400
c Rationele overcapaciteit = 53 500
Seizoenen = 37 500
Reserve = 8 400
Technische ondeelbaarheid = 7 600

e Irrationele overcapaciteit = 10 000
Verlies door irrationele overcapaciteit = €7.200
f Integrale kostprijs = €2,46

5.15b1 Rationele capaciteit machine 1 = 2 800 uur
2 Rationele capaciteit machine 2 = 3 200 uur
c1 Rationele overcapaciteit machine 1 = 800 uur
Seizoenen = 400 uur
Reserve = 240 uur
Technische ondeelbaarheid = 160 uur
c2 Rationele overcapaciteit machine 2 = 800 uur
Seizoenen = 480 uur
Reserve = 288 uur
Technische ondeelbaarheid = 32 uur
d Machine-uurtarief machine 1 = €31,50
Machine-uurtarief machine 2 = €32,18
e Machinekosten per klokje = €5,84(3)

5.16 a Grondstofkosten per eenheid:
type 1 = €0,40, type 2 = €1,20, type 3 = €2,50
b Machinekosten per eenheid:
type 1 = €0,25, type 2 = €0,50, type 3 = €1

5.17 a Machinekosten per eenheid:
type A = €0,50, type B = €0,60, type C = €0,80, type D = €0,90
b In totaal doorberekende machinekosten per type:
type A = €20.000, type B = €15.000, type C = €12.000, type D = €4.500

5.18 a Machinekosten per kledingstuk:
Pantalon = €1, Kostuum = €2,50, Blouse = €1,50, Jurk = €2
b In totaal doorberekende machinekosten per soort:
pantalon = €3.000, kostuum = €2.250, blouse = €5.400, jurk = €3.000

5.19 a Opslagpercentage = 36%
b Integrale kostprijs = €11,72
c Integrale kostprijs = €12,35

5.20 a Opslagpercentage = 25%
b Integrale kostprijs = €11
c Opslagpercentages op:
directe grondstofkosten = 14%
directe arbeidskosten = 3%
totale directe kosten = 1%
d Integrale kostprijs = €10,72

5.21 a Opslagpercentage = 40%
b Integrale fabricagekostprijs = €1.620
c Verkoopprijs inclusief btw = €3.213
d Opslagpercentage op:
directe materialen = 10%
directe arbeid = 142,66%
e Integrale fabricagekostprijs = €1.633,85

5.22 b Opslagpercentages op:
directe materiaalkosten = 20%
directe loonkosten = 8,33%
totale directe kosten = 12,82%
c Integrale fabricagekostprijs = €62,91
d Verkoopprijs inclusief btw = €136,11

5.23 a Opslag op directe materialen = 50%
b Kostprijs = €42,50
d Opslagpercentages op:
directe materiaalkosten = 15%
directe arbeidskosten = 20%
totale directe kosten = 2%
e Integrale fabricagekostprijs = €41,95

5.24 a Indirecte vaste kosten = €90.000
Indirecte variabele kosten = €80.000
b Totale directe kosten = €261.000
c Opslag op vaste indirecte kosten = 34,48%, opslag variabele indirecte kosten 156,86%
d Fabricagekostprijs Mont Ventoux = €662,29
Fabricagekostprijs Alpe d'Huez = €746,33
e Verkoopprijs inclusief btw Mont Ventoux = €1.125,89

5.25 a Indirecte vaste kosten = €10.500.000
Indirecte variabele kosten = €6.000.000
b Directe kosten = €26.200.000
c Opslagpercentages op:
directe materiaalkosten = 15,65%
directe arbeidskosten = 178,26%
totale directe kosten = 18,78%
d Fabricagekostprijs = €10.622,06
e Verkoopprijs inclusief btw = €19.446,54

5.26 a Doorbelastingstarieven hulpkostenplaatsen:
Energie = €1/kWh
Huisvesting = €20/m^2
b Integrale commerciële kostprijs = €110,90
c Integrale commerciële kostprijs = €100,57

5.27 a Doorbelastingstarieven hulpkostenplaatsen:
Gebouwen en grond = €10/m^2
Sociale lasten = €1,56/arbeidsuur
Kantine = €145/werknemer
Administratie = €1/boekingsstuk
Magazijn = €5,40/magazijnafgifte

5.28 a Gebouwen en grond = €16/m^2
Lonen en sociale lasten = €300/werknemer
Energie = €26/m^2
Administratie = €2/boekingsstuk

d Indirecte kosten per eenheid:
1 Corniche = €17.228
2 Alaska = €11.214

e Verkoopprijs inclusief btw:
1 Corniche = €74.935,10
2 Alaska = €57.459,54

5.29 a1 Doorbelastingstarieven hulpkostenplaatsen:
Huisvesting = €50/m^2
Werkplaats = €20/monteursuur

b Doorbelastingstarieven hoofdkostenplaatsen:
Motorenafdeling = €14,15/manuur
Assemblageafdeling = €18,70/machine-uur
Verkoopafdeling = 6,5% van de omzet

c Fabricagekostprijs = €800,20

d1 Verkoopprijs inclusief btw = €1.295,56
2 Winst per skelter = €217,74

5.30 a1 Doorbelastingstarieven hulpkostenplaatsen:
Huisvesting = €12/m^2
Energie = €3,50/m^3

b Doorbelastingstarieven hoofdkostenplaatsen:
Fabricageafdeling = €0,15/kg
Verkoopafdeling = 15% van de omzet

c Te weinig doorbelast = €112.000

d Fabricagekostprijs = €40

e1 Verkoopprijs inclusief btw = €73,23
2 Winst per 100kg polystyreen = €12,31

f Huisvesting €9.600 verlies
Energie €4.000 verlies
Fabricageafdeling €72.000 verlies
Verkoopafdeling €40.000 verlies

5.31 a Tarieven per cost driver:
Activiteit 1 = €10.000 per vliegtuig
Activiteit 2 = €20.000 per vliegtuig
Activiteit 3 = €50.000 per productieserie
Activiteit 4 = €200 per rompsegment
Activiteit 5 = €0,50 per onderdeel
Activiteit 6 = €1.200 per testvlucht

b Totale productiekosten van 10 vliegtuigen = €2.357.000

5.32 Instelkosten = €0,30
Indirecte machinekosten = €0,45

5.33 a

	Normale uitval	Uitval in aanloopfase
1e maand	111,11	1 000
2e maand	133,33	800
3e maand	155,56	600
4e maand	177,78	400
5e maand	188,89	300
	766,67	3 100

Technische initiële kosten door extra uitval = €116.666,50

b Technische initiële kosten door lager arbeidstempo = €45.750

d Kostprijs inclusief initiële kosten €57,84

Hoofdstuk 6

6.1 a Fabricagekostprijs = €560
b Resultaat AC = €5.100.000
c Resultaat VC = €4.470.000
c Verschil in resultaat = €630.000

6.2 a Fabricagekostprijs = €50
b Resultaat VC = €250.000
c Resultaat AC = €238.000
c Verschil in resultaat = €12.000

6.3 a Fabricagekostprijs = €12
b Verwachte totale kosten = €97.700
c Verkoopprijs = €15,00
d Verwachte totale opbrengsten = €123.000
e Verwacht resultaat voor 2010 = €25.300
f Resultaat AC = €25.300

6.4 a Integrale kostprijs = €80
b Winst AC = €625.000
c Winst VC = €605.000

6.5 a Winst AC = €2.044.800
b Winst VC = €2.184.000
d BEP = 14 500 (8 700 binnenland; 5 800 buitenland)

6.6 a Integrale kostprijs = €560
b Winst AC = €5.100.000
c Winst VC = €4.470.000

6.7 a1 Winst VC = €6.660.000
2 Winst AC = €7.710.000
b Variabele verkoopkosten = €840.000
Vaste verkoopkosten = €1.600.000

6.8 a Fabricagekostprijs = €22
b Commerciële kostprijs = €25,50
c Transactieresultaat = €36.000
d Bezettingsresultaat productie= €25.000 –
Bezettingsresultaat verkoop = €2.000 –
e1 Resultaat AC = + €9.000
2 Resultaat VC = + €14.000
f 2 Verschil in resultaat = €5.000
g Break-evenafzet = 7097 eenheden

6.9 a Integrale fabricagekostprijs = €0,88
b Integrale commerciële kostprijs = €1,38
c Verkoopprijs inclusief btw = €1,76
d Winst AC = €661.000

e Winst VC = €766.000
f Waarde van de voorraad op 1-1-2013 en 31-12-2013:
1 volgens AC = €352.000 en €88.000
2 volgens VC = €212.000 en €53.000
h Variabele verkoopkosten = €220.000
Vaste verkoopkosten = €800.000
i1 Variabele verkoopkosten = €220.000
Vaste verkoopkosten = €800.000

6.10 a Verkoopprijs inclusief btw = €6,76
b Werkelijke productie = 1 200 000
Normale productie = 1 250 000
Werkelijke verkopen = 1 270 000
Normale verkopen = 1 250 000
c Winst AC = €1.059.100
d Winst VC = €1.146.600
e Waarde van de voorraad op 1-1-2013 en 31-12-2013:
1 volgens AC = €423.000 en €94.000
2 volgens VC = €310.500 en €69.000
g Variabele verkoopkosten = €762.000
Vaste verkoopkosten = €250.000
h1 Variabele verkoopkosten = €762.000
Vaste verkoopkosten = €250.000

6.11 a €60
b €95
c 8 000 stuks
d 9 000 stuks

6.12 a BEP = 20 000 pakken van 500 gram
b Veiligheidsmarge = 60%

6.13 b Break-evenjaaromzet = €8.000.000
c Veiligheidsmarge = 33,333%
d Break-evenjaaromzet = €8.648.649

6.14 a BEP = 80 000 stuks
b Veiligheidsmarge = 33 1/3%
f 120 000 stuks

6.15 a Winst AC = €629.150
b Winst VC = €637.900
c Waarde van de voorraad op 1-1 en 31-12:
1 volgens AC = €93.000 en €49.600
2 volgens VC = €74.250 en €39.600
d Variabele verkoopkosten = €76.200
Vaste verkoopkosten = €25.000
e Variabele verkoopkosten = €76.200
Vaste verkoopkosten = €25.000

6.16 a Winst VC = €6.240.000
c1 BEP = 3 000 motoren
2 Dekkingsbijdrage = €15.600.000

Vaste kosten = €15.600.000
d Winst = €5.200.000 bij 4000 motoren

6.17 a Break-evenpunt = 69 231
Break-evenbezettingsgraad = 76,93%
b Break-evenpunt = 73 077
Break-even-bezettingsgraad = 81,20%
c Break-evenpunt = 65 714
Break-evenbezettingsgraad = 73,02%

6.18 a 78,125%
b Verlies €800.000
d Winst €64.000

6.19 a 70%
b Verlies €186.000
d 80,75%

6.21 a Integrale standaardkostprijs = €1,27
Winst AC = €207.900
b Winst VC = €209.500
d Break-evenomzet = €94.446
e Veiligheidsmarge = 81,84%
f BEP = 49 074

6.22 a Break-evenomzet = €3.600.000
b Integrale standaardfabricagekostprijs = €23
Integrale standaard commerciële kostprijs = €34
c Transactieresultaat = + €200.000
d Bezettingsresultaat = − €200.000
f Voorgecalculeerde winst AC = €240.000
g Voorgecalculeerde winst VC = €120.000
h Voorraadwaardering AC = €460.000
i Voorraadwaardering VC = €340.000
k Veiligheidsmarge = 9,09%

6.23 a1 Integrale standaardfabricagekostprijs = €105
2 Normale productie = 95 000
b1 Break-evenomzet = €8.261.000
2 Gemiddelde verkoopprijs = €120,59
c Winsttoename = €345.000
d Winsttoename = €1.695.000

6.24 a Integrale standaardfabricagekostprijs = €7,75
b Integrale standaard commerciële kostprijs = €12,95
c Winst AC = €63.800
d Winst VC = €85.800
f BEP = 15 081
g Bij een afzet van 17 081 is de winst €24.800
h Veiligheidsmarge = 31,45%

6.25 a Break-evenomzet = €500.000
b Bij een omzet van €1.250.000 is de winst €300.000

6.26 a Aantal patiënten = 86 000

b Maximum aan variabele kosten per patiënt uit groep 2 = €5

c Vereiste donatie na belasting = €240.000
Vereiste donatie voor belasting = €300.000

6.27a1 70% van de omzet

2 10% van de omzet

b1 Break-evenomzet = €6.000.000
Product 1 = €2.000.000, product 2 = €4.000.000

Hoofdstuk 7

7.2 a €23.040
b €24.000
c

Prijsverschil:	Grondstof	+ € 390
	Lonen	− € 240
Efficiencyverschil:	Grondstof	− € 600
	Lonen	+ € 360
		− € 90

7.3 a €1.236.000
b €1.112.400
c

Prijsverschil:	Arbeid	− €19.000
	Machinekosten	− € 9.400
	Materiaal	− € 9.000
Efficiencyverschil:	Arbeid	− €30.000
	Machinekosten	− €16.000
	Materiaal	− €12.600
		− €96.000

7.4b1 Budget machineafdeling = €1.350.000
2 Budget fabricageafdeling = €4.046.000

7.6 a2 Productiebudget = €2.686.000
b Inkoopbudget = €1.410.000
c2 Eindsaldo Kas = €1.389.000

7.7 a2 Productiebudget = €213.040
b Inkoopbudget = €81.000
c2 Eindsaldo Kas = €489.410

7.8 a Begrote transactiewinst = €30.000.000, werkelijke transactiewinst = €28.600.000, verschil = − €1.400.000
b1 Verkoopprijsverschil = − €4.400.000
2 Verkoopomvangverschil = + €3.000.000

7.9 a	Totale verschil in de verkoopsfeer =	+ €38.200
b1	Verkoopprijsverschil =	+ €76.000
2	Verkoopomvangverschil =	− €30.000
3	Prijsverschil =	− € 3.800
4	Hoeveelheidsverschil =	+ € 1.000
5	Budgetverschil op vaste verkoopkosten =	− € 5.000
		+ €38.200

7.10 a Begrote winst 2012 = €237.000
b Verschil = − €43.600

c1	Verkoopprijsverschil =	− € 85.000
2	Verkoopomvangverschil =	+ €101.600
3	Prijsverschil =	− € 10.200
4	Hoeveelheidsverschil =	− € 30.000
5	Budgetverschil vaste verkoopkosten =	− € 20.000
		− € 43.600

7.11 a	Integrale standaardfabricagekostprijs = €11	
b	Winst AC = €29.080	
c1	Transactieresultaat =	+ €28.200
2	Efficiencyverschil =	− € 1.200
3	Prijsverschil =	+ € 1.080
4	Bezettingsresultaat =	+ € 1.000
		+ €29.080

7.12 a	Standaardkostprijs = €7,76	
b	Winst = €15.653	
c	Transactieresultaat = + €14.256	
	Fabricageresultaat = + €1.397	
d	Prijsverschillen op:	
	grondstof =	− € 190
	energie =	+ € 17
	Efficiencyverschillen op:	
	grondstof =	0
	energie =	− € 55
	Bezettingsresultaat =	+ €1.625
		+ €1.397

7.13 a €195
b €245
c €275
d €474.000
e €1.066.500
f €320.000
g €295.000
h €285.000
i €25.000 (nadelig)
j

Werkelijk resultaat =	€295.000 +
Begroot resultaat =	€320.000 −
Te verklaren verschil	€ 25.000 −

1	Prijsverschil grondstof	€15.000 +
2	Efficiencyverschil grondstof	€ 7.500 −
3	Prijsverschil arbeid	€ 6.000 +
4	Efficiencyverschil arbeid	€12.000 −
5	Verschil in bezettingsresultaat vaste productiekosten	€ 5.000 +
6	Bestedingsverschil vaste productiekosten	€30.000 −
7	Bestedingsverschil vaste verkoopkosten	€0
8	Verkoopomvangverschil	€15.000 −
9	Verkoopprijsverschil	€13.500 +
	Totaal verschil	€25.000 −

7.14 a	Vaste kosten = €160.000	
b1	Toegestane machinekosten = €360.000	
2	Verschil = − €24.240	
c	Efficiencyverschil =	− €18.000
d1	Budgetverschil =	− € 5.000
2	Bezettingsverschil =	− € 8.800
3	Prijsverschil =	+ € 7.560
		− €24.240

7.15a	Vaste kosten = €120.000	
b1	Toegestane machinekosten = €186.000	
2	Verschil = + €7.200	
c	Efficiencyverschil =	+ €12.000
d1	Budgetverschil =	+ € 5.000
2	Bezettingsverschil =	− € 4.000
3	Prijsverschil =	− € 5.800
e		+ € 7.200

7.16b	Variabel budget = €798.000	
c	Budgetverschil =	+ €3.165
d1	Efficiencyverschillen:	
	Direct materiaal =	+ € 3.000
	Directe arbeid =	+ € 1.600
	Machine-uren =	− € 7.000
2	Prijsverschillen:	
	Direct materiaal =	+ €13.125
	Directe arbeid =	− € 7.560
		+ € 3.165
e	Ex-post budget machineafdeling = €278.000	
f	Budgetverschil =	− € 2.200
	Prijsverschil op variabele machinekosten =	+ € 7.800
	Budgetverschil op vaste machinekosten =	− € 10.000
g	Bezettingsresultaat	− € 5.000
		− € 4.035
h1	Toegestane kosten =	€798.000
2	Werkelijke kosten =	€802.035
3	Verschil	− € 4.035

7.17 a Integrale commerciële kostprijs €365
b De begrote break-evenafzet = 35 stoelen
c Veiligheidsmarge = 65%
d Begroot resultaat volgens AC over 2009 = + €20.600
e Resultaat VC = + €19.600
f Werkelijk resultaat 1e kwartaal 2009 = + €3.550
g Verkoopprijsverschil = − €500
h Verkoopomvangverschil = − €1.175
j Voordelig bestedingsverschil = + €100
k Aantal stoelen door de atelierverkoop = 130 (stoelen)

7.18 a Integrale fabricagekostprijs = €16,00
b Break-evenafzet = 50 000
c Verwacht resultaat over 2012 = + €860.000
d Verwacht resultaat VC = + €920.000
e Gerealiseerd resultaat over 2012 volgens VC = + €907.200
f1 Verkoopomvangverschil (VOV) = − €20.000
2 Verkoopprijsverschil (VPV) = €0
3 Efficiencyverschil op elektriciteitsverbruik = − €10.000
4 Prijsverschil op elektriciteit = + €18.400
5 Prijsverschil op halffabricaten = + €8.800
6 Nadelig bestedingsverschil = − €10.000

7.19 a Rationele capaciteit = 2 000 000 eenheden
b Irrationele overcapaciteit = 500 000 eenheden
c Rationele overcapaciteit = 1 100 000 eenheden
d C/N + V/W = €2.250.000/900 000 + €17,50 = €20
e Verwacht resultaat 2010 = + €9.800.000
f Verwacht resultaat 2010 = + €9.800.000
g + €200.000
i Efficiencyverschil op grondstoffen = − €250.000
j Het verkoopprijsverschil (VPV) = − €475.000
k Het verkoopomvangverschil (VOV) = − €500.000

7.20 b Variabel budget = €720.000

c	Budgetverschil montageafdeling =	− € 16.000
d1	Efficiencyverschillen:	
	Direct materiaal =	+ € 8.000
	Directe arbeid =	+ € 3.000
	Machinekosten =	− € 10.000
2	Prijsverschillen:	
	Direct materiaal =	− € 15.000
	Directe arbeid =	− € 2.000
		− € 16.000

e Ex-post budget machineafdeling = €247.000
f Budgetverschil = + € 3.600

	Prijsverschil op:	
	variabele machinekosten =	+ € 5.600
	vaste machinekosten =	− € 2.000
g	Bezettingsresultaat	− € 12.000
		− € 24.400

h1	Toegestane kosten =	€ 720.000
	Werkelijke kosten =	€ 744.400
2	Verschil	− € 24.400

7.21 a1 Werkelijke materiaalkosten per eenheid = €56,94
2 Standaardmateriaalkosten per eenheid = €55
b1 Efficiencyverschil = − €33.800
2 Prijsverschil = + €7.600
c1 Standaardtarief variabele indirecte kosten = €10,10
2 Standaardtarief vaste indirecte kosten = €8,33
d Ex-post kostenbudget = €2.856.000
e Bezettingsresultaat = + €33.320

7.22 a Ex-post budget = €5.084.000
b1 Werkelijk doorberekende kosten = €5.259.000
2 Verschil = − €175.000

c1	Efficiencyverschillen:	
	Materialen =	− €120.000
	Arbeid =	+ € 12.000
	Machine-uren =	− €108.000
2	Prijsverschillen:	
	Materialen =	+ € 65.000
	Arbeid =	− € 24.000
		− €175.000

d1 Ex-post budget = €2.180.000
Werkelijk doorberekende kosten = €2.254.800
Verschil = – €74.800

2 Budgetverschil = – € 80.000
Prijsverschil = + € 5.200
= – € 74.800

e Bezettingsresultaat = + €160.000

g1 Verschil = – €89.800

7.23 b Normale productie = 3 000

c Toegestane kosten = €388.000
Werkelijke kosten = €410.851,75
Te verklaren verschil = – € 22.851,75

d Efficiencyverschillen:
Materialen = – € 2.587,50
Direct loon = – € 936
Machinekosten = – € 2.200

e Prijsverschillen:
Materialen = – € 5.556,25
Direct loon = – € 2.822
Variabele machinekosten = + € 2.800

f Bezettingsresultaat = – € 5.800

g Budgetverschil = + € 2.000

h Afvalresultaat = + € 250

i Uitvalresultaat = – € 8.000

j Totaal van de verschillen = – € 22.851,75

k Toegestane kosten = €388.000
Werkelijke kosten = €412.251,75
Te verklaren verschil = – € 24.251,75

De volgende verschillen zijn gewijzigd:
Efficiencyverschil machinekosten = – €6.600
Prijsverschil variabele machinekosten = + €2.900
Bezettingsresultaat op vaste machinekosten = – €2.900

7.24 a Verschil = – €41.300

b1 Ex-post budget = €609.000, werkelijke kosten = €593.300, verschil = + €15.700

2 Budgetverschil op vaste machinekosten = + €20.000
Prijsverschil op variabele machinekosten = – €4.300

c1 Ex-post budget = €1.804.800

2 Werkelijke fabricagekosten = €1.897.800

3 Verschil = – €93.000

d1 Efficiencyverschillen:
Materialen = – € 26.400
Arbeid = + € 24.000
Variabele machinekosten = – € 69.000

2 Prijsverschillen:
Materialen = – € 39.600
Arbeid = + € 18.000
= – € 93.000

e	Bezettingsresultaat = + €36.000	
7.25 a	Standaardkostprijs = €32,50	
b1	Verkoopresultaat = + €247.500	
2	Fabricageresultaat = − €3.442,50	
c1	Prijsverschillen:	
	Grondstoffen =	− € 32.800
	Arbeid =	+ € 12.100
	Variabele machinekosten =	− € 6.930
2	Efficiencyverschillen:	
	Grondstoffen =	− € 12.500
	Arbeid =	− € 9.350
	Machinekosten =	+ € 36.562,50
3	Budgetverschil =	− € 2.000
4	Bezettingsresultaat =	+ € 9.000
5	Afvalresultaat =	+ € 2.475
6	Uitvalresultaat =	0

7.26 a	Nettowinst = €36.437,50	
b1	Transactieresultaat =	+ € 48.000
2	Bezettingsverschillen op:	
	• fabricage =	− € 6.000
	• verkoop =	− € 6.000
3	Efficiencyverschillen op:	
	• materiaal =	− € 975
	• direct loon =	+ € 3.500
	• afval =	+ € 150
4	Prijsverschillen op:	
	• materiaal =	− € 2.550
	• direct loon =	− € 6.000
	• afval =	+ € 750
5	Budgetverschillen op:	
	• constante indirecte productiekosten =	+ € 5.000
	• variabele indirecte productiekosten =	+ € 1.187,50
	• constante indirecte verkoopkosten =	− € 7.000
6	Uitvalresultaat =	+ € 6.375
		+ € 36.437,50

Hoofdstuk 8

8.1 Netto-ontvangst = €62.500

8.2 a Boekhoudkundige terugverdienperiode = $3\frac{1}{3}$ jaar
b GBR = 18,18%
c Economische terugverdientijd = 5 jaar
d1 NCW = + €16.286,56

8.3a1 Netto-ontvangst = €50.000
b Boekhoudkundige terugverdienperiode = 4,8 jaar
c GBR = 16,67%
d Economische terugverdientijd is meer dan 8 jaar, project niet uitvoeren
e1 NCW = − €8.056,80

8.4a1 Boekhoudkundige terugverdienperiode: XR-1000 = 2 jaar, CB-300 = 3 jaar, FXRS = 3 jaar
2 GBR: XR-1000 = 26,92%, CB-300 = 16,19%, FXRS = 25%
3 XR-1000: economische terugverdientijd = 2 jaar
CB-300: economische terugverdientijd = meer dan 3 jaar, project niet uitvoeren
FXRS: economische terugverdientijd = 3 jaar
4 NCW: XR-1000 = + €257.653,06 , CB-300 = − €18.709, FXRS = + €260.122,09

8.5 a Boekhoudkundige terugverdienperiode: project A = 2,78 jaar, project B = 3,03 jaar, project C = 2,86 jaar
b GBR: project A = 30%, project B = 26%, project C = 18,18%
c Economische terugverdientijd van alle projecten = 4 jaar
d NCW: project A = + €6.467,02 , project B = + €5.019,20, project C = + €2.189,05

8.6 a Kostprijs = €13
b Winst na belastingen = €84.000
c Netto-geldontvangsten jaar 1 t.e.m. 4 = €144.000, jaar 5 = €194.000
e Boekhoudkundige terugverdientijd = 3 jaar
f GBR = 42%
g Economische terugverdientijd = 4 jaar
h NCW = + €122.168,10

8.8 a Productieomvang = 35 000 stuks
b1 BEP (A) = 20 000 stuks
BEP (B) = 25 000 stuks

8.9 a Productieomvang = 40 000 stuks
b1 BEP (A) = 26 924 stuks
BEP (B) = 18 750 stuks
e Alternatief A: winst €40.000 bij 30 000 stuks, winst €430.000 bij 60 000 stuks
Alternatief B: winst €90.000 bij 30 000 stuks, winst €330.000 bij 60 000 stuks

8.10 a Kosten eigen fabricage = €6, kosten uitbesteding €5,40 per stuk
b Aankoopprijs = €91.200
c Afschrijvingen: jaar 1 t.e.m. 4 = €32.000, €31.000, €30.000, €27.000
d Kosten eigen productie = €60.000, kosten uitbesteding = €57.000
e Verlies €12.000

8.11 a Starten geeft een extra winst = €40.000
b Verhuur geeft een extra winst = €10.000

8.12a1 Techniek A: BEP (EBIT = 0) = 66.667
2 Techniek B: BEP (EBIT = 0) = 85.715
b1 EBIT bij techniek A = €400.000
2 EBIT bij techniek B = €600.000
c1 EBIT bij techniek A = €250.000
2 EBIT bij techniek B = €250.000
d Procentuele verandering in EBIT (techniek A) = 37,5%
Procentuele verandering in EBIT (techniek B) = 58,33%

8.13 a €1.557,50
b €1.474
c Differentiële kostprijs €1.140

8.14b Extra winst door het accepteren van de order = €12.000.000

Hoofdstuk 9

9.2 a Totale vermogensbehoefte = €672.000

9.3 a Toename liquide middelen = €245.000

9.4 a Maximale vermogensbehoefte = €400.000
b Minimale vermogensbehoefte = €100.000

9.5 Maximale vermogensbehoefte = €2.700.000

9.6 a Omloopsnelheid = 3
b Omloopsnelheid = 4

9.7 d Vermogensbehoefte in 1e, 2e, 3e en 4e kwartaal: (bedragen × €1.000) 2.260, 2.130, 2.000 en 2.280

9.9 a Op lange termijn kunnen 8 duurzame productiemiddelen aangeschaft worden

9.10 a Afschrijving per jaar = €30.000
b Op lange termijn kunnen 8 knortaxi's aangeschaft worden

9.11 b Op lange termijn kunnen 5 machines aangeschaft worden

9.12 a Geldontvangsten in april t.e.m. juni: €264.000, €274.000, €244.000
b Eind juni van afnemers te vorderen = €176.000

9.13 a1 Vermogensbehoefte = €150.000
2 Vermogensbehoefte = €300.000

9.14 a1 Geldontvangsten in april t.e.m. juni: €348.000, €348.000, €310.000
2 Gelduitgaven in april t.e.m. juni: €99.000, €84.000, €87.000
b Te vorderen van debiteuren = €168.000
c Schuld aan crediteuren = €171.000

Hoofdstuk 10

10.1a1 €45.000
2 20%
b1 €78.000.000

10.2 a Intrinsieke waarde per aandeel = €14,20
b Emmissiekoers = €13 per aandeel
c1 Rentabiliteitswaarde = €7.000.000
2 Goodwill = €1.320.000

10.3 a Primair dividend = €360.000
Secundair dividend = €296.000
b Dividendpercentage = 5,5%

10.4 a Overwinst = €340.000
b Dividendpercentage = 12,8%
c Dividendpercentage = 5,7%
d1 Primair preferent dividend = €80.000
Primair gewoon dividend = €20.000
2 Dividendpercentage = 0,667%
3 Dividendpercentage = 4%

10.5a1 Winstuitkering in 2009: €200.000 (geen overwinst), in 2009: €300.000 (geen overwinst), in 2011: €4.150.000 (€300.000 overwinst), 2012: €5.000.000 (€2.000.000 overwinst)
2 Winstuitkering in 2009: €200.000 (geen overwinst), in 2010: €300.000 (geen overwinst), in 2011: €4.300.000 (geen overwinst), in 2012: €5.000.000 (€2.000.000 overwinst)

10.6 e €0,149

10.9 a Verwachte beurskoers = €187,50
b Waarde van één claim = €12,50
c Balanstotaal = €65.000.000
d Verwachte beurskoers = €180

10.10 a Verwachte beurskoers = €3.500
b Waarde van één claim = €800
c Balanstotaal = €50.000.000
d Verwachte beurskoers = €3.250

10.11 b Theoretische beurswaarde = €1.450
c Waarde van één claim = €15
d Balanstotaal = €23.900.000

10.12 b Agio = €12,83
c €6.498.993,60
e €0,634

10.16 b Nominale waarde = €500 per aandeel
c Balanstotaal = €56.000.000
e Intrinsieke waarde = €1.050 per aandeel

10.17 c1 Geëmitteerd nominaal aandelenkapitaal = €10.000.000
2 Emissieprijs = €32
d2 Geschatte beurskoers na emissie = €43

10.18 c Aantal aandelen voor emissie = 25 000
d Aantal aandelen na emissie = 40 000
e Winst per aandeel = €5
f Winst per aandeel = €4,54
h Interestpercentage = 7,8125%

10.19 a Rentabiliteitswaarde = €29.900.000
b Goodwill = €1.400.000
d1 Balanstotaal = €42.800.000
e Beurswaarde = €1.575
f1 Waarde één claim = €92,50
g1 Aantal aandelen = 18
2 Nadeel = €2.370
h1 Aantal aandelen = 12
2 Nadeel = €2.370
j Beurswaarde = €1.300

Hoofdstuk 11

11.1b3 Interest op staatsobligaties = 4,0%

11.5 a Agio = €4.800.000 (€2.400 per aandeel)
b Conversiekoers = 340%

11.6 a Conversiekoers = 325%
b Beurswaarde = €375
c Agio per acht aandelen = €1.800

11.7 c Conversiekoers = 280%
d agio €432.000

11.8 a Conversiekoers = 260%
b Verschil = €100
d conversiewaarde €1.200

11.9d1 Conversiekoers = 220%
2 Conversiewaarde = €1.100

11.12 a Agioreserve €12.500.000
c Waarde van 1 warrant = €500
d Extra vermogensbehoefte = €1.125.000

11.14 Kosten leverancierskrediet = 18,18%

11.15 Kosten leverancierskrediet = 18,27%

11.16 a Kosten leverancierskrediet = 35,62%

11.17 a Eigen vermogen = €20.000.000
Vreemd vermogen = €19.800.000

Hoofdstuk 12

12.3 a Vermogensbehoefte op lange termijn €935.886,
EV + VVlt = €765.886
f Current ratio = 1,49
Quick ratio = 0,95

12.4 a Winst na vennootschapsbelasting = €1.764.000
b Winstreservering = €529.200
c Balanstotaal = €37.416.000

12.5 a Geldontvangsten in verband met verkopen = €3.640.000
b Gelduitgaven in verband met inkopen = €2.410.000
c Interest = €3.200
d Eindsaldo liquide middelen = €1.049.740
e Begrote winst = €877.335
f Waarde van de begrote voorraad = €440.000

12.6 a Schulden rekening-courant aan einde van 1^{e} en 2^{e} kwartaal: €29.200, €4.380
b Begrote winst = €105.760

12.7 a Voorraad 1-1-2013 = 15 000 stuks × €2 = €30.000
b Debiteuren 1-1-2013 = €2.000
c Crediteuren 1-1-2013 = €16.000
d Balanstotaal = €1.242.000
e Geldontvangsten in januari t.e.m. maart: €14.000, €19.000, €36.000
f Gelduitgaven in januari t.e.m. maart: €26.000, €56.000, €117.000
g Eindsaldi rekening-courant in januari t.e.m. maart (schulden): €138.000, €175.000, €256.000
i Begroot verlies = €51.000
j Waarde van de voorraad = €110.000
k Van debiteuren te vorderen = €8.000
l Aan crediteuren te betalen = €24.000
m Balanstotaal = €1.355.000

12.8 a Totale vermogensbehoefte = €806.000
b Eigen vermogen = €340.000
c Beschikbaar vreemd vermogen = €512.000 (wordt niet volledig gebruikt)
d Balanstotaal = €806.000
f Voorgecalculeerde winst = €41.225
g Geldontvangsten in januari t.e.m. maart: €42.000, €44.000, €50.000
Gelduitgaven in januari t.e.m. maart €81.925, €62.925, €38.925
Eindsaldi rekening-courant in januari t.e.m. maart (schulden): €123.925, €142.850, €131.775
h Balanstotaal = €828.000

12.9 b Balanstotaal = €18.100.000

12.11 d Nominale waarde bonusaandelen = €1.000.000

12.12 c Vier oude aandelen voor één nieuw aandeel
d1 Balanstotaal = €44.000.000
e Balanstotaal = €32.000.000
f1 Rentabiliteitswaarde = €16.000.000

12.13 a REV = 13,27%
b KVV = 3,27%
c RTV = 12,95%

12.14 a REV = 6,32%
b RTV = 11,35%
c KVV = 11,76%

12.15 a RTV = 9,25%
b1 Gemiddelde interestkosten rekening-courant = 13,04%
2 KVV = 6,69%
c REV = 6,86%
d Belastingvoet = 0,4
e1 Dividendpercentage = 9%

12.16 a Vennootschapsbelasting = 0,25 (25%)
b1 Gemiddeld eigen vermogen = € 8.000.000
2 Gemiddeld vreemd vermogen = €22.000.000
3 Gemiddeld totaal vermogen = €30.000.000
c1 RTV = 0,20 (20%)
2 KVV = 0,0409 (4,09%)
3 REV = 0,4781 (47,81%)
e1 KRVV = 0,075 (7,5%)
h1 REV = 0,0169 (1,69%)
i1 EBIT = € 3.900
RTV = 0,13 (13%)
2 Procentuele daling van RTV = 0,35 (35%)

12.18 a1 RTV = 19,22%
2 KVV = 13,2%
3 REV = 12,92%
d Netto-winstmarge = 0,053846
Omloopsnelheid totale vermogen = 1,733333
f2 Basisrentabiliteit = 0,0555 (5,55%)
3 Financieringsbijdrage = 0,0131 (1,31%)

12.21 a Nettowerkkapitaal: 1-1 = €125.000
31-12 = €140.000
b Current ratio: 1-1 = 2,32
31-12 = 2,17

12.22 a Winst na belasting = €250.640
b Gemiddeld vreemd vermogen = €2.125.000
c KVV = 4,77%
d RTV = 10,74%
e REV = 10,4%
f2 Basisrentabiliteit = 0,0698 (6,98%)

3 Financieringsbijdrage = 0,0342 (3,42%)
4 REV = 0,1040 (10,4%)
k1 Debt ratio = 0,47
2 Current ratio = 2,14
3 Nettowerkkapitaal = €1.035.000

12.23a1 Nettowerkkapitaal: 31-12-2011 = €300.000
31-12-2012 = €370.000
2 Current ratio: 31-12-2011 = 2,5
31-12-2012 = 2,19
3 Quick ratio: 31-12-2011 = 1,5
31-12-2012 = 0,84

12.24 a Current ratio = 1,6
b Quick ratio = 0,9
c Debt ratio = 0,5
e Maximaal extra rekening-courantkrediet = €60.000
g1 RTV = 20%
2 Resultaat voor belasting = €160.000
Interestkosten = €40.000
KVV = 8%
3 REV = 21,76%
h2 Basisrentabiliteit = 0,136 (13,6%)
3 Financieringsbijdrage = 0,0816 (8,16%)
4 REV = 0,2176 (21,76%)

12.25a1 Omloopsnelheid totale vermogen = 0,77
2 Gemiddelde kredietermijn debiteuren = 3,6 maanden

12.26a1 Current ratio: 31-12-2011 = 0,65
31-12-2012 = 0,85
b Debt ratio: 31-12-2011 = 0,6451
31-12-2012 = 0,6314
Rentedekkingsfactor = 2,18
c REV = 11,31%
d RTV = 10,38%
e2 Omloopsnelheid totale vermogen = 0,64997
Brutowinstmarge = 0,15976
3 RTV = 0,1038

12.27 a RVV = 3%
b RTV = 10%
d REV = 11,05%
e Koers-winstverhouding = 6,85
f Totale afschrijvingen = €157.000
g Rentedekkingsfactor = 6,67
h Verwachte RTV = 10,8%

12.28a1 Omloopsnelheid totale vermogen = 1,81 of 1,64
2 Omzetsnelheid van de voorraden = 12,67 of 11,5
3 RTV = 16,67%
4 Gemiddelde duur van het verleende leverancierskrediet = 48 dagen
b Rentedekkingsfactor = 7
f1 Te betalen vennootschapsbelasting = €119.000

2 Dividend per aandeel = €182,73
3 RTV = 16,67%
4 Current ratio = 1,03

12.30 b Nettowerkkapitaal = €85.000
c Current ratio = 1,57
d Quick ratio = 0,5
f Debt ratio = 0,55
h Koers-winstverhouding = 5,71
i Rentabiliteit = 18,88%

12.31 a Nettowerkkapitaal = – €93.000
b Gemiddelde kredietermijn crediteuren = 90 dagen
c Extra bankkrediet = €320.000
d Kosten bankkrediet maximaal 12% per jaar
e Voordeel door factoring = €15.840
f Rentedekkingsfactor = 2,6

12.32 b Eindsaldo liquide middelen = €215.000
c Current ratio = 3,2
e Winst voor belastingen = €81.000
f Balanstotaal = €1.521.000

12.33 a Winst na belasting = €180.000, winst voor belasting = €225.000
b Bedrijfsresultaat = €465.000
c RTV = 7,75%
d KVV = 10,25%
e Omzet op rekening = €1.500.000

12.34 a Totale afschrijvingskosten = €130.000
Gemiddelde voorraad = €1.625.000 of €1.350.000
Gemiddeld debiteurensaldo = €812.500
Gemiddeld crediteurensaldo = €900.000
Balanstotaal = €3.272.500
Saldo winst 2006 = €119.000
c1 Cashflow = €249.000
d1 Current ratio = 1,89

12.35 a Kasstroom op winstbasis €300.000 (+)
Operationele kasstroom €786.000 (+)
Vrije kasstroom €214.000 (–)
Mutatie liquide middelen = + €200.000
b1 RTV = 9,75%
c1 Debt-service coverage ratio = – 0,6
d1 DSR = 2,97

12.36 a Kasstroom op winstbasis €1.811.000 (+)
Operationele kasstroom €1.421.000 (+)
Vrije kasstroom €621.000 (+)
Mutatie liquide middelen = + €100.000
b1 RTV = 9,54%
d1 Debt-service coverage ratio = 1,27
e1 +1,65
f1 DSR = 3,40

Hoofdstuk 13

13.1 a1 Fifo = + €500.000
2 Lifo = + €460.000
b1 Fifo = + €420.000
2 Lifo = + €380.000

13.2 a1 Winst fifo = €85.800
2 Winst lifo = €81.800
3 Winst gemiddelde inkoopprijs = €83.600
b Waarde eindvoorraad fifo = €105.600
Waarde eindvoorraad individuele lifo = €101.600
Waarde eindvoorraad gemiddelde inkoopprijs = €103.400

13.3 a1 Winst fifo = €77.600
2 Winst lifo = €65.100
b Eindsaldo liquide middelen = €101.600 (bij alle stelsels)
Balanstotaal fifo, lifo: €167.600, €155.100
d1 Winst fifo = €7.250
2 Winst lifo = €11.500

13.4 a Winst = €218.400, waarde eindvoorraad = €235.000
b1 Aan de fiscus te betalen btw = €39.520
2 Eindsaldo kas = €308.000
c Balanstotaal = €1.198.400

13.5 a1 Winst fifo = €174.000, waarde eindvoorraad = €260.000
2 Winst lifo = €176.000, waarde eindvoorraad = €262.000
3 Winst gemiddelde inkoopprijs = €178.500, waarde eindvoorraad €264.500
b1 Aan de fiscus te betalen btw = €3.610
2 Eindsaldo liquide middelen (bij alle stelsels) = €99.000
c Balanstotaal fifo, lifo, gemiddelde inkoopprijs: €1.154.000, €1.156.000, €1.158.500

13.6 a
1 25 januari = €87.000
2 20 februari = €187.000
3 25 maart = €104.000
c Nettowinst = €252.100
d €298.000
e €160.000
f Balanstotaal = €625.500
g €12.000

13.7 a Transactiewinst = €43.000, waarde eindvoorraad = €116.500
b Winst 2010 = €29.000
c Eindsaldo kas = €110.500, balanstotaal = €251.000
d Waarde eindvoorraad (minimumwaarderingsregel) = €128.000, verlies €21.100
e Eindsaldo kas = €80.900, balanstotaal = €251.000

13.8 a Transactiewinst op goederen = €53.600
b Winst = €34.800
c Aan de fiscus te betalen btw = €10.640
d Eindsaldo Kas = €74.700
e Balanstotaal = €166.300, voorraad goederen €51.600

13.9 a Totaal transactiewinsten = €16.940, winst = €15.240
b Totaal transactiewinsten = €3.740, winst €2.040
c Transactieresultaten = €11.077,50, winst €9.377,50

13.10b1 Totaal transactieresultaten = €138.000
2 Totaal transactieresultaten = €128.000
c Eindsaldo kas = €408.000, balanstotaal: fifo €678.000, lifo €668.000

13.11 a Boekwaarde 2-1-2013 = €80.000 (voor herwaardering)
b Verlies t.g.v. inhaalafschrijving = €6.000
c3 Boekwaarde na herwaardering = €104.000
Jaarlijkse afschrijving vanaf 2013 = €13.000

13.12 a Transactiewinst = €220.000, winst 2012 = €40.000
b Eindsaldo liquide middelen = €165.000, balanstotaal = €405.000
c Stijging vervangingswaarde = 20%

13.14a1 Intrinsieke waarde Hansen NV = €500.000.000
2 Intrinsieke waarde Hendriksen NV = €200.000.000
b1 Rentabiliteitswaarde Hansen NV = €600.000.000
2 Rentabiliteitswaarde Hendriksen NV = €240.000.000
3 Rentabiliteitswaarde H&H NV = €895.238.095,20
4 Synergie-effect = €55.238.095,20
c Goodwill = €40.000.000
e Balanstotaal H&H NV = €903.000.000
Balanstotaal Hendriksen NV = €240.000.000

13.15a1 Intrinsieke waarde Jansen NV = €400.000.000
2 Intrinsieke waarde Davids NV = €300.000.000
b1 Rentabiliteitswaarde Davids NV = €360.000.000
2 Aantal nieuwe aandelen Jansen NV 9 000 000
3 Agio = €270.000.000
4 Goodwill = €60.000.000
c Balanstotaal Jansen NV = €1.160.000
Balanstotaal Davids NV = €360.000

Hoofdstuk 14

14.4 a 1 Intrinsieke waarde op 1-1-2012 = €20.000.000, op 1-1-2013 = €21.048.000 (na winstverdeling)

2 Rentabiliteitswaarde = €32.750.000

14.5 d Wettelijke reserve = €4.000.000